Die Rückkehr des Hexers
Trilogie / Teil 2

Die Rückkehr des Hexers

Trilogie / Teil 2

Gerdi M. Büttner

Bibliografische Information der Deutschen Nationalbibliothek:
Die Deutsche Nationalbibliothek verzeichnet diese Publikation
in der Deutschen Nationalbibliografie; detaillierte bibliografische Daten
sind im Internet über http://dnb.dnb.de abrufbar.

Lektorat, Korrektorat, Umschlaggestaltung: Roland Büttner

Verlag: BoD · Books on Demand GmbH, In de Tarpen 42,
22848 Norderstedt, bod@bod.de
Druck: Libri Plureos GmbH, Friedensallee 273, 22763 Hamburg

ISBN: 978-3-7693-5739-4

PROLOG

Träge zogen Regenwolken über den Himmel und ab und zu zuckte ein entferntes Wetterleuchten am Firmament. Die Luft war stickig, das aufziehende Gewitter brachte keine Abkühlung. Im Gegenteil, es lud die Atmosphäre nur noch mehr auf.

Eine einsame Gestalt stand reglos am geöffneten Turmfenster und starrte selbstvergessen über die Weiten des Taubertals. Vom Turm der Burg Hohenberg hatte man einen prächtigen Ausblick, doch Simon zu Hohenberger nahm ihn nicht wahr. Erst als aus dem Zimmer nebenan das quäkende Geschrei eines Säuglings erklang, kehrten seine Gedanken in die Gegenwart zurück.

Lächelnd schloss er das Fenster und verließ das dunkle Zimmer um in sein von sanftem Kerzenschein erleuchtetes Schlafgemach zu treten. Der Anblick, der sich ihm bot, erwärmte sein Herz. Seine geliebte Frau Nelia saß bequem, von dicken Kissen gestützt, im Bett und stillte den kleinen Adrian. Neben ihr lag noch ein weiteres winziges Bündel. Roland, der zweite Säugling. Er war noch nicht erwacht, begann sich jetzt aber ebenfalls zu regen. Die Zwillinge waren erst wenige Tage alt.

Simon setzte sich auf den Bettrand um seinen Sohn auf den Arm zu nehmen. Der Säugling sah ihn aus ernsten blauen Augen an und begann dann heftig an seinem Fäustchen zu saugen. Als er davon nicht satt wurde, begann er aus Leibeskräften zu brüllen.

Nelia setzte Adrian von ihrer Brust ab und überreichte ihn seinem Vater. Dann legte sie Roland an ihrer anderen Brust an. Sofort verstummte das Geschrei und nur noch leise, schmatzende Geräusche waren zu hören.

„Ich kann nicht schlafen", ertönte jetzt ein zartes Stimmchen aus dem angrenzenden Kinderzimmer. Die zweijährige Freija stand im Nachthemd unter der Türe, ihren Plüschhund fest an sich gedrückt. Ihre großen blauen Augen blickten neugierig. Noch hatte sie sich nicht an ihre kleinen Geschwister gewöhnt und war ein wenig eifersüchtig auf die Konkurrenten um die Gunst der Mutter.

„Na, komm her mein Schatz. Hier im Bett ist Platz genug, da passt du auch noch herein."

Simon winkte seine Tochter heran, hob sie hoch und gab ihr einen lauten Schmatz auf die Wange. Dann legte er sie auf die freie Seite des Bettes und deckte sie zu. Freija gähnte zufrieden und drückte den Stoffhund fest an sich.

Nach einer Weile kehrte Ruhe ein. Die Zwillinge schliefen jetzt friedlich in ihrer Wiege und auch Freija war eingeschlafen. Nelia, die von der anstrengenden Geburt noch erschöpft war, gähnte verhalten. Simon gab ihr einen zärtlichen Gutenachtkuss und verließ das Schlafzimmer. Grüßend nickte er der Zofe zu, die nun leise ins Zimmer schlüpfte um den Schlaf der Wöchnerin zu bewachen.

Ziellos wanderte er durch die nur schwach erleuchteten Gänge. Schon seit Tagen fand er keine Ruhe. Und das lag nicht nur an der Geburt der Zwillinge. Eine innere Unruhe hielt ihn gepackt, die er sich nicht erklären konnte. Erneut öffnete er eines der Fenster und spähte in die Dunkelheit, lauschte auf die Geräusche der Nacht.

Er wusste nicht wie lange er so dastand, ein plötzlicher greller Blitz ließ ihn zusammenzucken. Dann grollte schon der Donner und der Himmel öffnete seine Schleusen. Ein erfrischender Regen wusch endlich die Schwüle aus der Luft. Wie befreit atmete Simon auf.

Die Blitze zuckten in schneller Folge über den Himmel, erhellten für Bruchteile von Sekunden die Umgebung als sei es heller Tag. Fasziniert betrachtete der Herr von Burg Hohenfels das elementare Naturschauspiel.

Plötzlich stutzte er und schaute aus zusammengekniffenen Augen auf den Weg, der zur Burg heraufführte. War da nicht zwischen den Bäumen und Sträuchern für einen Moment eine dunkle Gestalt auszumachen?

Der nächste Blitz bestätigte es. Ein Reiter auf einem dunklen Pferd und in ein schwarzes Cape gehüllt, näherte sich dem Burgtor. Hoffnung und Misstrauen durchzuckten gleichzeitig Simons Brust und er eilte die Treppen hinunter um den späten Besucher einzulassen. Kurz überlegte er, ob er ein paar Bedienstete wecken sollte, entschied sich aber dagegen. Sicher suchte der Reiter nur Schutz vor dem Gewitter und er wollte ihm seine Gastfreundschaft nicht verwehren.

Dennoch spähte er erst vorsichtig durch das kleine vergitterte Fenster am Tor. Aber er konnte nur eine große schwarze Gestalt auf einem riesigen schwarzen Pferd ausmachen. Doch dieser Anblick reichte aus, ihn sofort ohne Bedenken das Tor öffnen zu lassen.

„Adrian?" fragte er ungläubig um es im nächsten Moment fast hinauszuschreien. „Adrian, mein Gott, du bist es wirklich!"

Ein tiefes dröhnendes Lachen klang unter der Kapuze vor, dann sprang Adrian auch schon behände aus dem Sattel und umarmte Simon stürmisch. Dabei achtete er nicht darauf, dass er dessen Kleidung total durchnässte. Lange lagen sich die Freunde in den Armen, lachten und weinten vor Glück über das Wiedersehen.

Endlich löste der große Mann sich von seinem jüngeren Freund und meinte atemlos.

„Ich denke, wir sollten unser Wiedersehen im Haus feiern. Hier draußen ist es reichlich ungemütlich. Ich bringe nur schnell mein Pferd in den Stall. Luzifer liebt Gewitter überhaupt nicht, sieh nur, wie ungebärdig er sich benimmt."

Tatsächlich strebte der riesige schwarze Hengst jetzt energisch auf die Stallungen zu. Er kannte sich hier aus und wollte endlich ins Trockene. Schnell öffnete Simon die Stalltüre, damit das Pferd sie nicht einfach mit seiner mächtigen Brust einrammte.

Adrian winkte ab, als Simon einen der Stallknechte wecken wollte. „Nein, nein, das mach ich schon selbst. Du weißt doch, Luzifer ist sehr eigen was Fremde betrifft. Ich möchte nicht, dass er deinen Knecht verletzt."

Routiniert sattelte er das Pferd ab und rieb es mit einem alten Tuch trocken. Währenddessen schüttete Simon Hafer in die Krippe und legte ein großes Büschel Heu dazu. Zufrieden begann der Rappe zu kauen.

Kurze Zeit später saßen sich die Freunde im geräumigen Burgzimmer gegenüber. Adrian hatte seine nassen Sachen ausgezogen und saß nun, in einen von Simons Morgenmänteln gehüllt da.

Sein noch leicht feuchtes Haar lag lockig auf seinen Schultern. Er schürzte anerkennend die Lippen als er die Einrichtung musterte. „Ich muss sagen, Nelia hat einen sehr guten Geschmack bewiesen. Das Zimmer ist nicht mehr wiederzuerkennen. Diese Frau ist ein wahrer Glücksfall für dich. Wo ist sie überhaupt, schläft sie etwa schon?"

Fragend blickte er den Freund an.

Voller Stolz erzählte Simon von der Geburt der Zwillinge.

„Roland und Adrian", verkündete er feierlich und fügte mit einem verschmitzten Lächeln hinzu. „Ich hätte allerdings nicht geglaubt, dass du deinen Patensohn höchstpersönlich bei der Taufe morgen halten kannst. Möchtest du Nelia und die Kinder sehen? Sie hat ganz sicher nichts dagegen, wenn ich sie deinetwegen wecke. Sie wird vor Freude ganz aus dem Häuschen sein."

Adrian lächelte, schüttelte aber den Kopf.

„Nein, lass sie schlafen. Morgen ist Zeit genug zur Begrüßung. Nelia braucht nach der Anstrengung einer Zwillingsgeburt so viel Ruhe wie sie nur kriegen kann. Ach, ich bin wirklich sehr glücklich, wieder hier zu sein. Wie lange lebst du und deine Familie schon wieder auf der Burg?"

Vor etwa zwei Jahren war Burg Hohenberg durch einen Brand zu großen Teilen zerstört worden. Simon überlegte zuerst, ob er sie einreißen lassen sollte, entschloss sich aber dann zum Wiederaufbau. Das Ergebnis konnte sich sehen lassen.

„Oh. Wir wohnen erst seit einigen Wochen hier. Nelia wollte unbedingt, dass die Geburt hier stattfindet. Fast, als ob sie geahnt hätte, dass du zurückkommst und dein Haus selbst brauchst. Zwar sind noch nicht alle Räume wieder bewohnbar aber es reicht vorerst aus. Bis die Jungs eigene Zimmer brauchen, ist sicher auch der Rest wieder hergestellt."

Er nutze die entstehende Pause um sein Gegenüber gründlich ins Auge zu fassen. Seit Adrian auf so spektakuläre Weise aus seinem Leben verschwand, war etwa ein dreiviertel Jahr vergangen. Damals hatten sie beide nicht gewusst, ob sie sich jemals wiedersehen würden.

Adrian hatte sich durch seine abenteuerliche Zeitreise kaum verändert, stellte er erleichtert fest. Vielleicht trug er ein paar Falten mehr um die Augen und seine Wangen sahen ein wenig hagerer aus als Simon es in Erinnerung hatte. Doch die schwarzen Augen blickten ernst und ruhig wie immer. Was auch immer Adrian in den vergangenen Monaten erlebt hatte, es hatte ihm anscheinend nichts anhaben können.

Er dachte an den Tag zurück, als der Hexer in die Vergangenheit reiste, um seinem alten Freund und Mentor in höchster Gefahr beizustehen. Er hatte ihn auf dem Ritt zu den Extern-Steinen im Teutoburger Wald begleitet, jenem magischen Steingebilde, dessen Inneres einer alten Legende zufolge ein Tor in die Zeit barg.

Damals konnte Simon nicht so recht daran glauben, dass es tatsächlich möglich sein sollte, in ein längst vergangenes Zeitalter zu reisen. Doch Adrian kannte derlei Zweifel nicht. Getreulich folgte er den Träumen, die ihm Erasmus, der alte Hexer sandte um seine Hilfe zu erbitten. Simon erinnerte sich noch sehr genau. Es war stürmischer Tag gewesen, es hatte wie aus Kübeln gegossen und ein heftiger Sturm war übers Land gefegt. Doch selbst ein Orkan hätte Adrian nicht von seinem Vorhaben abhalten können. Unbeirrt hatte er zwischen den Steinen das Ritual absolviert, das ihn in eine andere Zeit bringen sollte. Simon war weit außerhalb der fünf Felsen zurückgeblieben, gleich Adrian hatte er die magischen Formeln gemurmelt. Und dann war es tatsächlich geschehen, die Statur des Hexers wurde durchsichtig und kurz darauf war er verschwunden. Nur das Feuer, das er im Schutz der Steine entzündet hatte, war noch einmal kräftig aufgelodert und dann plötzlich erloschen. Lange hatte er so gestanden und die Felsen angestarrt. Doch sie hatten ihr Geheimnis nicht preisgegeben. Schließlich hatte er sich abgewandt und war langsam zu den wartenden Pferden zurückgegangen. Schweren Herzens hatte er den langen Heimweg angetreten, nicht wissend, ob er Adrian jemals wiedersehen würde. Und nun saß ihm der Hexer gegenüber, gesund und zumindest äußerlich unversehrt. Simon brannte darauf, zu erfahren, was Adrian erlebt hatte und wie es ihm in der Vergangenheit ergangen war.

Kapitel 1: Eine lange Geschichte

Adrian nahm einen großen Schluck des kühlen Weins und lehnte sich dann bequem zurück. Er konnte die Neugierde im Blick seines jungen Freundes sehen und lächelte leicht. Dann wanderte sein Blick zu der mächtigen Standuhr, die gerade mit dröhnenden Schlägen die zehnte Abendstunde verkündete. Sein Blick glitt zu Simon zurück.

„Ich kann dir ansehen, wie sehr du darauf brennst, meine Abenteuer zu erfahren. Also gut, dann will ich dich nicht länger auf die Folter spannen. Ich hoffe, du bist noch nicht allzu müde. Denn was ich zu berichten habe, nimmt eine Weile in Anspruch...“

Simon war keinesfalls müde. Und auch der Hexer machte trotz seines langen Rittes keinen erschöpften Eindruck. Seine langen Finger strichen über das struppige Fell des alten Burgkaters, der es sich auf seinen Schenkeln bequem gemacht hatte und behaglich schnurrte. Simon wollte den sonst so griesgrämigen Kater vertreiben, doch Adrian wehrte ab.

„Lass ihn doch, ich mag Katzen. Und dieser rabenschwarze Bursche passt doch hervorragend zu mir. Ein Hexer und ein schwarzer Kater, fehlt nur noch eine Warze auf meiner Nase.“

Er lachte leise und begann dann zu erzählen:

„Damals, zwischen den Extern-Steinen erfasste mich plötzlich ein unwiderstehlicher Sog. Er war so stark, dass ich dachte ich müsse ersticken. Die Luft wurde mir mit Vehemenz aus den Lungen gepresst, ich hatte das Gefühl, durch eine enge Röhre gezogen zu werden. Und ich meinte, ich rutsche in eine bodenlose Tiefe. Ich kann nicht sagen, wie lange dieser Zustand anhielt, ich verlor jegliches Zeitgefühl. Das einzige, an das ich noch denken konnte, war Erasmus. Fast meinte ich, er zöge mich per Gedankenkraft zu sich. Doch als ich nach endloser Zeit aus der beklemmenden Enge erlöst wurde, war ich genau dort, wo meine Zeitreise begann. Ich stand noch immer zwischen den Felsen und dachte frustriert, dass wohl etwas schiefgegangen sei. Doch als ich dann nach dir

Ausschau hielt, warst du nicht mehr da. Als nächstes fiel mir auf, dass die Sonne heiß vom Himmel schien. Keine Spur von dem Sturm, der tagelang getobt hatte, ja der Boden unter meinen Füßen staubte sogar, als ich aufstampfte. Kein Zweifel, es hatte schon sehr lange Zeit nicht mehr geregnet.

Die Erkenntnis, in einer anderen Zeit gelandet zu sein, erleichterte und besorgte mich gleichermaßen. Denn ich hatte keine Ahnung, in welchem Jahr oder auch Jahrhundert ich gelandet war. Ich schaute an mir herunter und erschrak. Meine Kleidung war zwar noch die gleiche, doch nun sah sie so schäbig aus, als wäre ich durch ein Feuer gegangen. Sie war schmutzig, voller Ruß und Dreck und an vielen Stellen durchlöchert oder zerrissen. Außerdem passten mir meine Sachen nicht mehr richtig, sie waren plötzlich zu weit.

Kopfschüttelnd zurrte ich den Gürtel enger zusammen, damit ich meine Hose nicht verlor. Anscheinend hatte ich bei meiner Zeitreise einiges an Gewicht verloren. Doch das war im Moment meine geringste Sorge. Die Goldstücke fielen mir ein, die ich in einem Beutel um meinen Hals trug. Hatten sie die Reise durch die Zeit überstanden? Falls nicht, so stand ich mittellos da.

Doch ein schneller Griff beruhigte mich. Der Beutel war noch da, als ich ihn berührte klimperten die Münzen leise. Ich atmete auf, eine Sorge weniger.

Ratlos stand ich eine Weile herum, überlegte, wie ich nun wohl Erasmus finden konnte. In welche Richtung sollte ich mich halten? Dann ging ich einfach los, den Weg zurück, den ich mit dir gekommen war. Ohne Pferd und in der Hitze kam ich nur langsam voran. Ein Blick zum Himmel verriet mir, es war etwa Mittag. Weit und breit sah ich keine Menschenseele. Und auch die Straße war nicht mehr da, nur ein schmaler Pfad führte irgendwo hin. Ich ging ihm einfach nach.

Endlich, nach Stunden ermüdenden Fußmarsches, kam in der Ferne ein kleines Dorf in Sicht. Bald darauf lief ich durch reifende Felder. An den Apfelbäumen, die den Wegrand säumten, hingen reife Äpfel, die sicher bald geerntet wurden. Das sagte mir, dass ich in einer anderen Jahreszeit gelandet war, jetzt war es zweifellos Herbst.

Hungrig pflückte ich ein paar Äpfel und verzehrte sie im Gehen. Vorsorglich steckte ich mir noch einige als Reserve in die Taschen. Wer weiß, dachte ich, wann ich die nächste Mahlzeit bekomme. Als ich hinter mir das Rumpeln schwerer Räder vernahm, drehte ich mich neugierig um.

Ein Bauer mit einem Gespann Kühe vor seinem hoch beladenen Heuwagen kam hinter mir her. Ich blieb stehen und als er heran war, musterte er mich mit missbilligendem Blick. Ich beäugte ihn ebenfalls, machte mir ein schnelles Bild von seiner Kleidung. Sie sah nicht ungewohnt aus, war grob gewebt und formlos zusammengenäht, doch ich konnte daran nicht erkennen, aus welchem Zeitalter sie stammte. Es war einfach nur bäuerliche Arbeitskleidung, praktisch und robust. Dem Mann kam meine Kleidung jedoch merkwürdig vor, ob es aber an dem ihm ungewohnten Schnitt oder nur am Schmutz und den Löchern lag, konnte ich ihm nicht ansehen. Und fragen wollte ich ihn nicht."

„Na, junger Mann", sprach er mich an. „Du siehst aus, als wärst du schon lange unterwegs. Wenn du willst, kannst du bis ins Dorf mitfahren."

Das war mir nur recht, meine Beine schmerzten von dem langen Fußmarsch. Außerdem fühlte ich mich nicht ganz wohl, was ich den Strapazen der Zeitreise zurechnete. Also stieg ich zu ihm auf den Wagen. Er war wortkarg und ich wusste auch nicht, was ich sagen sollte. Die Fragen, die mir auf der Zunge lagen, konnte ich ihm nicht stellen. Ich würde anderweitig herausfinden müssen, in welchem Zeitalter ich gelandet war.

Und ich wollte auch nicht fragen, warum er mich mit junger Mann angesprochen hatte. Er war zwischen fünfunddreißig und vierzig, schätzte ich, also höchstens fünf, sechs Jahre älter als ich. Bevor er zu seinem Hof abbog, ließ er mich absteigen. Meinen Dank beantwortete er mit einem grunzenden Laut, dann tupfte er den Kühen mit der Peitsche auf den Rücken und zog von dannen.

Ich zog weiter meines Weges, nicht wissend, wohin ich überhaupt gehen sollte. Als es dunkel wurde, legte ich mich in einem leeren Schafstall zum Schlafen nieder. Zuvor hatte ich mir an einem Bach den Magen mit Wasser gefüllt. So spürte ich meinen nagenden Hunger nicht allzu sehr.

Ich schlief fast auf der Stelle ein. Dann kam der Traum wieder. Erasmus, wie ich ihn schon seit Nächten sah. Hilflos hob er mir seine mit Stricken gefesselten Hände entgegen und sah mich bittend an. Doch diesmal sprach er zum ersten Mal zu mir. Es war nur ein Satz.

„Geh nach Aschaffenburg zurück."

Dann war er verschwunden und ich schlief traumlos bis mich die Sonne weckte. Seine Worte klangen mir noch im Ohr.

„Geh nach Aschaffenburg zurück."

Wenigstens wusste ich jetzt, wohin ich mich wenden musste. Instinktiv hatte ich ja bereits den richtigen Weg eingeschlagen. Doch bis Aschaffenburg war es zu Fuß noch ein endlos weiter Weg. Ich musste zusehen, ob ich ein Pferd auftreiben konnte. Oder wenigstens auf einem Wagen mitfahren konnte.

In meinem Brustbeutel klimperten die Goldmünzen, die ich vorsorglich mitgenommen hatte. Sie stammten aus dem sechzehnten Jahrhundert, ich konnte nur hoffen, dass sie eine gültige Währung darstellten. Wenn nicht, so würde ich sie einfach bei einem Goldschmied oder Juwelier eintauschen, nahm ich mir vor. Gold war schließlich ein zeitloses Zahlungsmittel. Ich müsste mir dann aber eine plausibel klingende Geschichte einfallen lassen. Denn ich hatte natürlich keine Lust, als Dieb festgenommen und vielleicht sogar aufgehängt zu werden.

In der nächsten größeren Stadt, die ich zwei Tage später erreichte, suchte ich zuerst einen Laden auf in dem es neben allerlei Gebrauchsgegenständen auch Kleidungsstücke zu kaufen gab. Die Auswahl war nicht allzu groß, besonders für meine Größe. Ich entschied mich schließlich für formlose Beinlinge, die oben durch einen Strick zusammengehalten und an den Beinen mit Lederriemen umwickelt wurden. Dazu ein grob gewebtes Oberteil, eine Weste aus gegerbter Ziegenhaut und einen wollenen Umhang. Der grobe Stoff des Oberteils kratzte unangenehm auf meiner Haut und die Weste roch sehr streng. Aber ich behielt die Sachen gleich an, mit meinen verdreckten, kaputten Sachen fiel ich nur unangenehm auf.

Ich kaufte noch einen Jutesack und stopfte die alte Kleidung und den Umhang hinein, dazu einen großen Brotfladen und eine geräucherte Wurst. Zu meiner großen Erleichterung nahm der Ladenbesitzer meine Goldmünze an, nach einem kritischen Blick auf mich biss er nur kurz darauf, um sich von ihrer Echtheit zu überzeugen. Als Wechselgeld gab er mir einige Kupfer- und Silbermünzen zurück, die ich sorgsam in meinem Brustbeutel verstaute. Ich wollte sie mir später genau ansehen.

Draußen suchte ich mir einen schattigen Platz unter ein paar Bäumen um von dem Brot und der Wurst zu essen. Noch immer wusste ich nicht in welcher Zeit ich gelandet war. Und ich konnte nicht einfach vorübergehende Menschen fragen, welches Jahr wir denn schrieben, sie hätten mich für verrückt gehalten. Also musste ich es anderweitig herausfinden. Der Zufall kam mir zu Hilfe, als ich beschloss weiterzuziehen. Am Stadtrand errichteten ein paar Männer eine Kapelle. Zum Dank an die Mutter Gottes, dafür, dass die Pest die Stadt bislang verschont hatte und auch weiterhin verschonen werde, gaben sie mir auf meine Frage zur Antwort. In den Sandstein über der Türe war das Jahresdatum eingraviert, Anno 1632 stand da.

Ich war also hundertdreiundvierzig Jahre in der Zeit zurückgereist. Flüchtig fragte ich mich, was Erasmus wohl an diesem Zeitalter so interessant gefunden hatte. Es herrschte der dreißigjährige Krieg, das Leben in dieser Zeit war alles andere als einfach. Neben durchs Land ziehenden Truppen verletzter und von Siechtum und Hunger gezeichneter Soldaten stellten Hungersnöte und Krankheiten wie Pest und Blattern eine allgegenwärtige Gefahr für die Menschen dar. Auch Aschaffenburg war meines Wissens nicht davon verschont geblieben. Ja, wenn ich mich recht erinnerte, war am Ende dieses schrecklichen Krieges, das erst im Jahre 1645 sein würde, gerade mal noch ein Viertel der einstmals stolzen Einwohnerzahl von dreitausend Menschen am Leben gewesen. Doch bis dahin würden noch etliche Jahre ins Land gehen, ich hoffte inständig, dann längst wieder in meiner eigenen Zeit zu sein.

Nun, zumindest konnte ich mich jetzt auf die Gepflogenheiten und Bräuche dieser Zeit einstellen. Zumindest was das alltägliche Leben betraf, ging es damals ähnlich wie heute zu. Ich musste also nicht befürchten unangenehm aufzufallen. Vorsichtshalber, da ich nicht wusste in welcher Zeit ich landen würde, hatte ich mich vor meiner Reise aus Büchern gleich über die zurückliegenden fünf Jahrhunderte klug gemacht. Wahrscheinlich wusste ich darüber besser Bescheid als mancher Zeitgenosse.

Satt und angetan mit unauffälliger Kleidung machte ich mich daran, ein Pferd zu erstehen. Das war gar nicht so einfach, da die Heerführer die meisten Pferde für die Truppen beanspruchten und sie den Bauern oftmals einfach wegnahmen. Deswegen wurden die Tiere sorgsam vor den Augen der Soldaten versteckt. Nach langem Feilschen erstand ich von einem listigen Bauersmann schließlich einen robusten Rotfuchs mitsamt Sattel und Zaumzeug. Nun stand meiner endgültigen Rückkehr nach Aschaffenburg nichts mehr im Wege. Und ich wollte keine Zeit mehr verlieren.

Dennoch kam ich nicht allzu schnell voran. Das Wetter schlug plötzlich um, hatte ich soeben noch unter der spätsommerlichen Hitze gestöhnt, so fror ich nun im eiskalten, einsetzenden Regen. Die Straßen verwandelten sich innerhalb kürzester Zeit in schlammiges, unsicheres Gelände.

Es schien, als habe sich auf einmal alles gegen mich verschworen. Mein wollener Umhang wurde immer schwerer vom ständigen Regen, bald war ich bis auf die Haut durchnässt und bekam eine Erkältung. Wie, um das Maß voll zu machen glitt mein Pferd im Morast aus, verlor ein Eisen und lahmte. Ich führte es bis zur nächsten Ortschaft und tauschte es nach längerer Suche bei einem Schmied gegen einen hochbeinigen, nervösen Apfelschimmel ein. Kein guter Tausch, denn die Stute bockte jedes Mal, wenn sie erschrak und brach dann aus. Leider erschrak sie sehr oft, so dass ich mehrmals unsanft im Straßengraben landete.

Nach acht schlimmen Tagen stand ich endlich vor den Toren Aschaffenburgs. Ich litt unter leichtem Fieber, heftigem Schnupfen und einer beginnenden Bronchitis. Immerhin kannte ich mittlerweile die Tücken meines Pferdes und war in den letzten Tagen nicht mehr abgeworfen worden. Ja, ich hatte mich sogar mit der Stute ein wenig angefreundet. So beschloss ich sie doch nicht sofort zu verkaufen, wie ich es eigentlich vorgehabt hatte.

Das Aschaffenburg des Jahres 1632 sah auf den ersten Blick nicht viel anders aus als das Heutige. Doch an den folgenden Tagen fiel mir schnell auf, dass es viel schäbiger war. Nur das prächtige Schloss, erst fünfzehn Jahre zuvor fertiggestellt, strahlte Prunk aus. Die Straßen und Wegen befanden sich noch in wesentlich schlechterem Zustand, sie waren nicht gepflastert und bestanden meist nur aus sandigen, tief ausgefahrenen Wagenspuren. Es gab sehr viele ärmliche Häuschen und mit Stroh gedeckte Hütten zwischen den wenigen Steinbauten. Davor waren Gräben für die Abwässer ausgehoben, jetzt nach dem Dauerregen schwamm Unrat und auch hin und wieder der Kadaver eines Haustieres oder einer Ratte darin. Dementsprechend war der Geruch, der bei Windstille wie eine Glocke über der Stadt lag.

Ich wollte mich zuerst auf die Suche nach einer Unterkunft machen. Am liebsten wäre mir ein Zimmer oder eine Dachkammer im Hause einer Witwe gewesen, bei der ich auf unbestimmte Zeit wohnen konnte und wo ich mit regelmäßigen Mahlzeiten versorgt wurde. Aber das war nicht einfach, ich musste mich erst umhören.

Da der Abend rasch hereinbrach, beschloss ich eine Gaststube aufzusuchen um mir ein kräftiges Mahl und einen heißen Apfelwein zu gönnen. Vielleicht, so hoffte ich, konnte ich dort schon eine Adresse bekommen. Der Wirt nannte mir dann auch bereitwillig ein paar Namen von Frauen, die Zimmer vermieteten. Nach dem Essen wollte ich mich sofort auf die Suche machen.
Ein Satz des Gastwirtes ging mir nicht aus dem Kopf.
„Einen jungen Kerl wie dich nehmen die Vermieterinnen aber nicht so gerne", hatte er gesagt.
„Junge Burschen essen zu viel und zahlen auch manchmal ihre Zeche nicht."

Ich war betroffen. Mit meinen zweiunddreißig Jahren konnte man mich doch beim besten Willen keinen jungen Kerl mehr nennen. Ich war doch ein respektabler Mann. Warum nur nannten mich alle einen jungen Kerl?

Mein gravierender Gewichtsverlust nach meiner Passage in dieses Zeitalter fiel mir wieder ein und mir schwante langsam, was geschehen war. Indem ich in der Zeit zurückreiste, war ich jünger geworden. Aber wie jung? War ich überhaupt schon ein Mann oder nur ein halbwüchsiger Junge?

Leichte Panik überfiel mich bei dem Gedanken. Was, wenn ich plötzlich ein siebzehn- oder achtzehnjähriger Jüngling war? Wie sollte ich in diesem jugendlichen Alter den Hexer befreien können? Niemand würde mich überhaupt ernst nehmen. Und wie stand es mit all den Dingen, die ich mir im Laufe meines Lebens so mühsam angeeignet hatte? Mein Studium der Medizin, mein Hexenwissen, meine allgemeine Bildung. All dieses Wissen war sehr wertvoll für mein Vorhaben. Ich konnte unmöglich darauf verzichten.

Nur mit Mühe gelang es mir einen klaren Kopf zu behalten und nachzudenken. Ich zwang mich dazu mir Dinge ins Gedächtnis zu rufen, die ich erst im erwachsenen Alter gelernt oder erfahren hatte. Vor Erleichterung habe ich glaube ich, laut aufgestöhnt. Es war alles noch da. Zumindest der Inhalt meines Kopfes war nicht der Verjüngung zum Opfer gefallen. Ich konnte noch immer wie ein Erwachsener denken und handeln. Da spielte mein Äußeres eine eher untergeordnete Rolle. Aufatmend fuhr ich mir mit der Hand übers Gesicht. Mein Kinn zierte ein Bart, stellte ich dabei fest. In den vergangenen Tagen hatte ich mich nicht rasiert, da keine Möglichkeit dazu bestand. Als ich jetzt meinen Bart befühlte merkte ich, dass er eigentlich dichter hätte sein müssen. Doch jetzt bedeckten nur etwa die Hälfte meines üblichen Bartwuchses Kinn und Wangen. Das beseitigte meine letzten Zweifel - ich war wieder zu einem jungen Mann geworden. Bei der ersten sich ergebenden Möglichkeit musste ich mich unbedingt in einem Spiegel betrachten. Halb belustigt, halb besorgt, machte ich mich auf den Weg zur ersten der angegebenen Adresse. Es war mittlerweile vollkommen dunkel geworden. Noch immer fiel ein leichter Nieselregen, ich schlug fröstelnd den Kragen meines Umhanges hoch. Dann ging ich, die Stute am Zügel führend, durch die engen Gässchen. Vor mir tauchten die dunklen Umrisse der Muttergottes-Pfarrkirche auf. Ich musste gleich bei der ersten Adresse angekommen sein.

Die leichtfüßigen Schritte, die schnell auf mich zukamen, überhörte ich zuerst fast. Dafür hallten die kräftigen Tritte mehrerer genagelter Stiefel deutlich an mein Ohr. Da rannte auch schon eine schmale Gestalt in mich hinein. Ich konnte sie gerade noch auffangen, bevor sie stürzte. Für meine Stute war dieser plötzliche Aufstand zu viel. Sie wieherte schrill stieg auf die Hinterhand und schlug dann wild aus. Nur mit Mühe gelang mir sie zur Räson zu bringen, zudem behinderte mich die Gestalt in meinem Arm gewaltig. Dennoch versuchte ich instinktiv, sie zu schützen.

Die lauten Tritte verstummten abrupt und ich warf einen schnellen Blick zu den vier Jungen hin, die mich nun unschlüssig anstarrten. Einer deutete auf die Gestalt in meinem Arm und rief aufgebracht. „Lass sie los, sie ist eine Hexe. Sie wird dich verhexen mit ihrem bösen Blick." Dann bekreuzigte er sich schnell.

Ich warf einen ersten Blick auf das Mädchen, das noch immer in meinem Arm hing. Ich sah nur dunkles wirres Haar, sie ging mir kaum bis unters Kinn. Da hob sie den Kopf und warf mir einen gehetzten Blick zu. Doch außer Umrissen konnte ich von ihrem Gesicht nichts sehen. Die Nacht war finster, kein Stern erhellte den Himmel. Nur ein schwacher Lichtstrahl aus einem erleuchteten Fenster spiegelte sich für Sekunden in großen, dunklen Augen. Ich konnte die Angst darin deutlich erkennen.

Das genügte, um meinen Beschützerinstinkt zu wecken. Ich drehte mich ein wenig zur Seite, so dass das Mädchen nun durch meinen Körper vor den jungen Burschen geschützt war. Aber die waren nicht gewillt so bald aufzugeben. Einer bückte sich und hob einen Stein auf, warf ihn in unsere Richtung. Da er nur halbherzig gezielt hatte, verfehlte uns das Geschoss.

Aber durch diese Tat wurden die anderen mutiger. Sie bückten sich ebenfalls nach Steinen, von denen es mehr als genug gab. Schon der nächste Wurf traf meine Schulter. Mein dicker Umhang verhinderte jedoch, dass ich verletzt wurde. Dennoch stieß ich einen erschreckten Laut aus.

Das spornte die jungen Kerle anscheinend an und plötzlich hagelte es Steine. Sie trafen mich und mein Pferd. Das Mädchen blieb zum Glück verschont, da sie sich eng an meinen Körper presste.

Vergeblich versuchte ich, meine Stute zu besänftigen und gleichzeitig den Wurfgeschossen auszuweichen. Das Pferd tänzelte wie toll und versuchte sich loszureißen. Dabei wurde es von noch mehr Steinen getroffen, die eigentlich mir und dem Mädchen galten. Doch leider fanden auch einige Steine ihr Ziel, ich wurde an Kopf und Rücken getroffen. Gerade wollte ich entnervt die Zügel fahren lassen, da sah ich, wie sich neben der Kirche ein Tor öffnete. Ein Mann trat heraus, einen riesigen Prügel in der Hand, den er drohend schwang.

Sein Anblick besänftigte die Steinewerfer sofort, eilig flüchteten sie in eine dunkle Gasse. Ich starrte eine Zeitlang auf den Mann, dann wurde mir plötzlich schwarz vor Augen. Ich merkte nicht einmal, wie ich zu Boden fiel.

Mein Kopf schmerzte so heftig, dass ich mich nicht getraute die Augen zu öffnen. Das Rauschen in meinen Ohren übertönte jedes andere Geräusch und ebbte erst nach einer ganzen Weile allmählich ab. Als ich leise Stimmen wahrnahm, wagte ich endlich die Augen einen Spalt zu öffnen.

Das Flackern um mich herum erschreckte mich. Doch dann merkte ich, dass es nur die Kerzen waren, deren Flammen sich in der Zugluft bewegten. Sie warfen unruhige Schatten an die Wände. Ein männliches Gesicht beugte sich über mich, Schwarze Augen musterten mich besorgt.

„Wie fühlst du dich, mein Sohn?" fragte eine freundliche Stimme.

„Ich weiß nicht so recht. Mein Kopf schmerzt recht heftig. Wie lange war ich denn ohnmächtig?"

„Ach, nicht sehr lange, ein paar Minuten nur. Aber du blutest heftig. Ein Stein hat dich böse am Haaransatz erwischt. Die Wunde klafft ziemlich auseinander. Ich weiß nicht, was ich tun soll um die

Blutung zu stoppen. Sobald ich das Tuch wegnehme, rinnt das Blut herunter."

„Am besten wäre es, die Wunde nähen. Dann hört die Blutung auf. Habt Ihr so etwas schon einmal gemacht?"

Ich sah seinem ratlosen Gesichtsausdruck an, dass das nicht der Fall war.

„Normalerweise bin ich nur für das Seelenheil meiner Schäfchen zuständig. Mit den körperlichen Gebrechen kenne ich mich nicht aus."

Oh Gott, dachte ich. Ich war ausgerechnet im Haus eines Pfarrers gelandet. Na, immerhin hatte sich der Mann als mutig genug erwiesen, die jungen Burschen in ihre Schranken zu verweisen. Da konnte er unter meiner Anleitung vielleicht auch eine Wunde nähen.

„Ich kenne mich damit aus, ich mach das", ertönte eine leise, aber bestimmte Mädchenstimme. Erstaunt wandte ich den Kopf in ihre Richtung. Da saß das Mädchen, das ich beschützen wollte. Sie war es zweifellos. Obwohl ich in der Dunkelheit kaum etwas von ihrem Gesicht sehen konnte, verrieten sie ihre schwarzen Haare und Augen. Solche Augen gab es kein zweites Mal.

Ich glaube, ich habe sie mit offenem Mund angestarrt. Sie war noch sehr jung, höchstens sechzehn, schätzte ich. Obwohl ihr Haar noch immer wirr um ihr Gesicht hing und Schmutzflecke ihren Wangen bedeckten, war sie das schönste Mädchen, das ich je gesehen hatte. Sie kam mir wie eine dunkle Fee vor.

Die Worte der Burschen fielen mir wieder ein. „Sie ist eine Hexe", hatten sie gerufen. Nun, das erschreckte mich nicht besonders. Schließlich wurde ich auch Hexer genannt. Ihr Angebot, meine Wunde zu nähen, verriet mir, dass sie sich zumindest in der Heilkunde auskannte. Vielleicht war sie ja tatsächlich eine Hexe.

„Wenn du meinst, das zu können, nur zu."

Der Pfarrer atmete sichtlich auf. So, wie er es vermied die Wunde anzusehen, konnte er wahrscheinlich noch nicht einmal Blut sehen.

„Ich hole nur schnell meine Utensilien."

Leichtfüßig sprang das Mädchen auf und eilte durch die Türe. Ich starrte ihrer schlanken Gestalt hinterher.

„Kreszentia ist ein Schatz", riss mich die Stimme des Pfarrers in die Wirklichkeit zurück. „Ich danke dir sehr, dass du sie vor diesen bösen Buben beschützt hast."

Er seufzte bekümmert auf.

„Sie wurde in meine Obhut gegeben. Ihre Mutter sitzt im Kerker. Sie wird beschuldigt, eine Hexe zu sein. Nur mit Mühe konnte ich verhindern, dass Kreszentia ebenfalls inhaftiert wurde. Dazu musste ich ihr unter den Augen des Richters eine geweihte Hostie auf die Zunge legen und sie mit Weihwasser besprengen. Als nichts geschah, durfte ich sie mit in das Pfarrhaus nehmen. Hier muss sie solange bleiben, bis über ihre Mutter das Urteil gesprochen ist."

Er seufzte erneut tief auf.

„Was danach mit ihr geschieht, weiß nur Gott alleine."

Die Angst in seiner Stimme schockierte mich so sehr, dass ich meine Kopfschmerzen völlig vergaß.

„Was meint Ihr, wird mit ihr geschehen? Man wird sie doch nicht ebenfalls der Hexerei beschuldigen? Sie ist doch fast noch ein Kind."

Aber er zuckte nur unglücklich die Schultern.

„In den heutigen Zeiten kann das niemand wissen. Sie hat..."

Er brach ab, weil sich die Türe öffnete und das Mädchen wieder ins Zimmer trat. Sie trug einen Beutel aus Hasenfell mit sich, den sie nun neben mich auf das Bett legte. Ohne mich anzusehen, kramte sie eine Weile darin herum und zog dann ein kleines Etui hervor. Darin lagen ein paar grobe Nadeln und dünne Fäden, gereinigte und getrocknete Katzendärme vermutete ich. Die gebräuchlichen Utensilien eines Heilers - oder auch einer Hexe.

Mit flinken Fingern walkte sie einen der steifen Fäden durch bis er geschmeidig war und fädelte ihn dann geschickt in das Nadelöhr. Beim Anblick der dicken, ungleichmäßig geformten Nadel wurde mir ein wenig mulmig zumute. Das war kein Vergleich zu den dünnen Nadeln, die ich allgemein benutzte. Aber die Wunde musste genäht werden, da führte kein Weg daran vorbei.

Eilig trat der Priester zur Seite, als Kreszentia den blutigen Lappen von meiner Stirn nahm. Ich fühlte, wie ein dünnes Rinnsal an meiner

Backe herunterlief. Sie achtete nicht darauf, sondern begann sofort beherzt mit ihrer Arbeit. Wie ich befürchtet hatte, tat das Nähen mit diesen plumpen Nadeln ziemlich weh. Doch ich zwang mich stillzuliegen und keinen Laut von mir zu geben. Mein Körper verriet mich jedoch, indem er dicke Schweißperlen über mein Gesicht rinnen ließ.

Nach fünf Stichen war die Wunde geschlossen. Kreszentia tupfte sie noch einmal mit einer Kräutertinktur ab, dann betrachtete sie abschätzend ihr Werk. Wie es schien, war sie zufrieden damit. Zum ersten Mal lächelte mir das Mädchen zu.

„Das war's. Du hast es gut überstanden. Ich denke nicht, dass es Komplikationen gibt. Es war ein einfacher Riss."

Ich danke dir", sagte ich ehrlich. „Das hast du gut gemacht."

Fast ein wenig schnippisch gab sie zur Antwort:

„Es war keine besondere Sache. Außerdem muss ich dir danken. Du hast mich vor den üblen Scherzen der Knaben errettet. Sonst wäre ich es vielleicht, die nun hier läge."

Ihre Stimme gefiel mir, sie klang zwar leise aber sehr melodisch und passte gut zu ihr. Überhaupt gefiel mir alles an ihr, ich war auf dem besten Wege mich Hals über Kopf in das Mädchen zu verlieben.

Der Gedanke gefiel mir keinesfalls. Sie war fast noch ein Kind, bisher hatte ich kaum einen Gedanken an so junge Mädchen verschwendet, ich zog reifere Frauen vor. Außerdem hatte ich eine Aufgabe zu bewältigen, die den Einsatz meiner ganzen körperlichen und geistigen Fähigkeiten verlangte.

„Wo musst du denn hin, mein Sohn?" unterbrach der Pfarrer meine Gedanken. „Ist es weit bis zu deinem Zuhause?"

Seine Frage erinnerte mich an mein eigentliches Vorhaben. Ich musste mir ja noch ein Zimmer suchen. Und was war eigentlich mit meinem Pferd?

Während ich mich aufsetzte und meine Hände an meinen brummenden Schädel presste um das Karussell darin zum Stillstand zu bringen, gab ich eine kurze Erklärung ab.

„Meine Stute", fragte ich dann, „ist sie fortgelaufen?"

Doch der Priester beruhigte mich. Sie sei im Stall, ich hätte während meiner kurzen Ohnmacht die Zügel eisern in der Hand behalten. Hoffnungsvoll schaute er mich an.

„Aber wenn du eine Bleibe suchst, dann kannst du auch hier eine Kammer bekommen. Es gibt zu wenige Männer in diesem Pfarrhaushalt. Meine Knechte, ja sogar die Messdiener und der Küster, sind in diesen unseligen Krieg gezogen. In diesen schlimmen Zeiten bin ich der einzige Mann, der die Schätze der Kirche verteidigen kann. Ich wäre dir also dankbar, wenn du dich entschließen könntest hierzubleiben. Ich verlange kein Geld, im Gegenteil, du bekommst sogar noch regelmäßige Mahlzeiten. Das Einzige, was ich dafür verlange, ist deine Hilfe falls wir überfallen werden. Du bist jung und kräftig, genau so jemanden brauchen wir hier."

Ich überlegte kurz. Das klang annehmbar. Meiner Meinung nach war die Gefahr, hier überfallen zu werden, nicht besonders groß. Eine Kirche wurde normalerweise selbst von hartgesottenen Rabauken verschont. Und soweit ich mich an die Geschichte Aschaffenburgs zurückerinnerte, war auch keine Kirche geplündert oder abgebrannt worden. Außer dem Beginenkloster, doch das war schon fast hundert Jahre zuvor passiert.

Also sagte ich zu. Nicht zuletzt wegen Kreszentia.

Der Pfarrer war erleichtert. Schnell rief er seinen ganzen Hausstand zusammen um mich vorzustellen. Dem Pfarrhaushalt gehörten fünf Frauen und ein uralter Mann an. Kreszentia kannte ich schon. Daneben gab es noch die Haushälterin, Augusta Pohl. Sie war eine unverheiratete Cousine des Pfarrers, der sich mit Andreas Pohl vorstellte. Beide waren sie etwa gleich alt, so um die Vierzig.

Die drei Dienstmägde hießen Ella, Pauline und Walburga. Der alte Mann war Hans. Eigentlich sollte er im Pfarrhaus seinen Lebensabend verbringen, er hatte schon dem Vorgänger Pfarrer Pohls lange gedient. Doch er machte sich noch immer im Stall nützlich und sorgte auch für das tägliche Feuerholz.

Ich hatte also eine Bleibe gefunden. Von hier aus konnte ich in Ruhe mit meinen Nachforschungen nach Erasmus dem Hexer beginnen.

Kapitel 2: Zuflucht im Pfarrhaus

Natürlich konnte ich dem Pfarrer nicht die ganze Wahrheit über meine Suche nach Erasmus erzählen. Schon gar nicht, dass er ein Hexer war. Die Kirche hatte - besonders in früheren Zeiten - im Allgemeinen wenig Verständnis für Hexerei. Zwar schien dieser Pfarrer anders zu denken, immerhin hatte er ja die Tochter einer inhaftierten Hexe aufgenommen. Trotzdem wollte ich auf keinen Fall unliebsames Aufsehen erregen. Und schon gar nicht riskieren, dass er mich wieder fortschickte. So erzählte ich nur, dass ich hier mit meinem väterlichen Freund und Arbeitgeber verabredet wäre. Doch ich blieb in meiner Geschichte so dicht an den tatsächlichen Begebenheiten, wie es eben ging. Denn ich wusste, dass man sich bei komplizierten Lügengeschichten leicht in seinen Aussagen verhedderte.

Deshalb berichtete ich, ich wäre durch widrige Umstände von meinem Mentor, dem Arzt Adam Baumann getrennt worden und hoffe, ich würde ihn hier in Aschaffenburg endlich wiederfinden.

Selbst getraute ich mich nicht, mich als Arzt auszugeben. Wenn sich mein Äußeres wirklich so stark verjüngt hatte, wie ich befürchtete, würde mir das niemand abnehmen. Es nützte weder mir noch Erasmus, sollte ich als Scharlatan im Gefängnis landen. Da gab ich mich lieber als Gehilfe aus.

Anscheinend genügte dem Pfarrer meine dürftige Erklärung. Er bat mich, ihn doch Bruder Andreas zu nennen, wie es alle seine Schäfchen taten. Ich hatte ihn mit Hochwürden angesprochen, was ihm sichtlich missfiel.

„Ich stamme ursprünglich aus dem Kapuziner-Kloster, das sich der gottgefälligen Bescheidenheit und Demut verschrieben hat"; erklärte er mir. „Und ich vertrete den eigentlichen Geistlichen nur. Allerdings ist es unwahrscheinlich, dass er jemals wieder selbst seine Aufgaben als Pfarrers ausführen kann. Er leidet unter einer seltsamen Krankheit, die ihn seit zwei Jahren ans Bett fesselt."

Er bat Ella mir meine Kammer zu zeigen.

Doch wieder bot Kreszentia an.

„Ich werde sie ihm zeigen. Und ihm gleich erklären, wie er die Kräutertinktur weiterhin anwenden soll."

Das wusste ich zwar selbst, sagte es aber nicht. Die Aussicht mit ihr alleine zu sein, und sei es auch nur für ein paar Minuten, gefiel mir. Hinter ihr stieg ich die engen hölzernen Stiegen hinauf, die zu meiner Kammer im Dachgeschoß führten. Dabei konnte ich ungeniert ihre schlanke Figur und ihren federleichten Gang beobachten. Sie trug noch das Kleid, in dem ich sie auf der Straße angetroffen hatte. Am Saum hafteten getrocknete Schlammspritzer, außerdem war er an einer Stelle heruntergerissen. Vermutlich war das bei ihrer Flucht vor den jungen Burschen passiert.

Sie öffnete eine niedere Türe und ließ mich eintreten. Um mir nicht den Kopf zu stoßen, musste ich mich bücken. Die dahinter liegende Kammer war sehr klein. Es gab ein einfaches Bett und eine Truhe darin und unter dem winzigen Dachfenster stand ein schmaler Tisch mit einem Stuhl davor.

„Hier in der Schublade liegen Kerzen. Am besten ist es, du bringst dir immer einen brennenden Kerzenstummel von unten mit herauf, damit du Licht hast. Stell die Kerzen nur auf die eisernen Untersetzer und lasse sie nicht unbeaufsichtigt brennen. Das Holz des Dachstuhles ist alt, es würde sofort Feuer fangen."

Ich nickte zu Kreszentias ernsten Ermahnungen. Dann ging ich zur Truhe, öffnete sie und legte mein Bündel hinein. Hans hatte es mir erst kurz zuvor in die Hand gedrückt.

„Die Stute hat ein paar Kratzer abbekommen", hatte er mir dabei zu gemurmelt. „Aber nichts Ernstes, ich habe sie schon versorgt. Jetzt kaut sie zufrieden ihr Heu."

Kreszentia musterte zuerst mich, dann das Bett kritisch. Mit leichtem Kopfschütteln meinte sie zweifelnd.

„Ich glaube nicht, dass du hier gut schlafen wirst. Das Bett ist viel zu klein für dich. Du musst dich zusammenrollen wie ein Hund damit deine Beine nicht unten raushängen. Ich werde nochmals mit Bruder Andreas reden. Er soll dir das Zimmer neben meinem geben. Dort steht ein richtig großes Bett."

„Ach, mach dir doch keine Umstände, es wird schon gehen."

Ich hatte zwar ebenfalls Zweifel wegen der Bettlänge, wollte aber keine Forderungen stellen. Doch Kreszentia ließ sich nicht beirren. „Nein, guter Schlaf ist wichtig. Und wenn du länger hierin schläfst, wirst du ganz sicher Kreuzschmerzen bekommen."

Sie war nicht aufzuhalten und sprang leichtfüßig die Treppe hinunter. Ich legte mich einmal der Probe halber auf das Bett. Es war wirklich sehr kurz und zudem war die Matratze ziemlich durchgelegen. Nein, hier würde ich wirklich kaum Schlaf finden.

Es dauerte etwas länger, dann kam Kreszentia zurück. Sie wirkte ein wenig erhitzt, schaute mich aber zufrieden an.

„Du kannst das untere Zimmer haben. Bruder Andreas war zuerst dagegen. Aber ich habe ihn überzeugt. Nimm dein Bündel und komm mit."

Ohne sich noch einmal umzudrehen eilte sie erneut die Treppen hinab. Ich folgte ihr schnell und betrat ein anderes Zimmer, dessen Türe sie mir offenhielt. Ich blieb beeindruckt unter dem Rahmen stehen. Eine sehr gemütlich eingerichtete Stube breitete sich vor mir aus. Dunkel gebeizte Möbel, angefangen vom prächtigen Himmelbett bis hin zum wuchtigen Schreibtisch standen darin. An den zwei Fenstern hingen schwere Vorhänge.

„Wem gehört dieses Zimmer?" fragte ich neugierig. Es war ganz bestimmt nicht für Bedienstete bestimmt. Kreszentia sah mich einen Moment undurchdringlich an, dann zuckte sie die Schultern und meinte leichthin.

„Es gehörte einmal meinem Vater. Aber er ist schon seit zwei Jahren tot. Du kannst es ruhig haben."

Täuschte ich mich, oder hörte ich aus ihrer Stimme sowohl Zorn, als auch Trauer heraus? Aber ihr Blick sagte mir, sie wollte keinesfalls darüber reden. Dennoch wagte ich eine weitere Frage zu stellen.

„Dein Vater? Ich dachte, das sei ein Pfarrhaus. Ich denke doch nicht, dein Vater ist ein Pfarrer?"

Das war zwar nicht ganz abwegig, viele Pfarrer konnten der Fleischeslust nicht widerstehen. Aber die wenigsten standen zu der Frucht ihrer Leidenschaft. Kreszentia lächelte kühl, sie wusste genau, woran ich dachte. Ihre Worte klangen abweisend.

„Nicht was du denkst. Mein Vater war der Bruder des früheren Pfarrers. Immer wenn er Streit mit meiner Mutter hatte, kam er hierher. Vermutlich war das oft der Fall, ich sah ihn nur sehr selten zu Hause."

Sie presste die Lippen zusammen, so als hätte sie schon zu viel gesagt. Ich wollte nicht mehr weiter in sie dringen, obwohl ich immer neugieriger wurde. Deshalb lenkte ich ein.

„Und du willst, dass ich hier wohne? Das ist sehr großzügig von dir. Ich nehme das Zimmer sehr gerne."

„In der Kommode befinden sich noch allerlei Dinge, die ein Mann anscheinend braucht. Du kannst sie benutzen."

Sie stellte das Fläschchen mit der Tinktur auf den Tisch.

„Hier. Du wirst du es sicher alleine schaffen, die Wunde mehrmals täglich damit zu betupfen."

Sie wollte sich zum Gehen wenden, doch ich hielt sie zurück.

„Du hast das sehr gut gemacht", ich berührte vorsichtig die Nähte an meiner Stirn. „Wo hast du das gelernt?"

„Ich bin die Tochter einer Hexe, hast du das vergessen? Entgegen der Meinung des Schultheißen, der sie verhaften ließ, ist meine Mutter eine gute Hexe. Sie hat den Menschen stets geholfen. Und sie hat mir ihr Wissen mitgeteilt. Aber du solltest dich ausruhen. Mit Kopfwunden ist nicht zu spaßen. Gute Nacht."

Ehe ich noch ein Wort sagen konnte, war sie verschwunden. Ich starrte auf die Türe, die hinter ihr ins Schloss fiel. Dann seufzte ich leise auf. Es war sehr viel Wut und Verbitterung in diesem schönen Mädchen. Aber ich konnte sie verstehen. Sicher hatte sie viel durchgemacht und wie die heutige Attacke bewies, war es noch nicht zu Ende. Nun, vielleicht gelang es mir ja ihr Vertrauen zu gewinnen. Ich fühlte mich aus irgendeinem Grund sehr zu ihr hingezogen und wollte ihr gerne helfen.

Die Geräusche im Haus erstarben nach und nach, anscheinend ging man hier früh zu Bett. Auch ich war müde, mein Kopf schmerzte noch immer und das Bett machte einen einladenden Eindruck. Doch bevor ich mich zur Ruhe legte, wollte ich mich noch säubern. Der Reisestaub klebte noch an mir und mein Bart juckte mich.

Kreszentias Worte fielen mir ein. Ich zog die Schubladen der Kommode auf und spähte neugierig hinein. Tatsächlich lagen allerlei Dinge darin, die einem Mann das Leben erleichterten. Auch eine Rasierschale, ein Pinsel und ein Messer waren dabei. Wasser stand in einem Krug bereit, es war sogar noch warm. Daneben stand eine Waschschüssel. Schwamm und Handtuch gab es ebenfalls.

Schnell entkleidete ich mich und wusch mich von Kopf bis Fuß. Ein wenig Wasser hatte ich mir zum Rasieren aufgespart. Nun nahm ich die dazu notwendigen Utensilien aus der Kommode und drehte mich zum Spiegel um.

Bisher hatte ich nur einen flüchtigen Blick auf mein Spiegelbild geworfen, nun ging ich näher heran. Der junge, bärtige Mann, der mir entgegensah war mir vertraut und fremd zugleich. Vor allem der ungepflegte Bart ließ mich mir fremd aussehen, bislang hatte ich mich stets glattrasiert.

Also begann ich emsig, Schaum zu schlagen und meinen Bart einzuseifen. Das Messer war vom langen Nichtgebrauch stumpf geworden, ich schärfte es an dem Riemen, der an einem Pfosten hing. Danach machte ich mich sorgfältig ans Werk.

Nach kurzer Zeit starrte mir mein verjüngtes Ich entgegen. Es mutete mir seltsam an, den etwa zwanzig oder zweiundzwanzigjährigen Mann als mich selbst zu akzeptieren. Ich war tatsächlich um gut zehn Jahre jünger geworden. Wenn ich noch weiter in der Zeit zurückgereist wäre, grübelte ich, wäre dann aus mir vielleicht ein Kind oder sogar ein Säugling geworden? Ein schrecklicher Gedanke. Insgeheim dankte ich Erasmus, dass er nur ins siebzehnte Jahrhundert gereist war.

Erasmus war bestimmt auch jünger geworden. Aber um wieviel Jahre? Wurde man prozentual zu seinem wahren Alter jünger oder richtete sich der Verjüngungsprozess nach den Jahren, die man zurückreiste? Ich hatte keine Ahnung. Auf jeden Fall musste ich, sollte ich Adam Baumann jemandem beschreiben, wahrscheinlich mindestens fünfzehn bis zwanzig Jahre von seinem normalen Alter abziehen. Dann wäre er jetzt vielleicht zwischen vierzig und fünfzig. Als Vierzigjährigen hatte ich ihn allerdings noch gar nicht gekannt, ich konnte nur rätseln, wie er damals ausgesehen hatte. Die Bewältigung meines ohnehin schon komplizierten Vorhabens wurde immer schwieriger.

Nachdem ich noch einen kritischen Blick auf meine Stirnwunde geworfen hatte, ging ich endlich zu Bett. Die Wunde blutete nicht mehr, pochte aber noch leicht. Auch meine Kopfschmerzen ließen nicht nach. Eine leichte Gehirnerschütterung, vermutete ich. Da war Ruhe und ausreichender Schlaf tatsächlich das Beste. Wenn ich Glück hatte, war morgen früh das Schlimmste überstanden.

Erasmus schickte mir auch in dieser Nacht keinen Traum. Oder ich konnte mich einfach nicht mehr daran erinnern.

Am Morgen ging es mir schon viel besser. Die Kopfschmerzen waren, bis auf ein leichtes Stechen, wenn ich mich schnell bewegte, zurückgegangen. Die Wunde sah sauber aus, die Wundränder waren getrocknet. Ich beschloss, die Tinktur nicht mehr anzuwenden und ging ins Erdgeschoß hinunter. Der Duft eines kräftigen Frühstücks lockte mich, mir lief das Wasser im Mund zusammen und mein Magen knurrte vernehmlich.

Frau Pohl, die Haushälterin schaute mir entgegen. Sie musterte mich zuerst verwundert, dann grinste sie freundlich.

„Ich hätte dich ohne das Gestrüpp im Gesicht fast nicht erkannt. Aber so gefällst du mir viel besser. Wie geht es dir, hast du noch Kopfweh? Setz dich an den Tisch, ich bringe dir gleich dein Frühstück. Die anderen sind schon bei der Arbeit.“

Es schmeckte mir ausgezeichnet und ich langte kräftig zu. Frau Pohl setzte sich mir derweil ich aß gegenüber um mit mir zu schwatzen. Sie fragte mich ein wenig aus und ich gab ihr einsilbige Antworten. Um nachdenken zu können, was ich ihr unbesorgt verraten konnte, steckte ich mir große Brocken in den Mund und kaute lange darauf herum.

„Was wirst du heute tun?“ fragte sie schließlich.

Wahrheitsgemäß antwortete ich, ich wolle ein wenig in der Stadt herumstreifen um nach Adam Baumanns Verbleib zu forschen. Vielleicht kannte ihn ja jemand.

„Ach“, jammerte sie, „in diesen schlimmen Zeiten verschwinden sehr viele Menschen spurlos. Dieser endlose Krieg fordert immer neue Opfer. Ständig fallen ausländische Truppen über uns her, plündern und morden. Selbst vor unseren eigenen Leuten ist man nicht mehr sicher. Immer wieder werden die Bürger zur Kasse gebeten, müssen den Soldaten kostenlos Essen und sonstige Gebrauchsgegenstände zur Verfügung stellen. Wer sich weigert kommt in den Kerker oder wird gleich ermordet."

Ich sagte nichts zu ihrem Gejammer. Dabei hätte ich sie aufklären können, dass es den Bürgern der Stadt noch immer einigermaßen gut ging. In nur wenigen Jahren sollte das ganz anders aussehen. Den plündernden Truppen folgten Zerstörung, Krankheit und Elend auf dem Fuße. Und zu Ende des dreißigjährigen Krieges würde nur noch ein Häufchen der Aschaffenburger Bürger am Leben sein.

Als ich so ihr bekümmertes Gesicht betrachtete, zerfaserte es plötzlich vor meinen Augen. Die Umgebung löste sich auf und veränderte sich in erschreckender Weise. Ich sah den hingestreckten, blutüberströmten Körper der Frau inmitten zerbrochener, verkohlter Möbelstücke liegen. Genauso schnell wie die Vision erschienen war, verschwand sie wieder. Frau Pohl schaute mich bestürzt an, denn ich hatte mich wie in Schmerzen zusammengekrümmt und die Hände vors Gesicht geschlagen. Es bereitete mir große Mühe, in die Wirklichkeit zurückzufinden.

„Entschuldigung", keuchte ich erstickt. „Ein plötzlicher scharfer Schmerz in meinem Kopf. Ich bin wohl doch noch nicht ganz gesund. Nein, nein, keine Sorge, es ist schon wieder vorbei."

Es war schon lange her, seit mich das letzte Mal eine so klare Vision heimgesucht hatte. Und natürlich konnte ich der Haushälterin nicht sagen, dass ich soeben ihren Tod vorausgesehen hatte. Sie würde eines der vielen Opfer dieses Krieges werden. Grausam geschändet und ermordet.

Kurz überlegte ich, ob ich sie warnen sollte, ließ es aber sein. Ich wusste ich nicht, zu welchem Zeitpunkt es geschehen würde und wollte sie nicht ängstigen. Andererseits war ich schon in meiner eigenen Zeit genug Anfeindungen durch die Bekanntgabe meiner Visionen ausgesetzt gewesen. In diesem Jahrhundert, wo es noch

Hexenprozesse, Folter und Scheiterhaufen gab, würde ich deswegen vielleicht am Galgen oder im Feuer enden. Das wollte ich auf gar keinen Fall riskieren. Ich war nicht durch die Zeit gereist, um hier zu sterben. Ich stand auf, griff mir in der Diele meinen Umhang und verließ überstürzt das Haus. Frau Pohl folgte mir zur Türe und schaute mir kopfschüttelnd hinterher. Ich konnte fast ihren verwunderten Blick in meinem Rücken fühlen.

Nur langsam klärten sich meine Gedanken wieder. Ich versuchte, mich auf mein eigentliches Problem zu konzentrieren und ging langsam durch die Straßen und engen Gassen. Immer wieder verharrte ich und horchte in mich hinein. Vielleicht, so hoffte ich, würde Erasmus meine Anwesenheit spüren und sich bemerkbar machen. Ich wusste, er beherrschte die Gabe der Telepathie. Und er hatte schon durch die Träume, die er mir schickte bewiesen, dass er mit mir Kontakt aufnehmen konnte.

Mir selbst ist ja die Gabe der Telepathie und des Gedankenlesens ebenfalls geschenkt, doch lange nicht in solchen Ausmaßen wie ihm. Es strengt mich meist an in die Gedanken der Menschen zu dringen. Deshalb tue ich es nur in besonderen Fällen. Auch an diesem Tag verzichtete ich ganz darauf, ich begnügte mich damit meinen Geist offenzuhalten. Doch so sehr ich mich auch konzentrierte, ich spürte Erasmus nicht. Müde vom Umherstreifen lehnte ich mich an den Stamm einer Buche. Wohin sollte ich meinen Schritt nun wenden? Ich rief mir nochmals die Traumbilder in Erinnerung. Darin waren Erasmus' Hände stets mit Stricken gefesselt. Das musste nicht unbedingt tatsächlich so sein, es konnte durchaus sinnbildlich auf seine Lage hinweisen. Davon war ich bislang ausgegangen, dass er sich in einer ausweglosen Situation befand, ihm sozusagen die Hände gebunden waren. Jetzt überlegte ich ob er vielleicht wirklich irgendwo mit gebundenen Händen gefangen gehalten wurde. Es fiel mir wie Schuppen von den Augen. Er saß im Gefängnis, anders konnte es gar nicht sein. Warum war ich nicht sofort darauf gekommen? Kreszentias Mutter fiel mir ein. Sie saß ebenfalls im Kerker, der Hexerei angeklagt. Was, wenn Erasmus auch der Hexerei beschuldigt wurde? Er war ja tatsächlich ein Hexer, bewandert in den weißen aber auch den schwarzen Hexenkünsten. Mein Herz wurde schwer. Wenn es stimmte, was ich vermutete, wie sollte ich ihm da helfen können? Ich würde nicht einmal in seine Nähe kommen. Nicht geständige Hexen wurden sorgfältig von der Außenwelt abgeschirmt.

Und wer konnte schon wissen, ob er nicht gar schon gefoltert worden war um ihm ein Geständnis abzuringen. Ich hatte in mehreren Büchern über die Hexenverfolgungen gelesen. Man war nicht zimperlich mit den Verdächtigen umgesprungen. Unter der Folter wurden viele zum Krüppel. Für die meisten bedeutete der Tod auf dem Scheiterhaufen eine Erlösung von ihren schweren Verletzungen.

Trotz meiner Ängste machte ich mich unverzüglich zu den Gefängnissen auf. Es gab derer gleich zwei, den Hexenturm und den Cent- oder Folterturm. Dem Hexenturm war ich näher, also ging ich zuerst dorthin. Und dort schlug sie mir plötzlich entgegen, die Aura meines väterlichen Freundes. Mir wurde mulmig zumute. Warum musste er ausgerechnet hier gefangen gehalten werden...?"

Adrian hielt zum ersten Mal in seiner Geschichte inne und blickte düster zu Simon hin. Der erwiderte den Blick betroffen. Er konnte sich denken, wie dem Freund zumute gewesen sein musste. Denn vor nicht allzu langer Zeit hatte Adrian selbst im Hexenturm gesessen. Und er war ebenfalls der Hexerei und des Mordes beschuldigt worden. Zwar war die Folter inzwischen abgeschafft worden und Adrian musste zumindest nicht befürchten, zum Krüppel gemacht zu werden. Doch ihm hatte der Tod durch den Strang gedroht. Und die wochenlange, zermürbende Gefangenschaft in der engen Zelle hatte ihn fast in den Wahnsinn getrieben.

Damals hatte Simon nichts unversucht gelassen, den Hexer zu entlasten, doch es schien alles vergebens. Die Lügen und Intrigen seiner Feinde hatten den Strick um Adrians Hals immer fester zusammengezogen.

Erst im allerletzten Moment konnte durch das Auftauchen seines Vaters, des Herzogs zu Wolffhardt, eine vorläufige Einstellung und ein späteres erneutes Aufrollen des Falles erzwungen werden. Der Hexer wurde freigesprochen.

„Ausgerechnet der Hexenturm", sagte Simon mitfühlend.

„Das brachte dir sicher deine ganzen unguten Erinnerungen wieder ins Bewusstsein."

„Ja, das tat es allerdings", bekannte Adrian. „Aber es hinderte mich nicht daran, das Gefängnis zu betreten."

Simon schaute ihn ungläubig an.

„Du bist da hineingegangen? Aber was wolltest du dort? Etwa Erasmus besuchen? Du sagtest doch, zu den als Hexen verdächtigten Personen wurde niemandem Zutritt gewährt."

Jetzt lächelte Adrian leicht.

„Niemand, außer dem Kerkerpersonal und den Folterknechten. Also fasste ich kurzerhand einen aberwitzigen Plan..."

Bevor ich zum Gefängnis ging, blieb ich erst einmal in der nahen Pforte eines Hauses stehen. Ich musste nachdenken, wie ich weiter vorgehen wollte und sicher, so dachte ich bei mir, schadet es nicht das Gefängnistor eine Weile im Auge zu behalten. Ich muss zugeben, eine unbestimmte Angst hielt mein Herz gefangen. Wie du schon sagtest, stürmte die Erinnerung an meinen Aufenthalt im Hexenturm auf mich ein. Es war eine schlimme Zeit in der düsteren, muffigen Zelle gewesen. Und im Jahre 1636 war es bestimmt noch viel schlimmer, dort gefangen zu sein.

Ich beobachtete also das Treiben vor dem Gefängnistor und sperrte Augen und Ohren auf. Es herrschte ein reges Kommen und Gehen, kaum zu glauben, wie viele ehrbare Bürger mit dem Gefängnis zu tun hatten. Da wurden Kisten- und Säckeweise Lebensmittel gebracht. Handwerker und Händler gingen ein und aus. Ordnungshüter brachten Gefangene und einige hochgestellte Persönlichkeiten, vermutlich Richter oder Advokaten, sowie der eine oder andere Geistliche gaben sich die Klinke in die Hand.

Ein vergitterter Gefängniswagen brachte mehrere Gefangene aus den umliegenden Ortschaften herbei. Da Aschaffenburg die bedeutendste Stadt im Umkreis war, spielte sich auch die gesamte

Gerichtsbarkeit hier ab. In solch einem Gefängnis, dachte ich, wird doch bestimmt noch eine helfende Hand gebraucht. Ich ging also entschlossen auf die Pforte zu und fragte einfach nach Arbeit.

Der Pförtner betrachtete mich von oben bis unten. Scheinbar taxierte er, was ich wohl zu leisten imstande wäre. Dann zuckte er die Schulter und schickte mich zum Zimmer des Schultheißen weiter. Dort, so sagte er mir, würde ich erfahren, ob Leute gebraucht wurden. Der Schultheiß, der oberste Polizist der Stadt, war nicht da. Aber sein Stellvertreter durfte ebenfalls über die Einstellung von Personal entscheiden.

Er schaute mich prüfend von oben bis unten an. Dann fragte er: „Welchen Posten hast du dir denn vorgestellt? Für die leichteren Aufgaben habe ich genug Leute. Was ich brauche sind kräftige Wärter. Aber wenn ich dich so anschaue, kommst du mir nicht besonders stark vor. Nein, ich glaube, ich kann dich nicht gebrauchen."

Wärter war genau der Posten, den ich haben wollte. Auch wenn ich tatsächlich nicht die idealen körperlichen Voraussetzungen dazu besaß. Dennoch, ich wollte die Stelle haben. Unauffällig ging ich näher an den Mann heran und als er zu mir aufblickte, hielt ich seinen Blick gefangen. Ich konnte nur hoffen, dass ich mein hypnotisches Talent nicht während der Zeitreise eingebüßt hatte. Ausprobiert hatte ich es jedenfalls noch nicht. Als der Mann jetzt nicht mehr fähig war, den Blick von meinen Augen abzuwenden, wusste ich, dass ich die Gabe noch besaß. Erleichtert konzentrierte ich mich auf mein Gegenüber.

Kurze Zeit später hielt ich eine amtliche Beglaubigung in Händen, die mir fortan den Zutritt zu allen Zellen gewähren würde. Ich hatte kurzerhand beschlossen, mich anstatt zum Wärter, zum Gehilfen des Kerkermeisters machen zu lassen. Als solcher war es unter anderem meine Aufgabe, den Folterungen beizuwohnen und dafür zu sorgen, dass die Delinquenten nicht zu schnell bewusstlos wurden oder gar unter der Folter starben.

Ich wusste natürlich, welch eine enorme seelische Belastung ich mir da aufhalste. Ich war mir noch nicht einmal sicher, ob ich es überhaupt aushalten konnte, bei diesen sinnlosen Quälereien zuzusehen.

Mich einzumischen würde mir nur indirekt erlaubt sein, etwa, um einen Ohnmächtigen ins Bewusstsein zurückzuholen. Ansonsten wäre ich nur stummer Beobachter.

Trotz dieser wenig erbaulichen Aussichten, war ich überzeugt, als Foltergehilfe am meisten zu erreichen. Wenn sich Erasmus unter den Unglücklichen befand, die durch Folter zu einem Geständnis gebracht werden sollten, so kam ich wenigstens an ihn heran. Außerdem war ich fest entschlossen, das schreckliche Los der Gefangenen so gut ich konnte zu erleichtern. Das musste natürlich unauffällig und in aller Heimlichkeit geschehen. Doch in meinem Kopf reifte schon ein Plan.

An diesem Tag erwartete niemand von mir, dass ich mit meiner Arbeit begann. Erst am nächsten Morgen wurde ich im Keller des Hexenturmes erwartet. Ich machte mich also schleunigst auf den Weg zum Pfarrhaus. Dort wollte ich, eventuell mit Kreszentias Hilfe, ein paar Mittelchen zusammenbrauen, mit denen ich den Gefolterten wenigstens ihre schlimmsten Schmerzen lindern konnte. Ich war mir sicher, Kreszentia würde mir bei der Herstellung helfen. Vielleicht war es mir ja vergönnt nicht nur Erasmus, sondern auch ihrer Mutter zu helfen.

Kapitel 3: Ich, der Folterknecht

Vorerst wollte ich dem Pfarrer und seinen Bediensteten lieber verschweigen, zu welchem Tun ich mich entschlossen hatte. Sie hätten sicher kein Verständnis dafür und ich wollte ihnen auf keinen Fall komplizierte Erklärungen abgeben müssen. Noch immer war ich mir selbst nicht darüber im Klaren, was ich überhaupt mit der Ausübung dieser erschreckenden Tätigkeit als Foltergehilfe bezweckte. Natürlich hatte ich mir in den Kopf gesetzt, Erasmus zu befreien. Und wenn es in meiner Macht stand, auch Kreszentias Mutter. Aber ob mir das gelang, indem ich Zeuge und Gehilfe bei ihrer Folterung war, erschien mir selbst mehr als fragwürdig. Dennoch, ich hatte mir diesen Gehilfenposten auserkoren, nun wollte ich möglichst das Beste daraus machen.

Ich überlegte mir auf dem Nachhauseweg, was ich also meinen Mitbewohnern über meine zukünftige Arbeit erzählen konnte ohne ihre Neugier oder ihr Misstrauen zu erwecken. Auf keinen Fall konnte ich die Wahrheit erzählen. Ich musste mir einen Arbeitsplatz ausdenken, der möglichst weit vom Pfarrhaus entfernt lag. Oder in irgendeiner Weise gefährlich oder auch abstoßend war. So, dass gar nicht erst einer auf die Idee kam, mich dort aufzusuchen.

Nach langem Grübeln kam mir eine kleine Gemeinschaft beherzter Bürger in den Sinn, die es sich zur Aufgabe gemacht hatten, Soldaten mit schweren Krankheiten oder Verwundungen zu pflegen. Ich war einigen von ihnen auf den Straßen und Plätzen begegnet, wo sie mit wenig Erfolg Geld, Esswaren oder Sachspenden sammelten. Im Gespräch mit diesen Samaritern erfuhr ich, dass sie notdürftige Zelte vor den Toren der Stadt aufgeschlagen hatten, in denen sie aufopfernd die meist todgeweihten Männer pflegten, die nicht mehr mit ihren Truppen weiterziehen konnten. Eine barmherzige, aber leider auch meist vergebliche Mühe, ein Großteil dieser elenden Gestalten starb jämmerlich.

Ich würde meinen Hausgenossen einfach sagen, dass ich dort helfen würde. Am liebsten hätte ich es auch tatsächlich getan. Deshalb nahm ich mir vor, wenigstens jeden Tag einmal dort vorbeizuschauen und meine Hilfe anzubieten. Jedenfalls konnte ich mir fast sicher sein, dass mich dort niemand aufsuchen würde. Nicht einmal ein Geistlicher verirrte sich normalerweise zu dieser Stätte des Elends, die Angst vor ansteckenden Krankheiten war viel zu groß.

Wie ich geahnt hatte, fiel die Reaktion meiner Mitbewohner nicht gerade begeistert aus, als ich ihnen von meinem angeblichen Entschluss mitteilte. Sie befürchteten vor allem, ich könne eben eine solche ansteckende Krankheit ins Haus tragen. Erst als ich ihnen versicherte, ich wäre mir des Risikos voll bewusst und wüsste, welche Vorsorge ich treffen müsse, beruhigte sich die aufgeschreckte kleine Gemeinschaft ein wenig. Einzig Kreszentia stand mir bei, sie befand meine Absicht für gut und half mir, die anderen zu beruhigen.

Ich überlegte, ob ich sie schon gleich ins Vertrauen ziehen sollte, oder lieber erst ein paar Tage warten sollte, solange, bis ich selbst mehr Klarheit besaß. Doch an diesem Abend kam ich sowieso nicht dazu, mit ihr alleine zu sprechen.

Bald nach dem Abendessen klopfte es herrisch an die Türe und plötzlich warfen sich alle Anwesenden angstvolle Blicke zu. Das Gespräch erstarb, die Frauen erhoben sich schnell von ihren Plätzen und strebten auf die Küche zu. Kreszentia, die zuerst keine Anstalten machte mitzugehen, wurde mit sanfter Gewalt mitgezogen.

Bruder Andreas warf mir einen ängstlichen Blick zu, dann erhob er sich und öffnete zögernd die Haustüre. Vier zerlumpte Gestalten drängten ins Haus. Mit wenigen Worten machten sie klar, dass sie zu Essen und zu Trinken haben wollten. Bruder Andreas bot ihnen Plätze am Tisch an und der alte Hans schlurfte in die Küche, um Brot, Käse und einen Krug Milch zu holen. Schweigend setzte er es den ungehobelten Kerlen - Soldaten vermutete ich - vor und sie machten sich gierig darüber her. Danach fragten sie nach Bier, Wein oder Schnaps, doch Andreas schüttelte nur stumm den Kopf. Als einer der Männer sich drohend erhob, erklärte er in unterwürfigem Tonfall.

„Wir haben selbst nichts mehr. Was auf dem Tisch steht, ist alles, was wir noch besitzen."

Er bekreuzigte sich, wohl wegen seiner Lüge, und schlug die Augen nieder.

Die Männer schienen ihm zu glauben, sie brummten zwar verstimmt, gaben sich aber zufrieden. Nachdem sie alles, was auf dem Tisch stand bis auf den letzten Krümel vertilgt hatten, verließen sie wieder das Haus. Aufatmend verriegelte Bruder Andreas die Türe hinter ihnen. Er drehte sich zu mir um und zuckte entschuldigend die Schultern.

„Deshalb wollte ich, dass du bei uns wohnst. In diesen unsicheren Zeiten kommen andauernd solche Männer vorbei. Meine Christenpflicht gebiet mir sie aufzunehmen und ihnen zu essen zu geben. Aber manchmal sind sie nicht nur auf Nahrung aus. Deshalb bestehe ich darauf, dass sich die Frauen vorsichtshalber verstecken. Wenn diese Kerle sehen, dass es mehrere Männer im Haus gibt, verschwinden sie schneller wieder. Dann getrauen sie sich nicht so leicht zu plündern. Und ein junger, kräftiger Kerl wie du übt ein wenig mehr Abschreckung auf sie aus als der alte Hans."

Das war also der Zweck, weshalb er mich so bereitwillig aufgenommen hatte. Aber mir sollte es recht sein. Schließlich kam er für mein Essen auf und bot mir ein Dach über dem Kopf. Dafür wollte ich mich gerne erkenntlich zeigen.

Meine erschreckende Vision fiel mir wieder ein. Wenn sie sich bewahrheiten sollte, woran ich nicht zweifelte, so waren seine Ängste berechtigt. Und auch meine Zugehörigkeit zur Hausgemeinschaft konnte anscheinend das bevorstehende Unheil nicht verhindern. Ich musste unbedingt darüber nachdenken. Vielleicht fiel mir eine Möglichkeit ein, wie man Frau Pohls Tod doch noch abwendet konnte. Doch im Moment wollte mir partout keine Lösung des Problems einfallen.

Nachdem die Männer verschwunden waren, löste sich unsere kleine Gemeinschaft schnell auf. Auch ich war froh ins Bett zu kommen. Meine Kopfschmerzen waren zurückgekehrt und erinnerten mich nachhaltig daran, dass ich mich eigentlich noch schonen sollte.

Doch der Schlaf wollte nicht kommen. Meine unausgegorenen Pläne gingen mir nicht aus dem Sinn, ich grübelte ob das, was ich tun wollte wirklich das richtige wäre. Aber etwas Besseres fiel mir nicht ein.

Und noch etwas raubte mir den Schlaf: Kreszentias Anwesenheit im Zimmer nebenan. Zwischen ihrem und meinem Zimmer befand sich eine Verbindungstüre die selbstverständlich abgeschlossen war. Doch ich konnte an den gedämpften Geräuschen, die herüber drangen deutlich ihre Anwesenheit spüren. Als ich die Augen schloss, sah ich sie förmlich vor mir.

Das leise Plätschern von Wasser in der Waschschüssel sagte mir, dass sie sich wusch. Und ich konnte nicht verhindern, dass ich sie mir dabei vorstellte. Nackt, mit einem weichen Tuch über ihre kleinen, festen Brüste reibend...

Die erregende Vorstellung ließ mein Glied steif werden, unwillkürlich stöhnte ich auf. Was war mit mir los? Ich war ein erwachsener Mann, kein unausgegorener Jüngling mehr, und außerdem war ich Arzt, der schon viele nackte Körper gesehen hatte. Auch junge und weibliche. Bisher hatte mir das keine ungewollte Erektion beschert. Und was mich noch mehr belastete, Kreszentia war erst sechzehn Jahre alt, halb so alt wie ich. Nun gut, mein Körper war jünger geworden. Aber ich fühlte und dachte nach wie vor wie ein Mann über dreißig. Bislang hatten mich so junge Mädchen nicht interessiert, ich zog junge Frauen vor.

Endlich erstarben die Geräusche aus dem Nebenzimmer, meine Gedanken beruhigten sich allmählich und meine Erregung klang ab. Frustriert über mein unziemliches Begehren legte ich meinen Arm über die Augen. Zwanghaft versuchte ich, über mein eigentliches Problem nachzudenken doch meine Gedanken trifteten immer wieder ab. Schließlich gab ich auf und versuchte an gar nichts zu denken. Das half, meine Gedanken zerfaserten und ich fiel in einen unruhigen Schlaf.

Gleich nach dem Frühstück machte ich mich auf den Weg zum Gefängnis. Ich war nervös, was nicht nur an der unruhigen Nacht

lag. Gleich beim Erwachen war mir bewusst geworden, dass ich vergessen hatte ein Pulver oder einen Trank zur Schmerzlinderung herzustellen. Sollte ich also schon heute einer Folterung oder Befragung beiwohnen müssen so konnte ich wenig tun, um den Opfern ihr Schicksal zu erleichtern. Zunächst sah es nicht so aus, als ob es ein nervenaufreibender Tag werden würde. Meine neuen Arbeitskollegen begrüßten mich zwar zurückhaltend aber nicht unfreundlich. Wenn sie erstaunt waren, dass ein so junger Mann für diese schwere Arbeit eingeteilt war, so äußerten sie sich zumindest nicht dazu. Anscheinend wagte keiner die Entscheidung des stellvertretenden Gefängnisdirektors anzuzweifeln. Meine Hypnose vom vergangenen Tag wirkte auch heute zuverlässig, der Mann hatte es sich nicht anders überlegt. Mit knappen Worten wies er die drei anderen Gehilfen des Kerkermeisters an, mir meine zukünftigen Aufgaben zu erklären. Dann ließ er uns alleine.
„Na, dann komm mal mit, Jungchen."

Der älteste der drei ging mir voran und bedeutete mir, ihm zu folgen. Die anderen beiden blieben im Kellergang zurück, sie warteten auf den Beginn ihrer Arbeit und unterhielten sich leise. Wir würden später wieder zu ihnen stoßen.
„Ich heiße Josef", brummte mein Begleiter. „aber du kannst mich Jupp nennen, wie alle anderen auch. Wie sagtest du, war dein Name? Adrian? Habe ich noch nie gehört. Klingt jedenfalls komisch. Seltsam, wie manche Leute ihre Kinder nennen."
Ich sagte ihm, das sei ein italienischer Name, aber er winkte nur uninteressiert ab. Dann erklärte er mir die Einteilung der Zellen, damit ich auch den richtigen Gefangenen brachte, wurde ich dazu aufgefordert. In den kleineren Zellen waren die bereits geständigen Verbrecher untergebracht. Durch kleine, viereckige Löcher in den dicken Türen konnte man sie von außen begutachten. Ich schaute durch einige der Löcher und war entsetzt über den meist schlechten körperlichen Zustand der Häftlinge. Je nach den ihnen vorgeworfenen Verbrechen, lagen sie entweder in Ketten oder sie konnten sich frei in dem winzigen Raum bewegen. Viele der Gefesselten

trugen offensichtliche Spuren von Misshandlungen, einige schienen dem Tod näher als dem Leben. Auch Frauen waren darunter.

Ich wagte nicht zu fragen, wessen sie angeklagt wurden. Zuviel Neugier würde Jupp am Ende misstrauisch machen. Und mit meinen übersinnlichen Fähigkeiten - wie dem Gedankenlesen oder der Hypnose - musste ich sorgsam umgehen, sie verlangten mir zu viel Kraft ab, um sie ständig einzusetzen.

Den engen Einzelzellen folgten größere Gemeinschaftszellen. Hier waren oftmals bis zu zwölf Menschen zusammengepfercht, Männer ebenso wie Frauen. Es gab keine Möglichkeit sich zurückzuziehen, selbst ihre Notdurft mussten sie vor den Augen aller verrichten. Ich hatte wohl über diese unwürdigen Zustände verständnislos den Kopf geschüttelt, denn Jupp lachte plötzlich neben mir meckernd.

„Kommt dir bestimmt komisch vor, he? Ist aber extra so gedacht. Die Leute sollen merken, dass es ihnen hier schlecht ergeht. Schließlich sind sie alle Verbrecher. Wenn sie nach ein paar Tagen von hier aus in den Keller geführt werden sind sie so zahm, sie fressen dir vor Angst aus der Hand. Dann haben wir weniger Arbeit mit ihnen."

„Aber sind das denn wirklich alles Verbrecher? Auch die Frauen? Was, wenn jemand unschuldig da hineingekommen ist?"

Ich konnte mir die Frage einfach nicht verkneifen. Aber Jupp winkte nur geringschätzig ab.

„Pah, da ist kaum ein Unschuldiger darunter. Irgendwas haben sie alle ausgefressen. Sonst wären sie nicht hier. Schau sie dir an, alles Diebesgesindel, ein paar Huren sind auch darunter. Die sind besonders interessant. Wenn du die abholst um sie in den Keller zu bringen, dann bietet dir gar manche vor Angst an, dass du sie besteigen kannst. Oder sie blasen dir einen in einer dunklen Ecke."

Er zwinkerte mir vertraulich zu und lachte erneut, während er sich lüstern zwischen den Beinen rieb.

„Na, du wirst schon sehen. Aber lass dich nicht mit heruntergelassener Hose erwischen. Der Gefängnisdirektor ist in der Beziehung sehr streng. Ehe du dich versiehst, landest du auch in der Zelle."

Es gelang mir nur schwer meine Abscheu zu verbergen. Ich konnte mir vorstellen was diese armen Frauen bewog, so etwas zu tun. Dennoch musste es sinnlos sein, sie entkamen ihrem Schicksal nicht, indem sie sich den Wärtern anboten.

„Gibt es eigentlich auch Hexen hier?" kam ich auf meine brennendste Frage zu sprechen. Möglichst gleichgültig fuhr ich fort. „Ich habe noch nie eine richtige Hexe gesehen."

„Klar haben wir ab und zu Hexen hier. Aber die befinden sich in einem separaten Raum, gleich neben der Folterkammer. Die sind zu gefährlich als dass wir sie in gewöhnlichen Zellen einsperren. Am Ende befreien sie sich aus eigener Kraft. Im Moment sitzen nur zwei unten, eine Frau und ein Mann. Du wirst sie bald sehen, ihre Verhandlung beginnt in den nächsten Tagen. Danach werden sie brennen, die Scheiterhaufen werden schon aufgeschichtet."

Mir wurde bei seinen rohen Worten kalt ums Herz. Wenn im Moment nur zwei der Hexerei angeklagte Menschen hier im Kerker saßen, dann konnten das nur Erasmus und Kreszentias Mutter sein. Und schon in den nächsten Tagen würde die Verhandlung stattfinden. Wie sollte mir in der kurzen Zeit ein Plan zu ihrer Befreiung einfallen? Die Mutlosigkeit überschwemmte mich wie eine eisige Welle.

Zum Glück bemerkte Jupp meinen plötzlichen desolaten Gemütszustand nicht. Er schloss eine Zellentüre auf und befahl dem Insassen, einem Mann mittleren Alters, aufzustehen und mitzukommen. Ungerührt band er dem Gefangenen die Hände zusammen und zerrte ihn mit. Vor lauter Angst stolperte der Mann mehrmals und wäre gefallen, hätte ich ihn nicht am Arm ergriffen. Ich spürte sein Zittern unter dem Stoff seines groben Hemdes. Er tat mir leid, obwohl ich nicht wusste, wessen er beschuldigt wurde. Die meisten der hier Gefangenen saßen höchstwahrscheinlich durchaus zu Recht im Gefängnis, es gab Diebe, Mörder und Vergewaltiger darunter, die strenge Strafen verdient hatten. Wir, oder besser der Gefangene, wurde schon erwartet. Beklommen, aber auch neugierig schaute ich mich in dem düsteren Gewölbe um. Es diente sowohl als Vernehmungsraum wie auch als Folterkammer.

Hier wurden die Gefangenen befragt und wenn sie sich nicht geständig zeigten, wurde ihnen vom Kerkermeister auf die Sprünge geholfen.

Eigentlich hatte ich bisher gedacht, diese schmerzhaften Methoden der Wahrheitsfindung wären mit dem Mittelalter ausgestorben. Doch inzwischen war mir deutlich, dass sie noch immer gang und gäbe waren. Genau wie die Hexenverbrennungen.

Hinter einem langen Tisch saßen ein paar Männer und schauten uns entgegen. Sie trugen gepuderte Perücken und dunkle Roben. Vermutlich der Richter, Rechtsanwälte und ein Arzt, vermutete ich. Aus diesen Leuten setzte sich meines Wissens solch ein Gericht zusammen. An einem Schreibpult stand ein dürrer Mann und spitzte gerade mit einem kleinen Messer eine Schreibfeder an. Er war der Gerichtsschreiber und würde das Protokoll des Verhöres anfertigen. Zum ersten Mal bekam ich den Kerkermeister zu Gesicht. Ich war von seinem Anblick enttäuscht, irgendwie hatte ich ihn mir ganz anders vorgestellt. Wie er da, mit vor der Brust verschränkten Armen stand, kam er mir direkt unscheinbar vor. Ich schätzte ihn auf Mitte dreißig. Nicht sehr groß und von untersetzter Statur machte er in seinem bürgerlichen Gewand eher den Eindruck eines langweiligen Biedermannes. Er schaute uninteressiert auf den Gefangenen.

„Das ist der Kerkermeister, Stefan Schwarz", raunte mir Jupp ins Ohr. „Sein unbeteiligtes Aussehen täuscht, er ist ein unbarmherziger Schinder. Bisher hat er noch jedem Verbrecher ein Geständnis abgerungen."

Er sagte es voller Anerkennung und der Gefangene zwischen uns sackte bei diesen Worten noch weiter in sich zusammen. Auf seiner Stirn erschienen Schweißperlen und seine Augen zuckten unruhig hin und her.

Nachdem der Schreiber signalisiert hatte er wäre bereit, begann die Befragung des Mannes. Ihm wurde vorgeworfen eine Ziege gestohlen zu haben. Er gab das ihm zur Last gelegte Verbrechen auch sofort zu, dabei hing sein Blick wie erstarrt an den langen Zangen, die in der Höllenglut eines Kohlebeckens lagen.

Auch mir schauderte bei dem Gedanken, was man mit diesen schrecklichen Utensilien anstellen konnte. Und ich war erleichtert, dass der Mann gar nicht erst riskierte mit ihnen in Berührung zu kommen.

Er versuchte vergeblich den Richter von der Not zu überzeugen, die ihn zu der Tat getrieben hatte. Seine vielköpfige Familie, erklärte er stockend, wäre dem Hungertod nahe. Plündernde Soldaten waren über sein kleines Anwesen hergefallen und hatten alles mitgenommen, was sich tragen ließ. Den Rest hatten sie zerstört. Die Milch der Ziege war die einzige Möglichkeit sein jüngstes Kind, einen Säugling, zu ernähren. Denn durch den Schock und die Unterernährung sei seine Frau nicht mehr imstande das Kind zu stillen.

Mich überzeugte die Geschichte des Mannes, nicht jedoch den Richter. Er behauptete, der Diebstahl der Ziege sei ein sehr schweres Verbrechen und forderte den Tod des Diebes. Doch der Arzt zeigte Bedenken. Wenn man den Ernährer hinrichten würde, argumentierte er, würde man gleichzeitig die ganze Familie dem Tode weihen. Er forderte statt des Todes, dass dem Mann die rechte Hand abgehackt wurde. Nach einigem hin und her willigte der Richter ein.

Das Urteil sollte auf der Stelle vollstreckt werden. Und ich musste bei seiner Ausführung behilflich sein. Der Gedanke daran erschreckte mich ebenso, wie den Verurteilten. Doch ich war auch ebenso hilflos wie er. Wenn ich nicht tat was man von mir forderte, so würde der erste Tag als Foltergehilfe auch mein letzter sein. Ich hätte keine Möglichkeit mehr, Erasmus zu finden und zu befreien.

Schweren Herzens half ich also, den sich verzweifelt wehrenden Mann zum Richtklotz zu schleppen. In seiner Angst entwickelte er enorme Kräfte. Um ihn gefügig zu machen, schlug Jupp ihm kurzerhand die Faust ins Genick. Er traf so gut, dass der Verurteilte benommen zusammensackte. Ein Segen für ihn, denn durch den Schlag bekam er das Abhacken der Hand und anschließende Ausbrennen der Wunde nicht voll mit. Trotzdem brüllte er vor Schmerz und Schock wie ein Tier. Dann wurde er endgültig ohnmächtig.

An diesem Tag sollte das die schlimmste Bestrafung bleiben, der ich beiwohnen musste. Danach wurden nur noch kleinere Vergehen behandelt. Zwei Männer, die sich betrunken geschlagen hatten, wurden zu drei Tagen am Pranger verurteilt. Eine Frau, die der üblen Nachrede angeklagt war, bekam den Mund mit Seifenlauge ausgewaschen. Und ein unverheiratetes Paar, das bei Unzucht erwischt wurde, bekam zehn Schläge auf den nackten Hintern. Danach wurde der Pfarrer geholt und das Aufgebot bestellt.

Zumindest über dieses Urteil musste ich schmunzeln, schließlich wurde dadurch niemand wirklich verletzt. Doch im Großen und Ganzen hielt ich die Strafen für zu hart. Für geringfügige Gaunereien oder auch für Mundraub wurden den Leuten oftmals irreparable Schäden zugefügt. Geld- oder Haftstrafen gab es kaum. Die meisten Verurteilten besaßen kaum Geld und das Gefängnis war durch ständig neu hinzukommende Häftlinge permanent überfüllt.

Am frühen Nachmittag fand die letzte Verhandlung statt. Ein Gaukler, der mit einer fahrenden Truppe vor den Toren der Stadt kampierte, wurde beschuldigt einen Bürger durch Zuhilfenahme eines Zaubertricks bestohlen zu haben. Er versicherte redegewandt, das Goldstück, das er angeblich gestohlen hatte, sei sein Eigentum. Noch dazu sei es nicht echt, nur eine billige Kopie. Er trug es noch bei sich und konnte so das Gericht überzeugen. Nachdem der Richter sich den Trick vorführen ließ und anschließend die dünne Goldschicht von der wertlosen Münze gekratzt hatte, ließ er den Mann laufen.

Ich war erleichtert, dass der Mann seine Unschuld beweisen konnte. Im anderen Falle hätte ihm vielleicht sogar der Strick gedroht. Gerade bei fahrendem Volk oder wurden oft drakonische Strafen verhängt.

Nachdem sowohl das Gericht, als auch der Kerkermeister gegangen waren, hatten auch wir Gehilfen Feierabend. Meine Kollegen verließen schon bald das Gefängnis, froh über den ungewohnt kurzen Arbeitstag. Ich hingegen trödelte extra lange herum. Als Neuling wurde mir die Aufgabe zuteil den Raum aufzuräumen.

Viel gab es nicht zu tun. Ich löschte das Feuer im Kohlebecken und trug die Schlacken hinaus. Danach nahm ich das blutige Stroh mitsamt der abgehackten Hand aus dem dafür vorgesehenen Korb.

Dafür war nahe der Gefängnismauer eine Grube angelegt. Ich warf das Körperteil hinein und bedeckte es leicht mit Erde.

Von einem Baum in der Nähe beobachteten ein paar Krähen interessiert mein Tun. Sobald ich mich weit genug entfernt hatte, steuerten sie krächzend die Grube an. Kurz darauf zankten sie sich verbissen um die besten Fleischbrocken. Ich überlegte kurz ob ich die schwarzen Teufel verjagen sollte, ließ es aber bleiben. Wem nütze es schon, wenn die abgetrennte Hand in der Erde vermoderte? Da konnte sie ebenso als Mahlzeit für die Krähen dienen.

Nachdem ich den Korb mit frischem Stroh gefüllt hatte überzeugte ich mich davon, dass ich auch wirklich alleine in dem düsteren Gewölbe war. Als ich mir dessen sicher war, machte ich mich auf die Suche nach den Hexenkerkern.

Jupp hatte gesagt, sie wären ganz in der Nähe des Folterkellers. Also ging ich zielstrebig einen kurzen, dunklen Gang entlang. Kurz darauf stand ich vor einer stabilen eisernen Gittertüre. Sie war abgeschlossen und ich presste mein Gesicht zwischen die Stäbe um zu sehen, was dahinter lag.

Schemenhaft erkannte ich mehrere Zellentüren. Sie schienen aus besonders dickem Holz gefertigt, kein Laut drang aus den Zellen dahinter. Das mussten die Hexenkerker sein, aber wie sollte ich bloß da hineinkommen?

Während ich so grübelnd in die Finsternis starrte bemerkte ich plötzlich, wie sich etwas in meine Gedanken schlich. Ich erkannte das seltsame Gefühl, es war mir von früher vertraut. Erasmus hatte mich mit seinen übersinnlichen Fähigkeiten wahrgenommen und versuchte, mit mir in Verbindung zu treten.

Leider war es mir nicht so leicht möglich ihn zu verstehen oder ihm gar zu antworten. Ich verfüge zwar ebenfalls über die Gabe der Gedankenübertragung, doch ist sie bei mir leider schwächer ausgeprägt. Es erfordert viel meiner mentalen Kraft so zu kommunizieren und erschöpft mich schnell. Dennoch war ich gewillt es zu versuchen, ich musste unbedingt wissen wie es meinem Mentor ging. Also schloss ich die Augen, konzentrierte mich nur noch auf Erasmus' Aura.

Was er mir übermittelte, gefiel mir ganz und gar nicht. Und trotz der Nähe zu ihm, schien es, als fiele es ihm ungewohnt schwer, mich zu erreichen. Eisiger Schreck durchfuhr mich. Er war zweifellos krank und schwach. War er gefoltert worden?

Obwohl er nichts dergleichen andeutete, war ich mir plötzlich ganz sicher. Was hatte man ihm angetan? Er weigerte sich mich auf-zuklären, konzentrierte sich stattdessen auf das, was er mir am dringendsten mitteilen wollte. Doch durch seine offensichtliche Schwäche und meine begrenzten Möglichkeiten, konnte ich nur Bruchstücke erhaschen.

„Höchste Zeit..." vernahm ich. Und „Überfall..., Feuer..., bald."

Danach hörte ich noch sehr eindringlich

„Stadtchronik..., besinne dich. Nur noch wenige Tage..."

Der Kontakt zwischen uns brach endgültig ab. Ob es seine Schwäche war oder an meiner Unzulänglichkeit lag? Ich kann es nicht sagen. Ich fühlte mich jedenfalls total ausgelaugt und erschöpft. Als ich die Augen öffnete bemerkte ich, dass ich am Gitter zu Boden gesunken war. Mühsam rappelte ich mich auf und torkelte den Gang zurück. Etwas Warmes und Feuchtes rann mir das Gesicht herab. Ich griff mir an die Stirn und bemerkte, dass die Wunde blutete. Anscheinend hatte ich sie aufgeschürft, als ich am Gitter herab gesackt war. Flüchtig fiel mir Kreszentia ein, sie würde mich sicher schelten...

„Was machst du denn hier?"

Die misstrauische Stimme eines Wärters drang mir scharf entgegen.

„In diesem Teil hast du nichts zu suchen. Überhaupt, wer bist du? Ich habe dich noch nie gesehen."

Meine Gedanken überschlugen sich. Was sollte ich sagen? Wenn dem Kerl meine Antwort nicht gefiel, so würde ich schnell ebenfalls in einer Zelle landen. Aus welchen geringfügigen Anlässen das passieren konnte, hatte ich heute zur Genüge mitbekommen.

„Ich bin der neue Gehilfe des Kerkermeisters", antwortete ich lahm. Dabei griff ich mir an die Stirn, rieb über die Wunde, damit sie noch stärker blutete und das Blut die Stiche verdeckte.

„Ich sollte noch aufräumen. Als ich die abgehackte Hand sah ist mir wohl plötzlich schlecht geworden. Ich entsinne mich nicht mehr genau..., aber auf einmal fand ich mich auf dem Boden wieder. Ich fürchte, ich habe mir den Kopf aufgeschlagen."

Wehleidig und beschämt blickte ich den Mann an. Dabei hielt ich meine Hand auf die Kopfwunde. Erleichtert bemerkte ich, wie er schadenfroh lachte.

„Tja, es ist gar nicht so einfach, nicht wahr? Aber keine Bange, du bist nicht der erste, der beim Anblick abgeschnittener Körperteile kotzen muss. Das gibt sich, wenn du es längere Zeit gemacht hast. Jetzt sieh zu, dass du wegkommst. Hast du jemanden der dich verarzten kann? Du blutest wie ein Schwein."

Ich versicherte es sei nur ein Kratzer und ging eilig an ihm vorbei. „Na, dann, bis morgen", rief er mir nach und schlurfte davon. Dabei lachte er amüsiert. Ich seufzte leise über sein mangelndes Feingefühl, war aber gleichzeitig froh darüber.

Als ich im Pfarrhaus ankam begann es bereits zu dämmern. Nur Hans war zu sehen, der mir die Tür öffnete. Ich murmelte ein paar undeutliche Worte als ich seinen erstaunten Gesichtsausdruck sah und hastete eilig die Stufen empor in mein Zimmer. Aufatmend legte ich mich kurz darauf auf mein Bett, einen sauberen Lappen an meine Stirn gepresst. Ich musste unbedingt nachdenken.

Kapitel 4: Ein Geständnis und ein Kuss

Ich hielt die Augen geschlossen und versuchte meine Gedanken zusammenzunehmen. Immer wieder dachte ich über die wenigen Worte nach, die Erasmus mir übermittelt hatte. Was konnte er nur damit gemeint haben?

Überfall, Feuer, Stadtchronik. Was sollte das bloß bedeuten? „Besinne dich!"

Diesen kurzen Satz hatte er besonders eindringlich gesagt. Sollte ich mich an etwas Bestimmtes aus der Stadtchronik entsinnen?

Damals, bevor Erasmus beschloss in die Vergangenheit zu reisen, hatte er seine Zeit oft in der Stadtbibliothek oder im Stiftsarchiv verbracht. Doch er erzählte mir nie, was ihn dort so Besonderes interessiert hatte. Erst kurz vor seiner Abreise hatte er mir ein dünnes Büchlein gegeben. Es war mit der Hand geschrieben, in einer sehr unleserlichen Schrift. Dennoch hatte er mir eindringlich ans Herz gelegt, seinen Inhalt zu lesen und mir gut einzuprägen.

Ich hatte es getan, hatte mich bemüht, das Gekrakel zu entziffern und mir das Gelesene einzuprägen. Es war ein Teil der Aschaffenburger Stadtchronik gewesen. Und sie stammte aus dem Jahre 1632...

Aufgeregt setzte ich mich auf. Er hatte mich die Geschichte der Stadt lesen lassen. Besser gesagt, einen winzigen Ausschnitt aus deren Geschichte. Plötzlich fiel es mir wie Schuppen von den Augen...

Anfang November 1632 war durch einen Überfall marodierender Soldaten ein Großfeuer ausgebrochen. Mehrere Häuser in der Innenstadt fielen ihm zum Opfer. Erst nach zwei Tagen konnte der Brand endgültig gelöscht werden. Ein Wolkenbruch kam den Bürgerwehren zu Hilfe, sonst wäre womöglich die ganze Stadt niedergebrannt. Aber was das Interessanteste war, dieses Feuer hatte auch auf den Hexenturm übergegriffen. Aus diesem Grund waren vorübergehend alle Gefangenen evakuiert worden.

Das war es sicher, was Erasmus mir mitteilen wollte. Am Tage der Evakuierung würde es möglich sein, ihn und auch Kreszentias

Mutter zu befreien. In dem allgemeinen Durcheinander musste es mir gelingen, die beiden in Sicherheit zu bringen.

Aber Eile war geboten. Ich wusste nicht mehr, an welchem genauen Datum das Feuer ausbrechen würde, doch heute war schon der 27. Oktober. Es musste also bereits in den nächsten Tagen geschehen.

Bedingt durch meine aufgeregten Gedanken bemerkte ich gar nicht, wie sich leise die Tür öffnete. Als Kreszentia mir sachte meine Hand vom Kopf abhob, fuhr ich mit einem erschreckten Schrei hoch. Tadelnd sah sie mich an.

„Was hast du gemacht?"

Ihre Stimme klang vorwurfsvoll, doch ihre geschickten Finger waren schon damit beschäftigt, die Wunde behutsam zu betasten.

„Das sieht nicht schön aus. Zwei der Stiche sind aufgerissen. Ich werde sie neu nähen müssen. Und eigentlich sollte ich die Wundränder ausschneiden. Sonst wachsen sie nicht mehr gut zusammen."

Ich fasste ihre Hand und zog sie von meiner Stirn weg.

„Es ist nicht so schlimm. Die Narbe wird halt etwas breiter werden. Aber das ist ohne Bedeutung. Ich muss etwas Wichtiges mit dir besprechen, Kreszentia. Etwas, für das du deine ganze Vorstellungskraft benötigen wirst und dass dein bisheriges Weltbild ins Wanken bringen könnte. Dennoch, ich schwöre es dir, es ist jedes Wort davon wahr. Wirst du versprechen, mich anzuhören?"

Sie schaute mich einen Moment lang nachdenklich an, dann nickte sie langsam. Ich hielt ihre Hand weiter in meiner gefangen und blickte sie sehr eindringlich an. Wie sollte ich beginnen? Würde sie mir überhaupt glauben können? Oder dachte sie vielleicht, die Nachwirkungen des Schlages auf meinen Kopf wären schlimmer als zuerst angenommen?

Nun, wie dem auch sei, ich wollte ihr die Wahrheit erzählen. Denn höchstwahrscheinlich würde ich Hilfe brauchen, Kreszentias Hilfe.

„Deine Mutter gilt als Hexe, Kreszentia. Ich weiß nicht inwieweit das zutrifft, aber glaubst du selbst an Hexen?"

„Zenta", murmelte sie leise. „Nenn mich bitte Zenta. Meine Mutter nannte mich auch stets so. Aber um auf deine Frage zurückzukommen. Natürlich glaube ich an Hexen. Meine Mutter ist eine Hexe und ich selbst bin es auch. Wusstest du das nicht? Die Jungen neulich Abend haben mich deshalb verfolgt."

Als ich verwirrt den Kopf schüttelte fragte sie weiter.

„Und? Bist du jetzt entsetzt?"

Sie klang abweisend und kühl, obwohl ich in ihren Augen versteckte Trauer zu sehen glaubte. Lag ihr etwas an meiner Meinung über sie? Der Gedanke schickte ein Kribbeln durch meine Eingeweide.

Ich schüttelte abermals den Kopf.

„Nein, das bin ich nicht. Im Gegenteil, ich bin erleichtert. Denn da wo ich herkomme, gelte ich ebenfalls als Hexer. Aber das ist eine andere Geschichte, die ich dir vielleicht irgendwann einmal erzähle. Nur so viel, Zenta. Ich komme aus der Zukunft. Und ich bin hier um meinen Mentor, den Hexer Erasmus und auch deine Mutter, vor dem Tod auf dem Scheiterhaufen zu bewahren."

Für einen winzigen Moment weiteten sich ihre braunen Augen, dann hatte sie sich wieder in der Gewalt. Ich konnte nicht anders als ihre Selbstbeherrschung zu bewundern. Was ich ihr offenbarte, musste selbst einer Hexe unglaublich erscheinen. Aber sie glaubte mir, das sah ich ihren Augen an.

„Erzähle!", bat sie und setzte sich auf den Rand meines Bettes. Ihre Hand ruhte noch immer in meiner, ihr Blick hing an meinen Lippen. Ich begann ihr alles zu erzählen. Fing an bei Erasmus' Reise in die Vergangenheit und endete erst bei den Ereignissen des heutigen Tages. Sie unterbrach mich kein einziges Mal. Erst als ich mit meinem Bericht zu Ende gekommen war, stellte sie mir Fragen. Abermals musste ich ihre Reife bewundern. Denn ich hatte Staunen, Verwunderung, ja sogar Unglaube erwartet. Doch Kreszentia schien keine Zweifel am Wahrheitsgehalt meiner Worte zu hegen.

„Wieso kam Erasmus hierher? In diese Zeit - zu uns?" fragte sie.

Ich konnte es ihr nicht sagen, denn ich wusste es selbst nicht.

„Kennst du ihn denn?" wollte ich stattdessen von ihr wissen.

„Ich kenne ihn gut. Er erschien vor einigen Jahren bei uns und

Mutter schien Gefallen an ihm zu finden. Und vor einigen Wochen beschlossen sie zusammen wegzugehen. Sie wollten gemeinsam dieses Land verlassen, um ein ganz neues Leben zu beginnen. Ich sollte ebenfalls mit ihnen gehen. Doch dann kam alles anders. Mutter wurde schon länger von den Nachbarn verdächtigt, meinen Vater ermordet zu haben. Die beiden lebten schon lange getrennt. Wenn sie aufeinandertrafen gab es stets Streit. Und eines Tages verschwand Vater unter mysteriösen Umständen. Die Nachbarn behaupteten er wäre von seiner Frau ermordet worden, damit sie Erasmus heiraten könne. Das konnte zwar niemand beweisen, denn Vaters Leiche wurde nie gefunden. Aber die Leute tuschelten hinter der vorgehaltenen Hand und die Stimmen wurden immer lauter die Behauptung Mutter wäre eine Hexe ebenfalls. Als sich der Schultheiß ebenfalls für die Vorkommnisse interessierte, war es nur noch eine Frage der Zeit, wann sie verhaftet werden würde. Als dann auch noch Vaters Bruder, der Pfarrer, schwer erkrankte behauptete man, sie habe ihn verhext, weil er ihr auf die Schliche gekommen sei. Mitten in der Nacht haben sie Mutter aus dem Haus geschleppt und in den Kerker gebracht. Und da Erasmus bei ihr lag, haben sie ihn auch gleich mitgenommen. Sie sagten wer mit einer Hexe in Unzucht lebe, sei ebenfalls ein Hexer."

„Und du?" fragte ich weiter. „Was hatten sie mit dir vor?"

Sie zuckte vage die Schultern.

„Ich erwachte durch den Lärm der Männer, die Mutter und Erasmus abholten. In dem Tumult konnte ich unbemerkt aus einem Fenster fliehen. Ich bin hierher, zum Pfarrhaus gelaufen und habe um Aufnahme gebettelt. Zum Glück ließ sich Bruder Andreas nicht von der allgemeinen Hysterie anstecken. Er hat mich sogar gegen den Schultheiß und den Richter verteidigt. Er sagte ich sei noch eine Jungfrau, und es gäbe keine jungfräulichen Hexen. Zur Hexe werde man erst durch Verkehr mit dem Teufel. Zum Beweis, dass ich keine Hexe sei, hat er mich mit Weihwasser besprengt und ich musste eine geweihte Hostie schlucken. Dem Hexen Rat schien diese Demonstration zu genügen, sie ließen mich fortan in Ruhe. Aber die Bürger sind nicht so leicht von meiner Unschuld zu überzeugen.

Sie beschimpfen und bedrohen mich, sobald sie mich sehen. Du hast es ja selbst erlebt..."

Sie berührte abermals die Wunde an meiner Stirn. Dann erhob sie sich entschlossen.

„Ich werde den Riss nochmals nähen. Die Gefahr, dass Schmutz eindringt, ist dann geringer. Tut mir leid, Adrian, aber ich werde dir neue Schmerzen nicht ersparen können."

Es war das erste Mal, dass sie meinen Namen aussprach. Er klang aus ihrem Munde so... gut. Plötzlich hoffte ich, sie würde mich öfter mit meinem Namen ansprechen. Mittlerweile hegte ich keine Zweifel mehr, ich hatte mich tatsächlich in sie verliebt. Doch ich behielt diese Erkenntnis lieber für mich. Ich wollte sie nicht verwirren und der Zeitpunkt erschien mir für eine Liebeserklärung auch nicht gerade günstig. Es wurde Zeit, dass ich auf den Boden der Tatsachen zurückkam. Und wie konnte ich das schneller erreichen, als durch das erneute Nähen meiner Wunde. Davon abgesehen hatte Zenta Recht. Wenn der Riss verschlossen wurde, war die Gefahr einer Infektion geringer. Und gerade zu diesem Zeitpunkt konnte ich es mir nicht leisten durch Wundfieber außer Gefecht gesetzt zu sein. Also stimmte ich ihr zu.

„Vielleicht wäre es tatsächlich besser, die Wundränder zuvor auszuschneiden", griff ich ihren Vorschlag auf. „Dann heilen sie problemlos zusammen."

Es würde zwar höllisch schmerzen, doch ich würde es schon irgendwie ertragen. Schließlich hatte ich dergleichen Pein schon vielen meiner Patienten zugemutet. Alle hatten es überlebt, ich würde es ganz sicher auch.

Kurz darauf kam Zenta mit ihrem Beutel aus ihrem Zimmer zurück. Sie breitete ihre medizinischen Utensilien auf meinem Bett aus. Ein wenig unsicher betrachtete sie die Instrumente.

„Ich habe so etwas noch nie gemacht", bekannte sie kleinlaut. „Bislang bin ich meist meiner Mutter zur Hand gegangen. Sie ist eine großartige Heilerin, hat ihre Kräfte nie dazu benutzt, jemandem etwas Böses anzutun. Warum sagt man ihr plötzlich solche Dinge nach?"

Was sollte ich ihr darauf antworten? Dass es an der schlimmen Zeit lag, in der sie lebte? Oder dass die Menschen alles mit Misstrauen und Hass verfolgten, dass sie sich nicht erklären konnten? Hexen wurden zwar als Heilerinnen geschätzt und manch einer nahm auch noch andere ihrer Dienste gerne in Anspruch. So etwa, wenn die Manneskraft nachließ oder dem Vieh Krankheiten drohten. Auch manche Frau wusste den Rat einer Hexe zu schätzen, sei es um einen Mann für sich zu interessieren oder aber um der verhassten Nachbarin einen bösen Zauber zu schicken. Doch wenn etwas schiefging oder eine Hysterie ausbrach, so wurden die weisen Frauen und Männer schnell als mit dem Teufel im Bunde stehend verurteilt. In meiner eigenen Zeit war es ja auch nicht viel besser. Ich selbst hatte das schon am eigenen Leib erfahren müssen. Mit dem einzigen Unterschied, dass mir statt des Scheiterhaufens der Strick gedroht hatte.

Ich wollte nicht, dass sich Zenta über das Schicksal ihrer Mutter grämte. Zumindest nicht in diesem Moment. Später würden wir noch ausführlich darüber reden müssen, wenn es darum ging einen Befreiungsplan zu konstruieren. Deshalb lenkte ich sie lieber von dem Thema ab und kam wieder auf unser momentanes Problem zu sprechen, meine Stirnwunde.

„Du wirst es schon schaffen", tröstete ich. „Ich werde dir dabei helfen, so gut ich kann. In meiner Zeit bin ich ein erfahrener Arzt, deshalb weiß ich was zu tun ist."

Auf ihren erstaunten Blick erzählte ich ihr von meiner seltsamen Verjüngung. Dieses Detail hatte ich ihr bislang vorenthalten.

„Zweiunddreißig?!" rief sie entsetzt aus. „Dann bist du in Wahrheit doppelt so alt wie ich?"

Es klang irgendwie enttäuscht und sie wurde prompt rot. Hatte sie sich vielleicht ebenfalls in mich verliebt? Der Gedanke vermittelte mir ungeahnte Zufriedenheit. Fahrig fingerte sie zwischen den teils scharfkantigen und spitzen Instrumenten herum, ich nahm sanft ihre Hand, bevor sie sich verletzte. Dann griff ich ein kleines Skalpell aus dem Durcheinander auf meinem Bett und reichte es ihr.

„Hier, das müsste gehen. Am besten du packst den oberen Wundrand vorsichtig mit der Pinzette und schneidest einen sehr dünnen Streifen ab. Nur so viel, dass der bereits verschorfte Rand entfernt wird. Dann verfährst du mit dem unteren genauso. Danach kannst du die Wunde mit neuen Stichen verschließen."

Ich legte mich ins Kissen zurück und schloss ergeben die Augen. Obwohl ich auf den schneidenden Schmerz gefasst war, zuckte ich doch zusammen. Zenta ließ sich davon nicht beirren, wie eine erfahrene Heilerin tat sie, wie ich ihr gesagt hatte.

Um mich abzulenken fragte ich sie:

„Erasmus, er muss bei seiner Reise durch die Zeit ebenfalls jünger geworden sein. Was meinst du, wie alt ist er deiner Meinung nach?"

Sie dachte einen kurzen Moment nach.

„Fünfundvierzig, würde ich sagen, höchstens fünfzig. Ein attraktiver Mann mit kurzen dunklen Haaren und einem gepflegten Bart. Ich glaube, Mutter hat sich gleich in ihn verliebt."

Fünfundvierzig. Als ich Erasmus das letzte Mal sah, war er über sechzig. Und seine Haare und sein Bart waren graumeliert gewesen. Ich versuchte mir ihn als Mann in den besten Jahren vorzustellen. Es wollte mir nicht so recht gelingen. Na ja, dachte ich, bald würde ich ihm hoffentlich von Angesicht zu Angesicht gegenüberstehen.

„So, fertig!" drang Zentas erleichtert klingende Stimme an mein Ohr. Verwundert öffnete ich die Augen. Meine Grübelei hatte tatsächlich den stechenden Schmerz überlagert. Ich hatte kaum etwas gespürt. Erleichtert setzte ich mich auf, schwang die Beine über den Bettrand und setzte mich auf. Sie stand nun unmittelbar vor mir und betrachtete prüfend meine Stirn. Ihre Hand griff nach meinem Gesicht, verharrte aber dann in der Luft.

Einem Impuls folgend griff ich danach und zog sie an meine Lippen. Ihre Fingerspitzen fühlten sich kühl an, als mein Mund sie berührte. Sie zog sie nicht zurück und als ich den Kopf hob, sah ich in ihren Augen eine Mischung aus Zuneigung und Zurückhaltung. Ich konnte nicht anders, langsam erhob ich mich, noch immer ihre Hand haltend und zog sie an mich.

Mit einem leisen Seufzer ließ sie sich an meine Brust sinken. Ich legte die Arme um sie und mir wurde erneut bewusst wie mädchenhaft und schmal sie war. Dennoch war ich nicht imstande sie loszulassen. Ein schier übermächtiges Gefühl von aufkeimender Zärtlichkeit drängte sich mir auf. Ich wollte sie für immer so in den Armen halten und sie beschützen. Vertrauensvoll legte sie ihren Kopf an meine Brust. Sie war so zierlich und klein, sie reichte mir kaum bis ans Kinn. Dennoch strahlte sie eine frauliche Reife und Sinnlichkeit aus, die mich gefangen nahm.

Ich atmete begierig den zarten herbsüßen Kräuterduft ein, der ihren dunklen Haaren entströmte. Als sie nun den Kopf hob und mich mit ihren dunklen Rehaugen ansah, war es um meine Selbstbeherrschung geschehen. Wie von selbst fanden meine Lippen die ihren. Sie war kein bisschen erschrocken als meine Zungenspitze ihren Mund bedrängte. Bereitwillig öffneten sich ihre Lippen, ließen mich in die verlockende Weichheit und Wärme eindringen. Sie erwiderte meinen Kuss mit unschuldiger Neugier und schnell erwachender Leidenschaft.

Erst nach einer ganzen Weile wurde mir bewusst, was ich da tat. Fast brüsk ließ ich von ihr ab und hielt sie ein wenig von mir weg.

„Entschuldige", murmelte ich zerknirscht. „Ich weiß nicht, was über mich gekommen ist."

Ich konnte ihr kaum in die Augen sehen, zwang mich aber dazu. Irritiert hob sie eine dunkle Augenbraue.

„Wieso entschuldigst du dich? Mir hat es gefallen. Dir etwa nicht?"

Ich hätte schwören können, ihre Augen funkelten dabei in schelmischem Wissen. Doch dann zeigte ihr Blick wieder nur arglose Unschuld. Mein schlechtes Gewissen schien sie zu verwundern.

„Du bist fast noch ein Kind, ich bin ein erwachsener Mann. Das hätte nicht passieren dürfen. Ich weiß nicht, was über mich gekommen ist."

Ich wollte von ihr zurücktreten, doch sie ließ es nicht zu. Mit ihren schmalen Händen hielt sie meine Arme umklammert, zog mich zu sich heran. Eindringlich schaute sie in meine Augen.

„Adrian!"

Da war er wieder, dieser Zauber, wie sie meinen Namen aussprach. Ich spürte, wie ich erneut dahin schmolz. Aber ihre weiteren Worte klangen ernüchternd.

„Sei nicht albern. Ich bin kein kleines Mädchen mehr. Ich bin fast siebzehn, also schon im heiratsfähigen Alter. Und egal wie alt du in deiner Welt bist, hier und jetzt bist du ein junger Bursche von etwa zwanzig Jahren. Du hast mich geküsst und mir hat es gefallen, was ist schlimm daran?"

Noch immer unsicher schüttelte ich den Kopf.

„Ich weiß nicht. Ich bin einfach verwirrt. Seit ich hierher kam ist vieles auf mich eingestürmt. Ich habe eine schwierige Aufgabe zu bewältigen und noch keine Ahnung, wie ich sie meistern soll. Ich bin plötzlich mehr als zehn Jahre jünger geworden. Aber nur äußerlich, in meinem Inneren bin ich ein erwachsener Mann geblieben. Ich bekam einen schweren Schlag auf den Kopf. Und dann begegnet mir hier ganz unvermutet die Liebe, die ich bislang nie gefunden habe..."

Erschrocken über meine eigenen Worte hielt ich inne. Doch es war die Wahrheit. Plötzlich wusste ich es mit Deutlichkeit. Ich liebte dieses Mädchen, dass halb so alt war wie ich selbst. Das war nicht die oberflächliche Verliebtheit eines Zwanzigjährigen, nein es war echte, tiefe Liebe. In meinem bisherigen Leben hatte ich viele Frauen begehrt, war etliche Liebschaften eingegangen. Doch die wahre Liebe war nie darunter gewesen. Noch nie hatte sich eine Frau in meinen Armen so gut, so richtig angefühlt wie dieses geheimnisvolle Mädchen. Eine junge Hexe. Und sie hatte mich, den man den Hexer nannte, mit ihrem Charme und Liebreiz verhext.

Zenta nahm meine Offenbarung gelassener als ich. Nur in ihren dunklen Augen erschien ein erfreutes Funkeln. Lächelnd schüttelte sie den Kopf und fragte unschuldig.

„Weshalb regst du dich dann so auf? Du liebst mich und ich liebe dich. Ich habe es schon gewusst, als ich das erste Mal in deine Augen gesehen habe. Meine Mutter pflegte stets zu sagen man erkennt die Liebe, wenn man ihr begegnet. Und genauso ist es gewesen."

Sie winkte ab, als ich zum Sprechen ansetzte.

„Mach dir keine Sorgen um unsere Zukunft, Adrian. Alles, was uns im Leben widerfährt, hat seinen tieferen Sinn. Das ist uraltes Hexenwissen, darüber muss ich dir doch nichts erzählen. Du bist durch die Zeit gereist um mich hier zu treffen. Das war Vorsehung, unsere Bestimmung. Ich glaube ganz fest daran. Und deshalb wird auch alles ein gutes Ende finden."

Sie sagte es so bestimmt, dass ich es fast selbst glaubte. Doch dann kamen meine Zweifel, meine Bedenken und Sorgen zurück. Wenn ich bei Zenta bleiben wollte, so musste ich auch in dieser Zeit bleiben.

Aber eigentlich wollte ich das nicht. Hier war ich ein junger Bursche ohne Vergangenheit und vielleicht auch ohne Zukunft. Ich besaß zwar das Wissen meiner Zeit, doch damit durfte ich in dieser von Aberglauben und Misstrauen beherrschten Epoche nur sehr vorsichtig umgehen. Meine ärztlichen Kenntnisse waren viel zu modern, ich würde mit meinen unkonventionellen Heilungsmethoden auffallen. Mein medizinisches Wissen zusammen mit meinen Hexenkräften würde den Leuten sehr bald verdächtig vorkommen. Aber etwas anderes als den ärztlichen Beruf wollte ich nicht ausüben, ich sah darin meine Lebensaufgabe. Doch wenn ich nicht äußerst vorsichtig zu Werke ginge, würde ich bald wie Erasmus im Gefängnis sitzen, Folter und den Tod auf dem Scheiterhaufen vor Augen. Noch etwas anderes kam mir in den Sinn. Was würde aus den Menschen meiner eigenen Zeit werden, die irgendwie mit mir verbunden waren? Mit meinen Eltern zum Beispiel? Ich hatte keine Ahnung ob die Geschichte anders ablaufen würde, wäre ich einfach nicht mehr da. Das Zerwürfnis mit meinem Bruder, das zu seinem tragischen Tod geführt hatte. Würde er weiterleben, wenn ich in dieser Zeit blieb? Dann wäre mein Entschluss zumindest in gewisser Weise gerechtfertigt.

Doch dann fielen mir die Peitschennarben auf meinem Rücken ein. Gestern, beim Waschen, hatte ich die wulstigen Narben deutlich fühlen können. Sie waren mir sogar frischer vorgekommen und ab und zu konnte ich noch ziehende Schmerzen auf der Haut spüren, so als wären die tiefen Striemen noch nicht ganz verheilt. Das auspeitschen war jedoch die Strafe für meinen angeblichen Brudermord gewesen. Das hieß, mein Bruder bliebe auf jeden Fall tot, ich konnte ihn durch mein Hierbleiben nicht ins Leben zurückrufen.

Meine Verwirrung muss sich in meinen Gesichtszügen widergespiegelt haben, denn Kreszentia sah mich plötzlich unsicher an. „Was ist mit dir?" fragte sie ängstlich. „Findest du es so bestürzend, dass wir uns lieben?"

Wie sollte ich ihr meine wachsende Verzweiflung erklären? Ich wollte sie nicht aufgeben, denn mir war bewusst, wir gehörten zusammen. Aber ich wollte auch nicht in dieser Zeit bleiben, denn mir war klar, ich würde hier nie glücklich werden können. Selbst Zentas Liebe konnte daran nichts ändern. Polternde Schritte auf der Treppe lenkten uns beide von unserem Problem ab. Die Türe schwang auf und Bruder Andreas trat ins Zimmer.

„Was geht hier vor?" fragte er und blickte misstrauisch von Kreszentia zu mir, wo sein Blick verhielt. Seine Augenbrauen zogen sich ärgerlich zusammen als er fortfuhr.

„Ich war gleich dagegen, dass du dieses Zimmer bekommst. Die Versuchung ist für einen jungen Burschen viel zu groß."

„Aber ich habe ihm doch nur seine Stirnwunde nochmals genäht", mischte sich Zenta schnell ein, ehe ich etwas Unbedachtes sagen konnte. Sie hatte anscheinend aus meinem schuldbewussten Mienenspiel erkannt, dass ich dem Pfarrer die Wahrheit beichten wollte. „Adrian hat sich gestoßen, die Wunde ist aufgeplatzt und musste nochmals genäht werden. Er wollte es zuerst nicht zulassen, deshalb bin ich ihm in sein Zimmer gefolgt. Seht Ihr, hier liegen noch Skalpell und Nadel."

Demonstrativ hielt sie ihm auch noch die blutbefleckten Tücher hin, auf denen die winzigen Hautstreifen lagen, die sie ausgeschnitten hatte. Bruder Andreas beruhigte sich, als er das sah. Wie betend faltete er die Hände und nickte versöhnt.

„Ach so, das ist natürlich etwas anderes. Aber ihr versteht sicher meine Sorge. Zenta ist mir anvertraut und wenn es den Anschein erweckt, ich könne mich nicht genügend um sie kümmern, so landet sie wie ihre Mutter im Gefängnis. Das müssen wir auf jeden Fall verhindern."

Er warf einen prüfenden Blick auf mich.

„Du siehst schlecht aus. Deine Arbeit bei den Samaritern macht dir scheinbar zu schaffen. Aber es ist ein Werk der Nächstenliebe, Gott wird dich sicher dafür belohnen. Jetzt kommt hinunter, das Abendmahl steht auf dem Tisch. Augusta schätzt es nicht, wenn das Essen kalt wird."

Kapitel 5: Der Überfall

In den nächsten Tagen ereignete sich nichts, was mich der Verwirklichung meiner Pläne nähergebracht hätte. Ich ging dem Kerkermeister zur Hand und versuchte mannhaft meinen Ekel und Zorn über die oftmals sinnlosen und barbarischen Strafen zu verbergen. Doch es tat mir in der Seele weh mitzuhelfen, den armseligen Kreaturen, die vor dem Richter standen, wichtige Körperteile abzuhacken oder sie sonst wie zu verstümmeln.

Die Palette der legalen Grausamkeiten war breit und manchmal hegte ich den Verdacht, Kerkermeister Schwarz weidete sich an den Qualen seiner Opfer. Aber ich durfte diese Gefühle nicht zeigen, ich wäre meinen Posten schnell wieder los gewesen. So versuchte ich wenigstens die größten Qualen der Folteropfer ein wenig zu lindern. Das musste natürlich in aller Heimlichkeit geschehen. Ich hatte mit Kreszentias Hilfe ein stark schmerzstillendes und beruhigendes Gebräu entwickelt, das ich in unbeobachteten Augenblicken dem Wasser beimischte, das für die Gefangenen bereitstand. Es war üblich vor, während oder nach der Folter den Gefangenen Wasser zu reichen. Das hielt ihren Kreislauf aufrecht, so dass sie länger die Schmerzen ertragen konnten. Falls sie das Trinken verweigerten oder zu schwach dazu waren, bekamen sie die Flüssigkeit sogar mit Gewalt eingetrichtert. Aber meine Mittel konnte ihre Pein leider nur kurzfristig lindern. Sobald die Gefolterten wieder in der Zelle lagen, kam ich nicht mehr an sie heran.

Auch die Zellen der Hexen durfte ich nicht betreten. Sie wurden streng bewacht. Zwar hätte ich versuchen können die Wächter durch meine hypnotischen Fähigkeiten zu beeinflussen, doch das wagte ich nicht. Sie wurden ständig ausgewechselt, so dass ich rasch den Überblick verlor. Zudem würde es mich zu viel Kraft kosten. Sobald es an der Zeit war Erasmus zu befreien, würde ich aber jedes Quäntchen Kraft brauchen.

Ich traute mich nicht mein unterbrochenes Gespräch mit Zenta wieder aufzunehmen. Noch immer war ich mir nicht im Klaren, was ich tun sollte. Aus dem Sinn ging mir die Angelegenheit jedoch nicht, ich grübelte fast ständig darüber nach. Doch mir wollte einfach keine zufriedenstellende Lösung des Problems einfallen.

Zenta, die natürlich nicht ahnte was in mir vorging, hielt sich ebenfalls zurück. Manchmal kam es mir vor, als seien die Intimitäten zwischen uns nur ein Traum gewesen. Doch sobald wir in einem Raum zusammen waren, schien die Luft zu knistern. Und fast immer, wenn ich zu Zenta hinschaute, ruhte ihr Blick sinnend auf mir. Bruder Andreas behielt uns ebenfalls im Auge und sorgte dafür, dass wir nie alleine miteinander waren. Selbst als wir die Medizin für die Gefolterten zusammen herstellten, saß Hans bei uns in der Küche und tat, als wolle er seine steifen Hände am Feuer wärmen. Dabei schielte er - unauffällig wie er meinte - ständig zu uns herüber.

Des Abends, wenn er dachte ich schliefe schon, schloss Bruder Andreas sogar leise meine Tür von außen ab. Ich vermutete, dass er dasselbe mit Zentas Tür tat.

Zumindest hatte ich inzwischen die Gelegenheit gefunden, mit Zenta über meinen, leider nur dürftigen Rettungsplan zu sprechen. Ich hoffte, sie wüsste vielleicht einen besseren Weg, wie wir die Befreiung der beiden Hexen erreichen konnten. Doch leider fiel ihr in der Kürze der Zeit auch nichts anderes ein. Sie versprach jedoch besonders gründlich darüber nachzudenken. Denn natürlich lag ihr die Freiheit ihrer Mutter mindestens so am Herzen, wie mir die meines alten Mentors. Es blieb uns nichts anderes übrig als den Tag, an dem das Feuer ausbrechen würde, abzuwarten und dann spontan zu handeln. Was danach auf uns zukam stand noch in den Sternen.

„Ich muss noch ein paar Besorgungen machen. Würdest du mitkommen, Adrian, und mir beim Tragen helfen?"

Kreszentia schaute mit betont unbeteiligter Miene über den Mittagstisch zu mir herüber. Ich hatte an diesem Tag keinen Dienst, da der Kerkermeister anderweitig beschäftigt war und deshalb keine Befragungen stattfanden. Somit wurden auch meine Dienste nicht benötigt, was mir nur recht war. Den tagtäglichen Grausamkeiten beizuwohnen zerrten allmählich an meinen Nerven.

Der Gedanke mit Zenta alleine zu sein, verscheuchte sofort meine trüben Gedanken. Ich wischte meinen Mund ab und erhob mich eilig vom Tisch. Auch Zenta war schon auf dem Weg zur Tür, was Bruder Andreas verwundert aufblicken ließ.

„Welche Besorgungen? Fehlt etwas im Haus?", fragte er und in seine gütigen Augen stahl sich ein Funke Misstrauen. „Und warum gehst du nicht mit Walburga oder Ella, wie du es sonst immer tust?"

„Ich möchte Kartoffeln holen. Bauer Zeller hat mir versprochen, ein paar Säcke zurückzubehalten. Ihr wisst doch, Lebensmittel sind knapp. Sicher erinnert Ihr euch noch an das Kalb des Bauers, das ich vor einigen Wochen geheilt habe. Dafür hat er mir die Kartoffeln versprochen. Walburga ist bis heute Abend mit den Äpfeln beschäftigt, die sie einmacht. Und warum sollen Ella und ich uns mit dem schwerbeladenen Karren abschleppen? Adrian ist viel kräftiger als wir, er tut sich leichter damit. Außerdem kann er mich gleichzeitig vor etwaigen Bedrohungen beschützen."

Ihre Worte überzeugten den Pfarrer, brummend gab er seine Zustimmung und wir beeilten uns, das Haus zu verlassen.

Eine Weile gingen wir schweigend nebeneinander her. Ich zog den alten Karren, dessen Holzräder laut auf den Pflastersteinen klapperten. Der Herbstwind wehte unangenehm kalt und blies uns Staub und trockene Blätter ins Gesicht. Tiefe, graue Wolkenbänke trieben rasch über uns hinweg, die Luft roch nach Regen. Mein Blick wanderte in Richtung Stadtmitte, prüfend hielt ich nach Rauchschwaden Ausschau. Oder auch nach versprengten Truppenmitgliedern. Meines Wissens nach waren es herumstromernde, abgerissene Soldaten gewesen, die auf der Suche nach Nahrung das Feuer verursacht hatten. Doch ich konnte nichts Verdächtiges erblicken, alles schien wie immer. Es waren viele Leute unterwegs, meist Hausfrauen auf der Suche nach Essbarem für ihre Familien. Fuhrwerke brachten die dürftigen Erzeugnisse der Bauern aus den umliegenden Dörfern. Das wenige, das sie anzubieten hatten, wurde ihnen förmlich aus der Hand gerissen.

Es war kein gutes Jahr gewesen, soviel hatte ich schon herausgefunden. Das Frühjahr verregnet, der Frühsommer dafür zu heiß.

Die Pflanzen, die nicht bereits auf den Äckern verfault waren, verdursteten bald darauf in der Hitze. Was dennoch überlebte, gedieh nicht besonders gut. Selbst die Äpfel an den Bäumen blieben in diesem Jahr weit unter ihrer normalen Größe zurück. Außerdem trugen sie braune Flecke und sahen nicht sehr appetitlich aus.

„Ich habe gestern Abend in meinem Zimmer die Karten gelegt", begann Zenta unvermutet zu sprechen.

Irritiert sah ich ihr ins Gesicht.

„Erstaunt dich das? Hast du noch nie die Karten nach der Zukunft befragt? Was tun Hexen in deiner Zeit eigentlich?"

Lachend blieb ich stehen und nahm sie spontan in die Arme. Als uns missbilligende Blicke von ein paar älteren Frauen trafen, ließ ich sie jedoch schnell wieder los.

„Ich denke, Hexen tun zu allen Zeiten das gleiche. Dazu gehört natürlich auch das Kartenlegen. Ich bin bloß erstaunt, dass Bruder Andreas einen solchen Brauch in seinem Pfarrhaus duldet. Ich schätze ihn zwar als lieben, gutmütigen Menschen ein, aber Kartenlegen... nein, das hätte ich nicht gedacht."

Jetzt lachte auch Zenta fröhlich auf. Dann versicherte sie mir mit verschmitztem Lächeln, dass es Bruder Andreas selbstverständlich nie dulden würde, im Pfarrhaus in des Teufels Gebetbuch zu lesen.

„Ich halte die Karten sorgsam versteckt - unter meinen Leibchen - da würde er niemals suchen."

Sie kicherte belustigt und auch mir rang die Vorstellung, wie der Mönch in diesen weiblichen Kleidungsstücken wühlte, ein Grinsen ab.

„Und, was sagen die Karten?" fragte ich neugierig. „Wird es uns gelingen, die Hexen zu befreien?"

Ich nahm Zenta vollständig ernst. Obwohl ich mich selbst kaum auf die Aussagen von Karten verließ, wusste ich doch, dass manche Menschen ganz erstaunliche Dinge daraus interpretierten. Dinge, die tatsächlich so eintrafen, wie die Karten es voraussagten. Und ich traute Zenta zu, dass sie diese Kunst beherrschte. Sie nickte völlig ernst.

„Ja, es wird gelingen. Selbst die Feuersbrunst wird in den Karten angezeigt. Was jedoch danach passiert, ist mir nicht ganz klar. Alles deutet auf Flucht hin. Flucht in eine Gegend, die sehr weit entfernt ist. Ich konnte aber nicht erkennen, wohin wir gehen werden..."

„Nun, dass wir nach der Befreiung flüchten müssen, ist mir auch ohne Karten klar. Wir können unmöglich ins Pfarrhaus zurückkehren. Dort würde man uns zuerst suchen. Und dann wären alle anderen dort auch in Gefahr. Das darf nicht geschehen. Ich würde dir deshalb vorschlagen, alles, was dir und deiner Mutter wichtig ist, zusammenzupacken. Es darf allerdings nur so viel sein, wie wir ohne Anstrengung tragen können. Vielleicht können wir wenigstens mein Pferd mitnehmen, aber auch das ist noch ungewiss. Wir deponieren die Sachen an einem geheimen Ort. So müssen wir nach der Befreiung gar nicht mehr ins Pfarrhaus zurück. Das ist wohl für alle Beteiligten das Sicherste."

Wir unterhielten uns noch eine Weile über unser Vorhaben, doch einen konkreten Plan hatten wir noch immer nicht. Wir würden wohl oder übel improvisieren müssen. Wenn ich mich wenigstens an das genaue Datum des Feuers hätte erinnern können. Immer wieder zermarterte ich mir den Kopf deswegen. Doch mir war und blieb nur Anfang November in Erinnerung. Heute war bereits der dritte. Es konnte also jeden Tag losgehen.

Nach über einer Stunde Fußmarsch trafen wir auf dem Bauernhof ein. Es war ein kleines Gehöft mit einem niedrigen Stall und einer windschiefen Scheune. Außer einigen Hühnern, die emsig auf dem Misthaufen pickten, war kein Lebewesen zu sehen.

„Wo sind sie bloß alle?"

Zenta blieb neben mir stehen und blickte ratlos auf die geschlossene Tür des Häuschens.

„Die Haustür steht sonst immer offen."

„Vielleicht sind alle auf dem Feld, die letzte Ernte einholen. Da wird jede Hand gebraucht", sagte ich leichthin, doch mich beschlich ein mulmiges Gefühl. Keine Vision wie bei Frau Pohl, doch stark genug um mir Sorgen zu machen. Zentas Antwort gab meinem Gefühl Recht.

„Nein, die Zellers sind schon sehr alt, sie verlassen nur selten das Haus. Und dann gehen sie nicht weiter bis höchstens zum Stall. Ah, schau, das Scheunentor ist einen Spalt offen, vielleicht sind sie dort. Komm, wir sehen mal nach, die Kartoffeln lagern sowieso in der Scheune."

Ohne auf mich zu warten, ging sie los. Ich beeilte mich, sie einzuholen. Doch auch die Scheune schien leer zu sein, zumindest auf den ersten Blick. Als ich aus den Augenwinkeln eine Bewegung wahrnahm, war es schon zu spät um zu reagieren. Ich erhielt einen heftigen Schlag ins Genick, der mich zu Boden warf. Im nächsten Moment sprang mir jemand ins Kreuz und nagelte mich auf der Erde fest. Ich versuchte, meinen Kopf nach Zenta zu drehen, er wurde mir aber so stark heruntergedrückt, dass ich mein Kinn auf dem unebenen Untergrund aufschürfte. Plötzlich hörte ich Zentas spitzen Schreckensruf und mobilisierte all meine Kräfte um ihr zu Hilfe zu kommen.

Es gelang mir meinen Angreifer von meinem Rücken abzuwerfen. Schnell stemmte ich mich auf Hände und Knie, da traf mich ein erneuter Hieb. Plötzlich sah ich nur noch Sterne und der Boden kam auf mich zu.

Als ich wieder zu mir kam, lag ich mit dem Gesicht im Dreck. Benommen rappelte ich mich auf die Knie. Für einen Moment wusste ich nicht wo ich mich befand und was geschehen war. Doch ein erneuter Schrei aus Zentas Mund ließ mich schnell in die Wirklichkeit zurückfinden. Schwankend kam ich auf die Beine. Diesmal hinderte mich niemand daran. Als ich mich an einem Balken festhielt und Umschau hielt, merkte ich auch warum.

An der Scheunenwand stand ein alter Tisch auf dem allerlei bäuerliche Utensilien herumlagen. Und dazwischen lag Zenta, umringt von mehreren Männern - ihren abgerissenen Uniformen nach Soldaten - und von derben Fäusten festgehalten. Sie wehrte sich aus Leibeskräften, strampelte und trat um sich. Doch gegen die rüden Kerle besaß sie nicht den Hauch einer Chance.

Ich sah fassungslos, wie einer der Männer ihr mit einem Ruck das Mieder aufriss. Zwei andere hielten ihre Beine gespreizt, ihre Röcke waren so weit nach oben geschoben, dass man das dunkle Dreieck ihrer Scham sah. Sie stieß erneut einen schrillen Schrei aus, als ein dritter Kerl brutal seine Finger in ihre weiche Öffnung bohrte.

Der Anblick raubte mir fast den Verstand. Ich vergaß meine pochenden Kopfschmerzen und meine Benommenheit. Gehetzt schaute ich mich nach einem Gegenstand um, den ich als Waffe benutzen konnte. Eine Heugabel stak in einem Strohhaufen, ich zog sie heraus und stürmte damit auf die Kerle zu. Überdeutlich sah ich grobe Fäuste, die Zentas kleine Brüste kneteten. Als einer der Männer nun seinen Hosenschlitz öffnete um in sie einzudringen, rastete ich aus. Mit einem Brüllen überwand ich die wenigen Meter, die uns trennten. Dann stieß ich voller Wut die Mistgabel in das nackte Hinterteil des Kerls. In diesem Moment war es mir gleichgültig, ob ich ihn schwer verletzte oder gar tötete. Ich hatte nur im Sinn, Zenta vor der Vergewaltigung zu retten.

Ich traf gut, die spitzen, langen Zinken drangen tief knapp oberhalb seines Gesäßes ein. So tief, dass sie ihm sicher die Eingeweide durchstachen. Vielleicht kamen sie sogar vorne aus seinem Körper wieder heraus. Es gelang mir jedenfalls nicht, die Heugabel wieder herauszuziehen. Der Mann fiel brüllend um und riss mir den Stiel aus der Hand. Im nächsten Moment fielen seine Kumpane über mich her und rangen mich nieder.

Ich kämpfte wie ein Berserker, immer Zentas Bild vor Augen. In diesem Moment dachte ich nicht an mein eigenes Schicksal und auch nicht an Erasmus, den ich befreien musste. Ich wollte nur das Mädchen beschützen, das ich liebte. Natürlich unterlag ich schnell der Übermacht der Soldaten. Dennoch wehrte ich mich weiter verbissen umso für Zenta Zeit zu schinden. Ich vertraute auf ihren Überlebenswillen, sie würde hoffentlich das Durcheinander nutzen und die Flucht ergreifen.

Wie lange ich kämpfte weiß ich nicht mehr, irgendwann war ich am Ende meiner Kräfte. Schwer atmend lag ich da, versuchte nur noch, meinen Kopf und meine empfindlichen Weichteile vor den Tritten und Schlägen zu schützen, die auf mich einprasselten. Jeden Augenblick erwartete ich den endgültigen Schmerz, mit dem ein Messer oder Knüppel mein Leben beendete. Doch er blieb aus und schließlich hörten die Attacken sogar ganz auf. Ich rührte mich nicht, versuchte verzweifelt, der drohenden Ohnmacht Herr zu werden. Vergeblich, schwarze Nebel durchzogen mein Gehirn und ich versank in ihnen. Ein erneuter Tritt in meine Seite ließ mich aufstöhnen. Mühsam öffnete ich die Augen, sah aber nur Beine in derben Stiefeln vor mir. Meine Haare wurden gepackt, mein Kopf mit einem schmerzhaften Ruck in die Höhe gerissen und wild geschüttelt. Eine Stimme brüllte mich an:

„Das Frauenzimmer ist weg und das ist deine Schuld. Das wirst du uns büßen, Junge. Du hast uns um unseren Spaß gebracht. Gnade dir Gott, wenn wir sie nicht mehr finden."

Wilde Beschimpfungen folgten, dann hörte endlich das Schütteln auf und mein Gesicht knallte auf den Boden zurück. Trotz der Schmerzen, die mich durchzuckten, konnte ich ein erleichtertes Grinsen nicht unterdrücken. Zenta war also die Flucht gelungen. Ich dankte Gott dafür und hoffte, sie würde sich gut verstecken.

Die Scheunentür wurde aufgerissen, ich hörte verärgerte Männerstimmen. Vorsichtig drehte ich den Kopf um in ihre Richtung zu blicken. Erleichtert registrierte ich, dass Zenta nicht bei ihnen war. Mein Blick wanderte weiter zu der Gestalt, die in einer Ecke lag. Der Mann, den ich mit der Mistgabel durchbohrt hatte. Er war tot, seine glasigen Augen schienen blicklos zu mir zu starren. Nun sah ich die Blutflecke auf seinem Unterleib. Die langen Zinken der Heugabel waren tatsächlich durch seinen mageren Körper gedrungen und hatten anscheinend seine Blase, die Nieren und Därme durchstoßen. Ich hatte einen Menschen ermordet.

Meine aufkeimenden Schuldgefühle mischten sich mit Zorn. Er wollte Zenta vergewaltigen, er, und danach bestimmt auch noch seine Kumpane. Was sie dann mit ihr angestellt hätten, darüber brauchte ich nicht nachzudenken. Ganz sicher hätten sie Zenta getötet. Und mich ebenfalls. Was mich zu der bangen Frage führte was sie wohl nun mit mir anstellen würden. War ich durch die Zeit gereist, um hier erschlagen zu werden wie ein tollwütiger Hund? Ich wollte nicht sterben, war aber zu schwach, mich nochmals gegen die Männer zu wehren. Erasmus und Zentas Mutter fielen mir ein. Wer würde sie befreien, wenn ich tot war? Würde mein Tod auch ihr Ende bedeuten? Die Soldaten ließen mir keine Zeit darüber nachzugrübeln. Sie waren anscheinend zu einem Entschluss gekommen wie sie mich töten wollten. Ich betete darum, es möge ein schneller Tod sein. Um ihnen meine Todesangst nicht zu offenbaren grinste ich verzerrt, als sie auf mich zukamen. Was mir sofort einen erneuten Fußtritt einbrachte. Ich wurde grob in die Höhe gerissen und mein Grinsen zerfaserte.

„Du hast uns um unseren Spaß gebracht", wiederholte der Mann, wahrscheinlich der Anführer der Horde. Seinen toten Kumpanen erwähnte er nicht, anscheinend war ihm dessen Schicksal gleichgültig. In seinen Augen erschien ein seltsames Funkeln als er hämisch sagte.

„Deshalb werden wir unseren Spaß eben mit dir haben."

Ich wusste im ersten Moment nicht, was er damit meinte. Erst als ein anderer Kerl meine Arme packte und auf den Rücken bog, schwante mir, dass ich nicht einfach getötet werden sollte. Ein dünner Strick wurde um meine Handgelenke gewunden und fesselte sie auf meinen Rücken. Ich erwachte endlich aus meiner Erstarrung, doch es war zu spät. Hilflos musste ich mir gefallen lassen, dass man mir die Hose herunterriss.

„Nein!" entfuhr es mir und meine Stimme klang schrill vor Entsetzen. „Nein, dass könnt ihr nicht tun!"

Ein raues Lachen war alles, was ich zur Antwort bekam. Dann wurde ich kurzerhand zu dem Hackklotz gezerrt, der mitten in der Scheune stand und bäuchlings darüber geworfen. Verzweifelt versuchte ich mich zu wehren, zu entfliehen. Doch weder meine auskeilenden Füße, noch mein sich windender Körper, machten auf meine Bezwinger Eindruck. Ich bewirkte nur, dass ich weitere Schläge einstecken musste und obendrein noch mein Hemd zerrissen wurde. Mein Wams und mein Umhang waren mir bereits beim ersten Handgemenge vom Körper gerissen worden. Nun lag ich nackt und bloß über dem Hackklotz, nur meine Hose hing noch um meine Füße.

„Seht euch nur den Rücken dieses Kerls an, er ist voller Striemen", hörte ich eine feixende Stimme hinter mir. „Scheint, als hätten schon mehr Leute mit ihm ein Hühnchen zu rupfen gehabt."

Raue Hände fuhren grob über die Narben auf meinem Rücken und jemand schlug mir derb auf den Hintern. Mir zitterten vor Furcht die Knie und der Kerl hinter mir lachte böse auf.

„Hast du Angst? Ja, jetzt wünschst du dir sicher, du wärst nicht so voreilig gewesen. Deine Kleine wäre uns auch lieber gewesen, das kannst du mir glauben. Aber du tust es auch. Wir sind schon seit Jahren im Krieg und hatten schon viel zu lange kein williges Weib mehr zwischen den Beinen. Deine Freundin hat uns scharf gemacht und jetzt ist sie weg. Durch deine Schuld, also ist es nur Recht, dass wir uns bei dir holen, was sie uns nicht mehr geben kann."

„Das dürft ihr nicht tun!" versuchte ich ihr aberwitziges Ansinnen abzuwehren. „Das ist Sodomie und wird hart bestraft."

„Wer soll uns schon verraten, du etwa?"

Die Stimme hinter mir klang erregt und mir lief ein eisiger Schauer über den Rücken.

„Falls wir dich überhaupt am Leben lassen, wirst du sicher den Teufel tun, uns zu verpetzen. Oder willst du etwa dem Richter erzählen, was wir mit dir getrieben haben? Nein, nein, das wirst du schön für dich behalten, da bin ich mir sicher."

Adrian schwieg abrupt und entriss Simon dadurch dem Bann, den die Erzählung auf ihn auswirkte. Einen Moment sahen sich die Freunde betreten an, so als versuchten sie beide die düsteren Bilder zu vertreiben, die sich vor ihren inneren Augen auftaten. Simon öffnete den Mund um etwas zu sagen, doch die Worte wollten nicht über seine Lippen. Schließlich atmete Adrian tief ein und stieß die Luft langsam wieder aus.

Er sah Simon offen ins Gesicht und erzählte mit verhaltener Stimme weiter:

„Es begann ein wahrer Alptraum der nicht enden wollte. Die sechs Männer vergingen sich der Reihe nach an mir. Sicher hast du Verständnis, dass ich die schrecklichen Einzelheiten aussparen möchte. Ich versuche bis heute vergeblich sie aus meinem Kopf zu bringen. Ich war vor Ekel und Entsetzen fast irrsinnig. Schmerz verspürte ich kaum noch, obwohl sie brutal vorgingen und immer wieder auf mich einschlugen. Mein Bauch wurde von dem rauen Holzklotz wundgescheuert, doch ich spürte es nicht. In mir war nur noch Panik und Verzweiflung. Längst hatte ich aufgehört mich zu wehren, ich hing wie tot auf dem Hackklotz. Und ich wünschte mir auch, ich wäre tot. Wie sollte ich weiterleben im Bewusstsein dieser Demütigung, dieser unsäglichen Schmach?

Mir wurde nicht sofort bewusst, dass sie endlich aufgehört hatte. Erst allmählich drang es in mein umnebeltes Gehirn. Das Blut toste so laut in meinen Ohren, dass ich nicht mitbekam, was meine Peiniger sagten. Ich hielt meine Augen fest geschlossen, so als könne ich dadurch die Bilder ausschalten, die doch nur in meinem Kopf existierten. Nach einer Weile ließ das Tosen in meinen Ohren nach, ich konnte hören was sie sagten. Sie lachten voller Häme und bedankten sich spöttisch bei mir für die Befriedigung, die ich ihnen verschafft hatte. Dabei befingerten sie mich weiterhin, tätschelten meinen Rücken als sei ich ein williges Pferd.

Wenn ich gekonnt hätte, ich hätte sie angefleht mich zu töten. Doch ich war so fertig, dass ich kein Wort herausbekam. Vor Scham und Ekel konnte ich kaum noch atmen. Nur ein paar unartikulierte Laute entrangen sich meiner Kehle."

„Was machen wir nun mit ihm?"

Es war einer der jüngeren Männer, der es eher uninteressiert fragte. „Legen wir ihn um oder lassen wir ihn einfach hier liegen?"

„Lass ihn leben, er kann uns nicht gefährlich werden. Außerdem würde ihm eh keiner glauben, falls er überhaupt jemandem davon erzählt. Aber das wirst du nicht tun, oder?"

Es war der Anführer, der jetzt vor mir in die Hocke ging und meinen Kopf anhob. Fast meinte ich, so etwas wie schlechtes Gewissen in seinen Augen zu sehen. Doch die späte Reue nützte mir nun auch nichts mehr. Ich versuchte, den Kopf abzuwenden und schloss die Augen.

„Na, nun tu nicht, als sei es das Schlimmste gewesen, was du jemals ertragen musstest", brummte er aufgebracht. „Die Peitschenhiebe, die diese Narben auf deinem Rücken hinterlassen haben, waren bestimmt schmerzhafter. Wenn du es so nimmst, haben wir dir kaum etwas getan. Nur ein bisschen Spaß mit dir gehabt."

Er klang nun tatsächlich schuldbewusst. So als ob er auf meine Verzeihung hoffte. Er löste die Fesseln um meine Hände. Meine Arme fielen herab und baumelten neben dem Hackklotz. Ich fühlte mich wie gelähmt, war einfach unfähig mich zu bewegen. Wenn sie doch endlich verschwinden würden, hoffte ich inständig. Ich wollte keinen von ihnen jemals wiedersehen und schon gar nicht dämliche Worte des Lobes oder der Entschuldigung hören. Eigentlich wollte ich nur noch schlafen, oder besser noch, sterben.

Irgendwann waren sie endlich verschwunden und ich blieb alleine zurück. Nur der Leichnam lag noch da. Noch immer hing ich auf dem Holzklotz, in der gleichen unwürdigen Lage, in der sie mich missbraucht hatten. Als mir das bewusst wurde mobilisierte ich meine letzten Kräfte und ließ mich einfach seitlich zu Boden fallen. Wie ein Fötus rollte ich mich zusammen, die Arme um meine Schultern geschlungen. Das heulende Elend überfiel mich ganz plötzlich. Ich konnte nichts dagegen tun. Mein Körper wurde von Weinkrämpfen geschüttelt, Rotz und Spucke tränkten den Boden unter meinem Gesicht. Dann drehte sich mein Magen um, ich erbrach mich würgend, bis nichts mehr in mir war.

Eine warme Hand legte sich auf meine Wange und streichelte mich tröstend. Ich erstarrte vor Schreck. Ohne hinzusehen wusste ich, dass es Zenta war, die neben mir kniete. Und mit derselben Deutlichkeit wurde mir bewusst, dass sie die ganze Zeit in der Scheune gewesen sein musste. Sie war nicht weggelaufen, sondern hatte den kurzen Augenblick des Tumultes benutzt, sich tief zwischen den eingelagerten Heugarben zu verstecken.

Sie hatte alles gesehen; meine Erniedrigung, meine Schmach. Hatte aus nächster Nähe mit angesehen, welche unaussprechlichen Dinge mir diese Männer angetan hatten.

Die Erkenntnis traf mich wie ein Faustschlag in den Magen. Wie sollte ich ihr jemals wieder in die Augen blicken können? Würgend übergab ich mich erneut.

„Adrian", erklang ihre leise Stimme über mir. Sie war voller Emotionen, die ich nicht deuten konnte. Natürlich musste sie aufgeregt und nervös sein. Schließlich war sie nur knapp dem gleichen Schicksal entgangen. Und sicher bedauerte sie mich auch in gewisser Weise. Dennoch meinte ich, vor allem Abscheu und Ekel aus ihrer Stimme zu hören. Ich konnte es ihr nicht einmal verdenken. Aufstöhnend vergrub ich den Kopf in meiner Armbeuge.

„Wir müssen weg, Adrian!"

Jetzt klang ihre Stimme drängender.

„Die Nacht bricht bald herein, es wird zu gefährlich die Straße zu benutzen, sobald es dunkel ist. Komm, steh auf, ich helfe dir."

Ich rührte mich nicht, wollte ihr auf keinen Fall in die Augen sehen. Als sie an meinem Arm zerrt, um mich zum Aufstehen zu bewegen, wehrte ich sie grob ab.

„Geh allein!" stieß ich schroff hervor. Ich werde nicht mitkommen. Ich kann nicht..."

„Rede keinen Unsinn. Du bist nicht allzu schwer verletzt. Ein paar Prellungen und Blutergüsse. Aber die bringen dich nicht um. Wenn wir erst zu Hause sind, werde ich mich um deine Verletzungen kümmern. Aber jetzt müssen wir los. Oder möchtest du lieber die Nacht hier in der Scheune verbringen? Ich denke nicht, dass die Soldaten zurückkehren. Sie haben die Milchkuh der Zellers mitgenommen und auch die Kartoffeln. Es gibt hier nichts mehr für sie zu holen. Wenn du dich zu schwach fühlst, bleiben wir eben hier."

„Du verstehst mich nicht, Kreszentia", murmelte ich schwach. „Ich will nicht mit dir gehen. Ich kann dir, nach dem was geschehen ist, nicht mehr in die Augen sehen. Dir nicht und auch sonst niemandem... Ich werde fortgehen, am besten, ich gehe in meine Zeit zurück. Dort weiß wenigstens niemand, was mir widerfahren ist. Und mit etwas Glück vergesse ich es vielleicht mit der Zeit..."

Müde ließ ich mich auf den Boden zurücksinken und vergrub erneut mein Gesicht in meiner Armbeuge. Nach einer Weile hörte ich, wie Kreszentia sich neben mir erhob. Kurz darauf fiel das Scheunentor zu. Ich war wieder alleine - alleine mit dem Schmerz, der durch meine Gefühle tobte.

Kapitel 6: Eine Nacht mit Folgen

Falls ich tatsächlich geglaubt hatte Kreszentia ließe sich so einfach wegschicken, so sah ich mich getäuscht. Nur wenige Minuten später kniete sie schon wieder neben mir und griff unter mein Kinn, zog meinen Kopf herum. Obwohl ich nicht glaubte sie ansehen zu können, gab ich ihrer sanften Hand nach. Mein Körper folgte mechanisch der Drehung und ich fand mich auf dem Rücken liegend wieder. Müde hob ich den Arm um ihn mir über die Augen zu legen, doch Zenta ließ es nicht zu. Sie hielt meine Hand fest und beugte sich über mich. Durch einen schmalen Spalt meiner Lider betrachtete ich ihr Gesicht. Ich erwartete Abscheu zu sehen, vielleicht auch Mitleid, doch ich sah nichts davon. Nur Besorgnis und... Liebe. Dieser unvermutete Anblick brachte mich erneut aus der Fassung. Tränen füllten meine Augen und drangen unter den Wimpern hervor.

„Weine ruhig, Adrian, unterdrücke deine Tränen nicht. Weinen erleichtern den Schmerz, ich weiß das aus eigener Erfahrung."

Sie schaute sehr ernst auf mich herab und versuchte aufmunternd zu lächeln.

Neben ihr stand eine Schüssel mit Wasser. Sie tauchte einen nicht sehr sauberen Lappen hinein und begann dann vorsichtig mein Gesicht abzuwischen. Ich ließ es willenlos geschehen. Erst als sie mit dem Lappen über meine Brust fuhr, kam mir meine Nacktheit zu Bewusstsein. Mit einem wehen Laut rollte ich mich zur Seite um wenigstens meinen Intimbereich ihren Blicken zu entziehen.

Sie war nicht gekränkt, sie konnte mich anscheinend verstehen. Als sie aufstand und einige Schritte weg ging, raffte ich hektisch meine Hose hoch und zog sie über meine Lenden. Die Verschlussbänder waren zerrissen, ich würde den Bund mit den Händen zusammenhalten müssen, damit ich die Hose nicht verlor. Mutlos ließ ich mich zurückfallen.

Doch Zenta bewies erneut, dass sie auch in verzweifelten Situationen klar denken konnte. Von irgendwo her brachte sie einen

Hanfstrick, den ich um den Hosenbund binden konnte. Dann reichte sie mir mein Hemd, oder besser das, was davon noch übrig war. Sie half mir das zerrissene Kleidungsstück anzuziehen. Mein Wams lag zusammen mit meinem Umhang auf dem Boden. Die Stücke waren schmutzig, aber der Umhang war heil geblieben, er verdeckte gnädig meinen geschundenen Körper.

Auch Zentas Umhang verbarg ihr zerrissenes Kleid und nachdem sie ihr Haar neu geflochten hatte, konnten wir den Heimweg antreten ohne befürchten zu müssen größeres Aufsehen zu erregen. Obwohl ich doch eigentlich nicht mit Zenta gehen wollte, verließ ich nun wie selbstverständlich neben ihr die Scheune. Ich war körperlich und seelisch zu ausgelaugt um ihr weiter Widerstand zu leisten. Und wo sollte ich auch hingehen, wenn nicht zurück zum Pfarrhaus? In meinem momentanen desolaten Zustand würde ich nicht weit kommen.

Vor der Scheune stand plötzlich das alte Ehepaar, die Zellers vor uns. Als sie die Soldaten kommen sahen, erzählten sie aufgeregt, hatten sie die Türe verschlossen und sich im Haus versteckt gehalten. Die alten Leute waren noch immer ziemlich durcheinander. Wie sollten sie ohne ihre Vorräte und ohne ihre einzige Kuh den Winter überstehen, fragten sie sich bang. Normalerweise hätte mich ihr Schicksal berührt, doch ich war zu benommen von meinen eigenen schlimmen Erlebnissen. Ich wollte nur noch weg von diesem schrecklichen Ort. Deshalb nickte ich nur einen knappen Gruß als Zenta sich von den Zellers verabschiedete. Sie versprach jemanden zu schicken, der sich um die alten Leute kümmern würde.

Der Heimweg gestaltete sich zur Tortur für mich. Schon nach einer halben Stunde Fußmarsch konnte ich mich kaum noch auf den Beinen halten. Sämtliche Muskeln meines Körpers schmerzten fürchterlich und ich hatte das ständige Bedürfnis meinen Darm zu entleeren. Nachdem ich zweimal in den Büschen verschwunden war kam nichts mehr aus mir heraus, das drängende Gefühl blieb jedoch bestehen. Überhaupt glaubte ich meine Eingeweide wären entzündet und wund.

Nachdem ich zum wiederholten Male um Atem ringend stehengeblieben war, bat ich Zenta alleine weiterzugehen.

„Ich halte dich nur auf. Du könntest ohne mich schon längst in Sicherheit sein. Es ist schon fast Nacht. Lauf voraus, ich komme schon irgendwie nach."

Aber Zenta dachte nicht daran, mich alleine meines Weges ziehen zu lassen. Sie fasste meinen Arm um mich zu führen. Schon zuvor hatte sie mir einen knorrigen Stock in die Hand gedrückt, auf den ich mich aufstützen konnte. Immer wenn ich stehenblieb redete sie mir leise und eindringlich zu. Ich glaube ohne ihre Hilfe wäre ich niemals am Pfarrhaus angekommen. sondern hätte mich einfach irgendwo in den Straßenrand gelegt.

Es war schon stockfinstere Nacht als wir endlich das Pfarrhaus erreichten. Bevor wir klopfen konnten wurde die Türe aufgerissen. Bruder Andreas sah uns zuerst zornig, dann bestürzt an.

„Um Gottes heiligen Willen, was ist mit euch geschehen? Aber kommt erst einmal herein, ihr seht ja aus als sei euch der leibhaftige Teufel erschienen."

Er sah wie ich schwankte und stützte meinen Arm um mich in die Stube zu führen. Dort rückte er mir seinen Lehnstuhl zurecht, aufatmend ließ ich mich hineinfallen.

Mir war übel und ich zitterte wie ein nasser Hund vor innerer Kälte. Besorgt legte er mir die Hand auf die Stirn.

„Du hast Fieber, du glühst ja förmlich. Was ist mit dir Kreszentia, geht es dir gut?"

Sein forschender Blick glitt über ihre Gestalt und Zenta zog ihren Umhang enger um sich. Ein wenig ratlos blickte sie zu mir herüber dann straffte sie ihre Schultern.

„Wir wurden auf dem Heimweg von Soldaten überfallen", begann sie die halbe Wahrheit zu erzählen. Ich war dankbar, dass sie anscheinend auslassen wollte, was wirklich passiert war. Zumindest in diesem Moment wäre ich nicht in der Lage gewesen dem Pfarrer ehrlich Rede und Antwort zu stehen. Ich wollte nur noch in mein Bett fallen, die Augen schließen und an gar nichts mehr denken.

„Adrian kämpfte mit den Soldaten so verbissen um unsere Kartoffeln, dass sie ihn aus Zorn niederschlugen", beendete Zenta ihren knappen Bericht und bekreuzigte sich schnell, wohl weil sie Bruder Andreas belogen hatte.

„Um Himmels Willen, mein lieber Junge. Es ist zwar tragisch, wertvolle Nahrungsmittel gestohlen zu bekommen, aber ein paar Kartoffeln sind doch nicht wert, dass du deswegen dein Leben riskierst. Was haben dir die Diebe angetan, ist es sehr schlimm? Komm, ich bringe dich am besten gleich ins Bett und sehe mir deine Wunden an. Ich wecke Hans auf, er kennt sich ein wenig in der Heilkunde aus. Zumindest beim Vieh. Oder soll ich besser den Arzt aus der Stadt kommen lassen?"

Seine ehrliche Besorgnis erwärmte ein wenig mein Herz, doch scheute ich davor zurück, ihm meinen Körper zu zeigen. Ich hätte nicht ertragen seinem ahnungsvollen Blick zu begegnen, wenn er sah, welcher Art meine Verletzungen waren. Selbst einem Mönch musste dann klar sein, was geschehen war. Und obwohl ich absolut nichts hätte tun können, die Vergewaltigung zu verhindern, beschämte sie mich sehr. Also wehrte ich sein Angebot ab.

„Nein, es ist nicht so schlimm, nur ein paar Kratzer. Ich habe auch kein Fieber, mir ist nur heiß und mein Kopf schmerzt. Wahrscheinlich bekomme ich eine Erkältung. Nach einer Nacht Schlaf bin ich sicher wieder in Ordnung."

Um gar keine weitere Diskussion um meinen Gesundheitszustand aufkommen zu lassen, erhob ich mich schwerfällig und steuerte die Treppe an. Nur mit äußerster Willensanstrengung gelang es mir mein Zimmer zu erreichen ohne umzufallen. Ich fühlte mich in Wahrheit hundeelend und hatte tatsächlich hohes Fieber. In mir keimte Angst auf, dass ich vielleicht innere Verletzungen davongetragen hatte. Aber dann dachte ich bei mir, dass es gar nicht so schlimm wäre im Schlaf zu sterben.

Irgendwie brachte ich noch die Energie auf mich auszuziehen und mein Nachtgewand überzustreifen. Dann sank ich aufs Bett und fiel sofort in einen unruhigen Schlaf. Doch eine Berührung weckte mich erneut. Verständnislos starrte ich in Zentas Gesicht. Wie kam sie ins

Zimmer? Ich erinnerte mich schwach gehört zu haben, wie Bruder Andreas abgeschlossen hatte. Er traute mir wohl selbst in meinem elenden Zustand nicht ganz.

„Trink das!" flüsterte sie und hielt mir einen Becher an die Lippen. „Ich habe den Trank nach einem Rezept meiner Mutter gebraut. Er ist sehr stark und hilft sowohl gegen das Fieber, als auch gegen die Schmerzen. Danach kannst du ruhiger schlafen."

Der Trank war bitter, ich verzog das Gesicht. Doch Zenta setzte den Becher nicht eher ab, bis ich ihn ganz geleert hatte.

„Ich habe einen Eimer heißes Wasser mit in mein Zimmer genommen. Zu Bruder Andreas sagte ich er wäre für mich. Aber er ist für dich gedacht, ich werde dich gründlich waschen und danach deine Wunden mit der Tinktur behandeln."

Nein", wehrte ich schwach ab. „Das lasse ich nicht zu, du hast schon viel zu viel von mir gesehen."

„Na, dann kann mich ja dein Anblick nicht mehr aus der Fassung bringen" meinte sie betont munter um dann ernsthaft fortzufahren. „Ich bin kein kleines Mädchen mehr, Adrian. Begreife das endlich. Einen nackten Mann zu waschen bringt mir nicht die ewige Verdammnis. Deine Wunden müssen gereinigt werden, das weißt du so gut wie ich. Und wenn erst einmal der Schmutz von deinem Körper gewaschen ist, fühlt sich vielleicht auch deine Seele wieder ein wenig sauberer. Ich habe es an mir selbst ausprobiert, es wirkt, ich fühle mich bereits viel besser. Warum soll es nicht auch bei dir so sein?"

Ihre Worte brachten mir siedend heiß den Anblick ihres halb entkleideten Körpers ins Gedächtnis zurück. Scham überschwemmte erneut meine Gedanken. Diesmal schämte ich mich für meine Gedankenlosigkeit. Ihr war genauso Entwürdigendes angetan worden. In meinem Selbstmitleid hatte ich es vollkommen vergessen. Jetzt sah ich vor meinem geistigen Auge wieder die groben Finger, tief in Zentas jungfräuliche Spalte gebohrt. Ganz sicher hatten die Soldaten ihr ebenfalls Schmerz zugefügt. Körperlichen und auch seelischen. Sie war ebenfalls vergewaltigt worden, wenn auch nicht in letzter Konsequenz. Bislang hatte sie kein Wort darüber verloren, doch das bedeutete nicht, dass sie nicht genauso darunter litt wie ich.

„Hat dieser Kerl dich verletzt?" fragte ich schuldbewusst.

Sie sah mir lange in die Augen. Dann zuckte sie vage die Schultern.

„Die Angst und der Schock waren größer als der Schmerz. Und ich bin jetzt wohl keine Jungfrau mehr. Aber dass es nicht zu Schlimmerem kam habe ich nur dir zu verdanken. Ich habe dir noch nicht einmal dafür gedankt..., dass du..., dass du dich für mich geopfert hast."

Ich schüttelte müde den Kopf. Was sollte ich darauf erwidern? Alles was ich sagen konnte würde nicht das treffen, was ich fühlte.

„Es war einfach ein entsetzliches Erlebnis gewesen", meinte ich schließlich lahm. „Für uns beide. Und wir werden es wahrscheinlich beide nie vergessen können. Doch wir leben noch Zenta, und vielleicht wird alles wieder gut werden - irgendwann."

„Ganz sicher wird es das."

Sie klang viel optimistischer als ich sein konnte. Wie weit sie diesen Optimismus tatsächlich besaß, oder ob sie ihn mir nur vortäuschte, konnte ich nicht erkennen. Sie klang auf jeden Fall energisch als sie nun sagte:

„Wir dürfen uns von dem was geschehen ist nicht unterkriegen lassen, Adrian. Und deshalb werde ich dich jetzt waschen und deine Wunden behandeln. Schlafe ruhig, sicher wirkt das Mittel schon und macht dich müde. Wehr dich nicht dagegen."

Sie hatte Recht, ich spürte bereits die Wirkung des Trankes. Ein Gefühl der Gleichgültigkeit durchzog mein Gehirn, ich schloss müde die Augen. Ich schlief nicht richtig ein, befand mich eher in einem Stadium zwischen Wachen und Traum. Doch ich nahm alles so hin, wie es war, ohne mir Gedanken darüber zu machen.

Ihre Hände begannen sanft mich abzuwaschen, ich genoss das Gefühl, so umsorgt zu werden. Zenta wusch mich von Kopf bis Fuß, ließ nichts aus. Danach zupfte sie mit einer Pinzette etliche kleine Holzsplitter aus meinem Bauch und behandelte danach die vielen Kratzer und Risswunden mit der Tinktur. Als sie mit meiner Vorderseite fertig war bat sie ich solle mich umdrehen und ich folgte ihrer

Bitte. Sie wusch meinen Rücken genauso sorgfältig und behandelte auch hier die Wunden. Die Tinktur brannte auf meiner geschundenen Haut, ich registrierte es zwar, ließ es aber gleichgültig über mich ergehen. Selbst als Zenta gründlich den Bereich zwischen meinen Pobacken reinigte und die Verletzungen behandelte, schämte ich mich nicht vor ihr.

Irgendwann schlief ich fest ein und erwachte erst spät am nächsten Morgen. Ich fühlte mich tatsächlich viel besser, zumindest was meinen Körper betraf. Das Fieber war gesunken, die Muskelschmerzen auf ein erträgliches Maß zurückgegangen. Nur mein Kopf schmerzte noch heftig.

Glücklicherweise war Sonntag, ich musste also nicht ins Gefängnis gehen. An diesem geheiligten Tag wurden die Gefangenen vor der Folter verschont. Ich beschloss, den Tag im Bett zu verbringen, so konnte ich in Ruhe meine Beschwerden auskurieren und, was mir wichtiger war, ich brauchte niemandem Rede und Antwort stehen.

Bruder Andreas kam zwar nach der Messe bei mir vorbei um sich nach meinem Befinden zu erkundigen. Doch er ging bald wieder, nachdem ich Müdigkeit vortäuschte und er sich davon überzeugt hatte, dass ich mich auf dem Wege der Besserung befand.

Zenta sah ich nur mittags kurz, als sie mir das Essen brachte. Heute befiel mich ihr gegenüber wieder ein Gefühl der Scheu. Ich hatte sehr viel nachgedacht, auch über die Geschehnisse der letzten Nacht. Die betäubende Wirkung des Trankes war längst verflogen, hatte mir aber nicht die Erinnerung genommen. Und als sie nun vor meinem Bett stand, kamen mir die intimen Berührungen ihrer Hände wieder ins Bewusstsein. Heute, bei klarem Verstand fiel es mir schwer, dieselbe Gleichgültigkeit wie in der Nacht zu spüren.

Auch Zenta war merkwürdig schweigsam und ging bald wieder. Ich grübelte darüber nach, ob ich sie wohl irgendwie verärgert hätte, doch mir fiel nicht ein, wodurch. Wahrscheinlich, so vermutete ich, waren ihr die Geschehnisse des gestrigen Tages genauso peinlich wie mir. Gestern war sie voller verwirrter Emotionen gewesen, sicher hatte sie ebenfalls lange nachgedacht und war zu dem Entschluss gekommen, meine Nähe fortan lieber zu meiden. Ich konnte es ihr nicht einmal verdenken, dennoch betrübte mich der Gedanke über alle Maßen. Deutlich wurde mir bewusst, wie sehr ich sie liebte und brauchte. Die Nacht war ungewöhnlich hell, da Vollmond war. Sein Schein zeichnete Muster aus Licht und Schatten an die Wände meines Zimmers. Ich konnte nicht schlafen und warf mich unruhig auf dem Bett hin und her. Ich hätte Zenta nochmals um den Trank bitten sollen, kam mir in den Sinn. Dann müsste ich mich nicht mit düsteren Gedanken herumquälen.

Jetzt, in der Nacht suchten mich die Gespenster der Erinnerung auf und peinigten mich. Vergeblich versuchte ich, sie zu ignorieren, sie drangen unbarmherzig in meine Gedanken und ließen mich alles noch einmal erleben. Fast glaubte ich die Schmerzen der Vergewaltigung und der Schläge erneut zu spüren. Vor meinem geistigen Auge erschien das Bild wirrer Schamhaare in denen es vor Filzläusen wimmelte. Ich meinte, den penetranten Gestank der ungewaschenen Männerkörper zu riechen, hörte erneut das raue Lachen, spürte die Schläge auf Rücken und Gesäß. Angst überfiel mich. Was, wenn ich nie mehr von diesen Schrecken loskam, wenn ich die Demütigungen und Qualen jede Nacht aufs Neue durchlebte? Würde ich dann irgendwann verrückt werden?

„Nein", wimmerte ich leise und warf mich herum. „Nein, nein, nein."

Adrian, beruhige dich, ich bin ja bei dir", erklang eine sanfte Stimme. Mit einem leisen Aufschrei fuhr ich hoch und erkannte Zenta. Sie setzte sich neben mich aufs Bett und legte beruhigend ihre Hand auf meinen Arm.

Wo kam sie her? Ich hatte sie nicht kommen hören. Jetzt fiel mir wieder ein, dass sie schon in der letzten Nacht plötzlich in meinem Zimmer stand. Verwirrt schaute ich sie an. Sie lächelte leicht.

„Ich besitze einen Schlüssel zur Verbindungstüre", meinte sie verschmitzt. „Niemand weiß davon, ich halte ihn gut versteckt."

„Unter deinem Leibchen", vermutete ich und grinste verzerrt. Sie sah mich tadelnd an.

„Es gibt noch mehr gute Verstecke. Die Leibchen sind nur eines davon."

„Habe ich dich aufgeweckt?" fragte ich zerknirscht. „Das tut mir leid. Ich hatte wohl einen ... Alptraum."

„Ich konnte nicht schlafen. In der Nacht quälen mich meine Gedanken mehr als am Tage. Alles kommt mir dann viel schlimmer vor. Geht es dir ebenso? Ich hörte, wie du dich auf deinem Bett herumwarfst."

Ich nickte schwach, nahm ihre Hand und zog sie näher an mich heran. Bereitwillig schmiegte sie sich an meine Brust.

„Ich fürchte, das wird noch eine ganze Weile so sein. Aber mit der Zeit wird die Erinnerung sicher weniger intensiv sein."

Meine Worte sollten sie trösten, doch ich glaubte selbst nicht daran.

„Halt mich fest, Adrian, ganz fest", bat sie leise.

Das tat ich bereits, ich fürchtete ihr weh zu tun, wenn ich sie noch enger in meine Arme schloss. Sie klammerte sich an mich, wie ein verängstigtes Kind, den Kopf an meine Brust gepresst.

So saßen wir eine ganze Weile, stumm, uns gegenseitig Halt gebend, durch die Berührung unserer Körper. Mein Kinn ruhte leicht auf ihrem Scheitel und der Duft ihrer Haare stieg in meine Nase. Ich atmete ihn ein wie ein Ertrinkender.

Alles ergab sich wie von selbst, ohne unser bewusstes Zutun. Plötzlich lagen wir auf dem Bett, eng umschlungen und küssten uns voller Inbrunst. Meine Zunge kostete die süße Wärme ihres Mundes, sie kam mir bereitwillig entgegen.

Das züchtige Nachthemd konnte Zentas körperliche Reize nicht vor mir verbergen. Meine Hand wanderte zu den Schnüren des Ausschnittes, knüpften sie auf. Sie stöhnte auf, als meine Finger die festen Rundungen liebkosten und ihre Brustwarzen stellten sich auf. Der Saum ihres Nachtgewandes war hochgerutscht, gab lange, schlanke Beine frei. Mein Mund wanderte von ihren Lippen zu ihrer Brust, umschloss kurz eine der harten Knospen und wanderte dann weiter ihren Körper hinab.

Zenta reagierte weder erschrocken, noch scheu als meine Hand den Saum des Nachthemdes noch höher schob. Die Haut ihrer Schenkel fühlte sich zart an, sie gurrte, als ich sachte meine Finger nach oben gleiten ließ. Vor dem schwarzen Dreieck ihrer Scham hielt ich kurz inne. Würde sie es zulassen, dass ich sie dort berührte? Oder beendete die Erinnerung an die brutale Entjungferung unser Liebesspiel abrupt?

Doch Zenta wehrte sich nicht gegen meine Finger, die sich nun sanft den Weg in ihre feuchte Scheide suchten. Sie stöhnte erneut und kam mir leicht mit dem Becken entgegen. Ich streichelte sie lange und zärtlich, bis mir ihre Nässe anzeigte, dass sie bereit war.

Ihre Hände und ihr Mund waren ebenfalls nicht untätig geblieben. Voller neugieriger Leidenschaft erkundete sie meinen Körper, steigerte meine Erregung fast ins Unerträgliche. Als ich in sie eindrang konnte ich mich kaum noch beherrschen. Ich zwang mich dennoch dazu, ich wollte, dass sie unser Liebesspiel ebenso genoss wie ich selbst.

Erst als sie unter mir erschauerte, ließ ich mich fallen und ergoss mich in sie. Lange lagen wir aneinander geschmiegt da. Ihr hektischer Atem beruhigte sich und ging irgendwann in ruhige, tiefe Atemzüge über. Sie war eingeschlafen, in meine Arme gekuschelt wie ein vertrauensvolles Kind. Ich hingegen fand keinen Schlaf. Was hatte ich getan? Ich hatte Zenta ihrer Jungfräulichkeit beraubt. Ich, nicht dieser brutale Kerl, der sie grob entjungfert hatte. Ich hatte ihr Vertrauen, ihre Liebe zu mir ausgenutzt um mir meine eigene Männlichkeit zu beweisen. Mir selbst zu beweisen, dass ich trotz der erniedrigenden Vergewaltigung noch immer ein Mann war.

Nein, gestand ich mir ein, das war nicht die Wahrheit. Die Wahrheit war, dass ich Zentas Liebe und Hingabe in gleichem Maße gebraucht hatte, wie sie die meine. Wir waren wie zwei verlorene Kinder, die nichts hatten als sich selbst und sich aneinander festklammerten.

Dennoch, es hätte nicht geschehen dürfen. Zenta war noch so jung. Und sie wurde schon wegen ihrer Mutter von den Leuten gemieden, ja sogar verfolgt. Was, wenn ich sie geschwängert hatte? Der Gedanke versetzte mir einen Schock. Wir hatten keinerlei Vorsorge betrieben und ich hatte meinen Samen in sie vergossen wie ein unerfahrener Jüngling. Dass ich körperlich tatsächlich ein junger Mann war, rechtfertigte nicht mein Tun.

Noch etwas fiel mir ein und bereitete mir zusätzliche Sorge. Es war durchaus möglich, dass mich einer dieser Kerle mit einer Geschlechtskrankheit angesteckt hatte. Gerade unter Soldaten war Syphilis, Tripper und was es dergleichen sonst noch gab, stark verbreitet. Undenkbar, wenn ich Zenta damit infiziert hätte. Dann beruhigte ich mich selbst damit, dass ich, sollte ich tatsächlich mit einer dieser Krankheit angesteckt worden sein, diese in der kurzen Zeit wahrscheinlich nicht übertragen konnte.

Ich nahm mir vor meinen Körper in der nächsten Zeit streng zu beobachten. Zum Glück kannte ich einige ziemlich wirksame Mittel gegen diese Lustseuchen, die allerdings im 17. Jahrhundert noch nicht bekannt waren. Dennoch würde ich die benötigten Zutaten irgendwie beschaffen können, sollte es notwendig werden.

Zenta regte sich in meinen Armen und schlug die Augen auf. Es lag so viel Liebe und Vertrauen darin, dass ich mich noch mehr als Schuft fühlte. Was sollte ich jetzt nur tun? In den letzten Tagen war mein ganzes Leben gewaltsam umgekrempelt worden. Irgendwann schliefen wir beide ein, immer noch eng ineinander verschlungen.

Ein empörter Ausruf erklang und Zenta wurde mir aus den Armen gerissen. Verstört fuhr ich im Bett hoch und schaute verständnislos auf Bruder Andreas. Der Mönch sah aus, als würde ihn jeden Moment der Schlag treffen. Sein Gesicht war krebsrot und er schnappte nach Luft wie ein Fisch auf dem Trockenen. Erst nach einer ganzen Weile war er fähig, sich zu artikulieren.

„Ist das der Dank für meine Gastfreundschaft?" brüllte er mit sich überschlagender Stimme. „Weißt du überhaupt, was du mit deiner... deiner Unzucht angerichtet hast? Kreszentia steht unter meinem Schutz. Ich habe dir doch erklärt, dass sie sehr gefährdet ist, ebenfalls im Kerker zu landen. Wenn jemand erfährt, dass sie mit dir geschlafen hat, noch dazu hier im Pfarrhaus – sozusagen unter den Augen Gottes, dann wird man sie von hier wegholen. Beischlaf ohne den Segen der Kirche - und das in meinem Hause. Es ist unglaublich..."

Er hätte wohl noch weiter geschrien, doch ich stoppte ihn mit einer

Handbewegung. Als er mich mit offenem Mund feindselig anstarrte, erklärte ich mit fester Stimme.

„Ich liebe Kreszentia. Und ich bin mir sicher, sie liebt mich auch. Ich werde sie heiraten, auf der Stelle, wenn das Euer Wunsch ist. Vorausgesetzt natürlich, Kreszentia will mich zum Mann nehmen." Es war mir sehr ernst damit und um es zu beweisen, kniete ich nun vor Zenta hin und nahm ihre Hand in meine. Feierlich bat ich sie meine Frau zu werden und sie sagte ja. So, als sei es die selbstverständlichste Sache der Welt im Nachthemd und mit einem Pfarrer als Zeugen von einem ebenfalls im Nachtgewand vor ihr knienden Mann zur Frau begehrt zu werden.

Auch ich vergaß Bruder Andreas, stand auf und nahm sie in die Arme. In diesem Augenblick war ich der glücklichste Mann der Welt und alle Sorgen weit weg. Ich konnte mir nichts Schöneres vorstellen, als mit diesem Mädchen vermählt zu werden.

Nach diesem ungewöhnlichen Heiratsantrag ging alles ganz schnell. Bruder Andreas ließ uns kaum Zeit, uns anzuziehen. Er wartete bereits in sein feierliches Messgewand gekleidet vor dem Altar auf uns. Die Frühmesse war bereits vorüber, so dass außer den Menschen, die im Pfarrhaus wohnten, niemand der Trauung beiwohnte.

Ich hatte noch nicht einmal einen Ring, den ich meiner Braut über den Finger streifen konnte. Und ich konnte ihr nicht den Namen geben, der ihr normalerweise zugestanden hätte. Denn hier in dieser Zeit war ich nur Adrian und ein Niemand. Wie früher gab ich meinen Nachnamen nur mit Wolffhardt an. In dieser Zeit gab es weder den Baron zu Wolffhardt, noch würde ich, wie eigentlich vorgesehen, je der Herzog zu Wolffhardt werden. Doch in diesem bedeutenden Augenblick waren mir Titel noch weniger wichtig, wie in meiner eigenen Zeit.

Die Würfel waren gefallen und sie hatten entschieden, dass ich den Rest meines Lebens in einem Jahrhundert verbringen würde, das nicht meines war. Denn natürlich würde ich bei Zenta bleiben, nur der Tod konnte mich fortan von ihr trennen. Nachdem wir uns gegenseitig das Eheversprechen gegeben hatten beugte ich mich zu ihr und küsste sie zärtlich.

Kapitel 7: Erasmus unter der Folter

Ich glaube, weder Zenta noch ich, begriffen richtig was mit uns geschehen war. Und doch fühlte sie genau wie ich; ja, wir gehörten zusammen. Schon vom ersten Augenblick an war uns das unbewusst klar gewesen.

Bruder Andreas schien plötzlich sehr erleichtert. Seit unserem Jawort war er richtiggehend aufgeblüht. Er bestand sogar auf eine kleine Feier des Ereignisses. Hans wurde beauftragt zur Feier des Tages zwei Kaninchen zu schlachten und schon bald durchzog der Duft von Kaninchenbraten das Haus.

Nach dem Mittagessen ging ich zum Gefängnis um meinen Dienst anzutreten. Meine Kollegen murrten zuerst, weil ich so spät erschien, doch als ich ihnen erzählte was mich aufgehalten hatte, waren sie besänftigt. Natürlich erwähnte ich weder mein schlimmes Erlebnis noch die Umstände, die zu meiner überstürzten Heirat geführt hatten. Meine Kollegen schienen dennoch nicht erstaunt darüber. Und als ich eine Steingutflasche, gefüllt mit Frau Pohls selbstgebranntem Birnenschnaps aus der Tasche zog, gratulierten mir alle und tranken begeistert auf mein Wohl.

Der Tag brachte noch mehr unvorhergesehene Ereignisse mit sich. Zuerst lernte ich endlich den Schultheißen von Aschaffenburg, Nicolaus Reigersberger, kennen, den Vorsitzenden des Hexengerichts. Der Mann war berüchtigt als unbarmherziger Verfolger der Hexen. Vor allem verwitwete, vermögende Frauen wurden von ihm der Hexerei beschuldigt. Denn die Hexenverfolgung war ein durchaus gewinnbringendes Geschäft. Viele der Beschuldigten suchten sich durch die Zahlung stattlicher Beträge vom Verdacht der Hexerei freizukaufen und hinter der Hand wurde gemunkelt, dass der Schultheiß hauptsächlich durch diese Spenden zu seinem enormen Vermögen gekommen war. Er besaß mehrere Häuser, Gärten und Weinberge innerhalb und außerhalb der Stadt. Seinen Reichtum mehrten noch die beträchtlichen Einnahmen aus den zahllosen

Prozessen, deren Vorsitzender er war. Denn sein Wirken beschränkte sich nicht nur auf Aschaffenburg, sondern erstreckte sich auch auf die umliegenden Dörfer und Gemeinden.

Ich hatte ihn bislang nicht zu sehen bekommen, da ihn ein Hexenprozess im eine halbe Tagesreise entfernten Wörth für einige Tage ferngehalten hatte. Doch nun war er zurück und wollte sich nunmehr mit aller Kraft dem Verfahren um Adam Baumann, alias Erasmus und Agatha Strauß, Zentas Mutter widmen.

Erst heute bei der Trauung hatte ich den Nachnamen meiner Frau erfahren. Und zum ersten Mal erfuhr ich auch ein wenig über ihre Mutter. Agatha Strauß war die Tochter eines wohlhabenden Landgrafen aus der Umgebung Aschaffenburgs. Mit fünfzehn verliebte sie sich - unsterblich, wie sie damals dachte - in den zehn Jahre älteren Sohn eines einfachen Schusters. Da ihre Eltern gegen diese Verbindung waren, brannte sie mit ihm durch und heiratete ihn heimlich. Bald darauf kam Kreszentia zur Welt und Agatha musste ernüchtert feststellen, dass ihr Mann nicht treu sein konnte. Immer öfter trieb es ihn in die Arme fremder Frauen. So kam es bald zum Zerwürfnis zwischen den Eheleuten. Zentas Vater zog zu seinem Bruder ins Pfarrhaus, vermutlich ohne ihn über seinen liederlichen Lebenswandel aufzuklären, und Agatha versorgte ihre Tochter überwiegend alleine. Nur ab und zu kam der Vater zu Besuch, noch seltener zahlte er Unterhalt für Frau und Kind.

Um nicht zu verhungern übte Agatha den Beruf der Hebamme und Heilerin aus. Und da sie über gewisse Fähigkeiten verfügte, nahmen ihre Patienten auch immer öfter ungewöhnlichere Dienste in Anspruch. Schnell besaß sie den Ruf eine Hexe zu sein. Dann kam Erasmus und besaß die Ungehörigkeit, ihr den Hof zu machen und später sogar bei ihr zu wohnen. Dann verschwand ihr Ehemann auf geheimnisvolle Weise. Agatha und Erasmus wurden daraufhin verhaftet und harrten seither im Gefängnis auf ihren Prozess.

Und heute würde ich zumindest einem der beiden begegnen. Denn Nicolaus Reigersberger, der Hexenjäger wollte sich nunmehr mit ihnen befassen.

Zwei Wärter brachten den Gefangenen aus dem Zellentrakt, in dem die der Hexerei angeklagten Personen saßen. Mein Herz machte einen schmerzhaften Sprung als ich in der leicht vornüber gebeugten Gestalt meinen Freund und Mentor Erasmus erkannte. Ich spürte nur an seiner vertrauten Ausstrahlung, dass er es war, ansonsten kam mir der etwa 45-jährige Mann wie ein Fremder vor.

Erst bei näherer Betrachtung wurden mir die Züge vertrauter und als er jetzt den Kopf hob und mir wie zufällig zublinzelte, glaubte ich auch einen Funken des trockenen Humors zu erkennen, der Adam Baumann eigen war. Er war tatsächlich sehr viel jünger geworden. Sein Haar dunkel, fast schwarz war nur an den Schläfen von ersten grauen Fäden durchzogen. Sein Backen- und Kinnbart, den er stets so sorgfältig gestutzt hatte, war nun lang und ungepflegt. Er war schon immer sehr schlank und drahtig gewesen doch jetzt wirkte er hager und ausgezehrt. Doch obwohl er sich leicht gebeugt hielt, strömte er ungebrochene Energie aus.

Vor dem Richtertisch blieb er stehen und blickte dem Hexenrichter offen und furchtlos in die Augen. Der musterte den vor ihm stehenden Gefangenen unwillig. Anscheinend hatte er gehofft einen durch lange Haft, Entbehrungen und Strapazen gebrochenen Mann vor sich zu sehen. Die Befragung begann harmlos; zuerst wurde der Gefangene nach seinem Namen, Herkunft, Beruf und sonstigen Lebensumständen befragt. Adam Baumann nannte seinen bürgerlichen Namen und gab als Herkunftsort Aschaffenburg an. Der Hexenrichter hob zweifelnd eine Augenbraue.

„Wie kommt es, dass Euch dann niemand kennt? Ich habe Nachforschungen betreiben lassen. Als Ihr vor etwa zwei Jahren hier aufgetaucht seid, hat Euch niemand je zuvor gesehen. Eurer Sprache nach könnt Ihr allerdings von hier stammen, Ihr sprecht den hiesigen Dialekt."

„Ich war viele Jahre in der Fremde, bin erst nach dem Tod meiner Eltern wieder heimgekehrt. Leider stand das Gehöft auf dem ich aufgewachsen bin nicht mehr. Es wurde anscheinend schon vor Jahren dem Erdboden gleichgemacht. Es handelte sich dabei um den Baumann-Hof in Damm. Vielleicht könnt Ihr Euch noch daran erinnern?"

Es war in Wirklichkeit der Bauernhof seiner Ururgroßeltern gewesen, den er dem Richter als sein Elternhaus angab. Aus der Chronik seiner Familie wusste Erasmus, dass das Gebäude im dreißigjährigen Krieg einem Angriff zum Opfer fiel. Er hatte mir die Geschichte einmal erzählt.

Dem Schultheiß war der erwähnte Hof anscheinend ein Begriff, er nickte wissend und schrieb eifrig in eine dünne Kladde. Dann kam er zu den Fragen, die ihn am meisten interessierten, dem Vorwurf der Hexerei.

Wenn ich gehofft hatte, Adam würde sich schuldig bekennen, um so der Folter zu entgehen, so sah ich mich getäuscht. Er stritt energisch ab, jemals als Hexer fungiert zu haben.

„Ich bin ein Heiler und ein Wundarzt. Ich habe schon vielen verwundeten Soldaten durch meine Kunst das Leben gerettet. Aber ein Hexer bin ich nicht. Wen soll ich denn verhext haben?"

„Nun, Ihr lebt mit einer stadtbekannten Hexe in Unkeuschheit zusammen. Das alleine lässt den Schluss zu, Ihr wäret ebenfalls der schwarzen Magie verfallen. Und dann ist da noch das mysteriöse Verschwinden des Ehemannes dieser Hexe. Was habt Ihr damit zu tun?"

Erasmus versicherte absolut nichts mit dem Verschwinden von Eberhard Strauß zu tun, ja ihn nicht einmal gekannt zu haben. Als der Richter ihn anwies auf die Bibel zu schwören, dass er kein Hexer sei, tat Erasmus es ohne mit der Wimper zu zucken.

Ich glaube, ich stieß einen leisen Seufzer der Erleichterung aus als nichts geschah. Dabei glaubte ich eigentlich nicht daran, dass Gott einen Meineid tatsächlich mit einem Blitzschlag oder etwas ähnlichem ahnden würde. Denn es war ein Meineid gewesen, den Erasmus da gerade geleistet hatte, er war ganz ohne Zweifel ein echter Hexer.

Ich fragte mich im Stillen was ihn bewog zu leugnen und so die Folter zu riskieren. Er konnte doch einfach zugeben ein Hexer zu sein und sich dann seelenruhig zum Tode auf dem Scheiterhaufen verurteilen lassen. Die Vollstreckung solcher Urteile wurde im Gegensatz zu sonstigen Strafen nie sofort vollzogen. Bis es soweit war, wäre das Feuerinferno längst eingetroffen, während dessen ich ihn befreien wollte. Aber Adam war schon immer ein eigensinniger Mann gewesen, der Konfrontationen nicht scheute.

Dennoch, wenn schon nicht sich selbst, dann hätte er wenigstens mir zuliebe gestehen sollen. Er musste doch wissen, wie sehr ich mit ihm leiden würde. Ich hatte ihn stets als Vaterersatz angesehen und hing an ihm mehr als an meinem leiblichen Vater. Adam Baumann hatte mich ohne zu zögern aufgenommen, als ich krank an Leib und Seele in sein Leben gestolpert war.

Abgerissen und verstört wie ich damals war, wurde ich von ihm aufgelesen und mitgenommen. Er gab mir ein Dach über dem Kopf und bot mir auch sonst seine uneingeschränkte Hilfe an. Nur ihm verdankte ich, dass ich mein Studium der Medizin fortsetzen und Arzt werden konnte. Er ermutigte mich meine übersinnlichen Fähigkeiten zu akzeptieren und nutzbringend anzuwenden. Darüber hinaus brachte er mir viel von seinem umfassenden Hexenwissen bei. Und nun sollte ich zusehen, wie er gefoltert wurde? Noch schlimmer, ich würde selbst Hand an ihn legen müssen. Der Gedanke bereitete mir würgende Übelkeit.

Ich wunderte mich nicht als ich ihn jetzt in meinen Gedanken spürte. Erasmus beherrschte die Kunst der Telepathie und des Gedankenlesens perfekt.

„Mach dir keine Gedanken", hörte ich seine beruhigende Stimme, obwohl sein Mund stumm blieb. „Tu einfach, was du tun musst. Es wird alles gut werden. Vertraue mir einfach."

Das war leichter gesagt als getan und das wollte ich ihm jetzt ebenfalls auf telepathischem Wege mitteilen, doch der Hexenrichter vereitelte mein Ansinnen. Wie es seine Art schien, kam er nun sehr direkt zu dem Schluss, der Angeklagte zeige sich uneinsichtig und müsse deshalb durch Anwendung von Folter geläutert werden.

Jetzt kam Stefan Schwarz zum Zuge. Er hatte die ganze Zeit mit vor der Brust verschränkten Armen an der Wand gelehnt und eher gelangweilt zugehört. Nun trat er nach vorne um seine Anweisungen zu geben. Wie immer rührte er selbst keinen Finger bei der peinlichen Befragung.

Zuerst wurden dem Gefangenen die eisernen Bänder um Hände und Füße abgenommen. Dazu brauchte es einen Schmied, der die Nieten mit einem schweren Hammer aufschlug. Unter den Schellen kam wundgescheuerte, mit eitrigen Geschwüren bedeckte Haut zum Vorschein. Obwohl mir dieser Anblick mittlerweile vertraut war, dachte ich nur mit Schaudern an die ständigen Schmerzen, die den bedauernswerten Gefangenen durch die rostigen Fesseln verursacht wurden.

Dem Angeklagten wurde sodann befohlen sich auszuziehen. Als er nicht gleich reagierte, gab Schwarz mir mit einem Fingerzeig den Befehl nachzuhelfen. Ich machte zwei zögernde Schritte nach vorne, da besann sich Erasmus anders und begann sich langsam zu entkleiden. Ganz sicher bemerkte er meine Seelenpein und wollte mich nicht schon zu Anfang zwingen, ihn grob anzupacken.

Der Zwang, sich zu entblößen, wusste ich inzwischen, war eine gängige Methode den seelischen Widerstand des Gefangenen zu schwächen. Früher hatte ich der Wirkung dieser Praktik eher eine untergeordnete Rolle beigemessen. Doch nach meinem Erlebnis mit den Soldaten war mir nur allzu deutlich bewusst, welch einen demoralisierenden Effekt es hatte sich nackt und bloß zu fühlen. Seiner Kleider beraubt, kommt man sich sehr hilflos und verwundbar vor. Erasmus musste sich ebenso fühlen, unterdrückte aber tapfer jegliche Emotionen. Der Kerkermeister trat nun endgültig nach vorne und auch der Hexenrichter kam hinter seinem Tisch hervor. Sie stellten sich vor ihr Opfer und begutachteten es von oben bis unten, von vorne und hinten. Ich wunderte mich zuerst darüber, dann ahnte ich, nach was sie suchten. Angeblich besaßen alle, der Hexerei verfallenen Personen ein Hexenmal. Das konnte ebenso ein Muttermal, wie auch jede andere auffällige Veränderung der Haut sein. Wurde man nicht fündig, mussten es sich die Verdächtigen gefallen lassen, dass ihnen Kopf- und Körperhaare geschoren wurden. Erbrachte auch das keinen eindeutigen Beweis, kamen die Körperöffnungen an die Reihe. Für Frauen war das eine besonders erniedrigende Prozedur, denn die Schergen machten auch nicht vor einer intensiven Begutachtung ihres Geschlechts halt.

Ich merkte, wie mir vor Nervosität der Schweiß ausbrach und betete darum, dass Adam Baumann ein auffälliges Mal auf einer nicht allzu intimen Körperstelle trug. Nur ungern wollte ich ihm Haare abscheren, oder ihn gar unsittlich berühren müssen.

Mein stummes Gebet wurde erhört, er trug einen großen Leberfleck auf der rechten Schulter, aus dem sogar einige schwarze Haare wuchsen. Für den Hexenrichter war das ein eindeutiger Beweis. Um ganz sicher zu gehen, nahm er eine dicke Nadel und stach tief in das wulstige Gewebe. Es trat kein Blut aus, nachdem er die Nadel zurückzog, ein weiterer Beweis einen Hexer vor sich zu haben.

Als Arzt hätte ich ihn aufklären können, dass solche Male oftmals nur wenige Blutgefäße enthielten, doch ich ließ es bleiben. Es hätte mich nur unnötig verdächtig gemacht.

Für Adam Baumann ging mit der Entdeckung des Hexenmals die wirkliche Tortur erst los. Eine Hexe, egal ob männlich oder weiblich, galt erst dann als überführt, wenn sie gestand der schwarzen Magie verfallen zu sein und Verkehr mit dem Teufel zu pflegen. Doch Erasmus bestritt das nach wie vor energisch.

Ich muss Nicolaus Reigersberger zugutehalten, dass er nicht etwa willkürlich, sondern streng nach den Vorschriften der „Peinlichen Halsgerichtsordnung von 1532" vorging. So wurden Erasmus jetzt zuerst die Folterwerkzeuge gezeigt und erklärt wie sie gehandhabt wurden und was ihr Einsatz am Körper bewirkte. Bei einem schwachen Menschen reichte dies meist aus damit er sofort gestand. Und selbst viele hartgesottene Männer gaben spätesten dann auf, wenn der Folterknecht die glühenden Zangen demonstrierte. Nicht jedoch der Hexer.

Trotz seiner Nacktheit stand er sehr aufrecht, blickte den Hexenrichter mit unerschütterlicher Miene an und schüttelte störrisch den Kopf. Ich hätte ihn an den Schultern packen und durchrütteln mögen, ob seiner unverständlichen Sturheit. Was ging nur in seinem Kopf vor? Hatte die lange Haft seine Sinne verwirrt?

Ich kam nicht dazu, weiter nachzugrübeln.

„Setzt ihm die Daumenschrauben an", befahl jetzt Kerkermeister Schwarz knapp. Jupp hielt das plumpe Gestell schon parat und

Adam wurde auf einen hölzernen Stuhl gezwungen, seine Daumen in die Schraube gelegt. Gemächlich begann Jupp zu drehen.

Um ihn ein wenig unempfindlicher gegen die bevorstehenden Qualen zu machen, hielt ich dem Hexer einen Becher mit dem präparierten Wasser an die Lippen. Er las wohl in meinen Gedanken was es damit auf sich hatte, oder er sah es mir an den Augen an. Jedenfalls trank er gierig möglichst große Schlucke, ehe mir Kerkermeister Schwarz den Becher aus der Hand schlug.

„Jetzt noch nicht", blaffte er. „So ein sturer Kerl hält eine Weile ohne Labung aus. Willst du, dass er noch länger leugnet?"

Ich murmelte ein paar entschuldigende Worte, hob den Becher auf und stellte ihn zur Seite.

Es gab für mich keine Möglichkeit, mich nicht an der Folterung zu beteiligen, wollte ich nicht unliebsam auffallen. Also verschloss ich meinen Geist so gut ich es fertigbrachte und tat schweren Herzens, was meine Aufgabe war. Doch ich meinte fast, Adams Qual an meinem eigenen Körper zu spüren.

Obwohl er sich sichtlich bemühte Haltung zu wahren, gelang es ihm nicht lange. Er schrie und wand sich bald genauso wie die vielen Gefolterten vor ihm, die dieser Prozedur unterzogen wurden.

Schließlich brach er schweißüberströmt und am ganzen Körper zitternd zusammen. Nun durfte ich ihm Wasser geben und er trank in gierigen Zügen. Doch er gestand nicht und so wurde ihm zur Verschärfung der Folter die Beinschraube, auch spanischer Stiefel genannt, angesetzt. Aber auch der Einsatz dieses Marterwerkzeugs erreichte nichts. Bis auf seine unmenschlichen Schreie blieb er stumm.

Für mich bedeutete diese Quälerei ebenfalls eine Folter. Ich konnte kaum ertragen meinen alten Mentor so leiden zu sehen, ja ihm noch weitere Pein zuzufügen. Es war die Aufgabe der Folterknechte, die Schrauben in stetem Wechsel auf- und zuzuschrauben, was den Schmerz in den stark gequetschten Beinen ins Unermessliche steigerte. Und als Gehilfe musste ich auch nicht mit schweren Eisenstangen auf die Schraubstöcke schlagen um die Qualen der Gefolterten noch mehr zu steigern. Aber es war meine Aufgabe hinter Erasmus zu stehen, seinen Oberkörper aufrecht zu halten und aufzupassen, dass er während der Prozedur nicht das Bewusstsein verlor.

Drohte ihm eine Ohnmacht so lag es an mir, ihn schnell ins Bewusstsein zurückzuholen. Denn er sollte ja spüren was mit ihm geschah. Also beobachtete ich sorgfältig sein Mienenspiel. Sobald er kalkweiß wurde oder die Augen verdrehte, musste ich den Schergen ein Zeichen geben, damit sie innehielten. Dann wurde der Gepeinigte durch kalte Güsse, Schütteln oder die Gabe von Wasser in die grausame Wirklichkeit zurück gezerrt.

Besonders schlimm empfand ich den gepeinigten Ausdruck in den Augen des Freundes ertragen zu müssen. Er war am Ende seiner Kräfte und sein Kopf fiel, da ich ihn eisern an den Schultern hielt, nach hinten. Die vertrauten Augen blickten glasig und starr in die meinen. Gerne hätte ich den Blick abgewendet doch ich konnte nicht. Fast meinte ich, Erasmus wolle mir eine Botschaft senden, aber er war zu schwach dazu. Doch ich ahnte, um was er mich stumm bat und versenkte meinen Blick in seinen. Für einige Sekunden schien es nur uns beide in dem Raum zu geben. Schließlich brach er einfach zusammen und hing wie tot in meinen Armen. Auch durch die üblichen Anwendungen war er nicht mehr ins Bewusstsein zu bringen.

„Schade, ich dachte er hält mehr aus. Naja, dann müssen wir ihn eben morgen auf die Leiter binden. Bis dahin hat er sich wieder hinreichend erholt. Schafft ihn in seine Zelle zurück."

Nicolaus Reigersberger sagte es zwar bedauernd, zuckte aber nur gleichgültig mit der Schulter und wusch dann seine Hände in der Waschschüssel. Mit dem Zusammenbruch des Gefangenen war sein Arbeitstag beendet. Er grüßte knapp und verschwand schnell. Auch Stefan Schwarz verließ kurz darauf den Raum, ebenso der Gerichtsschreiber und die Folterknechte. Sie waren alle froh, einmal zeitig Feierabend zu bekommen.

Einzig Jupp und ich blieben zurück. Unser Arbeitstag war erst beendet, wenn der Gefangene wieder sicher in seiner Zelle verwahrt war. Gemeinsam schleiften wir Erasmus in den Kerker zurück. Ich hatte mir seine Kleider unter den Arm geklemmt. Mein Gehirn grübelte während des kurzen Weges unablässig darüber nach, wie ich Jupp loswerden könnte. Denn ich musste unbedingt ein paar Worte mit Adam Baumann wechseln und dabei konnte ich keinen Zeugen gebrauchen.

Mit Erleichterung registrierte ich, dass der Wärter, der für den Hexentrakt verantwortlich war, weit und breit nicht zu sehen war. Vielleicht hatte er ebenfalls früher Feierabend gemacht. Das war mir nur recht, so blieb nur noch Jupp.

Gemeinsam streiften wir dem noch immer bewusstlosen Hexer seine verdreckten Sachen über und ließen ihn ins Stroh auf dem Zellenboden gleiten. Ich drehte mich zu meinem Kollegen um und blickte ihm intensiv in die Augen.

„Du kannst ruhig gehen Jupp, ich schaffe den Rest alleine."

Der Alte wollte zuerst abwehren, konnte aber meinem hypnotischen Blick nicht lange standhalten. Zufrieden stellte ich fest, dass meine übersinnlichen Fähigkeiten nicht unter den Strapazen gelitten hatten, wie ich insgeheim befürchtet hatte.

Jupp erhob sich mit ungelenken Bewegungen und tappte zur Kerkertüre.

„Ich geh dann heim, du schaffst das schon alleine. Also bis morgen", sagte er und verließ ohne eine Antwort abzuwarten die Zelle. Ich lauschte bis seine schlurfenden Schritte nicht mehr zu hören waren. Aufseufzend blickte ich in Adams bleiches Gesicht. Es war entspannt, also verspürte er wenigstens im Schlaf keine Schmerzen. Es tat mir leid, ihn aus seinem hypnotischen Schlummer wecken zu müssen, aber es musste sein. Ich hatte viel mit ihm zu bereden.

Bevor ich ihn weckte mischte ich den Inhalt des Fläschchens, das ich aus der Tasche zog, in seinen Wasserkrug. Es war ein besonders starkes Schmerzmittel. Leider besaß es auch eine betäubende Wirkung. Mir würde also nicht viel Zeit bleiben mit meinem Mentor zu sprechen.

So sanft als möglich weckte ich Erasmus auf. Er blickte zuerst verstört doch sein Blick klärte sich schnell, er blieb auf meinem schuldbewussten Gesicht hängen.

„Adrian, wie gut dich zu sehen."

Adam leckte sich über die aufgesprungenen Lippen und versuchte sich zu erheben. Mit einem leisen Schmerzensschrei fiel er wieder zurück. Ich stützte seinen Kopf und hielt ihm den Krug an die Lippen.

„Hier trink das, ich habe das Mittel nach deinem eigenen Rezept hergestellt."

„Vielleicht sollte ich es dann nicht sofort einnehmen, meine Rezepturen wirken immer todsicher. Ich werde nicht lange wach bleiben können."

Er versuchte zu lächeln, brachte aber nur ein klägliches Grinsen zustande.

„Trink trotzdem sofort", beharrte ich. „Ich sehe deinen Augen an, welche Schmerzen du leidest. Ich hätte dir das gerne erspart, aber..."

Er winkte knapp ab, was ihm wegen seiner stark gequetschten Daumen ein erneutes gepeinigtes Einatmen entlockte. Doch seine Stimme klang fest.

„Vergiss einfach das Geschehen dieses Tages. Es war nun einmal nicht zu ändern."

Mit leisem Zaudern trank er von der bitteren Medizin und ließ sich dann leise stöhnend ins Stroh zurücksinken. Sein Blick suchte meinen.

„Warum hast du das gemacht?" brach es zornig aus mir heraus. „Lässt dich unnötig quälen. Für was sollte das gut sein? Es hätte doch nichts ausgemacht, wenn du gestanden hättest."

Er blickte mir lange in die Augen, dann meinte er sehr sanft, während sein Kopf zur gegenüberliegenden Wand deutete. Dahinter lag die Zelle der Hexe.

„Wegen ihr. Ich wollte Agatha genau das ersparen, was mir heute widerfahren ist. Es hat mich meine ganze verbliebene Hexenkraft gekostet, dass man mich, statt ihrer, zuerst vor den Richter zerrte. Normalerweise interessiert diese Kerle ein männlicher Hexer lange nicht so stark wie eine Frau. Aber ich konnte einfach nicht zulassen, dass sie Agatha dieses Schreckliche antaten. All diese Demütigungen und Peinigungen, das durfte ihr nicht widerfahren. Ich liebe diese Frau, Adrian. Um sie zu schützen hätte ich noch ganz andere Dinge auf mich genommen."

„Aber wenn sie mit dir fertig sind, werden sie sich an sie halten. Das wird schon morgen der Fall sein. Du wirst die Tortur auf der Leiter auf keinen Fall durchstehen, niemand kann das. Du wirst gestehen was sie von dir erwarten und danach kommt sie dran. Das ist leider Tatsache."

Ich sagte es voller Verzweiflung. Ich war gar nicht auf die Idee gekommen, dass Adam diese entsetzlichen Qualen auf sich nahm, um seine Geliebte zu schützen. Doch nun konnte ich ihn verstehen. Dennoch würde Agatha ihrem Schicksal nicht entgehen können. Doch der Hexer schüttelte entschieden den Kopf.

„Ihr wird nichts geschehen. Und mir auch nicht mehr. Denn morgen ist der Tag, an dem der Überfall und das daraus resultierende Feuer geschehen werden. Erinnerst du dich nicht mehr? Ich habe dir doch damals das Schriftstück zu lesen gegeben."

Seine Stimme wurde schon langsamer, schleppender. Bald würde der Trank seine volle Wirkung entfalten und ihn einschlafen lassen. Es blieben uns nur noch wenige Minuten.

„Ich habe das genaue Datum vergessen", bekannte ich ein wenig kleinlaut. „Mir war nur noch bewusst, dass es Anfang November geschehen würde. Was soll ich morgen tun, Adam? Hast du einen Plan entworfen? Mir ist bislang nichts Gescheites eingefallen."

Seine Lider senkten sich schon schwer über die Augen. Doch seine Stimme klang noch einigermaßen verständlich. Ich merkte wie schwer es ihm fiel sich zu konzentrieren.

„Ich habe schon vor Wochen ein Pferd und einen Planwagen bei einem Bauern versteckt. Denn ich wusste, oder vielmehr ich befürchtete, dass dies geschehen würde. Dir alles zu erklären übersteigt im Moment meine Kräfte. Ich werde es tun, wenn wir frei sind."

Er erklärte mir stockend wo ich das besagte Pferd und den Wagen finden würde und bat mich, beide morgen in der Nähe des Gefängnistores zu halten.

„Wie du mich und Agatha hier herausbringst, muss ich allerdings dir überlassen. Ich bin zu schwach dir irgendwie behilflich zu sein. Aber sicher hilft dir der Schlüsselbund weiter, den ich in der Ecke hinter dem Toilettenkübel versteckt habe. Daran sind alle Schlüssel die du brauchst."

Er sprach nicht mehr weiter, seine Augen fielen endgültig zu. Aus den tiefen regelmäßigen Atemzügen hörte ich heraus, dass er fest eingeschlafen war. Vor morgen früh würde er nicht erwachen. Seine letzten Worte hatten schon sehr leise und undeutlich geklungen, ich musste mich tief zu ihm herunterbeugen um sie zu verstehen.

Eilig suchte ich an dem angegebenen Ort nach dem Schlüsselbund. Tatsächlich, da lag er zwischen nassem, faulem Stroh. Aus den undichten Kübel sickerte die nach Exkrementen stinkende Brühe und nässte die ganze Ecke. In dem verrotteten Stroh tummelte sich Ungeziefer. Erasmus hatte das Versteck für den Schlüssel gut gewählt, wohl wissend, dass hier kaum einer danach suchen würde.

Ich fragte mich flüchtig wie er an die Schlüssel gekommen sein mochte, verwarf den Gedanken aber wieder. Auch diese Geschichte hatte Zeit bis nach der Befreiung.

Mit spitzen Fingern griff ich zwischen die nassen, verdreckten Strohhalme und zog den Bund hervor. Für Ekel blieb mir keine Zeit. Kurz überlegte ich ob ich nicht sofort versuchen sollte den Hexer und die Hexe zu befreien. Aber das war kein guter Gedanke, leuchtete mir schnell ein. Morgen waren die Voraussetzungen für eine Befreiung entschieden günstiger.

Gerne hätte ich die Wunden des Hexers versorgt, doch ich hatte weder das nötige Material dabei, noch genügend Zeit. Also verschob ich auch das auf morgen. Nach einem letzten Blick auf den schlafenden Freund verließ ich die Zelle und machte mich auf den Heimweg.

Kapitel 8: Die Befreiung der Hexen

Die Unruhen begannen schon in der Nacht. Kampflärm drang aus der nahen Innenstadt bis zum Pfarrhaus.

Um vier Uhr morgens saßen wir alle in der Küche beisammen. Da ich den anderen nicht verraten durfte was ich wusste, tat ich ebenfalls besorgt. Obwohl ich mir sicher war, dass das Pfarrhaus oder seine Bewohner keinen Schaden nehmen würden. Bis zur Muttergottes Pfarrkirche würden sich weder die Kämpfe, noch das Feuer, ausdehnen.

Außer mir wusste nur Zenta Bescheid, ich hatte ihr noch in der Nacht von meinem Zusammentreffen mit Erasmus berichtet. Und gleich einen Plan mit ihr geschmiedet, denn es war für sie selbstverständlich, dass sie mir bei der Befreiung ihrer Mutter und des Hexers helfen würde.

„Ich werde in die Stadt gehen um zu sehen was dort los ist", bot ich dem besorgt schauenden Bruder Andreas an. Doch eigentlich hatte ich vor zu dem Bauern zu reiten, der Adams Pferd und Wagen beherbergte. Ich wollte beides hierherbringen, Zenta und unsere wenige Habe einladen, und dann zum Gefängnis fahren.

Bruder Andreas war nicht begeistert von meinem Angebot. Ihm wäre lieber gewesen, wenn ich zum Schutze des Pfarrhauses dageblieben wäre. Da ich weder Zeit, noch den Nerv hatte, ihm irgendeine plausibel klingende Geschichte aufzutischen, ließ ich mich auf keine Diskussion ein. Ich warf mir meinen Umhang über die Schultern und verließ eilig das Haus.

Im Stall sattelte ich meine Stute. Sie war durch die nächtliche Störung und den ungewohnten Lärm verstört. Wie früher bockte sie und versuchte mich abzuwerfen. Ich hatte keine Lust mir ihre Fisimatenten gefallen zu lassen, so verpasste ich ihr, ganz gegen meine Gewohnheit, einen Schlag mit den Zügelenden über die Kruppe. Das brachte sie schnell zur Vernunft und wir konnten uns endlich auf den Weg machen. Da die Stute ausgeruht war, schafften wir die Wegstrecke in kurzer Zeit.

Der Bauer kam verschlafen an die Haustüre und fragte mich ungnädig, was ich zu so früher Stunde wolle. Nachdem ich ihm das mit Erasmus vereinbarte Kennwort genannt hatte, ging er brummend vor mir her zum Stall. Er deutete auf ein braun/weiß geschecktes Pferd, das dösend in seiner Box stand. Der Wagen befände sich in der Scheune, erklärte er wortkarg.

Ich drückte dem Mann ein stattliches Trinkgeld in die Hand, was ihn sofort freundlicher stimmte. Er half mir sogar das Pferd vor den Wagen zu spannen.

„Ist eigentlich ein Zweispänner", brummelte er undeutlich durch seine lückenhaften Zähne. „Aber in diesen Zeiten sind Pferde knapp. Herr Baumann war froh, dass er diesen Gaul aufgetrieben hat. Wie steht es denn mit Eurer Stute, kann die vor dem Wagen gehen? Zwei Pferde wären auf jeden Fall besser."

Das sah ich ein, deshalb wollte ich einfach versuchen, ob die Stute auch vor dem Wagen ging. Und siehe da sie war lammfromm, stellte sich sogar von selbst in die richtige Position neben der Deichsel. Jetzt wusste ich auch wieso sie unter dem Sattel so ungehalten reagierte. Sie war ein Wagenpferd. Dieser Kerl von einem windigen Pferdehändler hatte mir einen Karrengaul als Reitpferd angedreht.

Es gab ein kleines Gerangel zwischen der Stute und dem gescheckten Wallach. Sie zwickten sich gegenseitig in die Hälse und keilten aus. Dann war die Rangordnung zwischen ihnen entschieden und es konnte losgehen. Zügig ließ ich die Tiere den Weg zum Pfarrhaus zurücktraben.

Zenta öffnete die Haustüre als sie mich kommen hörte. Sie trug unsere wenigen Habseligkeiten in ein provisorisches Bündel geknotet in der Hand. Anscheinend hatte sie unsere Mitbewohner schon über den bevorstehenden Abschied aufgeklärt. Bruder Andreas und auch alle anderen traten hinter ihr aus der Türe.

Ich wusste nicht welche Ausrede Kreszentia den lieben Leuten erzählt hatte, ich war mir nur sicher, dass es nicht die Wahrheit sein konnte. Um nicht noch mehr Verwirrung zu stiften beschloss ich nichts zu unserer überstürzten Abreise zu sagen. Aber es war mir ein Bedürfnis mich von den Menschen zu verabschieden, die mir in den wenigen Tagen zu Freunden geworden waren. Niemand konnte ahnen ob wir uns jemals wiedersehen würden. Mein Herz war schwer von unterdrückten Gefühlen. Deshalb nahm ich einen nach dem anderen kurz in die Arme und drückte sie an mich. Abschiedsworte versagte ich mir, was sollte ich auch sagen, außer Lebewohl? Nur als ich zu Frau Pohl kam musste ich noch ein paar Sätze loswerden. Natürlich waren mir noch immer die schlimmen Bilder meiner Vision in Erinnerung. Ich hatte sie mir seither wieder und wieder durch den Kopf gehen lassen. Und nun war ich mir sicher; Augusta Pohl würde nicht hier im Pfarrhaus von ihrem Schicksal ereilt werden, sondern in einem anderen Haus. Und aus diesem Grunde beschloss ich sie vorsichtig zu warnen.

„Habt Ihr vor in der nächsten Zeit das Pfarrhaus zu verlassen?" fragte ich sie so leise, dass niemand mithören konnte. Keiner achtete sonderlich auf uns beide, alle standen beim Wagen und begutachteten ihn. So konnte ich frei sprechen.

„Ja, warum fragst du?"

Sie hob erstaunt eine Augenbraue, was ihr ein strenges Aussehen verlieh. Bereitwillig erklärte sie:

„Ich habe die Absicht, in einigen Wochen meine Schwester in Marktheidenfeld zu besuchen. Das tue ich jedes Jahr vor der Weihnachtszeit."

„Tut es dieses Jahr nicht. Fragt nicht warum ich Euch das sage, es wäre zu kompliziert es zu erklären. Dennoch bitte ich Euch; bleibt hier im Pfarrhaus. Hier seid ihr alle sicher."

Ich sah ihr so eindringlich in die Augen wie es mir möglich war. Sie starrte mich eine Weile schockiert an, dann schlich sich Begreifen in ihren Blick. Ich weiß nicht was sie in jenem Moment erkannte, jedenfalls nickte sie.

„Ich danke dir, Adrian", flüsterte sie bewegt und drückte mich an ihren üppigen Busen. „Und ich wünsche dir und Kreszentia alles Gute auf eurem weiteren Lebensweg. Leb wohl."

Es war mir etwas leichter ums Herz, als ich zum Wagen ging. Zumindest hatte ich Frau Pohl gewarnt, was sie daraus machte blieb ihr jedoch selbst überlassen.

Zenta saß schon auf dem Bock. Unsere wenigen Sachen lagen unter der Plane des geräumigen Wagens verstaut. Erasmus hatte zweifellos an eine längere Flucht gedacht, als er diesen Wagen besorgte. Er war mit einer wetterfesten Plane überdacht und mit allen möglichen Gerätschaften für den täglichen Gebrauch bestückt. Sogar vier strohgefüllte Matratzen gab es, Adam hatte also auch für Zenta und mich vorgesorgt. Woher wusste er, dass wir gemeinsam mit ihm fliehen würden?

Aber es lag wohl auf der Hand, dass weder ich noch Zenta nach der Flucht der Hexen in Aschaffenburg bleiben konnten. Das war für uns beide zu gefährlich. In meinem Falle zweifelte ich zwar ob Schultheiß Reigersberger darauf kommen würde, dass ich für die Befreiung der Hexen in Frage kam, dennoch wollte ich nichts riskieren. Und da war ja noch meine frisch angetraute Frau, die ich nicht verlassen würde. Aber an eine Hochzeit zwischen Zenta und mir hatte Erasmus bestimmt nicht gedacht, als er den Wagen für vier Personen ausrichtete.

Während ich so grübelte hatte ich die Pferde wie von selbst in die Nähe des Gefängnisses gelenkt. Jetzt versperrten uns aufgeregt hin und her laufende Männer den Weg. Sie bildeten eine Menschenkette und versuchten verzweifelt, dass sich schnell ausbreitende Feuer mit großen, hölzernen Wassereimern zu löschen. Ein schwieriges Unterfangen, denn der nächste Brunnen war mindestens hundert Meter entfernt.

Ich schaute zum Himmel auf, wo sich bereits dunkle Wolken zusammenballten. Das Unwetter schien nicht mehr allzu weit entfernt zu sein.

Das Dach des Gefängnisses stand lichterloh in Flammen. Die Evakuierung war bereits in vollem Gange. Harmlosere Gefangene durften ohne Bewachung oder Fesseln das Tor passieren. Natürlich benutzten einige die günstige Gelegenheit um sich aus dem Staub zu machen. Niemand hinderte sie daran. Die schweren Fälle trugen Hand- und Fußfesseln und wurden von Wärtern zu den Gefängniswagen gedrängt, die in einiger Entfernung vom Tor aufgestellt waren und von zwei bewaffneten Männern bewacht wurden.

Keiner beachtete mich, als ich in das Innere des Gefängnisses hastete. Ich war ja bekannt, vermutlich dachte jeder ich würde ebenfalls helfen die Gefangenen zu evakuieren. Was ja durchaus auch meine Absicht war.

Der Planwagen stand nun nahe der Gefängnismauer. Ganz in der Nähe befand sich das hintere Tor, dass normalerweise immer abgeschlossen war und nur geöffnet wurde, wenn ein zum Tode Verurteilter seinen letzten Gang antrat. Ich hoffte inständig unter den vielen Schlüsseln an meinem Bund befand sich einer, der dieses Tor öffnete. Sonst müsste ich mit den beiden Hexen durchs Haupttor, was gefährlich werden konnte. Aber darüber wollte ich lieber erst nachdenken, wenn es tatsächlich nötig würde.

Ich kam unbehelligt bis in den Keller. In dem unterirdischen Gewölbe war vom Feuer noch nichts zu spüren. Ich konnte mein Glück kaum fassen, als mir klar wurde, dass sich hier unten kein einziger Wärter aufhielt. Sie waren alle oben, anscheinend wollte man die Hexen erst ganz zum Schluss hinausbringen. Es dauerte eine Weile bis ich endlich den passenden Schlüssel gefunden hatte, eilig drehte ich ihn im Schloss und hielt erschrocken inne, als es laut quietschte. Voller Unbehagen lauschte ich, doch nichts rührte sich.

Erasmus stand schon hinter der Türe und zwängte sich heraus, kaum dass der Spalt dafür groß genug war. Er sah elend und krank aus, hielt sich aber erstaunlich gerade. Nur flüchtig musterte ich die Wunden an seinen Beinen und Händen. Sie sahen entzündet aus, aber mit der ärztlichen Versorgung würde er warten müssen, bis wir Zeit dazu hatten. Erasmus schien dasselbe zu denken.

„Schnell, schließ die andere Türe auf. Ich habe versucht, mich mit Agatha in Verbindung zu setzten, bin mir aber nicht sicher, ob sie alles verstanden hat. Durch den Trank, den du mir gegeben hast, bin ich noch immer etwas benommen."

Wenigstens wirkte er dann immer noch, dachte ich. Ansonsten könnte sich der Hexer wahrscheinlich vor Schmerzen kaum auf den Beinen halten.

Mit fliegenden Fingern suchte ich nach dem Schlüssel für die Zelle der Hexe. Auch Agatha schien schon auf mich gewartet zu haben, sie schlüpfte ebenfalls heraus, ehe ich die Türe ganz öffnen konnte. Sie schien eine beherzte Frau zu sein. Kurz musterte sie mich und dann Erasmus. In dem dunklen Gewölbe konnte ich ihren Gesichtsausdruck nicht gut erkennen, hörte aber ihren scharfen Atemzug. Doch sie hielt sich nicht mit Entsetzen oder Jammern über den Zustand ihres Geliebten auf. Entschlossen trat sie zu ihm und hakte ihn unter.

Ich fasste den Hexer am anderen Arm und führte die Beiden durch den dunklen Gang in Richtung des Tors. Nochmals war uns das Glück hold, auch für dessen Schloss gab es einen passenden Schlüssel an meinem Bund. Wir huschten hinaus und ich schloss hinter uns ab. Sollte die Flucht der Hexen zu schnell auffallen konnte wenigstens niemand erraten, in welche Richtung sie geflohen waren. Mit Schwung warf ich den Schlüsselbund in eine, mehrere Meter entfernte morastige Pfütze. Er versank sofort im Schlamm.

Bis zum Wagen waren es nur ein paar Meter, doch für den verletzten Hexer war die kurze Strecke fast zu viel. Er knickte neben mir in die Knie ein und ich konnte ihn gerade noch auffangen, ehe er zu Boden stürzte. Unterstützt von Agatha schleifte ich ihn die letzten Schritte. Zenta kam uns jetzt ebenfalls zu Hilfe und mit vereinten Kräften gelang es uns, Erasmus in das Innere des Wagens zu wuchten. Er ächzte leise als er schwer auf den Bodenbrettern aufschlug. Wie selbstverständlich kletterte Agatha zu ihm hinein. Sie hatte ihrer Tochter zuvor nur kurz erfreut zugenickt. Ich kam nicht umhin, die Umsicht und Energie dieser Frau zu bewundern.

Zenta und ich setzten uns auf den Bock und ich lenkte die Pferde über einen kleinen Seitenweg vom Gefängnis weg. Noch immer konnte ich nicht glauben, wie einfach die Befreiung der Hexen vonstattengegangen war. Niemand schien etwas davon bemerkt zu haben. Ich hoffte inständig unsere Glückssträhne würde noch eine Weile anhalten.

Schwer fielen erste Regentropfen auf uns hernieder und schon kurze Zeit später goss es wie aus Kübeln. Ich nötigte Zenta sich ins Wageninnere zu begeben. Es nützte niemandem, wenn wir alle beide nass wurden. Der Regen war eiskalt, trotz meines Umhanges war ich schnell durchgefroren. Doch ich trieb die Pferde unermüdlich voran, es war wichtig, so viel Abstand wie möglich zwischen uns und dem Gefängnis zu bringen.

Als die Straße auf der wir uns inzwischen befanden eine weite Kurve beschrieb, erhaschte ich einen Blick auf die Stadt. Trotz des anhaltenden Regens wurde die Innenstadt noch immer von rötlichem Feuerschein erhellt. Gut für uns, so kam wenigstens niemand auf die Idee uns zu verfolgen. Illusionen machte ich mir allerdings keine. Schultheiß Reigersberger würde nichts unversucht lassen, die geflohenen Gefangenen und ihre Befreier wieder in sein Gefängnis zu bekommen. Und spätestens, wenn ich in den nächsten Tagen nicht mehr dort erschien, würde er vielleicht ahnen wer für die Befreiung verantwortlich war. Doch darüber konnte ich mir noch später den Kopf zerbrechen. Jetzt war erst einmal wichtig einen geeigneten Unterschlupf zu finden.

Nachdem wir etwa zwei Stunden durch die Nacht gefahren waren, passierten wir einen halb zerfallenen Bauernhof. Er war anscheinend schon vor längerer Zeit von durchziehenden Truppen überfallen und in Brand gesetzt worden. Der Dachstuhl war niedergebrannt, nur noch ein paar angekohlte Balken hoben sich bizarr gegen den nächtlichen Himmel ab. Immerhin standen die äußeren Mauern noch und da sich die Gebäude im Viereck aneinanderreihten, würden wir im Innenhof eine relativ sichere Unterkunft für die Nacht finden.

Entschlossen lenkte ich das Gespann durch das zerstörte Tor und hielt es an. Zwar rechnete ich noch nicht mit Verfolgern, doch meine Befürchtung bei Entdeckung in der Falle zu sitzen, zerstreute sich noch ein wenig mehr als ich die klaffende Lücke in der hinteren Stallwand entdeckte. Notfalls konnten wir da hindurch in ein nicht weit entfernt liegendes Wäldchen fliehen.

Das Unwetter war inzwischen weitergezogen und der Himmel hatte sich aufgeklart. So konnte man mühelos die Umrisse der Gebäude erkennen. Ich wollte zuerst die Umgebung erkunden, ob sie für unsere Zwecke günstig war. Leise erklärte ich meinen Gefährten was ich vorhatte. Sie sollten im Wagen bleiben bis ich zurückkehrte.

Dann kletterte ich vom Bock um mich umzusehen. Um besser sehen zu können nahm ich eine Laterne mit. Die Scheune schien mir von allen Gebäuden am geeignetsten uns samt Pferden und Wagen aufzunehmen. Es lagerten sogar noch einige brauchbare Stroh- und Heubündel darin, so dass wir die Pferde füttern und uns selbst ein gemütliches Lager bereiten konnten.

Nachdem ich mit Zentas Hilfe die Pferde ausgeschirrt, in einer trockenen Ecke untergebracht und mit Heu und Wasser versorgt hatte, kehrten wir zum Wagen zurück. Erasmus blickte uns, eingewickelt in ein paar Decken, schon wieder ganz munter entgegen. Doch als er sich mit Agathas Hilfe erheben und den Wagen verlassen wollte, versagten ihm seine Beine erneut den Dienst.

Mit vereinten Kräften hoben wir ihn herunter und betteten ihn auf ein dickes Strohlager. Zenta entdeckte einen eisernen Feuerkorb und einen verbeulten Kessel. Trockenes Brennholz gab es ebenfalls und bald flackerten die ersten Flammen hoch. Wasser holten wir aus dem Brunnen im Hof.

Während sich das Wasser langsam im Kessel erwärmte, schaute ich mir Erasmus Hände und Beine an. Agatha kniete bereits neben ihm und half mir die verkrusteten Lumpen von seinen Wunden abzulösen. Wir hatten bisher wenig miteinander gesprochen, doch war eine Vertrautheit zwischen uns, als würden wir uns schon Jahre kennen.

„Du bist also Adrian", stellte Agatha fest. „Adam hat mir schon viel von dir erzählt. Allerdings habe ich dich mir älter vorgestellt."

Da ich nicht wusste was Erasmus ihr erzählt hatte, zuckte ich nur vage die Schultern und blickte ihm fragend ins Gesicht. Er grinste mich breit an.

„Du brauchst vor Agatha keine Scheu zu haben, sie weiß alles über mich. Und ich habe ihr erzählt, dass ich dich zu Hilfe gerufen habe.

Aua..., seid ein bisschen vorsichtiger. Ihr reißt mir ja fast die Haut von den Beinen."

„Viel ist da nicht mehr abzureißen, sie hängt dir schon in Fetzen herunter."

Ich stand auf um warmes Wasser zu holen. Mit einem angefeuchteten Lappen weichte ich den groben Stoff auf, der Erasmus' Beine verhüllte. Trotzdem ich so sanft als möglich zu Werke ging, konnte ich ihm weitere Schmerzen nicht ersparen.

Er jammerte nicht, doch an den Schweißperlen die sein Gesicht bedeckten, konnte ich das Ausmaß seiner Pein ersehen. Endlich lagen alle Wunden offen. Sie waren stark verschmutzt und nässten. Um sie zu säubern würden wir ihm noch weitere Schmerzen zufügen müssen. Ich brauchte ihm das nicht zu sagen, da er selbst Arzt war wusste er so gut wie ich, was nötig war. Als Zenta kurz darauf mit dem abgekühlten Kräutersud kam, den sie zubereitet hatte, nickte er bloß knapp.

„Tut, was ihr tun müsst. Ich werde es schon ertragen."

Er gab während der ganzen Prozedur keinen Laut von sich; nur ab und zu biss er so fest die Zähne zusammen, dass wir sie knirschen hörten. Zum Glück waren die Wunden an den Beinen eher oberflächlicher Natur. Die Beinschrauben waren so konstruiert, dass sie zwar großen Schmerz verursachten, indem sie die Weichteile der Beine stark quetschten und auch die Haut perforierten. Doch Knochen brachen durch die Anwendung nicht. So stellte ich nach der erfolgreichen Säuberung der Wunden nur Blutergüsse sowie Riss- und Quetschwunden fest. Ich war mir sicher, Erasmus würde keine bleibenden Schäden davontragen.

Agatha nahm ihrer Tochter den Tiegel mit der Heilsalbe aus der Hand und rieb damit sorgfältig die Beine des Hexers ein. Dann schlang sie die sauberen Leintücher darum, die Zenta vorsorglich in unser Gepäck gegeben hatte und steckte sie fest.

Derweil begutachtete ich Erasmus' Daumen. Sie waren stark angeschwollen und äußerst schmerzempfindlich. Es war nicht ausgeschlossen, dass die Gelenkknochen zerquetscht waren. Durch die Schwellung war eine genaue Diagnose nicht möglich. Und leider gab es keine Möglichkeit die Heilung zu beschleunigen. Das Einzige, was ich tun konnte war, die Daumen dick einzupacken, damit er sie möglichst wenig bewegte. Ansonsten konnte ich ihm nur einen Trank gegen die Schmerzen geben.

So, wie es aussah würde er zwar bald wieder laufen können, doch ob er jemals seine Hände wieder normal gebrauchen konnte musste die Zukunft zeigen. Ein Blick in sein Gesicht zeigte mir, dass er das sehr wohl wusste. Doch kein Wort der Klage kam über seine Lippen. Zenta war unterdessen nicht untätig geblieben und hatte aus unseren wenigen Vorräten eine Mahlzeit gezaubert. Nun breitete sie ein Tuch auf dem festgestampften Lehmboden neben dem Lager des Hexers aus und legte die Esswaren darauf. Es gab Brot und dampfenden Eintopf aus Möhren, Kartoffeln und Weißkohl. Außerdem hatte sie für jeden eine Scheibe fettes Dörrfleisch mitgekocht.

Erasmus und Agatha machten sich mit Heißhunger über die Speisen her. Während ihrer Haft hatten sie nur spärliche Kost bekommen und beide hatten etliche Kilo Gewicht verloren. Da der Hexer seine Hände nicht bewegen konnte, musste er gefüttert werden. Ich wollte das tun, doch Agatha ließ es sich nicht nehmen ihn zu versorgen.

Als wir mit dem Essen fertig waren graute bereits der Morgen. Wir waren alle müde, so dass kein richtiges Gespräch aufkam. Wir besprachen nur kurz die Pläne für unsere Weiterreise, dann legten sich Agatha und Erasmus zur Ruhe. Ich ging zum Brunnen um nochmal Wasser zu holen. Damit wusch ich den Kessel aus und füllte ihn mit Wasser auf. Dann hängte ich den Kessel über das Feuer, damit wir beim Erwachen warmes Wasser hatten.

Zenta hatte uns inzwischen ein gemütliches Strohbett gerichtet und die restlichen Decken darauf gelegt. Sie lag bereits darunter, nur ihr Kopf schaute noch hervor. Ihre Augen waren auf mich gerichtet. Mit schleppenden Schritten ging ich zu ihr und ließ mich auf das provisorische Bett sinken. Sie hob die Decken an, um mich darunter aufzunehmen. Dann kuschelte sie sich eng an mich.

Trotz meiner Müdigkeit entfachte ihre Nähe Begehren in mir. Sie spürte es und ihre Hand wanderte unter der Decke zum offensichtlichen Beweis meiner Begierde. Doch ich hielt ihre suchenden Finger auf.

„Nein, nicht. Noch ist nicht sicher, ob mich einer dieser Kerle mit einer Krankheit angesteckt hat. Ich will dir auf keinen Fall Schaden zufügen."

Es fiel mir schwer sie abzuwehren, alles in mir wollte die Vereinigung unserer Körper. Und Zenta wollte es ebenfalls. Doch ich hatte ihr genau meine Befürchtungen geschildert und sie hatte es eingesehen.

„Was meinst du, wie lange müssen wir noch vorsichtig sein?"

Ich seufzte schwer.

„Leider weiß ich das auch nicht so genau. Bis jetzt konnte ich keine Veränderung an meinem Körper feststellen, aber bis ich sicher bin können noch ein paar Wochen vergehen."

Zentas Lippen entrang sich ebenfalls ein leiser Seufzer. Dann gab sie mir einen leichten Kuss auf die Wange. Sie legte den Kopf an meine Brust und bald darauf zeigten mir ihre regelmäßigen Atemzüge, dass sie eingeschlafen war. Ich war ebenfalls hundemüde, doch der Schlaf wollte sich nicht einstellen. Viel zu viele Fragen schwirrten in meinem Kopf herum. Auch meine Angst vor den eventuellen Folgen der Vergewaltigung stellte sich wieder ein und ich grübelte darüber nach, wie sich unser Eheleben unter diesen Umständen wohl fortan gestalten würde.

Noch waren keine Symptome einer Geschlechtskrankheit aufgetreten. Und solange das nicht der Fall war, konnte ich keine Gegenmaßnahmen ergreifen. Mit jedem Tag, den ich ohne verräterischen Ausfluss, Hautausschlag oder gar Schwellungen der Drüsen überstand, wuchs meine Zuversicht. Dennoch wagte ich noch nicht mit Zenta zu schlafen. Sie hatte Verständnis für meine Sorgen gezeigt und mich getröstet. Aber es kam uns beide hart vor, so eng miteinander zu leben und uns nicht vereinigen zu können.

Schließlich übermannte mich ebenfalls der Schlaf und erlöste mich für eine Weile von meinen fruchtlosen Grübeleien.

Der Duft heißen Kräutertees zog in meine Nase und weckte mich auf. Verwirrt sah ich, dass Zenta und Agatha schon mit der Zubereitung des Frühstückes fertig waren. Ein Blick durch das große Loch im hinteren Scheunendach belehrte mich, dass es wohl eher das Mittagessen war, die fahle Wintersonne stand schon hoch am Himmel.

Wenn sich meine Nase nicht täuschte so gab es Rühreier und Speck. Verwundert trat ich zu den Frauen. Was da in der Pfanne briet waren tatsächlich Rühreier.

„Da staunst du, ja?"

Zenta kam zu mir und ich gab ihr einen raschen Kuss.

„Auf dem Hof laufen noch einige Hühner herum. Sie haben ihre Eier hier in der Scheune gelegt. Wir brauchten nur zu suchen. Komm, setz dich zu Adam, das Essen ist gleich fertig.

„Warum hast du mich nicht schon eher geweckt?"

„Wozu?" fragte sie fröhlich. „Du wärst uns bei der Essenzubereitung nicht nützlich gewesen, deshalb haben wir dich schlafen lassen."

Zuerst ging ich hinaus um meine Notdurft zu verrichten und wandte mich dann zum Brunnen. Erstaunt sah ich Adam dort stehen. Ich hatte gar nicht bemerkt, dass er nicht mehr unter seinen Decken lag. Ich ging zu ihm und musterte ihn gründlich.

„Geht es dir schon wieder so gut, dass du dich alleine rasieren kannst?" fragte ich, doch sein angespanntes Gesicht machte mir schnell klar, wie leidend er noch war.

„Ich wollte es wenigstens versuchen", gab er mir zur Antwort.

„Aber leider behindern mich meine gequetschten Daumen mehr, als ich dachte."

Bekümmert sah er auf seine Hände mit den unförmigen Verbänden. Ich konnte ihm seine heimliche Sorge nachfühlen. Was war ein Arzt ohne seine gesunden Hände. Wie sollte er weiterhin operieren oder seine Medizin zusammen mischen, wenn seine Daumen steif blieben?

Als ich ihn so stehen sah überkamen mich Schuldgefühle. Ich hatte ihm das zwar nicht angetan, aber ich hatte dazu geholfen indem ich ihn festhielt.

„Es tut mir sehr leid, Adam. Doch leider fiel mir nichts Besseres ein an dich heranzukommen. als diesen Posten als Scherge anzunehmen. Glaube mir, ich hätte dir das alles gerne erspart."

„Mach dir keine Gedanken darüber Adrian. Ich mache dir bestimmt keinen Vorwurf. Immerhin sind wir jetzt frei. Ohne dein Eingreifen wären Agatha und mir schon bald viel schlimmere Dinge geschehen.

Und ob du es glaubst oder nicht, deine Nähe bei der Folter war sogar eine Beruhigung für mich. Ich habe mir erlaubt ein wenig deine Kräfte anzuzapfen, das hat mir geholfen alles besser zu überstehen. Hast du es nicht gemerkt?"

Nein, das hatte ich nicht. Doch jetzt wo er es sagte wurde mir wieder die leichte Schwäche bewusst, die mich befallen hatte als ich ihn hielt. Ich hatte allerdings eher meine Angst um ihn dafür verantwortlich gemacht.

Er sah mich nun ebenfalls kritisch an.

„Du wirkst angeschlagen, Adrian. Hat dich die Reise durch die Zeit so angestrengt? Oder ist etwas anderes vorgefallen, das dich sehr belastet?"

Ich hätte mir denken können, dass ich dem alten Hexer nichts vormachen konnte. Er besaß schon immer die Gabe, mit Leichtigkeit in meine Seele zu sehen. So versuchte ich erst gar nicht, ihm eine heile Welt vorzuspielen. Aber jetzt war nicht der richtige Zeitpunkt ihm alles zu berichten. So nickte ich nur.

„Es ist einiges vorgefallen. Und ich will es dir gerne erzählen. Aber nicht jetzt. Komm mit hinein, das Essen dürfte fertig sein. Heute Abend, wenn wir einen geeigneten Platz zur Rast gefunden haben, werde ich dir erzählen was mir widerfahren ist. Ich glaube, wir haben uns alle viel zu erzählen."

Er nickte und maß mich mit nachdenklichem Blick. Dann humpelte er mit bedächtigen Schritten zur Scheune zurück und ich folgte ihm langsam.

Kapitel 9: Auf der Flucht

Bald nach dem Essen verließen wir die Scheune um weiter unseres Weges zu ziehen. Noch immer hatte ich keine Ahnung, in welche Richtung wir uns halten sollten. In der Nacht war ich einfach nur dem Verlauf der Straße gefolgt.

Bevor ich unseren Wagen zum Hof hinaus lenkte, erkundete ich vorsichtig den Verkehr. Es waren nicht allzu viele Fuhrwerke unterwegs, stellte ich erleichtert fest. Und berittene Männer, die vielleicht nach uns suchten, waren überhaupt nicht zu sehen. Trotzdem passte ich einen Moment ab, in dem weit und breit niemand zu sehen war, um unser Versteck zu verlassen.

Die Pferde waren gut ausgeruht und trabten munter durch die kahle Landschaft. Das Unwetter der letzten Nacht war längst vergessen, nur vom Wind abgerissene Äste, die auf der Straße lagen, zeugten noch davon. Heute schien es das Wetter sogar besonders gut mit uns zu meinen. Die Sonne strahlte von einem fast wolkenlosen Himmel und wärmte uns ein wenig auf. Erst am späten Nachmittag zogen dunkle Wolken auf und ein scharfer Wind erinnerte uns daran, dass der Winter vor der Tür stand.

Schon seit geraumer Zeit hielt ich nach einem Unterstand für die kommende Nacht Ausschau. Es war eher unwahrscheinlich nochmals ein verlassenes Gehöft zu finden. Im Freien zu nächtigen war nicht gerade verlockend, wir würden sicher frieren. Die wenigen Decken, die wir dabei hatten, boten nur notdürftig Schutz vor der nächtlichen Kälte.

Wir kamen zwar öfter an mehr oder weniger zerstörten Häusern vorbei, doch keines davon schien unbewohnt. Rauchende Kamine, bellende Hofhunde oder auch spielende Kinder zeugten von Bewohnern. Und sicher wohnten die Menschen in diesen Ruinen ohnehin schon sehr beengt. Auch noch vier Fremde und zwei Pferde zu beherbergen konnten wir niemandem zumuten.

Zenta hatte einige Stunden neben mir auf dem Bock verbracht und war dann nach hinten geklettert um ihrer Mutter und Adam

Baumann Gesellschaft zu leisten. Während ich die Zügel führte hing ich meinen Gedanken nach, lauschte nur ab und zu den leisen Stimmen, die aus dem Wageninneren zu mir drangen.

Während der Fahrt war ich immer wieder einmal kurz stehengeblieben um mich zu orientieren und um zu überprüfen, ob wir verfolgt wurden. Eigentlich konnte ich mir nicht vorstellen, dass sich überhaupt jemand diese Mühe machte. Bestimmt gab es im Gefängnis momentan Wichtigeres zu tun, als hinter zwei geflohenen Insassen herzujagen.

Trotzdem mahnte mich eine hartnäckige Stimme in meinem Kopf, dass Schultheiß Reigersberger nichts unversucht lassen würde, Erasmus und Agatha wieder in seine Gewalt zu bringen. Durch den vereitelten Prozess würde ihm sehr viel Geld verlorengehen. Und es war mir zu Ohren gekommen, dass der Mann genauso gnadenlos wie gierig war. Doch dann tröstete ich mich mit dem Gedanken, dass schließlich niemand wissen konnte, in welche Richtung wir geflohen waren. Und falls wir überhaupt Spuren hinterlassen hatten, so waren sie vom Unwetter längst verwischt worden.

Trotzdem blieb ich nervös. Für ein einzelnes Fuhrwerk barg die Nacht viele Gefahren. Mit Adams Hilfe konnte ich bei einem Überfall nicht rechnen, er war noch zu schwach. Und Waffen führten wir nicht mit, abgesehen von einigen Messern, die wir zum Essen benutzten. Herumziehende Soldaten würden sich nicht scheuen uns zu überfallen. Und zu was diese Männer fähig waren, haftete noch schmerzlich in meiner Erinnerung. Und außer Soldaten gab es noch mehr zwielichtiges Gesindel, das sich nicht scheute Reisende wegen der geringsten Aussicht auf Beute zu töten.

So war ich sehr froh als ich im schnell schwindenden Tageslicht die Umrisse einer windschiefen Hütte entdeckte. Sie stand nah am Waldrand, weitab der Straße. Ein kaum noch sichtbarer, überwucherter Weg führte darauf zu. Vorsichtig lenkte ich die Pferde den holprigen Pfad entlang. Ein Achsen- oder Radbruch würde das Ende unserer Flucht bedeuten.

Beim Näherkommen erwies sich die schäbige Behausung als Köhlerhütte. Es schien, als sei sie lange nicht mehr benutzt worden.

Die Holztür war verzogen, im Inneren roch es muffig. Doch als Unterschlupf für eine Nacht würde es genügen. Es war jedenfalls weitaus besser, als unter freiem Himmel zu kampieren.

Die beiden Frauen machten sich sofort daran, im Kamin ein Feuer zu entzünden. Derweil half ich Adam den Wagen zu verlassen. Er lief bedeutend besser als noch am Morgen und versicherte, kaum noch Schmerzen in den Beinen zu spüren. Das beruhigte mich etwas, wenngleich mir der unvermindert schlechte Zustand seiner Daumen immer noch Sorge bereitete.

Schnell waren unsere wenigen Habseligkeiten in die Hütte getragen. Während Zenta und ihre Mutter mit der Zubereitung einer Mahlzeit begannen, schirrte ich die Pferde aus und führte sie auf eine nahe Lichtung. Dort gab es noch ausreichend Gras, so dass sie sich satt-fressen konnten. Auf diese Weise sparten wir Heu, viel hatten wir sowieso nicht mitnehmen können.

Trotz der ungewissen Zukunft kam langsam wieder Optimismus in unserer kleinen Gruppe auf. Nachdem wir die dicke Graupensuppe und das letzte Brot aufgezehrt hatten, machten wir es uns in der Hütte so gemütlich, wie es unter den primitiven Umständen möglich war.

Zuerst langsam, dann flüssiger, kam ein Gespräch über die Ereig-nisse der letzten Zeit in Gang. Mein alter Mentor bestand darauf, dass ich zuerst erzählte. Ich brauche mich nicht zurückzuhalten, versicherte er, da Agatha - und sicher auch Zenta, über meine Zeit-reise Bescheid wüssten.

Also begann ich zu erzählen. Ich fing mit den Träumen an, die mir klarmachten, wie dringend meine Hilfe benötigt wurde und endete erst bei der gelungenen Befreiungsaktion. Nur die Vergewaltigung und auch meine überstürzte Hochzeit mit Zenta ließ ich aus. Ich wusste nicht was sie ihrer Mutter erzählt hatte, doch ein Blick in ihr Gesicht sagte mir, dass sie wohl ebenfalls noch keinen passenden Zeitpunkt für eine Aussprache gefunden hatte.

Ich war mir allerdings ziemlich sicher, dass Agatha und Adam ahn-ten, wie es zwischen uns stand. Schließlich hatten wir uns in der ver-gangenen Nacht wie selbstverständlich das Lager geteilt.

Nachdem ich geendet hatte, erhob sich Adam schwerfällig.

„Ich brauche ein wenig frische Luft", behauptete er und sah mich auffordernd an. „Kommst du mit mir hinaus, Adrian. Dann können sich Agatha und Zenta in Ruhe aussprechen. Ich denke, ein Frauengespräch ist nicht unbedingt für unsere Ohren bestimmt. Und sicher hast du mir auch einiges zu erzählen, was für die Damen nicht so interessant ist."

Dankbar folgte ich ihm aus der Hütte. Ein kurzer Blick auf Zenta und ihre Mutter hatte mir bestätigt, wie froh sie waren, ebenfalls eine Weile alleine zu sein.

Langsam gingen wir in Richtung der kleinen Lichtung auf der die Pferde weideten. Sie hoben neugierig die Köpfe, grasten aber weiter, als sie uns erkannten. Damit sie nicht fortliefen, hatte ich ihnen die Zügel am Vorderlauf festgebunden. So konnten sie ungestört grasen, aber die Köpfe nicht allzu hoch anheben. Später, bevor wir uns zur Ruhe legten, wollte ich die Tiere hinter der Hütte an den Bäumen anbinden. Den Wagen hatte ich ebenfalls dort abgestellt, so deutete von der Straße her nichts auf unsere Anwesenheit hin.

„Also, was ist geschehen?" fragte Adam geradeheraus. „Es war sicher nicht alles, was du vorhin erzählt hast. Da ich dich als Mann kenne, den nichts so schnell aus der Fassung bringt, muss dir Schlimmes widerfahren sein. Möchtest du darüber reden?"

Seine ehrliche Sorge tat mir unendlich gut, auch wenn sie bewirkte, dass ich plötzlich zu zittern begann. Fröstelnd schlug ich die Arme um mich und kämpfte mit der Traurigkeit und dem Selbstmitleid, das mich plötzlich überfiel. Doch ich bekam mich schnell wieder in den Griff und begann stockend zu berichten. Adam hörte mir stumm zu und legte schließlich mitfühlend seinen Arm um meine Schultern. Die freundschaftliche Geste tröstete mich.

Ich ließ auch nicht aus, von meiner Unbeherrschtheit zu berichten, die dazu geführt hatte, dass Zenta und ich überstürzt heiraten mussten. Zum Schluss gestand ich ihm noch meine Angst, mich mit einer Geschlechtskrankheit angesteckt zu haben.

Er schürzte nachdenklich die Lippen und meinte schließlich. „Das ist wirklich ein Problem, dass du nicht leicht abtun kannst.

Als der umsichtige Arzt, der du bist, kontrollierst du bestimmt jeden Tag deinen Körper. Trotzdem möchte ich dir eine gründliche Untersuchung anbieten. Aus Erfahrung weiß ich, es ist nicht einfach, sich selbst zu untersuchen. Gerade was Schwellungen der Drüsen angeht, übersieht man bei der Selbstkontrolle leicht etwas. Jetzt ist der Zeitpunkt allerdings nicht günstig, aber das weißt du selbst. Doch wir sollten die Untersuchung auf jeden Fall in den nächsten Tagen vornehmen. Was euer eheliches Zusammensein angeht, so denke ich, ihr müsst nicht ganz darauf verzichten. Sie zu, dass du irgendwo ein paar frische Schafdärme auftreibst. Sicher erinnerst du dich noch daran, wie man daraus Überzieher herstellt. Ich habe es dir vor Jahren erklärt und wenn ich mich recht entsinne, warst du sehr geschickt in der Herstellung. Jedenfalls hast du jede Menge davon angefertigt."

Er lachte gutmütig bei dem Gedanken daran. Auch ich musste grinsen. Ich hatte wirklich reichlich Gebrauch von dieser nützlichen Erfindung gemacht, allerdings nicht so sehr um mich vor Geschlechtskrankheiten zu schützen. Damals war mir der empfängnisverhütende Effekt der aus Schafdärmen hergestellten Präservative viel wichtiger gewesen.

„Der Nachteil ist, dass Zenta dir wohl nicht so bald ein Kind schenken kann. Aber das habt ihr zum jetzigen Zeitpunkt sicher eh nicht im Sinn."

Nein, das hatten wir wirklich nicht. Was mich zu dem Geständnis verleitete, dass ich mich eigentlich gar nicht in diese Zeit gehörig fühlte.

„Es gibt so viel, was meine Anwesenheit in meiner eigenen Zeit erforderlich macht", gestand ich kleinlaut und berichtete Erasmus, was während seiner langen Abwesenheit alles geschehen war.

„Es macht mich unglücklich, zu wissen, dass ich viele Menschen die mir etwas bedeuten nie mehr wiedersehen werde"

Aber darauf wusste auch der alte Hexer keine Antwort.

Schuldbewusst blickte er mich an.

„Ich fürchte, ich habe dir einen schlechten Dienst erwiesen, als ich dich zu mir gerufen habe", meinte er mit ehrlichem Bedauern.

„Es tut mir leid, ich hätte wissen müssen, dass auch dein Leben seinen vorgezeichneten Gang geht. Darüber habe ich nicht nachgedacht..."

Ich schüttelte abwehrend den Kopf.

„Nein, es ist nicht deine Schuld. Ich habe dir viel zu verdanken und es war selbstverständlich für mich, dir beizustehen. Allerdings hatte ich nie die Absicht, hier in dieser Zeit zu bleiben. Aber so, wie es jetzt aussieht..."

Sein betroffener Gesichtsausdruck ließ mich versichern:

„Es ist nicht etwa so, dass ich bereue Zenta geheiratet zu haben. In Wahrheit habe ich mich sofort in sie verliebt. Aber sie ist noch so jung, Adam. Manchmal schäme ich mich dafür, ein so unerfahrenes Mädchen an mich gebunden zu haben. Du weißt, es stand mir nie der Sinn nach so jungem Blut."

Er musterte mich eindringlich, dann hielt er dagegen:

„Nun, du bist ja auch jünger geworden. Genau wie ich. Ein Phänomen, für das ich keine plausible Erklärung habe. Aber du siehst aus wie ein Jüngling auf der Schwelle zum Manne. Also ist Zenta keineswegs zu jung für dich. Und mit sechzehn heiraten sogar in unserer Zeit die meisten Mädchen."

„Ja", gab ich zu. „Wir passen auch wirklich gut zusammen. Deshalb will ich Zenta auch nicht wieder verlieren. Ich liebe sie von ganzem Herzen. Aber genau da liegt das Dilemma. Bleibe ich hier, verliere ich bis auf dich alle die Menschen, die mir je etwas bedeutet haben. Und gehe ich in meine Welt zurück, verliere ich Zenta. Es ist zum Verrücktwerden."

Wir wurden durch die plötzliche Unruhe der Pferde unterbrochen. Die Tiere wieherten schrill und wollten flüchten. Doch die um ihre Beine gewundenen Zügel hinderten sie daran. Eilig ging ich auf die Stute zu, die sich besonders unruhig gebärdete. Ich nahm sie am Zaum und redete leise auf sie ein. Dabei versuchte ich über ihren Rücken hinweg zu erkennen, was die Tiere so aufregte.

Ein dunkler Schatten schlich sich von uns weg zum Waldrand hin. An seinen geschmeidigen Bewegungen erkannte ich, dass es ein Luchs war. Ich atmete erleichtert auf, das Raubtier war mir lieber als ein Mensch. Die seltene Großkatze konnte weder uns noch den Pferden gefährlich werden.

Adam war zu dem Schecken gehumpelt und sprach ebenfalls beruhigend auf ihn ein. Wir beschlossen, die Pferde hinter die Hütte zu bringen. Sie hatten genug gegrast und folgten uns willig.

In unserem kargen Unterschlupf wurden wir von den Frauen mit Kräutertee empfangen. Das heiße Getränk trieb schnell die Kälte der Nacht aus unseren Gliedern. Da die Hütte winzig war, spendete die kleine Feuerstelle genügend Wärme.

Ich spürte Agathas Blick auf mir ruhen und hob den Kopf. Sie lächelte mich freundlich an und zum ersten Mal wurde mir bewusst, welch eine schöne Frau sie war. Ich konnte nun besser verstehen, dass Adam so viel für sie auf sich genommen hatte. Zenta und sie sahen sich sehr ähnlich, fast hätte man sie für Schwestern halten können. Nun, Agatha war ja noch sehr jung gewesen, als sie Zenta geboren hatte. Gerade so alt wie ihre Tochter heute war. Sie konnte demnach nicht älter als zweiunddreißig sein. Also etwa in dem Alter, das ich bislang bei meinen Gespielinnen bevorzugt hatte. Der Gedanke ließ mich erröten und ich wandte verlegen den Blick zur Seite.

„Du bist also mein Schwiegersohn."

Agatha schien nichts von meiner Verlegenheit zu bemerken.

„Adam hat mir bereits viel Gutes über dich erzählt. Und auch Zenta ist sehr von dir angetan. Deshalb freut es mich, dich fortan zu meiner Familie zu zählen."

Meine Frau kuschelte sich in meine Arme und lachte glücklich.

„Ich habe mich sofort, als ich ihn sah, in Adrian verliebt. Du hattest also damals recht, Mutter, als du mir sagtest, ich würde den Richtigen erkennen, sobald ich ihn treffe. Wir werden bestimmt sehr glücklich werden."

Sie strahlte mich so voller Zuversicht und Liebe an, dass meine Sorgen um die Zukunft ein wenig schmolzen. Nichts wünschte ich mir mehr, als mit ihr glücklich zu werden. Deshalb zwang ich mich nun ebenfalls zu einem Lächeln und küsste sie flüchtig auf den Mund. Mein Blick streifte Adam, der mir optimistisch zunickte.

„Es wird schon alles gut werden", sagte er leise und klang sehr überzeugt.

Wir redeten noch eine Weile über alltägliche Dinge. Dann schnitt Adam zum ersten Mal das Thema an, das uns am meisten bewegte.

„Wir müssen einen Reiseplan entwerfen. Es bringt nichts, wenn wir ziellos durch die Landschaft fahren."

„Und wohin möchtest du fahren? Wenn du bestimmte Wünsche hinsichtlich unserer Flucht hast, so teile sie mir mit. Noch sind wir nicht allzu weit gekommen. Wir können die Richtung noch ändern."

Neugierig sah ich den alten Hexer an. Sein bestätigender Gesichtsausdruck sagte mir, dass er tatsächlich schon ein Ziel vor Augen hatte.

„Agatha und ich wollen mit dem Schiff in die neue Welt reisen, um dort ein neues Leben zu beginnen."

Mir blieb vor Staunen der Mund offenstehen und auch Zenta blickte ihre Mutter erschrocken an.

„Amerika?" fragte ich ungläubig. „Ihr wollt nach Amerika auswandern?"

„Genauer gesagt, nach Kalifornien", bekräftigte Adam mit strahlendem Lächeln. „Dort muss es wunderschön sein. Keine harten, kalten Winter. Viel Sonne und Meer. Und vor allem keine Hexenverfolgung. Agatha und ich können dort in allen Ehren dem Beruf des Heilens nachgehen. Wir werden dort als unbescholtene Bürger leben."

Ich schaute ihn skeptisch an.

„Bist du sicher, dort gibt es keine Hexenverfolgungen? Ich bin zwar nicht sehr bewandert in der Geschichte dieses Landes, aber meines Wissens gelten dort ähnliche Gesetze wie hier auch. Schließlich sind die Einwanderer ja zum größten Teil aus Deutschland und England gekommen. Sie haben ihre Gesetze und ihre Gerichtsbarkeit mitgenommen. Und gerade die Engländer haben sehr rigorose Ansichten, was die Hexerei betrifft. Da kommt ihr vom Regen in die Traufe."

Doch Adam wischte meine Einwände mit einer schnellen Handbewegung bei Seite. Er verzog kurz das Gesicht, weil die Bewegung seinen gequetschten Daumen nicht gut tat, erklärte aber unbeirrt. „Ich weiß, du machst dir Sorgen. Aber die sind unnötig. Ich werde meine Talente nur noch auf den Arztberuf beschränken und Agatha ebenfalls. Gute Hebammen und Ärzte sind dort rar. Wäre das nicht auch etwas für euch beide? Hier herrscht noch einige Jahre Krieg. Elend und Krankheiten folgen ihm auf dem Fuße. In Amerika gibt es weder Pest- noch Pockenepidemien. Und auch keine großen Hungersnöte. Mit all diesen Dingen werdet ihr in der Zukunft zu kämpfen haben, solltet ihr in diesem Land bleiben."

Er verstummte, als er meinen gequälten Gesichtsausdruck sah. Wenn ich in meine Zeit zurückginge, gäbe es diese schrecklichen Aussichten für mich ebenfalls nicht.
„Ich weiß nicht so recht", wandte ich lahm ein. „Was denkst du darüber Zenta?"
„Nun, mir würde der Gedanke, in die neue Welt auszuwandern schon gefallen. Aber du bist mein Mann, du bestimmst was wir tun."
„Hör auf", knurrte ich unwirsch. „Wir werden gemeinsam beschließen, welches Leben wir führen wollen. Ich bin kein Tyrann, der seiner Frau vorschreibt, was sie zu tun und zu lassen hat."
„Ich weiß", erwiderte sie sehr sanft und küsste mich auf die Nasenspitze. „Aus diesem Grunde liebe ich dich ja so sehr. Also schlage ich vor, wir werden in Ruhe darüber nachdenken. Bis wir dort sind, wo die Schiffe abfahren, vergeht sicher noch viel Zeit. Bis dahin werden wir wissen, wo wir leben wollen."
Ich wusste sehr genau wo ich leben wollte, sagte aber nichts. Ich wollte Zenta keinesfalls beunruhigen. Auch Adam lenkte versöhnlich ein.
„Vor dem nächsten Frühjahr können wir sowieso nicht fahren. Vielleicht wird es sogar Sommer, bis wir eine Passage finden. Ihr solltet deshalb nichts überstürzen. Legen wir uns schlafen. Morgen werden wir entscheiden, in welche Richtung wir weiterfahren. Ich habe im Planwagen eine Karte versteckt. Auf der ist das ganze Land

eingezeichnet. Dann können wir in Ruhe entscheiden, wohin uns unser weiterer Weg führen wird."

Am nächsten Morgen kamen wir überein, uns immer in nördlicher Richtung zu halten. Um eine genaue Route festzulegen, war die Karte nicht geeignet. Adam hatte sie aus seiner Zeit mitgebracht, deshalb enthielt sie Wege und Ortschaften, die es im siebzehnten Jahrhundert noch nicht gegeben hatte. Aus diesem Grunde beschlossen wir, jeden Abend die Route des folgenden Tages aufs Neue festzulegen. Wenn wir dabei Umwege machen mussten, oder aus irgendeinem Grunde länger verweilten, so war das nicht schlimm. Bis zum Frühjahr wären wir auf jeden Fall am Meer.
Adam saß neben mir auf dem Bock. Er hatte darauf bestanden, dass Zenta sich zu ihrer Mutter unter das schützende Dach begab. Im Inneren des Wagens war es lange nicht so ungemütlich wie auf dem ungeschützten Bock. Das Wetter hatte endgültig umgeschlagen, der kalte Wind peitschte uns eisigen Regen ins Gesicht. Obwohl wir beide uns in unsere dicken Umhänge gewickelt und zusätzlich eine gefettete Lederplane um uns gehüllt hatten, froren wir.
Adam behauptete zwar hartnäckig, die Kühle täte seinen geschundenen Beinen gut, doch ich bezweifelte das. Es war jedoch zwecklos, ihn ebenfalls ins Innere des Wagens verbannen zu wollen.
„Lass Mutter und Tochter eine Weile alleine miteinander reden. Sie haben sich viel zu sagen und bei solchen Gesprächen stört ein Mann bloß. Außerdem, wenn du so alleine hier vorne sitzt, kommen dir nur trübe Gedanken. Warum sollen wir die Gelegenheit nicht nutzen, uns ebenfalls zu unterhalten. Wie du bereits angedeutet hast, ist viel geschehen, seit ich von zu Hause weg bin. Während der Fahrt hält dich nichts davon ab, mir alles Wissenswerte zu berichten."
Ich hatte tatsächlich nichts gegen ein wenig Ablenkung einzuwenden. Schon gar nicht wollte ich meinen düsteren Gedanken nachhängen. Sie hätten mich nur deprimiert.
Am Morgen, nach dem Frühstück, waren die Frauen in das nahe Wäldchen gegangen um Reisig und trockenes Holz zu sammeln. Der Hexer befand den Zeitpunkt ihrer Abwesenheit für gut, um mich

gründlich zu untersuchen. Obwohl er mein Freund und außerdem Arzt war, genierte ich mich etwas, mich ihm nackt zu präsentieren. Doch ich überwand die Scheu, zog mich aus und stellte mich nahe an das kleine Fenster der Hütte. Dort war das Licht am besten.

Mit der Gründlichkeit des erfahrenen Arztes untersuchte er mich. Ich wusste genau nach welchen Anzeichen er suchte, hatte ich derlei Untersuchungen doch schon selbst öfter an meinen Patienten vorgenommen. Dennoch war es etwas anderes, selbst der Patient zu sein. Obwohl ich um die Notwendigkeit wusste, fand ich es peinlich die tastenden Hände auf mir zu fühlen, die auch vor intimen Stellen nicht Halt machten. Ich konnte nicht verhindern, dass eine Gänsehaut über meinen Rücken kroch und mir das Blut ins Gesicht stieg. Falls Erasmus es bemerkte, so sagte er nichts dazu.

„So, schon fertig", erlöste er mich endlich. „Du kannst dich wieder anziehen. Also, ich kann nichts Verdächtiges feststellen. Nach der Zeit, die bereits vergangen ist, müsste man schon erste Anzeichen sehen. Dennoch rate ich dir, noch eine Weile vorsichtig zu sein. Du weißt selbst, manche Krankheiten brechen erst Tage oder Wochen nach der Ansteckung aus und Syphilis gehört leider dazu. Deshalb solltest du noch eine Weile vorsichtig sein, was dein Zusammensein mit Zenta betrifft."

Die Aussicht auf weitere Enthaltsamkeit gefiel mir zwar nicht, doch ich sah ein, dass es notwendig war, wollte ich meine Frau nicht in Gefahr bringen. Deshalb nahm ich mir vor, sofort Schafdärme zu besorgen, sobald wir in ein Dorf kamen.

Die Straße führte durch einen Nadelwald und die dicht stehenden Bäume schützen uns ein wenig vor der rauen Witterung. Wir konnten uns unterhalten, ohne dass der Wind uns die Worte von den Lippen riss.

„Wie hast du Agatha eigentlich kennengelernt?", fragte ich Adam neugierig. Bisher hatten wir dieses Thema noch nicht angesprochen. „Mir scheint fast, du bist wegen ihr in die Vergangenheit gereist." Es war nur eine Vermutung gewesen, doch seine Antwort bestätigte sie mir.

„Wie hast du das erraten? Aber du warst schon immer ein kluger Kopf. Ja, du hast Recht, ich bin in dieses Jahrhundert gereist, um Agatha vor dem Tod auf dem Scheiterhaufen zu bewahren. Alles ist zwar ein wenig anders gekommen, als ich geplant hatte, aber sie ist noch am Leben und nur das zählt."

„Aber wie konntest du von ihr wissen? Ist sie irgendeine Urahne von dir?"

Adam schüttelte lächelnd den Kopf.

„Nein, das ist sie nicht. Erinnerst du dich an die alten Chroniken, die ich aufgestöbert habe? Sie enthielten nicht nur den geschichtlichen Werdegang Aschaffenburgs, sondern auch Ereignisse, die damals sozusagen Stadtgespräch waren. Berichte von Menschen, die entweder besonderes geleistet hatten oder eben besonders verhasst waren."

„Hexen", vermutete ich und er nickte bestätigend.

„Aber wieso ausgerechnet Agatha? Meines Wissens wurde sehr vielen Hexen der Prozess gemacht. Die meisten, dieser meist unschuldig verleumdeten Frauen starben auf dem Scheiterhaufen."

„Ja, fast alle zu Unrecht", bemerkte Adam und schüttelte bekümmert den Kopf. „Die wenigsten dieser Frauen hatten mit Hexerei überhaupt etwas zu tun. Vielmehr waren es meist begüterte Witwen, die wegen ihres Geldes angeprangert wurden. Sie mussten die Prozesskosten aus eigener Tasche bezahlen, und oft versuchten sie sich ihre Freiheit zu erkaufen. Und die paar Frauen, die sich tatsächlich der Hexenkünste bedienten, taten es fast immer in guter Absicht. So wie Agatha, die als Hebamme und Heilerin tätig war. Keine hatte Folter und Tod verdient."

„Warum also ausgerechnet Agatha?" fragte ich erneut.

Er zuckte die Schultern.

„Es war wie ein Zwang für mich. Ich las ihre Geschichte und wusste, ich musste versuchen, sie zu befreien. Der Chronist, der ihren Prozess verfolgt und niedergeschrieben hat, beschrieb sie so anschaulich, - ich konnte sie förmlich vor mir sehen. Du wirst vielleicht über mich alten Narren lachen, aber ich habe mich Hals über Kopf in Agatha verliebt, - obwohl ich sie gar nicht kannte."

Ich blickte ihn ernst an.

„Für mich bist du kein alter Narr. Ich denke, es war Bestimmung. So ähnlich wie bei mir und Zenta...“

„Ja, das kann gut sein. Bestimmung, so ist es mir damals auch vorgekommen. Tage- und nächtelang habe ich gegrübelt, wieso mich ausgerechnet Agathas Schicksal so berührte. Es kam mir gar nicht sonderbar vor, als sie mir dann eines Nachts im Traum erschien um mich um Hilfe zu bitten. Sie sah so traurig aus - und so schön. Es erstaunt dich sicher nicht, dass sie in Wirklichkeit genauso aussieht wie in meinem Traum. Jedenfalls war es um mich geschehen. Ich musste versuchen, zu ihr zu gelangen um sie zu retten. Am nächsten Morgen zog ich mein uraltes Hexenbuch zu Rate. Es rutschte mir aus der Hand und fiel zu Boden. Als ich es aufheben wollte, betrachtete ich die Seiten genauer, die aufgeschlagen vor mir lagen. Und da stand es geschrieben..., eine Anleitung um durch die Zeit zu reisen. Nie zuvor waren mir diese Seiten aufgefallen. Es fiel mir zwar schwer, die uralte Handschrift zu lesen. Die Sprache - Latein - ist mir zudem nicht sehr geläufig, ich konnte nur einige Worte übersetzen. Doch ich wusste, dass du in Latein viel bewanderter bist als ich, also habe ich dich um deine Hilfe gebeten.“

Ich nickte wissend, denn ich konnte mich noch sehr gut an die Zeit erinnern, als ich gemeinsam mit Erasmus die wirklich fast unleserliche Schrift zu entziffern suchte. Danach hatte ich begonnen, die Worte zu übersetzen. Es hatte jedoch Wochen gebraucht, bis das Geschriebene so weit übersetzt war, dass es einen Sinn ergab.

„Und dann bin ich zu den Steinen geritten und von dort in der Zeit zurückgereist“, fuhr Erasmus fort. „Und bin sofort nach Aschaffenburg zurückgekehrt. Erst da bemerkte ich, dass ich nicht im richtigen Jahr eingetroffen war. Ich hatte mich um zwei Jahre vertan, war zwei Jahre zu früh hier eingetroffen. Doch umkehren wollte ich nicht mehr. Wie du selbst erfahren hast, ist die Reise durch die Zeit sehr kräftezehrend. Ich glaube, es wäre mir gar nicht gelungen, sofort wieder zurückzukehren.

Doch dann, überlegte ich mir, war es vielleicht gar nicht verkehrt, früher am Ort des zukünftigen Geschehens zu sein. Es würde sicher nicht schaden, das Schicksal von langer Hand zu beeinflussen. So dass es möglichst gar nicht zu Agathas Verurteilung käme.

Ich richtete es so ein, dass ich ihr wie zufällig begegnete. Es war auf dem Marktplatz, sie hatte dort einen Stand und verkaufte getrocknete Kräuter. Wir kamen ins Gespräch und trafen uns fortan öfter. Immer zufällig, wie sie meinte, und ich ließ sie in dem Glauben. Ich wusste aus der Chronik von ihrer unglücklichen Ehe. Schließlich sollte die ja zur Anklage wegen Hexerei und Gattenmordes führen. Ich lernte auch ihren Mann kennen, Eberhard Strauß, einen unzufrieden wirkenden Menschen, der seine unüberlegte Heirat mit Agatha noch immer bereute. Es war stadtbekannt, dass er hinter jedem Weiberrock her war. Er und seine Frau lebten schon lange getrennt. Agatha und die gemeinsame Tochter in einem kleinen gepachteten Häuschen und Eberhard bei seinem Bruder, dem Pfarrer. Liebe gab es schon längst nicht mehr zwischen den Eheleuten.

Deshalb machte es mir auch nichts aus, um Agatha zu werben. Ich muss gestehen, ich hatte mich unsterblich in sie verliebt. Zuerst zeigte sie mir die kalte Schulter, doch ich gab nicht auf. Nach und nach wurde sie mir zugetan. Wir spürten beide, wir waren füreinander geschaffen.

Und ich spürte auch bald, dass sie tatsächlich eine Hexe war. Eine sehr starke Hexe. Deshalb blieben ihr meine Hexenkräfte ebenfalls nicht verborgen. Unser gemeinsames Geheimnis schweißte uns fortan noch mehr zusammen.

Zu der Zeit wagte es noch niemand, Agatha öffentlich als Hexe zu bezeichnen. Im Gegenteil, sie wurde als Heilerin und Hebamme sehr geschätzt. Und mehr als einmal wurde sie gebeten, einen Zauberspruch zu sprechen oder einen Liebestrank zu brauen. Sie tat es bereitwillig, solange niemand durch ihre Hexerei zu Schaden kam. Denn schwarze Magie kam für sie nicht in Frage.

Deshalb glaubte sie mir zuerst auch nicht, als ich vorsichtig begann, sie vor den schlimmen Ereignissen die ihr drohten zu warnen. Obwohl sie des Öfteren anderen Menschen die Zukunft voraussagte, lehnte sie es strikt ab, ihr eigenes Schicksal aus den Karten zu erfragen. Aus diesem Grunde ignorierte sie auch meine Bitte, mit mir die Stadt zu verlassen um anderswo ein neues Leben zu beginnen. Sie wollte bei ihren Bekannten und ihren Patienten bleiben. Schweren Herzens akzeptierte ich ihren Wunsch, obwohl ich wusste, es würde ihr Verderben sein. Um wenigstens das Schlimmste zu verhindern, blieb ich stets in ihrer Nähe und zog schließlich sogar bei ihr ein.

Ich hätte wissen müssen, dass dies von den Menschen in unserer Umgebung nicht toleriert wurde. Ein alleinstehender Mann im Hause einer verheirateten Frau! Ich hatte zwar offiziell die beiden leerstehenden Zimmer in der Mansarde gemietet, doch schon bald nach meinem Einzug begannen die Nachbarn zu tuscheln.

Fast zwei Jahre waren verstrichen und ich hatte es immer noch nicht geschafft, Agatha von der Notwendigkeit unserer gemeinsamen Flucht zu überzeugen. Der Tag, an dem das Verhängnis seinen Lauf nehmen sollte kam immer näher. Als meine Bitte immer dringlicher wurde, gab sie schließlich nach - mir zuliebe, wie sie betonte. Ich atmete auf. Heimlich hatte ich schon den Wagen besorgt und bei dem Bauern untergestellt. Wir packten unser Habe und wollten in wenigen Tagen heimlich verschwinden. Auch Zenta war eingeweiht, sie sollte natürlich mitkommen.

Da tauchte unvermutet Eberhard auf. Er hatte von meiner Anwesenheit in seinem Haus gehört und bezichtigte seine Frau lautstark der Untreue. Die beiden stritten die halbe Nacht heftig miteinander, dann ging Eberhard wütend aus dem Haus und wurde fortan nicht mehr gesehen.

Nach einer Weile kam sein Bruder, der Pfarrer und beschuldigte uns, Eberhard etwas angetan zu haben. Sogar den Schultheiß schickte er. Doch da einige Nachbarn sahen, wie Agathas Mann wütend das Haus verlassen hatte, verfolgte er den Fall nicht weiter. Doch der Pfarrer kam immer wieder um Agatha zu beschimpfen und zu verdächtigen. Er beschuldigte sie sogar von der Kanzel herab der Hexerei.

Am nächsten Morgen wurde er in der Kirche aufgefunden. Er lag auf dem Boden und konnte sich weder bewegen, noch sprechen.

Seither siecht er dahin. Ich denke, er hatte eine Apoplexie, doch die Leute behaupteten, Agatha hätte ihn verhext.

Diesmal glaubte auch Schultheiß Reigersberger an ihre Schuld und ließ sie verhaften. Ich wurde als angeblicher Komplize ebenfalls verhaftet. Den Rest kennst du... Da es für uns beide keine Chance gab, das Gefängnis lebend zu verlassen, rief ich dich zu Hilfe.

Bereits vor meinem Aufbruch ins 17. Jahrhundert befürchtete ich, dass etwas an meinem Plan schiefgehen könnte. Es mir vielleicht nicht gelingen würde, Agatha vor dem Gefängnis zu bewahren oder selbst verhaftet zu werden. Was ja beides auch eingetroffen ist. Deshalb bat ich dich damals vorsorglich, die alten Chroniken sorgfältig durchzulesen. Damit du über diese Zeit Bescheid weißt, sollte ich deine Hilfe benötigen. Ich hoffte zwar, dich nicht in meine Angelegenheiten einbeziehen zu müssen, wollte mich aber vorsorglich absichern. Heute tut es mir leid, dich in die Geschichte hineingezogen zu haben, weil ich dadurch dein Schicksal verkehrt habe. Ich bin mir nicht sicher, ob es richtig war, auch wenn du Agatha und mir dadurch das Leben gerettet hast."

Kapitel 10: Tod und neues Leben

Wir schwiegen beide eine Weile, dann räusperte ich mich beklommen.

„Ich bin sehr froh, dass mir das gelungen ist. Du warst stets ein väterlicher Freund für mich und unsere Freundschaft bedeutet mir sehr viel. Deshalb bereue ich auch nicht, dir nachgereist zu sein, selbst wenn sich dadurch mein eigenes Leben unumkehrbar verändert."

„Ich habe während der Tage und Nächte im Gefängnis viel gegrübelt. War es richtig dich um Hilfe zu bitten? Was wäre, wenn du aus irgendeinem Grunde ebenfalls im falschen Jahr landen würdest. Ich weiß bis heute nicht, warum das bei mir so war. Oder was, wenn dir etwas geschehen würde, dann hätte ich auch noch deinen Tod auf dem Gewissen. Tatsächlich bist du dem Tod ja nur um Haaresbreite entgangen..."

„Nun, es ist ja noch einmal gutgegangen", beschwichtigte ich ihn.

„Du und Agatha seid frei und könnt ein neues Leben beginnen..."

„Aber durch meine Schuld bist du gezwungen, für den Rest deines Lebens in diesem Jahrhundert zu bleiben. An so etwas habe ich einfach nicht gedacht, Adrian. Ich hatte mir alles viel einfacher ausgemalt. Heute weiß ich, wie dumm das war. Ich hätte dich niemals in meine Angelegenheiten hineinziehen dürfen. Wenn ich könnte, würde ich alles rückgängig machen. Aber nicht einmal die stärksten Hexenkräfte können das bewerkstelligen."

Er sah mich so bekümmert an, dass er mir leid tat.

„Du hast mein Leben nicht zerstört, Adam", versuchte ich ihn zu beruhigen.

„Meine Zukunftspläne vielleicht, aber in der Hinsicht konnte mir sowieso niemand garantieren, dass alles wirklich so kommen würde, wie ich mir das vorstellte. Und, du hast mich zwar gebeten dir zu Hilfe zu eilen, aber es war meine Entscheidung es zu tun. Ich habe beschlossen, dir zu Hilfe zu kommen. Ich habe mich in Zenta verliebt. Und ich habe mit ihr geschlafen und somit unser beider weiteres Schicksal herausgefordert. Also mache dir keine Gedanken. Wer weiß, vielleicht ist mir all das ja wirklich vorbestimmt gewesen."

Adam seufzte schwer, sagte aber nichts mehr.

Es ging auf den Nachmittag zu und uns stellte sich die gleiche Frage wie schon am Tag zuvor: Wo konnten wir einigermaßen sicher nächtigen? Heute waren wir an zwei großen Dörfern vorbeigekommen, wurden aber schon vor der Stadtmauer von bewaffneten Wachen abgewiesen. Fremde seien nicht willkommen, wurde uns beschieden. Außerdem gäbe es kaum noch etwas Essbares zu kaufen. Die Dorfbewohner litten selbst Not.

Die Pferde waren müde und ließen erschöpft die Köpfe hängen. Heute musste ich ihnen kräftigeres Futter geben, das dürre Gras hatte nicht mehr genug Nährwert. Im Wagen führten wir Heu und zwei Säcke Korn mit, doch es war abzusehen, wann wir für die Tiere nicht mehr genug Futter haben würden.

An Geld mangelte es uns zwar nicht, sowohl Adam als auch ich hatten uns vor der Zeitreise genügend davon eingesteckt. Er und Agatha führten sogar Gold und Edelsteine mit sich, gut versteckt im Wagen, um die Passage nach Amerika zu zahlen. Was wir jedoch alle nicht bedacht hatten war, wir bekamen nichts für unser Geld. Die Menschen waren durch den langen Krieg ausgebeutet, die Ernte in diesem Jahr katastrophal ausgefallen. Das wenige, das die Bauern ernten konnten, deckte kaum ihren eigenen Bedarf. Haustiere, die nicht von den plündernden Truppen geraubt worden waren, wurden bewacht wie ein Schatz.

Unsere eigenen Lebensmittel gingen bereits zur Neige. Wenn wir nichts dazu kaufen konnten, würden wir uns höchstens noch drei oder vier Tage satt essen können.

Zenta, die nun neben mir saß, griff mir plötzlich in die Zügel.

„Hör mal", wisperte sie aufgeregt. „Ruft da nicht jemand um Hilfe?"

Ich hatte nichts gehört, weil ich so in meine trüben Gedanken vertieft war. Jetzt hielt ich die Pferde an und lauschte ebenfalls. Und da hörte ich es auch: Eine schwache Stimme, mehr ein keuchendes Stöhnen. Es kam hinter einer dichten Buschgruppe hervor.

Ich sprang vom Bock und lief auf die Büsche zu. Zenta kam mir eilig nach.

„Adrian, sei vorsichtig, vielleicht ist es eine Falle", beschwor sie mich. Doch ich hatte die immergrünen Sträucher schon umrundet und blieb schockiert stehen. Direkt vor meinen Füßen lag ein junger Mann. Seine Augen starrten mich an, doch er konnte mich nicht mehr sehen. Er war tot, seine Kehle aufgeschlitzt. Das Blut war bereits zu einer dicken Masse geronnen, also musste er schon seit mehreren Stunden tot sein.

Ich verschwendete keine Zeit mit ihm sondern sah mich suchend nach der Person um, die immer noch schwach um Hilfe rief. Erst auf den zweiten Blick sah ich ein Bein in verschmutzten, zerrissenen Strümpfen, das gerade noch aus einem Erdloch hervor lugte. Es zuckte krampfhaft. Hastig überwand ich einen umgestürzten Baumstamm und kniete kurz darauf neben einer jungen Frau. Sie war hochschwanger, was die Bestien, die sie überfallen hatten nicht daran gehindert hatte, sie zu vergewaltigen. Ihre Röcke waren hochgeschoben und völlig durchnässt und verdreckt. Aus ihrem Unterleib sickerte Blut hervor. Die krampfhaften Zuckungen ihres Leibes zeigten mir, dass die Wehen eingesetzt hatten.

Zenta neben mir stieß einen erstickten Schrei aus, kniete sich aber sofort zu der Gebärenden nieder und hob sanft ihren Oberkörper an. So gut sie es vermochte bettete sie die junge Frau auf ihren Schoß und sprach leise auf sie ein.

„Schau her, Adrian!" rief sie kurz darauf erschrocken aus. „Sie hat eine Messerwunde in der Brust. Oh Gott, ich glaube sie verblutet!"

Tatsächlich klaffte über dem Herzen der Frau eine tiefe Wunde, aus der unaufhörlich Blut sickerte. Ein Blick in ihr blasses, durchscheinendes Gesicht machte mir klar, dass sie schon fast ausgeblutet war. Ein Wunder, dass sie überhaupt noch am Leben und bei Bewusstsein war.

„Sie wird es nicht schaffen", hörte ich Adams leise Stimme hinter mir. „Die Brustwunde ist tödlich. Sie hat schon viel zu viel Blut verloren. Lass sie in Ruhe sterben."

So, als wenn sie die geraunten Worte verstanden hätte, bäumte sich die Frau jetzt nochmals auf. Ziellos griff ihre Hand durch die Luft und bekam meinen Ärmel zu fassen. Mit erstaunlicher Kraft klammerte sie sich daran fest.

„Mein Kind", stieß sie hervor. „Rettet mein Kind. Es darf nicht sterben..." Der Satz verklang in einem Röcheln und ihre Hand rutschte von meinem Arm. Ein krampfhaftes Zittern durchlief ihren Körper, dann streckte sie sich. Sie war tot.

„Das Kind. Kannst du es retten? Sieh nur, es bewegt sich."

Zentas Hand lag auf dem gewölbten Leib der Frau. Unter der Bauchdecke strampelte das Ungeborene wild, so als ahne es die Gefahr, in der es schwebte. Zenta sah mich beschwörend an. Dann warf sie einen flehenden Blick auf ihre Mutter, die hinter mir stand.

„Ihr müsst das Kind irgendwie aus ihr herausholen. Es lebt noch..."

Ich war schon aufgesprungen und ließ hastig zum Wagen zurück. Voller Ungeduld kramte ich in dem Kasten, der unsere wenigen Utensilien enthielt. Ein großes Messer war auch darunter. Ich griff es mir und rannte zu den Wartenden zurück. Ohne zu zögern setzte ich das Messer am Unterleib der toten Frau an, zog einen langen Schnitt vom Nabel bis zum Schambein. Die pralle Haut klaffte auseinander und gab den Uterus frei. Das Kind hielt jetzt still, so als wüsste es, es ging um sein Leben. Vorsichtig, um es nicht zu verletzen, schnitt ich die Gebärmutter auf. Ein Schwall Fruchtwasser spritzte heraus und versickerte dampfend im Erdreich.

Behutsam griff ich in den entstandenen Spalt und bekam das Kind zu fassen. Es war glitschig und ich musste fester zupacken. Langsam zog ich es aus dem Leib seiner toten Mutter heraus. Es war ein kleines Mädchen, voll ausgetragen und lebensfähig. Kaum hatte ich es abgenabelt begann es protestierend zu schreien. Agatha kam an meine Seite und nahm es mir ab. Schnell wickelte sie es in ihr Schultertuch und legte es Zenta auf den Arm. Dann kniete sie sich zu der Toten und riss ihr Mieder auf.

„Was tust du da?", fragte ich verwundert als ich sah, dass sie die Brust der Frau drückte. Ein dünner Milchstrahl floss aus der Warze, da wurde mir bewusst, was Agatha vorhatte.

„Durch die Wehen wurde der Milchfluss angeregt", erläuterte mir die erfahrene Hebamme. „Es befindet sich genug Milch in ihren Brüsten um das Neugeborene zu stillen. Vor allem bekommt es so wenigstens die wertvolle Hexenmilch, die seine Abwehrkräfte stärkt. Das ist der letzte Liebesdienst, den ihm seine Mutter erweisen kann."

Sie gab Zenta ein Zeichen und die reichte ihr das Kind. Agatha legte es an die Brust seiner toten Mutter an. Gierig begann das Neugeborene zu saugen. Nach einer Weile stupste Agatha sanft ihren Finger auf das winzige Mündchen und löste es von der Brustwarze. Danach legte sie es an der anderen Brust an. Fasziniert sah ich, wie sich die Lippen des Kindes zuerst suchend über die Brust bewegten und sich dann an der Brustwarze festsogen. Es saugte leise schmatzend mit geschlossenen Augen. Als auch diese Brust leer war, löste Agatha es sanft von seiner Mutter. Sie deckte es mit einem Zipfel des Tuches zu und trug es dann zum Wagen. Zenta folgte ihr. Ich wischte mir mit dem Ärmel den Schweiß von der Stirn und erhob mich langsam. Adam stand noch neben mir und schaute bekümmert auf die Leiche der jungen Frau. Ich bückte mich nochmals und zog ihre Röcke über den nun flachen Leib. Dann drückte ich ihre weit offenstehenden Augen zu.

„Diese Bestien", stieß ich erbittert hervor. „Nicht einmal vor hochschwangeren Frauen machen sie halt. Was ist das bloß für eine Zeit, in der Männer sich schlimmer als Tiere benehmen? Wie verroht muss man sein, so etwas tun? Ich verstehe es einfach nicht."

Adam legte mir eine Hand auf die Schulter. Mit brüchiger Stimme meinte er.

„Ich kann es mir auch nicht erklären. Vielleicht liegt es an den endlosen Kriegsjahren. Manche Soldaten sind schon so lange dabei, dass das Töten ihnen in Fleisch und Blut übergegangen ist. Sie haben so viel Grauen erlebt und selbst verbreitet, dass sie völlig abgestumpft gegen die Leiden anderer sind." Er starrte auf die Leichen.

„Was machen wir mit ihnen? Um sie zu begraben ist es zu spät. Es ist schon fast Nacht und wir können nicht hier auf der Landstraße bleiben."

Sein Blick streifte über die Büsche und blieb auf einem bestimmten Punkt haften. Ungläubig riss er die Augen auf und ich drehte mich schnell herum um zu sehen, was ihn so erstaunte. Da sah ich es ebenfalls. Ein Mädchen, höchstens acht Jahre alt, kauerte unter den tiefhängenden Zweigen einer jungen Tanne. Ihre Augen waren riesengroß und voller Furcht auf uns gerichtet.

Als sie merkte, dass wir sie gesehen hatten, wollte sie aufspringen und davonlaufen. Doch sie kam nicht weit. Entweder durch den Schock des Gesehenen oder durch ihr langes Verharren auf dem kalten Boden versagten ihre Beine den Dienst. Sie strauchelte und fiel mit einem jammernden Laut hin.

Als sie mich hinter sich entdeckte, versuchte sie auf allen Vieren vor mir wegzukriechen. Ich bückte mich um sie hochzuheben, da begann sie schrill zu schreien und um sich zu schlagen. In ihren dunklen Augen stand der ganze Terror der letzten Stunden geschrieben.

Ich drückte sie so an mich, dass sie nicht mehr um sich schlagen konnte. Dann redete ich beruhigend auf sie ein. Doch es dauerte eine ganze Weile, bis sie ihren Widerstand aufgab und sich schluchzend an meine Schulter presste. Ich ließ sie weinen und trug sie langsam zu unserem Wagen, hob sie hinein. Agatha fasste sich zuerst und nahm die Kleine in ihre Arme. Bei ihr fühlte sich das Mädchen anscheinend sicherer und hörte zu weinen auf.

Adam war ebenfalls in den Wagen geklettert. Ratlos sahen wir uns an. Was sollten wir jetzt tun? Das Neugeborene brauchte dringend Milch, es schrie aus Leibeskräften. Hier auf der Straße konnten wir nicht bleiben, allzu leicht konnten wir ebenfalls Opfer umherziehender Soldaten oder Diebesbanden werden. Agatha hatte die Idee.

„Wo kommst du her, Kleine? Sind das da draußen deine Verwandten?"

Das Mädchen sah sie aus verweinten Augen an und zuerst dachte ich, sie hätte nicht verstanden. Doch dann begann sie leise und stockend zu erzählen.

„Das sind meine Schwester und ihr Mann. Wir waren unterwegs zu unserer Sippe, da haben uns diese Männer überfallen.

Als sie... als sie... dass taten bin ich in den Wald gelaufen und habe mich versteckt. Ich hörte meine Schwester schreien und bin immer weiter gerannt. Irgendwann, als ich nichts mehr hörte, bin ich zurückgegangen. Mein Onkel war tot und meine Schwester hat ganz fürchterlich gestöhnt. Ich wusste nicht, was ich tun sollte, so bin ich bei ihr geblieben und habe ihre Hand gehalten. Dann seid ihr gekommen und ich habe mich abermals versteckt. Ich dachte zuerst, die Männer seien zurück und würden mich auch töten... Was werdet ihr mit mir tun?"

„Keine Angst", beruhigte Agatha sie. „Wir werden dir nichts tun. Du sagtest ihr wolltet zu eurer Sippe zurück. Weißt du wo sie ihre Wagen abgestellt haben? Kannst du uns den Weg dorthin zeigen?"

Das Mädchen dachte eine Weile nach, dann nickte sie.

„Es ist nicht sehr weit von hier. Unsere Sippe sammelt sich im Winter immer zu einer großen Wagenburg. Die liegt etwas abseits, im Wald versteckt. Ich glaube, wir müssen da entlang..."

Sie deutete auf die Straße vor uns. Ich war zwar skeptisch, doch was blieb uns anderes übrig, als zu versuchen zu den Wagen zu gelangen. Wir konnten nur hoffen, das Mädchen würde den Weg finden. Es musste fahrendes Volk sein, das dort im Wald hauste. In den Wintermonaten fanden sich die Familien zu großen Gemeinschaften zusammen. Ihre Lagerplätze hielten sie meist geheim. Das war sicherer, da sie oft nicht wohlgelitten und verjagt wurden.

Ich setzte das Mädchen zwischen Zenta und mich auf den Bock und ließ die Pferde langsam die Straße entlang traben. Zenta hatte der Kleinen ihren Umhang um die schmächtigen Schultern gelegt, dennoch spürte ich wie sie zitterte. Doch sie hielt sich tapfer und spähte suchend in die schnell hereinbrechende Nacht. Nach etwa zwanzig Minuten rief sie aufgeregt:

„Da, da. Hinter diesem krummen Baum ist der Weg, der zum Lager führt."

Skeptisch musterte ich die knorrige Eiche. Es sah nicht so aus, als würde da ein Weg sein. Also sprang ich vom Bock und lief zu dem mächtigen Baum. Und tatsächlich, dahinter verlief ein kaum sichtbarer Pfad zwischen den Bäumen. Er war breit genug, um den Wagen durchzulassen.

Wir kamen nur langsam voran, die Sicht wurde zunehmend schlechter. Plötzlich scheute die Stute und warf den Kopf hoch. Ich fluchte ärgerlich und wollte ihr gerade leise zurufen, da bemerkte ich, dass wir von mehreren schemenhaften Gestalten umringt waren. Anscheinend wurde die Wagenburg streng bewacht.

„Wir kommen als Freunde", sagte ich laut und spreizte meine Arme vom Körper ab um meine Friedfertigkeit zu demonstrieren.

„Wir müssen mit euch reden."

Undeutliches Gemurmel erklang in einer Sprache, die ich nicht verstand. Dann wurden die Pferde am Zaumzeug gepackt und geführt. Nach wenigen Metern umrundeten wir eine dichte Hecke und sahen vor uns eine große Lichtung.

Ich staunte als ich die vielen Wagen sah, die da aneinandergereiht einen großen Kreis bildeten. Davor standen Männer, Frauen und Kinder, die uns teils neugierig, teils feindselig entgegensahen. Die Frauen trugen bunte Gewänder. Und ihre Wagen glichen kleinen Holzhäusern auf Rädern. Im Inneren der Wagenburg loderte ein helles Feuer. Der Duft gebratenen Fleisches hing in der Luft und ließ mir das Wasser im Mund zusammenlaufen.

Ein großer Mann mit mächtigen Schultern kam auf uns zu und schaute drohend zu mir auf. Dann wanderte sein Blick zu unserer kleinen Begleiterin, die aufgesprungen war und Anstalten machte, vom Wagen zu hüpfen. Der Mann fing sie auf und drückte sie an seine Brust. Mit sprudelnder Stimme begann sie ihm zu erzählen, was geschehen war. Er hörte ihr schweigend zu, während sein Blick immer düsterer wurde.

Ich fühlte mich genötigt eine Erklärung abzugeben und sprach den Mann an.

„Wir hätten euch gerne die Leichen eurer Angehörigen mitgebracht, doch leider wussten wir nicht, ob wir euch überhaupt finden würden. Ich werde euch morgen früh den Weg zeigen, damit ihr sie begraben könnt."

Er schaute mich noch immer so unverwandt an, dass ich bezweifelte, ob er mich überhaupt verstanden hatte. Endlich setzte er das Mädchen ab und kam einen Schritt näher.

„Ich muss euch danken, dass ihr mir wenigstens eine meiner Töchter zurückgebracht habt. Seid für heute Nacht unser Gast."

Mit einer einladenden Bewegung deutete er hinter sich auf die Wagenburg. Seine Stimme war rau und brüchig, mit einem fremden, harten Akzent. Erst jetzt fiel mir auf, dass auch das Mädchen in einem sonderbaren Sprachenmischmasch gesprochen hatte. In der Aufregung der vergangenen Stunden war mir das gar nicht bewusst geworden.

„Wir haben euch noch etwas mitgebracht", erklärte ich leise.

Wie um meine Worte zu unterstützen, begann jetzt das Neugeborene im Wageninneren zu schreien. Die Augen des riesenhaften Mannes wurden groß und rund, dann stahlen sich Tränen hinein.

„Das Kind eurer toten Tochter", sagte ich überflüssigerweise.

„Wir konnten es gerade noch retten."

Der Mann reichte mir bewegt die Hand, dann drehte er sich um und gab ein paar Befehle. Die Menschen hinter ihm zerstreuten sich schnell. Er packte den Wallach am Zügel und führte das Gespann durch eine enge Lücke in der Wagenburg, brachte es zum Stehen. Danach half er Zenta vom Bock. Ich sprang ebenfalls ab und ging zum hinteren Wagenende. Ich nahm von Agatha das Neugeborene in Empfang und reichte es seinem Großvater. Er starrte es lange an, dann wanderte sein Blick zu meinem Gesicht. Bewegt nahm er das Kind in Empfang und ging mit leicht schwankenden Schritten davon. Ich half Agatha und danach Adam vom Wagen. Dann legte ich meinen Arm um Zentas Schultern. Ich spürte ihr Beben und drückte sie an mich. Wir blieben erst einmal stehen, umringt von immer mehr Menschen, die uns neugierig anstarrten. Leises Tuscheln und Raunen war zu vernehmen.

Endlich kam der Mann zurück und erlöste uns aus unserer unbehaglichen Situation. Er gab ein paar Anweisungen und die Menge zerstreute sich schnell. Anscheinend war er der Anführer der Sippe, zumindest ein Mann mit viel Einfluss, denn alle gehorchten ihm bereitwillig.

Er war nun gefasst und sprach mit fester Stimme. Zwar war er bemüht deutsch zu sprechen, doch stahlen sich immer wieder fremde

Wörter dazwischen. Ich konnte ihn trotzdem leidlich gut verstehen, da seine Sprachpalette aus einer Mixtur aus deutschen, italienischen, französischen, ungarischen und vermutlich englischen Worten bestand. Bis auf die angelsächsische, waren mir diese Sprachen nicht unbekannt.

Italienisch lernte ich schon als Kind von meiner italienischen Mutter. Französisch wurde mir auf der Schule beigebracht und Ungarisch konnte ich von zwei guten Studienfreunden, die sich oft in ihrer Muttersprache unterhielten. Da es mir stets leichtgefallen war, fremde Sprachen zu erlernen, verstand ich sie bald.

„Kommt mit zu meinem Wagen", bat uns der Mann. „Meine Frau möchte euch kennenlernen und euch ebenfalls danken. Sie ist natürlich sehr traurig über den Tod unserer Tochter und unseres Schwiegersohnes, aber froh, dass ihr wenigstens unsere jüngste Tochter gerettet habt. Und unser Enkelkind."

Erneut versagte ihm die Stimme und er wischte sich über die Augen. Etwas abrupt drehte er uns den Rücken zu und ging uns voran. Wir folgten ihm langsam.

Am nächsten Morgen brachte ich Arpad, so war sein Name, zu dem Platz an dem die Leichen seiner Familie lagen. Drei weitere Männer kamen ebenfalls mit. Sie trugen zu unserem Schutz lange Gewehre bei sich die wohl von gefallenen Soldaten stammten. Wir saßen alle auf einem offenen Pritschenwagen.

Arpad hatte darauf bestanden, dass ich neben ihm auf dem Bock Platz nahm. Alleine die Tatsache, ihm zwei Familienmitglieder unbeschadet heimgebracht zu haben, machte mich anscheinend zu seinem Freund.

Der vergangene Abend war in eher gedrückter Stimmung vorübergegangen. Arpads Frau hatte uns unter Tränen gedankt und darauf bestanden, mit ihnen zu essen. Immer wieder mussten wir erzählen, wie sich die letzten Minuten im Leben ihrer Tochter abgespielt hatten.

Zu der Familie gehörten noch mehr Kinder, die zuerst alle um uns herumsaßen und uns mit großen Augen anblickten. Später wurden sie dann in einen der anderen Wagen zum Schlafen geschickt. Das Neugeborene war zu einer Frau gebracht worden, die ebenfalls vor kurzem ein Kind geboren hatte. Sie besaß genug Milch für zwei Säuglinge und würde das kleine Mädchen stillen, solange es der Muttermilch bedurfte.

Erst spät waren wir zu unserem eigenen Wagen zurückgekehrt und hatten uns schlafen gelegt. Ich konnte lange nicht einschlafen, die Ereignisse der letzten Stunden spukten immer noch in meinem Kopf herum. An den unruhigen Atemzügen der Anderen merkte ich, dass auch sie keinen Schlaf fanden. Doch keiner sprach es aus, jeder hing für sich seinen traurigen Gedanken nach.

Sobald es hell geworden war standen wir auf. Arpad holte uns zum Frühstück ab, das wir schweigend im Kreise seiner Familie einnahmen. Danach spannte er zwei struppige Ponys vor einen offenen Wagen, wir stiegen auf und fuhren los.

Ich fand die Stelle an der die Leichen verborgen lagen auf Anhieb und führte die Männer hinter die dichten Büsche. Düster schauten sie auf den Körper des Mannes, der weiter vorne lag. Sie bekreuzigten sich mehrmals ehe sie den Leichnam in eine der mitgebrachten Decken hüllten. Ich ging mit Arpad alleine zum toten Körper seiner Tochter. Sie lag da, als ob sie schliefe und ich war froh, dass ich daran gedacht hatte, ihr die Augen zu schließen. Nur die wächserne Haut zeigte uns, dass die junge Frau tot war. Auf ihrem Gesicht lag ein friedlicher Ausdruck, den das viele Blut, das sie bedeckte Lügen strafte.

Ich hörte Arpads trockenes Schluchzen neben mir, als er sich hinkniete und das bleiche Gesicht streichelte. Ich fühlte mich elend beim Anblick des Dramas. Das Leben dieser jungen Leute war so sinnlos vergeudet worden. Und der Mord an ihnen würde wohl auf ewig ungesühnt bleiben. Ich hatte mir bislang wenige Gedanken über eine himmlische Gerechtigkeit gemacht, doch nun hoffte ich, dass es sie tatsächlich gab.

Die Männer kamen zurück um auch den Leichnam der Frau zu holen. Ich half Arpad dabei, den Körper seiner Tochter in die

Decken zu legen. Dann folgten wir den Trägern zum Wagen. Auf dem Rückweg sprach niemand.

Wir fuhren an einen Platz, der etwas abseits vom Lager lag. Dort sollte das junge Ehepaar beerdigt werden. Eine Grube war schon ausgehoben als wir eintrafen, groß genug um die beiden Körper aufzunehmen. Die ganze Sippe war versammelt, um sich von ihren Angehörigen zu verabschieden. Selbst das neugeborene Kind war dabei, es schlief auf dem Arm seiner Großmutter.

Das Begräbnisritual war eine Mischung aus christlichen und heidnischen Bräuchen. Einen Pfarrer gab es nicht, doch mehrere alte Frauen in schwarzen Gewändern beteten laut. Danach wurden die Toten mit allerlei Totengaben bedacht. Das waren Kräuter, Brot und Früchte, die ihnen als Wegzehrung auf der Reise ins andere Reich dienen sollten. Ein hagerer Mann, der einen Umhang aus schwarzen Wolfsfellen trug, legte ihnen kleine Tonfiguren in die starren Hände. Sie stellten die Mörder der beiden dar und sollten ihnen im Jenseits dienen. Er murmelte Sprüche und sang abgehakt klingende Verse, die mich stark an Hexenrituale erinnerten. Das waren sie wohl auch, denn sowohl Agatha als auch Erasmus stimmten leise mit ein.

Zum Schluss legte Arpad noch goldene Münzen auf die Augen der Toten, ein abergläubischer Brauch, der verhindern sollte, dass sie jemanden mit ihrem Blick zu sich ins Totenreich zogen.

Nachdem die Leichname ins Grab gelegt worden waren, verabschiedete die Sippe sich von ihnen. Jeder, ob Mann, Frau oder Kind, verneigte sich vor der Grube und warf einen kleinen Gegenstand, meist Münzen hinein. Dann entfernten sich die Leute. Zum Schluss standen nur noch wir vier und die Familien der Opfer am Grab. Die Familienoberhäupter überwachten das Zuschaufeln der Grube. Danach wurden viele Talglichter um die Grabstätte verteilt und angezündet. Die beiden ältesten Brüder der Opfer wurden als Wächter abgestellt. Sie trugen lange hölzerne Spieße in den Händen und sahen nicht sehr glücklich drein.

„Sie haben Angst, die Ermordeten kämen aus dem Grab um als Wiedergänger die Lebenden heimzusuchen", raunte mir Erasmus zu. „Ein Aberglaube, der besonders in den Balkanländern sehr verbreitet ist. Die Wächter müssen das Grab in den ersten fünf Nächten beobachten und die Spieße den Toten ins Herz stoßen, sollten sie sich aus dem Grab erheben."

„Wiedergänger?" fragte ich verwundert. Davon hatte ich noch nie gehört. „Was soll das sein? Etwa ein Geist, ein Gespenst?"

„Ja, so ähnlich. Die Leute haben Angst, die Toten kämen aus ihren Gräbern um den Lebenden das Blut auszusaugen."

„So etwas wie ein Vampir? Aber das ist doch Humbug."

„Nicht für diese Menschen. Sie glauben daran und wir sollten diesen Glauben nicht in Frage stellen."

Später trafen sich alle außer den Wächtern inmitten der Wagenburg. Dort wurde ein Fest zu Ehren der Toten abgehalten. Am Spieß über der großen Feuerstelle brieten zwei Ziegen und daneben hingen über weiteren Feuern mehrere Kupferkessel. Fünf Frauen waren emsig beschäftigt, ein Mahl für die ganze Sippe zuzubereiten. Bald zog ein verführerischer Essenduft durch das Lager. Junge Burschen liefen mit Krügen voller Wein und selbstgebrautem Bier umher und schenkten ein.

Arpad bestand darauf, dass wir im Kreise seiner Familie Platz nahmen. Seine Frau ließ es sich nicht nehmen, uns persönlich zu bedienen. Immer wieder wurden wir zum Essen und Trinken angehalten. Das sei so Brauch, sagte man uns. Die Totenfeier diene dazu, den Zurückgebliebenen klarzumachen, dass das Leben weiterging.

Kapitel 11: Fahrendes Volk

Der Abend war längst hereingebrochen. Wir saßen satt und ein wenig betrunken im Kreise der Familien um ein kleineres Feuer. Geschichten wurden erzählt. Man gedachte der Toten, indem man Ereignisse aus ihrem Leben berichtete. Auch manch kleine Anekdote war darunter, so dass ab und zu sogar herzhaft gelacht wurde. Und immer wieder wurden die Becher gehoben und auf die Verstorbenen geleert.

Zenta war längst eingeschlafen, eingekuschelt in meinen Arm und meinen Umhang. Auch Agatha und Adam kämpften mit dem Schlaf. Die Augen des Hexers waren glasig vom Wein und vor Müdigkeit. Er war noch immer geschwächt von den überstandenen Strapazen. Agatha sah ihn immer öfter besorgt an und erhob sich dann. Sie wünschte uns eine gute Nacht und fragte Adam, ob er sie zum Wagen begleiten würde. Dankbar rappelte er sich auf und sie verschwanden gemeinsam in der Nacht.

„Dein Vater ist geschwächt und verletzt. Er sollte sich mehr Ruhe gönnen", meinte Arpad und schaute den beiden hinterher. Obwohl er sehr viel getrunken hatte, wirkte er nicht betrunken. Seine Augen waren rot umrändert vom Weinen, doch nun besaß er keine Tränen mehr. Seine Frau war ebenfalls schon zu Bett gegangen, nachdem sie noch einmal die kleine Enkelin bei der Amme besucht hatte.

„Erasmus ist nicht mein Vater", klärte ich den Alten auf. „Aber ein väterlicher Freund. Er hat mich aufgenommen wie einen Sohn."

Der ungewohnte Weingenuss lockerte meine Zunge, vielleicht lag es aber auch an dem Vertrauen, das ich Arpad entgegenbrachte. Jedenfalls erzählte ich ihm mehr, als ich jemals sonst einem Menschen erzählt hätte, den ich erst so kurz kannte.

Arpad schien kein bisschen erstaunt, als ich ihm verriet, mein Freund Adam Baumann wäre als Erasmus der Hexer bekannt und hätte im Gefängnis auf seine Verurteilung gewartet. Er nickte nur wissend zu meinen Ausführungen und legte mir vertraulich die Hand auf die Schulter.

„Ich dachte mir schon, dass ihr keine gewöhnlichen Reisenden seid. Nicht viele Menschen hätten überhaupt in Erwägung gezogen, Fremden zu helfen. Jedenfalls ist euer Geheimnis bei mir und meiner Sippe sicher. Wir wissen, was es heißt, verfolgt und geächtet zu sein. Was habt ihr eigentlich vor? Wo wollt ihr hin? Es wird bald Schnee geben, euer Planwagen bietet euch dann keinen Schutz mehr. Ihr werdet jämmerlich darin erfrieren."

Das war auch meine Sorge. Arpad musste mich nicht erst darauf aufmerksam machen. Unglücklich zuckte ich die Schultern.

„Wir müssen eben zusehen, wo wir eine Unterkunft finden. Aber es ist fast unmöglich in ein Dorf hineinzukommen."

„Die Leute haben viel zu viel Angst vor Fremden. Das macht sie hartherzig. Wir können ein Lied davon singen. Im Sommer sind wir geduldet, solange wir auf den Jahrmärkten unsere Kunststücke vorführen. Aber sonst sind wir nicht erwünscht. Nicht einmal vor den Toren der Städte und Dörfer. Deshalb verstecken wir uns tief im Wald. Würde man uns entdecken, müssten wir um unser Leben fürchten."

Er starrte eine Weile in das ersterbende Feuer ehe er den Blick wieder auf mich richtete.

„Ihr könnt hierbleiben", bot er mir an, so als wäre es das Selbstverständlichste auf der Welt. „Zumindest bis der Winter vorüber ist. Im Frühjahr lösen wir das Lager auf und jede Familie zieht ihrer eigenen Wege."

Ich starrte ihn verblüfft an. Meinte er es ernst? Sein Gesichtsausdruck war auf jeden Fall ernst. Trotzdem wollte ich ablehnen.

„Das ist gut gemeint, aber wir können das nicht annehmen. Wir würden euch nur zur Last fallen. Ihr müsstet noch vier Mäuler mehr stopfen, denn leider haben wir kaum noch zu essen bei uns. Nicht einmal für die Pferde reicht es, ich werde sie verkaufen müssen, damit sie nicht verhungern."

„Vier Mäuler mehr kriegen wir auch noch satt, mach dir darüber keine Gedanken. Es sind auch nur zwei Mäuler, denn meine Tochter und ihr Mann zählen nicht mehr mit. Ihr habt so viel für uns getan, ich kann das niemals gutmachen. Also bleibt hier. Der Wagen meiner Tochter steht leer, du und deine Frau können darin wohnen. Euren eigenen Wagen machen wir winterfest, so dass dein Freund und seine Frau es darin gemütlich haben werden. Und wenn du meinst, ihr wärt unnütze Esser, so täusche dich nicht. Bei den vielen Menschen die in diesem Lager leben, werden immer gute Heiler, und genauso dringend Hebammen gebraucht. Ihr werdet keinesfalls arbeitslos sein. Also, was denkst du, bist du einverstanden?"

Er streckte mir die Hand entgegen und ich schlug freudig ein. Ich brauchte nicht erst meine Begleiter zu fragen ob sie einverstanden wären, das waren sie ganz sicher. Vor Erleichterung musste ich grinsen. Zumindest unsere nähere Zukunft war gesichert.

Wir gewöhnten uns schnell an das Lagerleben. Wie Arpad vorausgesehen hatte, wurden wir nie arbeitslos. Es passierten immer wieder einmal kleinere Unfälle, Kinder wurden krank oder alte Menschen brauchten unsere Hilfe. Und es wurden viele Kinder geboren, so dass auch Zenta und ihre Mutter häufig gebraucht wurden. Wie versprochen, durften Zenta und ich in den Wagen ziehen, den einst Arpads Tochter und ihr Mann bewohnten. Er besaß einen festen, hölzernen Aufbau, der uns gut vor der schnell kühler werdenden Witterung schützte. Er war mit allem ausgestattet, was man zum Leben brauchte, sogar die Kleidungsstücke der Verstorbenen durften wir benutzen. Für meine Größe gab es zwar wenig passendes, aber die dicken Fellwesten und Umhänge taten mir gute Dienste. Und da der frühere Besitzer ziemlich große Füße hatte, passten mir sogar seine warmen Stiefel aus Pferdefell einigermaßen. Zenta konnte alles tragen, was der ermordeten jungen Frau gehört hatte. Und sie sah in den bunten Blusen und Röcken einfach bezaubernd aus. Wenn sie mit anmutigen Schritten durchs Lager eilte, sahen ihr oft die jungen Burschen bewundernd hinterher. Ich brauchte mir jedoch keine Gedanken zu machen, niemand wagte es, sie ungebührlich anzusprechen.

Der Planwagen war nun ebenfalls in ein warmes, trockenes Zuhause umfunktioniert worden. Fast jeder im Lager hatte es sich nicht nehmen lassen gefettete Planen oder dicke Felle zu geben. Darin wurde der Wagenaufsatz eingehüllt. Zuerst kamen die Felle, die die Kälte abhielten, darüber wurden die Planen gedeckt, so dass weder Regen noch Schnee eindringen konnte. Der Wagenboden wurde dick mit Stroh ausgelegt, damit von unten keine Kälte eindrang. Agatha und Adam genossen sichtlich ihr gemütliches Heim und sie waren auch keineswegs verstimmt darüber es allein zu bewohnen.

Zu meiner Erleichterung erholte sich Adam nun zusehends von den Folgen der Folter. Er spürte keine Schmerzen mehr in den Beinen und lief ohne zu humpeln. Seine gequetschten Daumen brauchten länger um zu heilen, doch man konnte erkennen, dass er sie in absehbarer Zeit wieder normal bewegen konnte.

Das war vor allem einem Kräuterverband zu verdanken, dessen Rezeptur mir der hagere Alte verraten hatte, der mir schon bei der Beerdigung aufgefallen war. Sein Name war Silas. Wie sich herausstellte besaß er hervorragende Kenntnisse in der Heil- und Kräuterkunde, die er mir und Adam bereitwillig zu Teil werden ließ.

Der alte Silas war bislang für das Heilwesen im Lager zuständig gewesen, fühlte sich aber langsam zu alt dafür. Zwar hatte er zwei junge Gehilfen die von ihm lernten, doch die waren noch nicht soweit um allein Kranke behandeln zu können, zumindest was ernstere Erkrankungen anging. Er war uns deshalb nicht böse das wir ihm einen Teil seiner Arbeit abnahmen und stand uns immer gerne mit Rat und Tat zur Verfügung.

Seit einigen Tagen teilten wir uns den Wagen mit einem dritten Hausgenossen, der Zenta nicht mehr von der Seite wich. Schon am Abend der Beerdigung war mir ein großer, magerer Hund aufgefallen, der immer in gebührendem Abstand zu den Lagerbewohnern zwischen den Wagen herumstrich. Sein Fell besaß eine seltsame Färbung, die Grundfarbe, ein helles Grau, wurde von langen, seidigen weißen Haaren überdeckt, die bei jeder Bewegung im Wind flatterten. Der Kopf war weiß mit vielen grauen Tupfen, die grauen Kippohren legte er meist eng an den Schädel. Das verwunderlichste waren jedoch die für einen Hund untypischen hellblauen Augen. Keiner im Lager beachtete den Hund besonders, er schien niemandem zu gehören und wurde auch nicht gefüttert. Ab und zu beobachtete ich, wie er sich heimlich einen Knochen oder andere Abfälle stahl. Dann rannte er mit seiner Beute zum Waldrand, wo er sie hastig verzehrte. Auch Zenta war der Hund nicht entgangen, er faszinierte sie und sie beschloss, ihn anzulocken. Immer, wenn er in ihre Nähe kam, streckte sie die Hand aus und sprach leise, lockende Worte. Zuerst ignorierte das Tier sie, dann wurde es neugierig und kam vorsichtig, immer auf Flucht bedacht, näher heran.

„Die kriegst du nicht zahm", meinte Arpad eines Abends, nachdem er ihre Lockversuche beobachtet hatte. „Und sie ist zu schlau, sich einfangen zu lassen. Wenn du einen Hund möchtest, dann kannst du einen von meinen haben. Ich besitze drei wunderschöne, halbwüchsige Rüden. Prächtige Jagdhunde, du kannst sie dir anschauen..."

„Nein, nein", wehrte Zenta ab. „Eigentlich können wir gar keinen Hund gebrauchen. Sie ist mir nur aufgefallen, weil sie so außergewöhnlich aussieht. Einen Hund mit blauen Augen habe ich noch nie gesehen."

„Der alte Joscha hatte einen ganzen Wurf von der Sorte. Seine Hündin hat sich mit einem streunenden weißen Rüden eingelassen, wohl einem Albino. Der hat ihr acht blauäugige Bastarde beschert. Da sie keiner haben wollte, hat Joscha sie in den Kochtopf gesteckt, nachdem sie groß genug waren. Nur die ist ihm entwischt und hat sich nicht wieder einfangen lassen."

„In den Kochtopf? Du meinst, er hat die jungen Hunde geschlachtet?" Zenta schaute ihn fassungslos an und Arpad lachte.

„Klar, Hundefleisch gibt einen prächtigen Braten ab. Schmeckt auch prima im Eintopf. Die meisten Hündinnen wandern in den Topf. Gäbe sonst zu viele Hunde im Lager. Die vermehren sich wie die Karnickel."

„Heißt das, diese Hündin wird ebenfalls geschlachtet, sollte Joscha sie wieder einfangen? Sie ist so ein hübsches Tier..."

„Ich denke nicht, dass er sie je einfängt. Sie folgt unseren Wagen schon seit einem Jahr, lässt aber keinen an sich heran. Joscha hat sie längst abgeschrieben. Wenn es dir gelingt, sie zu zähmen, kannst du sie sicher behalten. Aber das wird nicht geschehen. Sie traut den Menschen nicht."

Von da an versuchte Zenta in jeder freien Minute, das Vertrauen der Hündin zu gewinnen. Sie legte ihr Fleischbrocken hin und sprach unermüdlich auf sie ein. Sogar einen Namen hatte sie ihr schon gegeben, sie nannte sie Fee.

Ihre Ausdauer wurde tatsächlich belohnt. Fee traute sich jeden Tag ein Stückchen näher an Zenta heran, schließlich nahm sie ihr sogar das Fleisch aus der Hand. Und eines Morgens kam sie mit sachte wedelndem Schwanz auf Zenta zugelaufen und schmiegte sich an ihre Beine. Von da an waren die beiden ein Herz und eine Seele. Fee wartete schon darauf, dass Zenta den Wagen verließ und wich ihr dann nicht mehr von der Seite. Ansonsten ließ sie sich aber von niemandem anfassen.

Auch mir traute sie nicht, sobald ich ihr zu nahekam, hob sie stumm drohend die Lefzen und zeigte mir ihr prächtiges Gebiss. Meine Frau war jedoch nicht gewillt, mich von ihrer Seite vertreiben zu lassen. Mit wahrer Engelsgeduld versuchte sie den Hund an mich zu gewöhnen. Natürlich gelang es ihr. Fee fasste auch zu mir Zutrauen, was zur Folge hatte, dass sie eines Tages wie selbstverständlich in unserem Wagen Einzug hielt.

Das gefiel mir nicht so gut. Ich dachte, der Hund würde uns vielleicht in unserer Zweisamkeit stören. Fee verhielt sich jedoch so brav, dass sie kaum auffiel. Und wenn sie mich mit ihren blauen Augen schelmisch anblickte, konnte ich ihr nicht böse sein.

Zentas und mein Intimleben verlief inzwischen wieder zu unser beider Zufriedenheit. Ich hatte mir von einem der Männer die Därme einer geschlachteten Ziege geben lassen. Er blickte mich verwundert an, fragte aber nicht, was ich damit wollte. Vermutlich dachte er, ich würde eine Medizin daraus herstellen.

Nun, eine Art Medizin war es ja auch, zwar keine heilende, aber eine verhütende. Zenta und ich waren uns einig, wie unangebracht eine Schwangerschaft zu diesem Zeitpunkt wäre. Das würde einer kleinen Katastrophe gleichgekommen. So verwendeten wir die Ziegendarmkondome auch dann noch weiter, als sich zu meiner Erleichterung herausstellte, dass ich von einer Geschlechtskrankheit verschont geblieben war.

Das Herstellen der Kondome war einfach. Zuerst suchte ich mir geeignete Teile der Därme aus und reinigte sie gründlich. Danach kamen sie in eine milde Öl-Kräuterlauge, die sie haltbar machte und gleichzeitig geschmeidig hielt. Dann zerschnitt ich sie in passende Stücke, die ich an einem Ende mit einem dünnen aber reißfesten Faden abband. Die fertigen Kondome bewahrte ich bis zur Benutzung in einem irdenen Gefäß auf. Um sie geschmeidig zu halten, waren sie in ölgetränkte Leinenstreifen gewickelt.

Zenta war zuerst skeptisch, als ich ihr die glitschigen, dünnen Häutchen zeigte. Doch sie gierte nach unserer körperlichen Vereinigung genau so sehr wie ich. Deshalb schaute sie mir interessiert zu, als ich ihr den Gebrauch vorführte.

„Dieses abgebundene Ende..., es sieht aus als würde es stören. Und es sitzt so dicht an. Kannst du mich da überhaupt spüren?"

Sie schaute voller Zweifel von meinem verpackten Glied in mein Gesicht. Ich beruhigte sie lächelnd.

„Keine Sorge, du wirst es nicht spüren. Ich hingegen fühle dich sehr gut."

Um sie von der Richtigkeit meiner Worte zu überzeugen, küsste ich sie leidenschaftlich und wir sanken zusammen aufs Bett...

Seit unserem Einzug im Lager waren über zwei Monate vergangen. Wir wurden schnell in die Gemeinschaft integriert und fühlten uns bald zu Hause. Adam und ich kümmerten uns hauptsächlich um die allgemeinen gesundheitlichen Belange der Lagerbewohner, Zenta und Agatha halfen den Frauen bei der Entbindung und versorgten Wöchnerinnen und Säuglinge. Für unsere Dienste wurden wir von der Sippe mit allem versorgt, was wir zum Leben benötigten.

Einzige Ausnahme waren unsere Pferde. Die Zugtiere der Sippe bestanden aus robusten Ponys und ein paar Ochsen, also Tieren, die mit dürftigerem Futter zufrieden waren. Die Ochsen grasten auf der Lichtung das harte Wintergras ab. Daneben bekamen sie ab und zu etwas Heu oder Körnerfutter. Die Ponys zockelten den ganzen Tag durch den Wald und ernährten sich von Laub, Eicheln und den dürren Kräutern und Halmen, die sie zwischen den Bäumen fanden.

Auch junge Bäumchen verschmähten sie nicht. Eine solch magere Kost konnten wir unseren Pferden jedoch auf Dauer nicht zumuten, sie wären daran eingegangen.

Zuerst verfütterten wir das mitgebrachte Heu und Korn, doch es hielt nicht lange vor, bald waren unsere Vorräte aufgebraucht. Es blieb nichts anderes übrig, einer von uns musste ins nächste Dorf, um wenigstens Heu zu ergattern.

Nach einigen Überlegungen kamen wir zu dem Schluss, dass ich gehen sollte. Zwar bezweifelten wir, dass man überhaupt nach Adam und Agatha suchen würde, doch ganz ausschließen konnten wir es nicht. Mich würde höchstwahrscheinlich niemand verfolgen, da keiner mit Sicherheit sagen konnte, dass ich es war, der die Hexen befreit hatte.

Ich beschloss mir ein Pony und ein leichtes Wägelchen auszuleihen, mit denen ich weniger Aufsehen erregen würde, als mit einem der Pferde. Außerdem waren Pferde bei den Soldaten begehrt, ich konnte leicht deswegen überfallen werden. Das wollte ich auf keinen Fall riskieren. Also hüllte ich mich in meinen Umhang und ließ das unansehnliche Pony gemächlich den Weg ins nächste Dorf trotten. Es besaß ein mausgraues Fell und war klapperdürr. Es sah aus, als würde es noch nicht einmal als Hundefutter taugen. Dieses Tier würde mir sicher keiner wegnehmen wollen.

Ich hatte sowohl Geld, als auch einige Gebrauchsgüter bei mir, die ich notfalls gegen Heu und Körner eintauschen wollte. Darunter waren auch einige Felle von Schafen, Ziegen und von wilden Kaninchen und Hasen. Diese Felle hatten wir Fee zu verdanken, die sich zu unser aller Verwunderung als ausgezeichneter Jagdhund erwies. Seit sie sich uns zugehörig fühlte meinte sie anscheinend, sie müsse ihr Scherflein zum Unterhalt beitragen.

Wenn niemand Zeit für sie hatte, lief sie oft aus dem Lager weg und verschwand dann für mehrere Stunden. Sobald es zu dunkeln begann, tauchte sie wieder auf um sich der vor dem Feuer versammelten Familie anzuschließen.

Von einem dieser Ausflüge brachte sie eines Tages ein totes Kaninchen mit und legte es vor Zenta ab. Verwundert nahm die das kleine Tier um es zu untersuchen. Es war noch warm und äußerlich unversehrt, nur sein Genick war gebrochen.

Zenta lobte den Hund überschwänglich für das Geschenk. Das Kaninchen wanderte in den Kochtopf und als es gar war, bekam auch Fee ihren Teil davon. Von da an brachte sie fast täglich Beute heim und schenkte sie ihrer Herrin. Meist waren es Kaninchen, manchmal auch ein junger Hase oder ein Fasan. Und ab und zu brachte sie eine fette Ratte. Zenta belohnte sie auch für dieses Geschenk mit lobenden Worten und Streicheln. Doch die Ratten durfte der Hund alleine verspeisen, so weit ging unser Appetit auf Fleisch nicht. Fee verschlang die ekligen Nager begeistert mitsamt Fell und Schwanz. Anscheinend waren Ratten und Kaninchen schon früher ihre Beutetiere gewesen.

Vorsichtshalber nahm ich auf meinem Weg ins Dorf nicht die Straße, sondern kleine Feldwege. In den letzten Tagen und Nächten hörten wir immer wieder Kampfgeräusche, der Krieg spielte sich anscheinend ganz in der Nähe ab. Damit ich nicht zwischen die Fronten geriet, riet mit Arpad zu den wenig genutzten Feldwegen. Er erklärte mir genau die Strecke, an die ich mich halten sollte.

Für das Pony und den zweirädrigen Karren stellten die engen, ausgefahrenen Spuren kein Hindernis dar. Für mich wurde die holprige Fahrt jedoch bald zur Prüfung für meine Kopf- und Magennerven. Besonders im Kopf spürte ich bei jedem Holpern einen Stich, ich wertete es als ein Überbleibsel von der erlittenen Gehirnerschütterung.

Wohl deshalb fielen mir die Ereignisse wieder ein, die dazu geführt hatten. Vielleicht war es aber auch die Nähe der Soldaten. Ich wollte ihnen auf keinen Fall begegnen. Obwohl die Männer nach den tagelangen Kämpfen bestimmt erschöpft waren und sicher anderes im Sinn hatten als einem armselig aussehenden Mann aufzulauern, wollte ich ihnen vorsichtshalber lieber nicht begegnen.

Um mich von meinen ängstlichen Gedanken abzulenken zwang ich mich, an die Operation zu denken, die ich am vergangenen Tag gemeinsam mit Adam durchgeführt hatte. Voller Bewunderung entsann ich mich, mit welcher unnachahmlichen Geschicklichkeit der Hexer das Skalpell geführt hatte um den komplizierten Beinbruch eines der Lagerbewohner zu richten. Der Mann war so unglücklich von seinem Wagen gestürzt, dass der Knochen seines Beines brach und mehrere Zentimeter durch die Haut stach.

Zuerst hatten wir es auf die herkömmliche Weise probiert, den Knochen zu richten. Zwei Mann hielten das schreiende Unfallopfer unter den Armen fest, drückten es eisern zu Boden während ich mich mühte, den Beinknochen durch Ziehen wieder in seine ursprüngliche Position zu bringen. Vergeblich, als ich nach einer halben Stunde schweißgebadet aufgab, stak der Knochen noch immer aus der Haut. Der Verunglückte war längst in eine tiefe Ohnmacht gefallen, was ihn wenigstens für einige Zeit von seinen schlimmen Schmerzen erlöste. Das Bein sah nicht gut aus, es zeigte blaurote Verfärbungen und fühlte sich kalt an. Silas, der uns behilflich war, riet zur raschen Amputation des Unterschenkels. Ich schloss mich seiner Meinung an, der herausstehende Knochen klemmte anscheinend ein Blutgefäß ab. Das Bein drohte abzusterben - oder aber es wurde brandig. Beides kam einem Todesurteil für den Verunglückten gleich. Nur Adam war mit einer Amputation nicht einverstanden gewesen.

„Ich würde zumindest gerne versuchen, das Bein zu retten", schlug er vor. „Falls es nicht klappt, können wir es immer noch abnehmen. Hilfst du mir?" wandte er sich an mich und ich nickte stumm. Früher hatte ich ihm oft bei komplizierten Operationen geholfen und viel dabei gelernt. Wir legten den immer noch Bewusstlosen auf einen großen Tisch. Talglichter, von hilfsbereiten Lagerbewohnern gehalten, erhellten den provisorischen Operationssaal. Mehrere Männer hielten den Unglücklichen nieder. Er war zwar noch immer ohnmächtig, würde aber durch das Schneiden ganz gewiss wieder erwachen. Wie früher assistierte ich Adam und schaute ihm gleichsam zu; prägte mir ein, was ich sah. Trotz meiner langen Praxis als Arzt, konnte ich noch immer viel von ihm lernen.

Die Daumen des Hexers waren inzwischen fast vollständig verheilt. Er konnte die Hände wie gewohnt bewegen und das Skalpell führen.

Voller Konzentration begann er zu schneiden und ließ sich auch durch das Brüllen des jäh Erwachten nicht in seiner Arbeit stören. Die Helfer hatten alle Hände voll zu tun, den sich windenden Mann ruhig zu halten. Nach langer Zeit verstummte er endlich, er war erneut in Ohnmacht gefallen.

Adam setzte einen langen, tiefen Schnitt über den halben Unterschenkel, legte den Knochen frei. Jetzt konnte man die Beinvene sehen, die zwischen den Bruchstellen der Knochen klemmte und davon abgedrückt wurde. Unendlich vorsichtig befreite der Hexer sie und prüfte, ob sie verletzt war. Das war nicht der Fall und wir sahen voller Zufriedenheit, wie sich die abgeklemmte Stelle wieder mit Blut füllte.

Erneut versuchten wir nun die Knochen in die richtige Position zu bringen, scheiterten aber erneut, da sich die zersplitterten Enden einfach nicht zusammenfügen ließen. Erneut drohte dem Verunglückten die Amputation seines Unterschenkels.

Doch Erasmus war noch nicht am Ende seiner Kunst angelangt. Er ließ sich von mir eine kleine Knochensäge reichen und sägte kurzerhand die spitzen Enden ab. Nun konnten wir die Bruchstelle leicht zusammenfügen. Wir richteten den Knochen aus und Adam nähte die Wunde zusammen. Danach wurde der Unterschenkel mit geraden Stöcken fixiert und das ganze Bein zusätzlich auf ein langes Brett gebunden. Auf diese Weise sollte es dem Mann unmöglich gemacht werden, sein Bein zu bewegen.

Dem armen Tropf stand eine lange, unbequeme Zeit bevor, in der er fast unbeweglich ans Bett gefesselt war. Aber die Chancen auf vollständige Heilung standen gut, auch wenn sein Bein nun zirka drei Zentimeter kürzer als zuvor war.

Nach der Operation wurde Adam von allen Seiten anerkennend auf die Schulter geklopft. Er genoss durchaus die Bewunderung und ich gönnte sie ihm von Herzen. Wir wurden auf einen Umtrunk eingeladen, der schnell in ein kleines Fest ausartete. Die Sippe nahm begeistert jeden Anlass wahr, um zu feiern, das lag diesen Menschen anscheinend im Blut. Wir feierten gerne mit und hoben unsere Gläser auf die baldige Genesung des Verunglückten.

Nach und nach hatten sich die Sippenmitglieder zum Schlafen niedergelegt. Schließlich saßen nur noch Adam und ich vor dem ersterbenden Feuer. Seine endgültige Rückkehr in seinen geliebten Beruf versetzte den Hexer in Hochstimmung. So kam es, dass er noch lange nicht müde war, auch wenn schon alle anderen schliefen. Mir wurden ebenfalls bereits die Lider schwer, doch ich blieb bei ihm sitzen. Ich spürte, dass er noch etwas auf dem Herzen hatte.

Nachdem er seinen Becher mit einem Zug geleert hatte, drehte er ihn wie unschlüssig zwischen den Händen. Endlich gab er sich einen Ruck und sah mir ins Gesicht. Seine Augen blickten mich ernst an. Ich hielt dem Blick stand.

Flüchtig kam mir in den Sinn, wie verändert er seit seiner endgültigen Genesung aussah. Seit er seine Hände wieder gebrauchen konnte, stutzte er sein Haar und seinen Bart auf die gleiche Weise wie früher. Nur dass seine Haarfarbe jetzt nicht mehr grau war, so wie vor seiner Reise durch die Zeit, sondern dunkelbraun, von wenigen grauen Strähnen an den Schläfen abgesehen. Er sah nun wieder aus wie ein Mann in den besten Jahren.

„Du hast mir vor langer Zeit erzählt, es wäre einiges seit meiner Reise geschehen", unterbrach er meine Betrachtung. „Du wolltest es mir zu einem späteren Zeitpunkt berichten. Ich finde, nun wäre der Moment gekommen. Ich bin bereit, dir zuzuhören."

Ich rollte unbehaglich die Schultern. Was ich zu berichten hatte, war eigentlich kein Thema, das als krönender Abschluss eines gelungenen Tages taugte. Ich wusste, es würde ihm Schmerz bereiten, deshalb hatte ich es so lange hinausgezögert.

„Ich kann mir denken, dass es etwas Unangenehmes ist. Nicht umsonst hast du mich so lange davor verschont. Aber einmal muss ich es hören und mich damit auseinandersetzen. Warum also nicht jetzt?" Sein Blick war voller Vorahnung als er fragte: „Geht es um meine Söhne?" Ich nickte zögernd doch bevor ich antworten konnte vermutete er ganz richtig:

„Haben sie etwas angestellt? Oder wollten Sie dich aus dem Haus vertreiben? Ich hoffe, du hast ihnen klargemacht, dass ich es dir und keinem anderen vermacht habe."

„So etwas Ähnliches haben sie versucht", gab ich widerwillig zu. „Sie haben mich sogar vor Gericht gezerrt, und behauptet, ich hätte dich getötet um an dein Haus zu kommen. Zu ihrer Ehrenrettung muss ich jedoch sagen, die Anklage war nicht auf ihrem Mist gewachsen, sie wurden dazu angestiftet..."

Ausführlich erzählte ich von der Anklage der Kuppelei, Hexerei und des angeblichen Mordes, die mich vor mehr als einem Jahr bald an den Galgen gebracht hätte. Adams Söhne waren damals maßgeblich beteiligt gewesen. Sie hatten behauptet ich hätte ihren Vater ermordet, um mir dessen Haus anzueignen.

„Sie sitzen also im Gefängnis", murmelte Adam düster als ich schwieg. Er rieb sich müde mit beiden Händen übers Gesicht um die Verbitterung zu verbergen, die er wegen seiner missratenen Söhne verspürte. Ich legte meine Hand auf seine Schulter um ihn zu trösten. Was ich zu sagen hatte, würde ihm noch weher tun.

„Sie sitzen nicht im Gefängnis..., sie sind tot."

Es fiel mir schwer, es auszusprechen.

„Tot? Wieso tot? Wegen der Lügen konnte man sie doch nicht hinrichten..."

Sein Gesicht war aschfahl und seine sonst so sanften Augen blickten mich wild an. „Hattest du etwas mit ihrem Tod zu tun?"

„Nein, natürlich nicht", beschwichtigte ich müde. Dann sah ich ihm fest in die Augen.

„Sie starben bei einem Feuer, in der Nacht nach meiner Freilassung. Es war angeblich ein Unfall. Aber ich denke, der Mann, der sie zu der Falschaussage anstiftete ließ sie beseitigen. Er hatte Angst, sie würden ihn verraten. Genützt hat es ihm trotzdem nichts, er wurde hingerichtet. Das ist der einzige Trost, den ich dir geben kann, Adam. Die Gewissheit, dass der Mörder deiner Söhne seiner gerechten Strafe nicht entgangen ist."

Er starrte in die erloschene Feuerstelle und sagte lange Zeit nichts. Dann hob er den Kopf und ich sah Tränen in seinen Augen. Bekümmert schüttelte er den Kopf.

„Ich habe als Vater versagt", murmelte er tonlos. „Ich war meinen

Kindern nie der Vater gewesen, den sie gebraucht hätten. Und nun sind sie tot..."

„Du hast gewiss nicht versagt, du warst selbst für mich ein besserer Vater als mein eigener Erzeuger. Wie hättest du da für deine eigenen Söhne ein schlechter Vater sein können?"

„Ihre Mutter starb, als die beiden noch klein waren. Sie erkrankte an den Pocken und ich konnte sie nicht retten. Damals war ich verzweifelt, wäre am liebsten selbst gestorben. Als die Schwester meiner Frau anbot die Knaben zu sich zu nehmen, überließ ich sie ihr gerne. Ich hatte von Kindererziehung keine Ahnung und vergrub mich in meiner Arbeit, um dem Schmerz in meinem Inneren zu entfliehen. Sie war ihnen ein guter Mutterersatz, das ist meine einzige Rechtfertigung. Aber ihr Mann hatte einen schlechten Einfluss auf die Kinder. Er war ein frommer Kerl, der die Lehren der Kirche sehr wörtlich nahm. Mein Ruf als Hexer war ihm schon lange ein Dorn im Auge. Von ihm stammt auch mein Beiname Erasmus. Er verglich mich öffentlich mit ihm und bald nannte man mich hinter meinem Rücken so. Erasmus war ein Magier und Hexer der schwarzen Künste, der im vierzehnten Jahrhundert sein Unwesen trieb und auf dem Scheiterhaufen endete. Mein Schwager prophezeite mir immer ein gleiches Schicksal... Nun, beinahe hätte er ja Recht behalten. Ich machte mir damals nicht viel aus seinen Schmähreden und trug den Namen Erasmus bald wie einen Titel.

Erst als es zu spät war merkte ich, dass er meine eigenen Kinder gegen mich aufgehetzt hatte. Sie fürchteten sich vor mir, ja sie schämten sich sogar meiner. Ich habe mich vergeblich bemüht ihr Vertrauen zurückzugewinnen. Sie wollten nichts mehr mit mir zu tun haben. Als du dann kamst fand ich in dir endlich den Sohn dem ich mein wahres Erbe, meine Hexen- und Heilkunst, vermachen konnte. Du bist viel mehr für mich als mein eigenes Fleisch und Blut. Ich habe dich als Ersatz für meine verlorenen Söhne missbraucht."

Ich schüttelte energisch den Kopf. So hatte ich unsere tiefe Freundschaft nie gesehen.

„Ich habe mich nie missbraucht gefühlt, Adam. Eher seelenverwandt mit dir. Du hast mir gegeben, was mir mein eigener Vater nie geben konnte und ich war gerne der Sohn für dich, den du dir wünschtest."
Wir schauten uns lange an, dann nickte er und erhob sich steif.
„Lass uns schlafen gehen, Adrian. Es war ein langer ereignisreicher Tag. Und gräme dich nicht um mich, ich habe meine Söhne schon vor langer Zeit verloren. Ich werde darüber hinwegkommen."
Mit schleppenden Schritten ging er zu seinem Wagen davon. Ich erhob mich ebenfalls um zu meinem eigenen Wagen zu gehen und mich zur Ruhe zu legen.

Kapitel 12: Eine unvermutete Begegnung

Die Erinnerung an den vergangenen Tag half mir tatsächlich, meine unguten Gefühle in den Griff zu bekommen. Ehe ich mich versah, kamen in der Ferne die ersten Höfe in Sicht. Hier gab es keine Stadtmauer, die ein Betreten der Ansiedlung von vornherein scheitern ließe. Und die großen Höfe machten mir Hoffnung, dass ich hier zumindest für die Pferde Futter bekommen würde. Vielleicht konnte ich sogar für unseren eigenen Bedarf etwas erwerben.

Schon der erste Bauernhof sah vielversprechend aus. Mehrere Knechte waren gerade damit beschäftigt, Vieh zu schlachten. An hölzernen Gerüsten hingen vier Schweine. Ihr Blut lief, in der kalten Winterluft dampfend, in große Steintröge. Eine kräftige Magd schlug es eifrig mit einem Stock, damit es nicht gerann. In einem weiteren Trog häuften sich die essbaren Organe. Hunde und Katzen schnürten um die Tröge herum, in der Hoffnung, den einen oder anderen Leckerbissen zu ergattern.
Ein Knecht führte gerade einen Ochsen aus dem Stall. Das bullige Tier roch das Blut und wollte keinen Schritt weitergehen. Es stemmte sich mit allen Vieren gegen sein drohendes Schicksal und konnte nur unter Anwendung von Gewalt weitergebracht werden.
Ich schaute weg, als einer der Männer eine mächtige Axt schwang und deren stumpfes Ende dem Ochsen zwischen die Hörner hieb. Obwohl ich als Arzt an den Anblick von Blut und Elend gewöhnt war und auch durchaus kein Verächter eines guten Stückes Fleisch war, mochte ich mir diese Szene nicht unbedingt antun.
Ich beruhigte das Pony mit leiser Stimme, dem der Geruch des Blutes ebenfalls zuwider war. Ich band es etwas abseits von dem blutigen Geschehen an einen Baum und ging auf den Hof zu. Inzwischen lag der Ochse mit durchschnittener Kehle auf dem Boden. Noch immer schlugen seine Hufe hilflos rudernd durch die Luft. Das Tier lag erst still, als sich fast kein Blut mehr in ihm befand.

Es bedurfte mehrerer Knechte, das schwere Rind mittels eines Flaschenzuges hochzuziehen. Trotz der Kälte schwitzen die Männer. Niemand achtete auf mich. Ich sah mich suchend nach dem Bauern um und vermutete ihn in dem untersetzten Mann, der unter der Türe des Hauses stand. Er starrte mir mit gerunzelter Stirn misstrauisch entgegen.

„Was wollt Ihr hier?" fragte er barsch und musterte mich von oben bis unten. Was er sah, schien ihn zu beruhigen. Ich wusste, wie die meisten Bürger auf fahrendes Volk reagierten. Deshalb hatte ich vorsichtshalber nichts angezogen, was mich als Zugehörigen einer nicht gerne gesehenen Gruppe ausweisen würde. Mein Haar hatte ich sorgfältig gebürstet und im Nacken zusammengebunden, darüber trug ich einen Dreispitz, den mir Adam geliehen hatte. Normalerweise trug ich nie einen Hut und diese eckigen Dinger fand ich eigentlich lächerlich. Auf mein Gegenüber machte mein Aufzug jedoch Eindruck. Sein Gesicht verzog sich zu einem freundlichen Grinsen.

Ich erzählte ihm, was ich mir auf dem Weg zusammengereimt hatte: Das ich in der Nähe ein kleines Anwesen geerbt hätte und erst eingezogen wäre. Leider gäbe es dort nicht genug Futter für mein Vieh, das ich mitgebracht hätte. Ob er vielleicht Heu oder einige Sack Hafer entbehren könne.

Wie erwartet kam er auf die schlechte Ernte des Sommers zu sprechen und ich machte mich darauf gefasst, noch mehrere Bauernhöfe anzufahren. Doch dann fragte er neugierig:

„Mit was wollt Ihr das Futter bezahlen? Es kommen fast täglich Leute zu mir, die mir Tauschhandel anbieten. Keiner kann bezahlen. Wenn ich darauf einginge, müsste ich noch eine Scheune für den Kram anbauen, der mir angeboten wird. Wenn Ihr also den Plunder auf Eurem Wagen loswerden wollt, so seid Ihr bei mir an der falschen Adresse."

„Oh, ich habe genügend Geld bei mir. Ich habe das Zeug nur mitgenommen, falls jemand lieber tauschen will."

Bei dem Wort Geld begannen seine Augen zu glitzern. Er hob einladend die Hand und wies zur Scheune hin.

„Wenn Ihr Geld habt, dann steht unserem Geschäft nichts im Wege. Kommt mit!"

Auf dem Weg erzählte er mir, wie es kam, dass er eine bessere Ernte einbrachte als die anderen Bauern.

„In meinem Besitz gibt es Land, das auf dem Berg dort oben liegt. Er deutete in die Ferne, wo sich ein Hügel befand, der aussah, als sei seine Spitze abgehackt worden.

„In heißen, sonnigen Jahren wächst dort oben fast nichts. Der Untergrund ist felsig, die Sonne verbrennt die wenige Erde, die diesen Fels bedeckt und der Wind trocknet sie aus. Aber in feuchten Jahren wie diesem ist es ideal. Während hier unten das Korn auf den nassen Äckern verrottet, gedeiht es dort oben prächtig, da das überschüssige Wasser abläuft. Ich lasse jedes Jahr dort oben säen. Ist eine mühselige Arbeit und meist rentiert es sich nicht, zu ernten. Aber dieses Jahr hatte ich Glück und konnte eine prächtige Ernte einbringen." Er lachte selbstgefällig.

„Sogar mehr Heu habe ich durch den Berg. Ich ließ von meinen Knechten einfach die steilen Seitenflächen abmähen. Ihr hättet die Kerle fluchen hören sollen. Aber das Gras ist dort besonders kräftig und nahrhaft."

Das Heu war tatsächlich von sehr guter Qualität, das Korn hingegen nur mäßig. Aber für die Pferde würde es reichen. Ich lud den Wagen voll und zückte meine Geldbörse. Dann fiel mir noch was ein.

„Wenn Ihr mir ein halbes Schwein verkaufen könntet, wäre ich Euch dankbar."

Im Lager gab es meist Schaf- oder Ziegenfleisch. Und die Kaninchen, die uns Fee brachte, war ich inzwischen auch schon leid.

Der Bauer blickte zuerst ablehnend, doch dann siegte seine Geldgier. Er befahl seinen Knechten, mir eine Schweinehälfte auf den Wagen zu legen. Sie wurde in einen groben Sack gesteckt und ich band sie sorgfältig fest, damit sie mir nicht während der Fahrt herunterrutschte. Frohgemut machte ich mich auf den Rückweg. Ich freute mich über meinen gelungenen Einkauf. Ein Blick zum Stand der Wintersonne sagte mir, dass ich noch vor Einbruch der Nacht in unserem Lager eintreffen würde. Beim Gedanken an den saftigen

Schweinebraten, den es heute noch geben würde, lief mir das Wasser im Munde zusammen. Ich ließ das Pony nicht allzu schnell laufen. Es sollte sich mit dem schweren Wagen nicht abplagen. Das Tier hatte eine Portion Heu gefressen und schritt unermüdlich dahin. Erst nach einer ganzen Weile fiel mir auf, dass ich mich nicht auf dem Weg befand, den ich gekommen war.

Ich überlegte ob ich umdrehen sollte um den abgelegenen Pfad zu nehmen. Dann entschied ich dagegen. Die Richtung stimmte und es war weit und breit niemand zu sehen. Auf der breiteren Straße würde ich in höchstens zwei Stunden im Lager sein.

Es begann zu schneien, fröstelnd zog ich meinen Umhang fester zusammen. Mürrisch blickte ich zum Himmel empor. Die Wintersonne war jetzt gänzlich unter tiefhängenden Schneewolken verborgen. Ein scharfer Wind kam auf, er ließ die dürftige Mähne des Ponys wehen und riss an meinem Dreispitz. Damit er mir nicht davon wehte, nahm ich ihn ab und verstaute ihn hinter meinem Rücken. Dann zog ich den Kragen des Umhanges hoch, was nicht viel nützte, da der Wind von vorne kam.

Das Pony wurde plötzlich unruhig und begann nervös zu tänzeln. Es warf den Kopf hoch und wieherte schrill. Alarmiert stellte ich mich auf dem Bock auf und schaute mich nach allen Richtungen um. Es gab aber nichts zu sehen, was das Tier beunruhigen konnte.

Um es zu besänftigen, stieg ich ab und nahm das Pony am Zaumzeug. Es wurde ein wenig ruhiger und schritt willig neben mir her. Doch ein erneuter scharfer Windstoß ließ es verstockt stehenbleiben. Es rollte wild mit den Augen und riss am Zaum. Ich begriff, dass der Wind wohl irgendeine Witterung herantrieb, die dem Tier nicht behagte.

Nachdem ich es eine Weile geführt hatte, wurde es ruhiger - oder es hatte sich an den Geruch gewöhnt, was immer ihn auch auslösen mochte. Ich stieg wieder auf den Wagen und trieb das Pferd zur Eile an. Obwohl ich weder etwas Ungewöhnliches roch, noch sah, wurde mir mulmig zumute. Das zunehmende Schneegestöber machte mich nicht ruhiger. Es verhinderte, dass ich weiter als höchstens fünf oder sechs Meter Sicht hatte.

Noch eine Stunde Fahrt bis zum Lagerplatz, sagte ich mir vor. Was sollte mir bis dahin schon geschehen? Doch wenn ich darüber nachdachte, fielen mir eine ganze Menge Dinge ein, die passieren konnten. Eine Gänsehaut überzog meinen Körper und ich fühlte, wie meine Nackenhaare sich aufrichteten.

„Adrian, alter Hasenfuß", schalt ich mich selber. „Lässt dich von einem hysterischen Gaul in Panik versetzen. Wo zum Teufel ist deine Courage geblieben?"

Diese Unsicherheit, ja Angst, war mir tatsächlich neu. Früher hatte ich nicht so ängstlich reagiert.

Nach weiteren zehn Minuten Fahrt erkannte ich, was das Pony so nervös machte. Vor uns auf der Straße und links und rechts im Feld lagen die Körper toter Soldaten. Die empfindlichen Sinne des Tieres hatten den Geruch von Blut und Tod schon längst wahrgenommen. Der Schlachtenlärm der vergangenen Tage und Nächte fiel mir ein. Vor meinem inneren Auge erschien die Chronik des dreißigjährigen Krieges. Irgendwann in meiner Studienzeit hatte ich sie einmal auswendig gelernt. Erst vor wenigen Wochen, nämlich am 6. November war der Schwedenkönig Gustav Adolf bei Lützen gefallen. Seine Truppen hatten gegen die Soldaten Wallensteins gekämpft und waren zum Rückzug gezwungen worden. Wir befanden uns zwar ein ganzes Stück von Lützen entfernt, aber die verfeindeten Truppen irrten ja im ganzen Lande umher und waren hier aufeinandergestoßen. Erneut stieg ich vom Wagen um mich unter den Toten umzusehen. Es war keine Neugier, viel lieber hätte ich mir den Anblick der zerstückelten Leiber erspart. Aber als Arzt hatte ich mich verpflichtet, menschliches Leben zu retten. Und vielleicht lagen hier Menschen, in denen es noch Leben gab. Ich ging gebückt zwischen den Körpern einher und betrachtete sie kurz aber eingehend. Schon bald war mir klar, dass es hier keine Überlebenden gab. Anscheinend waren die Verwundeten von ihren Kameraden mitgenommen worden. Nur die Toten hatten sie zurückgelassen. Langsam ging ich zum Wagen zurück.

Der Anblick der vielen dahingemetzelten Männer machte mich beklommen. Nichts macht die Sinnlosigkeit eines Krieges deutlicher als das Bild im Tode vereinter Feinde. Der immer stärker einsetzende Schneefall bedeckte die toten Körper langsam unter einem riesigen weißen Leichentuch.

Ein stöhnendes Wimmern ließ mich innehalten. Ich lauschte, hörte aber nichts außer dem leisen Geräusch des rieselnden Schnees. Eine Sinnestäuschung, dachte ich. Oder der Wind, der zwischen die kahlen Äste der wenigen Bäume fuhr. Dennoch spähte ich suchend in die Richtung, aus der ich das leise Geräusch vernommen hatte.

Der Kadaver eines Pferdes lag grotesk verrenkt neben einem Feldstein. Es sah aus, als sei das Tier gestürzt und habe sich den Hals gebrochen. Unmöglich konnte das Stöhnen, das ich jetzt erneut vernahm von dem Pferd kommen. Es war tot, das war schon an dem Schnee zu erkennen, der es bedeckte. Auf einem lebenden, warmen Körper würde der Schnee schmelzen.

Eilig ging ich auf den Kadaver zu und umrundete ihn. Der Oberkörper eines Mannes schaute darunter hervor. Aus dem Mund dieses Mannes drang das leise Wimmern.

Ich sah mit einem Blick, dass ich ihm nicht helfen konnte. Das schwere Pferd lag auf seinen Beinen und dem Unterleib. Unmöglich, ihn alleine darunter hervorzuziehen. Er war zudem noch schwer verwundet, ein Säbel oder Schwert hatte ihm den rechten Arm knapp unter dem Schultergelenk abgetrennt. Er lag neben dem Gesicht des Verwundeten.

Ich bückte mich, um die Verwundung näher in Augenschein zu nehmen. Normalerweise wäre sie tödlich gewesen, der Mann hätte längst verblutet sein müssen. Aber durch den glatten Schnitt hatte sich die Armvene nach innen gerollt und sich so selbst verschlossen. Als Arzt wusste ich, dass so etwas durchaus vorkommen konnte. Schon mancher Selbstmörder, der sich durch das Aufschneiden der Pulsadern das Leben nehmen wollte, war an diesem Phänomen gescheitert.

Dennoch würde der Mann vor mir sterben müssen. Es gab keine Möglichkeit ihn zu retten. Sein Körper war schon stark unterkühlt, wahrscheinlich war es nur dem Umstand, dass er halb unter dem Pferd lag zu verdanken, dass er nicht bereits erfroren war.

Erneut stöhnte der Verwundete und ich schaute ihm zum ersten Mal ins Gesicht. Und erstarrte. Ich kannte dieses Gesicht, es war mir für immer unauslöschlich in mein Gedächtnis gebrannt. Es gehörte dem Anführer der Soldaten, die Zenta und mich damals in der Scheune überfallen hatten. Der sich nach der Vergewaltigung vor mich hingekniet und gemeint hatte, dass es doch gar nicht so schlimm sei, was mir angetan worden war.

Ich prallte schockiert zurück. Warum um alles in der Welt musste ich ausgerechnet diesem Mann noch einmal begegnen? In den vergangenen Monaten hatte ich mich verzweifelt bemüht, dieses Gesicht und die damit verbundene Schmach zu vergessen. Und nun lag dieser Mann vor mir und seine weit aufgerissenen Augen flehten mich an, ihn in seinen letzten Minuten nicht alleine zu lassen.

Ich war mir nicht sicher, ob er mich überhaupt erkannte. Sein Blick war schon vom nahen Tod überschattet. Er schien nur zu spüren, dass jemand in seiner Nähe war. Seine linke Hand, die auf seinem Oberkörper lag griff so plötzlich nach meinem Arm, dass ich erschrocken aufschrie und mich losreißen wollte. Doch er klammerte sich mit der Kraft der Verzweiflung an mich und bat mit stockender Stimme.

„Bleib hier, bitte. Ich will nicht alleine sterben."

Die leisen Worte waren kaum zu verstehen. Seine Zungenspitze fuhr über die trockenen aufgesprungenen Lippen.

„Wasser", bat er, „ich bin so durstig." Seine Hand ließ mich los.

Ich stand schnell auf, froh, von seiner Berührung wegzukommen. Die unterschiedlichsten Gefühle schwirrten durch mein Gehirn. Da war zuerst der Arzt, der einem Sterbenden helfen wollte. Aber da war auch der Gepeinigte, dem von diesem Mann Schlimmes zugefügt worden war. Und der nun gezwungen war, seinem Peiniger erneut in die Augen zu sehen. Die beiden fochten einen kurzen, stummen Kampf in meinem Inneren aus - den der Arzt schließlich gewann.

Ich bückte mich und nahm eine Handvoll Schnee vom Boden, hielt sie dem Verwundeten an die Lippen. Er öffnete gierig den Mund leckte mir den Schnee von der Hand. Ein Schauder durchlief meinen

Körper doch ich hielt still und gab ihm sogar nochmals Schnee, als er mich darum bat.

„Danke", sagte er plötzlich klarer. Der kalte Schnee hatte ihn anscheinend belebt. Sein Kopf neigte sich zu meiner Seite, damit er mich ansehen konnte.

„Hast du Schmerzen?" fragte ich. Es war eine rhetorische Frage. Ich hatte nichts bei mir, mit dem ich ihm die Schmerzen erleichtern konnte. Er schüttelte kaum wahrnehmbar den Kopf. Seine Augen blieben unverwandt auf meinem Gesicht haften. Ich konnte es nicht ertragen und schaute zur Seite. Seine Hand umfasste erneut meinen Arm. Ich ließ es zu.

„Es tut mir leid", sagte er sehr leise und ich blickte ihn erstaunt an. Erinnerte er sich an mich? Möglich war es schon, ich hatte mich seit damals äußerlich kaum verändert. Ich hätte jedoch nicht gedacht, dass es ihm überhaupt im Gedächtnis geblieben war, was er und seine Kumpane getan hatten. Doch er erinnerte sich.

„Es ist der Krieg, dieser verdammte Krieg", stieß er bitter hervor. Das Reden bereitete ihm Mühe und er stockte oft. Doch es schien ihm ein Bedürfnis zu sein, sich mir zu erklären. Deshalb ließ ich ihn reden und hörte ihm widerwillig zu.

„Früher wäre es mir nie in den Sinn gekommen..., jemanden zu vergewaltigen. Schon gar keinen Mann. Ich hatte eine Familie, weißt du. Ein liebes Weib und vier Kinder, alle wohlgeraten. Dann wurden wir überfallen und sie wurden getötet. Alle..., sogar das Neugeborene haben sie nicht verschont. Ich sah keinen Sinn mehr im Leben und wollte mich rächen. Deshalb ging ich zu den Soldaten. Dort traf ich auf viele Männer, denen es ähnlich ergangen war. Ich wurde ein guter Soldat, tat, was ich tun musste... und überlebte. Viele fallen schon bald aber ich bin nun schon neun Jahre dabei. Eine lange Zeit. Ich habe viele Männer getötet. Männer, die ich nicht kannte und die mir nie etwas getan hatten. Irgendwann dachte ich mir nichts mehr dabei. Ich fand ein paar Freunde und wir zogen gemeinsam umher. Als Soldat hat man oft zwischen den Kämpfen viel Zeit. Man zieht mit der Truppe durchs Land bis zum nächsten Kampfort. Doch man ist sich weitgehend selbst überlassen, schon lange gibt es keine festen Truppenverbände mehr. Jeder versucht, sich selbst durchzuschlagen. Und da es kaum noch ausreichend Nahrung gibt, stehlen wir, was wir finden können."

Ich hatte ihm die ganze Zeit stumm zugehört. Ich wollte nicht mit ihm reden und er schien auch keinen Wert auf eine Antwort zu legen. Doch jetzt platze ich heraus.

„Und ihr mordet und vergewaltigt, wenn man euch nicht freiwillig gibt, was ihr wollt."

Seine Gesichtshaut wurde immer fahler und er besaß kaum noch die Kraft zum Weiterreden. Es ging mit ihm zu Ende. Doch er wollte mir noch immer begreiflich machen, was ihn zu dem Unhold gemacht hatte, der er war. So, als sei ich sein höchster Richter von dem er Absolution erwartete. Ich war jedoch nicht bereit, sie ihm zu gewähren.

„Man stumpft ab", versuchte er sich nochmals zu verteidigen.

„Das viele Töten bringt es mit sich, dass man keine Gefühle mehr für die Leiden seiner Mitmenschen verspürt."

„Du sprichst in der verallgemeinernden Form", hielt ich dagegen. „Nicht jeder stumpft ab. Ich könnte mir nicht vorstellen, dass es bei mir so wäre. Ein Menschenleben, Menschenwürde, wird mir immer heilig bleiben. Nur deshalb harre ich noch hier bei dir aus."

„Ich danke dir dafür", hauchte er matt aber es klang ehrlich.

„Ich wollte dir auch nur erklären, weshalb wir das damals getan haben. Ich verlange nicht, dass du es verstehst. Wir waren ausgebrannt, meine Kameraden und ich, ausgehungert nach ein wenig Wärme und Zuneigung. Und nach einem willigen Weib. Ist das so schwer zu verstehen?"

„Ich kann verstehen, wie sehr man sich nach einem lieben Menschen sehnt. Und ich kann auch verstehen, dass ein Mann das Bedürfnis nach einer willigen Frau verspürt. Aber Zenta war ein jungfräuliches Mädchen und keinesfalls willig. Und ich..."

Mir versagte die Stimme.

„Es gibt keine Entschuldigung für das, was wir getan haben. Auch nicht die, dass so etwas heutzutage immer wieder passiert. Aber ich kann es nicht ungeschehen machen. Das Einzige, was mir bleibt, ist dich um Verzeihung zu bitten..."

Die letzten Sätze hatte er nur noch sehr unverständlich und mit langen Absätzen dazwischen herausgebracht. Nun war er am Ende, obwohl er sich abmühte, kam kein Ton mehr über seine Lippen. Aber seine Augen bettelten mich an, ihm zu vergeben.
Ich würde ihm niemals vergeben können, das wusste ich mit Sicherheit. Doch was brachte es mir, wenn ich ihn unglücklich sterben ließ? Noch nicht einmal Genugtuung. Deshalb nahm ich seine kalte Hand in meine.
„Ich vergebe dir", sagte ich und merkte selbst, wie hohl meine Worte klangen. „Du kannst beruhigt von dieser Welt gehen."
Er schien den Unterton nicht zu merken. Ein verzerrtes Lächeln huschte über seine, vom Tod gezeichneten Züge. Er bewegte nochmals die Lippen, so als wolle er noch etwas sagen. Dann ging ein letztes Zittern durch seinen Körper und er erschlaffte. Sein Kopf sank zur Seite.
Ich löste meine Hand aus seiner und stand auf. Ohne ihn noch eines Blickes zu würdigen, ging ich mit steifen Schritten zum Wagen davon. In meinem Inneren war eine seltsame Leere, die mit jedem Schritt einem Gefühl der Befreiung wich. Als ich auf den Wagen stieg und dem Pony aufmunternd zu schnalzte, wusste ich plötzlich, dass ich tatsächlich frei war. Ich würde zwar nie die Demütigung und die Schmach der Vergewaltigung vergessen können, doch meine Wut und meine eigenen Schuldgefühle ließ ich hier auf diesem Schlachtfeld zurück.

Die Nacht brach rasch herein, doch dank des frisch gefallenen Schnees blieb es hell genug um den Weg zu sehen. Das heftige Schneetreiben hatte nachgelassen. Da der Boden höchstens fünf Zentimeter mit Schnee bedeckt war, kam das Pony mühelos voran. Ich dachte voller Bedauern an das halbe Schwein, das auf dem Wagen lag. Bis ich im Lager war, würde es für am Spieß geröstetes Schweinefleisch zu spät werden. Nun, dann eben morgen, dachte ich und musste lächeln als mir das Wasser im Munde zusammenlief. Mein Magen knurrte so sehr, dass mir auch Kaninchen munden würde. Zenta hielt schon besorgt nach mir Ausschau, als ich endlich im Lager eintraf. In ihren dicken, pelzgefütterten Umhang gehüllt, lief sie vor unserem Wagen auf und ab. Fee war an ihrer Seite und beäugte meinen Karren misstrauisch. Erst als ich nahe genug war, dass sie mich erkannte, verließ sie Zenta und lief mir schwanzwedelnd entgegen. Mit einem Satz sprang sie neben mich auf den Wagen und leckte mir begeistert übers Gesicht. Ich wehrte sie lachend ab und sprang zu Boden.

Zenta kam angelaufen und warf sich in meine Arme. Sie drückte mich an sich, so als hätten wir uns seit Tagen nicht gesehen. Von ihren Küssen atemlos fragte ich schließlich:

„Was ist los? Nicht, dass ich mich über solch eine Begrüßung nicht freuen würde aber ich war doch nur einen Tag weg."

„Ich hatte dich schon viel früher erwartet. Als du nach Einbruch der Dunkelheit nicht kamst, dachte ich, dir wäre was passiert."

Sie warf einen Blick an mir vorbei auf den Wagen.

„Wie schön, du hast Heu bekommen. Dann hat sich dein Ausflug wenigstens gelohnt."

„Nicht nur Heu, ich habe auch zwei Säcke Korn und einen Sack Mehl gekauft. Und ein halbes Schwein."

Stolz tätschelte ich den Sack, in dem die Schweinehälfte stak. Fee hatte schon gerochen, was er enthielt. Sie drückte ihre Schnauze darauf und schnüffelte geräuschvoll den verlockenden Duft ein. Dann sah sie mich auffordernd an.

„Nichts da, runter vom Wagen!"

Lachend gab ich ihr einen Klaps auf die vorwitzige Nase.

„Du bekommst dein Teil morgen, wie wir alle. Das wird ein richtiges Festessen."

Ich legte meinen Arm um Zentas Schulter und führte das Pony am Zügel hinter mir her. Irgendjemand schlossen hinter uns wieder den schmalen Zugang zur Wagenburg. Ich fühlte mich tatsächlich, als wäre ich von langer Irrfahrt nach Hause zurückgekehrt. Dabei war ich nur ein paar Stunden weg gewesen. Zum ersten Mal ging mir auf, wie sehr ich diese Menschen mochte, die uns so großzügig in ihrer Mitte aufgenommen hatten. Sie waren mir zur Familie geworden.

Und ich wurde auch wie ein Familienmitglied begrüßt. Arpad saß neben den anderen um das große Feuer und winkte mir mit einer Ziegenkeule zu, die er gerade vom Spieß genommen hatte.

„Du kommst genau richtig zum Abendessen", rief er mir gutgelaunt zu.

Wir setzten uns zu den Sippenmitgliedern und schmausten mit ihnen. Trotz der winterlichen Kälte war es am hell lodernden Feuer, und eingehüllt in dicke Umhänge fast gemütlich. Es hatte aufgehört zu schneien und über uns wölbte sich ein wolkenloser Sternenhimmel.

Zenta kuschelte sich unter meinem Umhang dicht an mich während ich ihr und den anderen berichtete, was ich erlebt hatte. Auch mein Zusammentreffen mit dem Sterbenden ließ ich nicht aus, da es ja der Grund für meine Verspätung war. Ich verschwieg nur unser Gespräch. Und natürlich die Umstände, unter denen ich mit dem Mann schon vor langer Zeit unliebsame Bekanntschaft gemacht hatte.

Erst später, unter den warmen Decken unseres Bettes erzählte ich Zenta die ganze Wahrheit. Sie war ebenso schockiert wie ich zuvor. Denn genau wie ich konnte auch sie die Schrecken jenes Tages nicht vergessen.

Wir redeten sehr lange und hielten uns dabei fest umschlungen. Es ergab sich ganz von selbst, dass sich unsere Körper fanden. Es wurde eine Nacht voller Hingabe, Zärtlichkeit und Leidenschaft. Erst gegen Morgen schliefen wir erschöpft ein. Bevor mein müder Geist in den Schlaf glitt, kam mir zu Bewusstsein, dass wir völlig vergessen hatten zu verhüten.

Kapitel 13: Zurück zu den Wurzeln

Mitte März wurde das Wetter endlich freundlicher. Der hohe Schnee schmolz und ließ den Boden im Lager matschig werden. Bei jedem Schritt mussten wir aufpassen, damit wir nicht ausglitten und auf die Nase fielen.

Mit den wärmeren Temperaturen machte sich langsam Aufbruchsstimmung im Lager breit. Die Männer inspizierten die Wagenachsen und -räder, reparierten wo es nötig war. Die Frauen hängten die Felle und Decken in den frischen Frühlingswind um sie gründlich auszulüften. Alle waschbaren Kleider und Stoffe wurden durchgewaschen, was zur Folge hatte, dass man überall Leinen mit aufgehängter Wäsche ausweichen musste.

Auch unter den Tieren machte sich Frühlingsstimmung breit. Die Schafe und Ziegen bekamen Nachwuchs, die wenigen Hündinnen im Lager wurden läufig und machten die Rüden verrückt. Auch Fee machte keine Ausnahme, sie wurde läufig, so dass wir sie im Wagen einsperren mussten.

Der alte Silas versicherte mir zwar, dass sie unfruchtbar sei, da sie schon zwei Jahre alt sei und noch nie getragen hatte, aber darauf wollte ich mich lieber nicht verlassen. Ein quirliger Haufen junger Hunde wäre für unsere geplante Weiterreise eine unzumutbare Belastung gewesen.

Das größte Ereignis des Frühlings, das mich ebenso sehr mit Freude wie mit Angst erfüllte war jedoch das kleine Geheimnis, das mir Zenta verriet: Sie würde Mutter werden. Unsere Unachtsamkeit in jener Nacht war nicht ohne Folgen geblieben.

Ich war wie vor den Kopf geschlagen. Wir bekamen ein Kind. Einerseits ging für mich ein lange gehegter Wunsch in Erfüllung. Und eigentlich, - so sagte ich mir, - müsste ich der glücklichste Mann auf der Welt sein. Ich hatte die Frau gefunden, nach der ich lange vergeblich gesucht hatte. Und sie trug ein Kind - mein Kind unter dem Herzen.

Andererseits würde dieses Kind unser Leben noch komplizierter machen als es ohnehin schon war. Wir besaßen nichts und wussten nicht einmal, wohin wir gehen sollten. Ich konnte doch das Kind in dieser schrecklichen Zeit der Not und der Kriegswirren nicht in einem kleinen Wagen aufwachsen lassen. Welche Zukunft würde unser Kind haben? Besaß es überhaupt eine Zukunft oder würde es eines der vielen namenlosen Opfer des dreißigjährigen Krieges werden? Geboren um an Hunger, Entbehrung oder einer Krankheit wie Pocken oder Pest zu sterben.

Noch ein anderer Gedanke ging mir durch den Kopf und für den schämte ich mich vor mir selbst. Dieses Kind würde endgültig verhindern, dass ich jemals in meine eigene Zeit zurückkehren konnte. Denn fortan gäbe es zwei Personen, die mich in der Vergangenheit festhalten würden.

Von all diesen Überlegungen verriet ich meiner Frau natürlich nichts. Ich versicherte ihr, wie sehr ich mich auf das Kind freute, - was ja durchaus der Wahrheit entsprach- und behielt meine Bedenken für mich. Ich wollte nicht, dass auch Zenta sich schuldig fühlte.

Seit ich von der Schwangerschaft wusste, umsorgte ich meine junge Frau, wo ich nur konnte. Und ich bat Agatha ihre Tochter so weit als möglich zu entlasten. Sie hatte nur ein beruhigendes Lächeln für mich.

„Deine Sorge um Zenta und das Ungeborene ehrt dich, Adrian. Aber eine Schwangerschaft ist keine Krankheit. Ein Kind zu bekommen ist die natürlichste Sache der Welt. Du bist Arzt, denke daran was du anderen schwangeren Frauen rätst. Das gleiche gilt für deine Frau. Viel Bewegung an der frischen Luft, gesundes Essen und ausreichend Schlaf. Zenta ist trotz ihrer Jugend eine vernünftige Frau und weiß, was sie sich zumuten kann. Du solltest ihr einfach vertrauen. Außerdem bin ich ja auch noch da um ihr beizustehen. Habe also keine Angst, so Gott will, hältst du Ende Oktober ein kerngesundes Kind in deinen Armen."

Ich musste Agatha Recht geben und schämte mich ein bisschen für meine Hysterie. Bisher hatte ich allen Schwangeren geraten sich nicht übermäßig zu schonen. Und sehr oft hatte dann ein gesundes

Kind das Licht der Welt erblickt. Ich sah ein, dass ich mich zu sehr sorgte und gelobte Besserung.

Auch für Zenta schien die Schwangerschaft nichts Ungewöhnliches zu sein. Nach anfänglicher Übelkeit am Morgen ging es ihr bald wieder gut. Ja, sie blühte regelrecht auf, wurde fraulicher und schöner denn je. Noch konnte man nichts von ihrem Zustand sehen, sie war schlank und rank.

Nachdem ich den Gedanken an eine Rückkehr in mein früheres Leben endgültig aufgegeben hatte, grübelte ich darüber nach, wie ich meiner Familie ein festes Dach über dem Kopf bieten konnte. Ein Leben, wie wir es gerade führten kam für mich nicht in Frage, auch wenn mir Arpad anbot, bei ihm und seiner Familie zu bleiben. Ich wusste er sagte es nicht, weil er sich aus Dankbarkeit verpflichtet fühlte, sondern weil wir gute Freunde geworden waren. Dennoch, ständig umherzureisen ohne ein Ziel vor Augen war einfach nichts für mich. Ich wollte meiner Frau und meinem Kind ein richtiges Heim bieten. Auch Adam und Agathas Vorschlag, mit ihnen nach Amerika auszuwandern lehnte ich endgültig ab. Die Schiffsreise würde Wochen, wenn nicht sogar Monate dauern. Ich konnte Zenta unmöglich zumuten, das Kind mitten auf dem Ozean, in einer winzigen Kajüte zur Welt zu bringen.

Natürlich besprach ich die Angelegenheit vorher mit Zenta. Auch sie war nicht gewillt, in schwangerem Zustand in die neue Welt auszuwandern. Wenn überhaupt, - so kamen wir schließlich überein, - würden wir später reisen, wenn das Kind aus dem Gröbsten heraus wäre.

Ich zermarterte mir das Gehirn, welche Möglichkeiten mir sonst noch blieben. Ich wollte in einen Teil Deutschlands, der nicht so sehr in Mitleidenschaft des Krieges gezogen würde und der vor allem vor den tödlichen Epidemien verschont blieb. Dort würde ich uns dann ein Haus bauen oder kaufen und unseren Lebensunterhalt als Arzt verdienen.

Doch wo gab es einen solchen Ort? Jetzt verfluchte ich die Tatsache, dass ich im Geschichtsunterricht nie sonderlich gut aufgepasst hatte. Damals hatten meine Lehrer vergeblich versucht, mir beizubringen welche Städte und Landstriche vom dreißigjährigen Krieg besonders in Mittleidenschaft gezogen wurden. Leider hatte mich während meiner Schulzeit Geschichte kaum interessiert. Ich dachte damals für was kann es gut sein zu wissen wie unsere Vorfahren gelebt haben, die waren doch eh alle längst tot...

Tote Vorfahren - die Erkenntnis durchzuckte mich wie ein Blitz. Die Liste meiner eigenen Vorfahren kam mir in den Sinn. Zu meinem damaligen Leidwesen wurde ich als Knabe von meinem Vater gezwungen, mir die großartige Chronik derer zu Wolffhardt bis ins kleinste Detail anzueignen. Dazu hatte auch gehört, den weitverzweigten Stammbaum auswendig zu lernen, der von jeder Generation sorgfältig in die mächtige Familienbibel eingetragen worden war. Daneben war die Geschichte der Schlossbewohner und ihrer nahen Verwandten vom jeweiligen Schlossherrn sorgfältig auf feinem Büttenpapier niedergeschrieben worden um sie so für die Nachwelt zu verewigen.

Wie hatte ich es gehasst von meinem Vater nach den Namen aller Vorfahren samt der dazugehörigen Jahreszahlen abgefragt zu werden. Fast immer war mein älterer Bruder Wernher darin besser gewesen, was ihm großes Lob und mir harte Strafen eingebracht hatte. Noch heute meine ich den Rohrstock zu spüren, mit dem mir die Chronik der Familie eingebläut worden war.

Nun war ich zum ersten Mal froh über die damalige Strenge meines Vaters. Denn durch die detaillierte Kenntnis meiner Familiengeschichte wusste ich sicher, dass die Schrecken des dreißigjährigen Krieges nie bis zum Ort meiner Kindheit vorgedrungen waren. Dort hatte es niemals eine Hungersnot und auch keine todbringenden Epidemien gegeben.

Ein verwegener Gedanke schlich sich in meinen Kopf, der, je mehr ich darüber nachdachte, immer konkretere Formen annahm. Und schließlich meinte ich die Lösung meines Problems gefunden zu haben.

„Wir werden zum Stammsitz meiner Familie reisen und dort um Wohnrecht bitten", eröffnete ich Zenta an diesem Abend.

„Schloss Wolffhardt, inmitten dichter Wälder, auf den Höhen des

Schwarzwaldes gelegen. Umgeben von dunklen Tannen und herrlich gesunder Luft. Ein idealer Ort einer Familie Unterkunft und eine sichere Zukunft zu bieten. Du wirst es lieben."

Ich gab meiner Stimme absichtlich einen schwärmerischen Klang. Eigentlich hatte ich den Ort meiner Kindheit nie so malerisch gesehen, wie ich ihn nun beschrieb. Eher verband ich ihn mit unglücklichen Erinnerungen. Aber ich wollte Zenta nicht verschrecken.

„Schloss Wolffhardt?" Zenta hob erstaunt eine Augenbraue. „Aber wie stellst du dir das vor? Du kannst doch nicht mit einer schwangeren Frau dort ankommen und sagen, du wärst der Ur-Urenkel des jetzigen Schlossherrn. Wie willst du das beweisen? Wir werden verjagt werden wie räudige Hunde."

Damit hatte sie allerdings Recht. Schließlich konnte ich meinem Urahn nicht sagen, ich käme aus der Zukunft. Und dann war da noch mein Aussehen, alle Wolffhardts waren blonde Recken gewesen, mit blauen oder grauen Augen, wie ich von den Bildern aus der Ahnengalerie wusste. Ich war als einziger aus der Art geschlagen. Mein schwarzes Haar und meine dunklen Augen hatten schon bei meiner Geburt das Misstrauen meines Vaters erregt. Unser jahrelanges schlechtes Verhältnis war nur dadurch entstanden, weil er daran gezweifelt hatte, tatsächlich mein Vater zu sein. Erst als ich seine Statur und die überragende Körpergröße der Wolffhardts entwickelte, glaubte er an seine Vaterschaft. Da hatte ich mich allerdings längst von ihm zurückgezogen.

Wenn also schon mein eigener Erzeuger Zweifel gehegt hatte, wie konnte ich dann einem Vorfahren, der von meiner Existenz gar nichts wissen konnte begreiflich machen, dass ich tatsächlich ein Mitglied der Familie war?

Zentas Einwand gab mir zwar zu denken, dennoch war ich nicht gewillt, mein Vorhaben bereits im Ansatz wieder zu verwerfen. Schloss Wolffhardt war der einzige sichere Platz, der mir einfiel. Und so sehr ich mich noch vor wenigen Jahren gesträubt hatte, dort wieder einzuziehen, so sehr wollte ich nun dort hin.

Aus diesem Grunde grübelte ich die nächsten Tage und Nächte fast ständig darüber nach wie mir das gelingen konnte. Im Geiste wälzte ich die Liste all meiner Ahnen, überlegte in wessen Rolle ich schlüpfen könnte. Doch so sehr ich auch nachdachte, ich fand keine geeignete Person, deren Identität ich annehmen konnte.

Noch ein anderes Problem kam mir in den Sinn, dass mein Vorhaben noch mehr erschwerte. Der jetzige Schlossherr, Herzog Roderich zu Wolffhardt würde noch in diesem Jahr sterben. In der Chronik war vermerkt, dass er am 28. Juni Anno 1633 einer Krankheit erlegen war, die sein Leibarzt mit einer schweren Vergiftung der Fließsäfte bezeichnet hatte. Ich vermutete, dass es sich dabei um eine vereiterte Gallenblase gehandelt hatte.

Sein einziger Sohn und offizieller Nachfolger, Bertrand zu Wolffhardt, weilte zu dieser Zeit auf einer mehrjährigen Auslandsreise. Bis zu seiner Rückkehr würde der jüngere Bruder Roderichs, Heinrich, der amtierende Herzog sein. Roderich und Heinrich waren seit Jahren zerstritten und nachdem Bertrand von seiner Reise zurückgekehrt war, gab es zwischen ihnen einen heftigen Streit um den Herzogthron, den Heinrich nicht mehr räumen wollte.

Ich würde also mitten in eine beginnende Familienfehde hineingeraten, die es noch unwahrscheinlicher machte, im Schloss aufgenommen zu werden. Es war wirklich zum Verzweifeln.

Aber ich gedachte noch lange nicht, meinen Entschluss aufzugeben. Irgendwann kam mir in den Sinn, dass ich vielleicht versuchen konnte Roderichs Gesundheitszustand zu verbessern und ihn so vor dem frühen Tod zu bewahren. Es konnte gelingen, ich hatte schon einmal eine vereiterte Gallenblase erfolgreich behandelt. Das Gelingen hinge natürlich auch vom allgemeinen Zustand des Herzogs ab, welcher in den Aufzeichnungen nicht erwähnt wurde. Aber die Wolffhardts waren allesamt von zäher Natur, warum sollte Roderich eine Ausnahme machen?

Dann fiel mir noch etwas ein, das ich bisher übersehen hatte. Heinrich hatte einen unehelichen Sohn gehabt, den er nie offiziell anerkannt hatte, für dessen Unterhalt er aber aufgekommen war. Dieser Sohn, der ungefähr in meinem jetzigen Alter gewesen sein musste, war laut der Chronik vor mehr als einem Jahr spurlos verschwunden. Angeblich hatte er auf einem Schiff angeheuert und war nie mehr aufgetaucht. Und was das Beste war, dieser uneheliche Sohn wurde in der Chronik als der schwarze Otmar bezeichnet. Wäre es möglich, mich als eben dieser Otmar auszugeben?

Je länger ich darüber nachdachte, desto mehr wurde mir klar, dass dies der einzige Weg wäre, mich in die Familie meines Vorfahren einzuschmuggeln. Dass Otmar den Beinamen „der schwarze" trug, konnte eigentlich nur an seinen, für die Wolffhardts ungewöhnlichen schwarzen Haaren liegen. Zur damaligen Zeit bekamen die Leute oft Spitznamen, die auf irgendwelche körperlichen Merkmale oder Gebrechen hindeuteten. Vielleicht hatte ihm ja seine Mutter sein dunkles Haar vererbt, so wie es auch bei mir der Fall war.

Mein Entschluss stand fest. Ich würde versuchen als Otmar zum Herzog zu gehen und ihn um gnädige Aufnahme seines entfernten Verwandten bitten. Da Roderich mit seinem Bruder seit Jahrzehnten im Streit lag, kannte er Otmar vermutlich nicht persönlich, wusste aber sicher von dessen Existenz. Und wenn mir eine mitleiderregende Geschichte einfiel, konnte ich meinen Urahn vielleicht dazu bewegen, mich samt meiner schwangeren Frau aufzunehmen. Vermutlich würde ich als unehelicher Sohn Heinrichs zwar kaum im Schloss Aufnahme finden. Aber ich war auch mit einem der Gesindehäuser zufrieden. Die Hauptsache war, ein Dach über dem Kopf zu haben und vor den Schrecken des Krieges verschont zu bleiben.

Ich war zuversichtlich endlich einen Weg gefunden zu haben meine Familie in Sicherheit zu bringen. Sofort setzte ich Zenta von meinem Plan in Kenntnis. Sie war immer noch skeptisch, stimmte aber schließlich zu, da auch sie keine Alternative zu meinem Plan sah. Danach setzte ich Adam und Agatha über mein Vorhaben in Kenntnis. Sie meinten ebenfalls, dass ich mich auf dünnes Eis begäbe. Doch mein Entschluss stand fest.

Nach tagelangen Diskussionen, die mich nicht umstimmten, machte Adam schließlich den Vorschlag, dass er und Agatha uns zum Schloss begleiten würden.

„Falls es nicht so klappt, wie du es dir vorstellst, kann ich dir vielleicht zur Seite stehen", argumentierte er.

„Letztendlich bist du ja nur wegen mir in diese unselige Zeit geraten. Da möchte ich wenigstens dazu beitragen, damit dein Abenteuer für dich und Zenta gut ausgeht."

„Aber eure Ausreise", wandte ich ein.

Ich war zwar erfreut, dass er mir seine Begleitung anbot, wollte aber andererseits nicht seine Pläne durchkreuzen. Doch er winkte ab.

„Ich habe schon alles mit Agatha besprochen. Sie stimmt mir voll und ganz zu. Wir werden euch begleiten und wenn nötig noch eine Weile bei euch bleiben. Erst wenn wir sicher sind, dass ihr uns nicht mehr braucht, werden wir uns ein Schiff in die neue Welt nehmen. Von deiner Heimat ist es nicht weit bis nach Frankreich. Wir werden eben von dort aus eine Passage buchen. Für uns kommt es auf ein Jahr nicht an. Irgendwann sind wir sicher im Land unserer Träume."

Er küsste Agatha nach diesen Worten auf die Wange und sie nickte bestätigend.

„Wir wollen, dass ihr glücklich und in Sicherheit seid. Erst dann können wir beruhigt in unsere eigene Zukunft aufbrechen."

Es war alles gesagt und wir machten uns sofort an die Durchführung unserer Pläne. Zuerst verständigte ich Arpad von unserer bevorstehenden Abreise. Er war zwar traurig darüber, wollte uns aber nicht umstimmen.

„Du kannst den Wagen behalten", bot er mir an.

„Wie du weißt gehörte er der Familie meiner Tochter. Ich kann ihn nicht gebrauchen, doch dir wird er gute Dienste tun. Zu viert in eurem Planwagen wird es auf Dauer zu unbequem sein. Nimm ihn als Dank für deine Dienste."

Das konnte und wollte ich nicht annehmen. Natürlich war uns der gemütliche Wagen inzwischen zu einem richtigen Zuhause geworden. Dennoch, ein solches Geschenk war einfach zu wertvoll. Deshalb bot ich Arpad an ihm den Wagen abzukaufen. Ich wusste um die finanzielle Not der Sippe.

Arpad lehnte zuerst mein Angebot entrüstet ab, doch als ich nicht nachgab einigten wir uns auf die Summe von 20 Gulden. Das war nicht zu viel, schließlich besaß der Wagen alles, was wir zum Reisen benötigten. Außer kräftigen Zugtieren.

Die Ponys schienen mir nicht geeignet, die lange, anstrengende Wegstrecke zu bewältigen. Um den Wagen über die teils steilen Hügel und Berge des Schwarzwaldes zu ziehen bedurfte es starker und ausdauernder Tiere. Außerdem konnte die Sippe nur schwer auf zwei ihrer Ponys verzichten.

Deshalb machte ich mich nochmals auf den Weg zu dem Bauern, bei dem ich das Stroh erworben hatte. In seinem Stall standen ein paar Pferde, vielleicht verkaufte er mir zwei davon.

Ich sattelte die Stute um zum Bauernhof zu reiten, denn der Wagen wäre mir nur hinderlich gewesen. Sie war nicht begeistert als ich ihr den Sattel auf den Rücken legte und machte, wie früher, Sperenzchen. Die lange Standzeit hatte sie übermütig gemacht. Sie versuchte mich sogar abzuwerfen und als das nicht klappte, ging sie mit mir auf dem Rücken durch.

Ich ließ sie gewähren, spornte sie sogar zu noch mehr Tempo an. Schon nach kurzer Zeit begann sie heftig zu atmen und war schließlich froh, dass sie in Schritt fallen durfte. Sie akzeptierte mich wieder willig und gehorchte dem leisesten Schenkeldruck.

Mir hatte der kurze scharfe Ritt ebenfalls gutgetan. Genau wie die Stute war ich während des Winters etwas faul und träge geworden. Die Bewegung belebte meine Lebensgeister. Bis wir am Bauernhof waren übte ich mit dem Pferd die verschiedenen Gangarten, damit es sich wieder richtig an einen Reiter gewöhnte.

Der Bauer erkannte mich gleich wieder und begrüßte mich freundlich. Er lud mich sogar zu einem Krug frisch gebrauten Bieres ein. Dazu gab es Brot und fetten geräucherten Schinken. Ich nahm die Einladung gerne an und kam nach dem Imbiss auf den Grund meines Besuches zu sprechen.

„Gäule kann ich eigentlich nicht entbehren", enttäuschte mich der Bauer. „Ich besitze nur vier und die brauche ich selbst um meine Wagen zu ziehen. Aber ich habe zwei Maultiere im Stall stehen, die ich gerne loshätte. Ich habe sie im Herbst von einem Nachbarn übernommen, der seinen Hof aufgegeben hat. Er versprach, sie spätestens im März zu holen. Da wollte er mit einem kleinen Fuhrunternehmen beginnen. Doch jetzt hörte ich, er sei im Winter an

Lungenentzündung gestorben. Seine Frau kann die Viecher auch nicht gebrauchen. Deshalb stehen sie noch bei mir herum und fressen mein gutes Futter weg. Wenn Ihr sie wollt, sie sind billig zu haben. Ich gebe sie Euch für das Futtergeld. Als Zugtiere sind sie ideal. Und robuster als Gäule sind sie allemal."

Ich ging mit ihm in den Stall um mir die Maultiere anzuschauen. Ich wusste nicht allzu viel über diese Kreuzungen aus Pferd und Esel und war zuerst skeptisch. Doch als ich die Tiere sah, gefielen sie mir recht gut. Sie waren von der Körpergröße und -form einem Pferd gleich, nur die längeren Ohren und die dürftige Schwanzbehaarung erinnerten an den Eselhengst, der ihr Erzeuger war. Der Bauer erklärte mir, dass Kreuzungen zwischen einer Pferdestute und einem Eselhengst Maultiere, die umgekehrte Kreuzung Maulesel wären, die mehr einem Esel, denn einem Pferd ähneln würden.

Er versicherte mir nochmals, dass Maultiere viel ausdauernder und genügsamer als Pferde wären und außerdem nicht scheu, sondern von ausgeglichenem Wesen seien.

Schließlich nahm ich die beiden Tiere schon alleine aus dem Grunde, weil ich sonst gar keine Zugtiere gehabt hätte. Billig waren sie obendrein, der Bauer verlangte nur fünf Gulden für die Unterkunft und das Futter, dass sie während des Winters gefressen hatten. Mit den beiden Wallachen am Zügel machte ich mich auf den Weg zurück zum Lager. Meiner Stute gefielen die neuen Begleiter nicht besonders. Sie versuchte mehrmals, nach ihnen zu beißen und zu treten. Die Maultiere wichen ihren Attacken mit stoischer Gelassenheit aus. Auch sie schienen nach dem langen Winter froh, dem Stall entfliehen zu können und hielten munter Schritt.

Im Lager wurden die Neuankömmlinge begutachtet. Arpad schaute ihnen ins Maul und meinte dann mit Kennermiene:

„Gute Tier hast du da ergattert. Sind höchstens fünf, sechs Jahre alt. Maultiere sind besser als Pferde..."

Mit ausschweifenden Worten erklärte er mir das Gleiche, das mir schon der Bauer erzählt hatte. Ich hörte ihm trotzdem interessiert zu und freute mich, einen guten Kauf getätigt zu haben.

Unserer Abreise stand nichts mehr im Wege. An einem strahlend schönen Morgen Ende März verabschiedeten wir uns bewegt von den Menschen, die uns im Laufe des Winters zu guten Freunden geworden waren. Wir würden vermutlich keinen von ihnen wiedersehen, was den Abschied besonders schwer machte.

Arpad und seine Frau schämten sich ihrer Tränen nicht, als sie uns immer wieder umarmten und uns alles Gute wünschten. Zenta bekam von der alten Frau ein flauschiges weiches Lammfell geschenkt. Für das Kind, erklärte sie, und umarmte Zenta innig. Sie trug ihre Enkelin in einem bunten Tragetuch auf dem Rücken. Das kleine Mädchen hatte sich prächtig entwickelt und war der ganze Stolz und Trost ihrer Großeltern.

Auch wir verbargen unseren Abschiedsschmerz nicht, zu sehr waren uns diese Menschen ans Herz gewachsen. Als wir endlich auf unseren Wagen saßen und davonfuhren, hatten wir alle das Gefühl, eine Heimat verloren zu haben.

Sobald wir auf der Landstraße waren, blickte sich Zenta zum ersten Mal um. Ich wusste nach wem sie Ausschau hielt. Wir hatten Fee nicht mit in den Wagen genommen, weil wir der Hündin die Entscheidung überlassen wollten, wo sie fortan leben wollte. Schließlich war sie bei diesen Menschen geboren und ihnen zwei Jahre lang gefolgt. Zudem war Fee nirgends zu sehen gewesen, als wir aufbrachen, so als wolle sie uns den Abschiedsschmerz erleichtern. Als Zenta mir heftig in die Zügel griff und ein Strahlen ihr Gesicht überzog, wusste ich, dass Fee sich für uns entschieden hatte. Kaum waren die Maultiere zum Stehen gekommen, hörte ich schon ihr Hecheln und die Geräusche galoppierender Hundefüße. Dann sprang ein großer, heller Schatten auf den Wagen und ehe wir uns versahen wurden wir von einer feuchten Schnauze immer wieder angestoßen. Nach der stürmischen Begrüßung legte sich Fee mit weit geöffnetem Fang zu unseren Füßen nieder. Ihr vorwurfsvoller Blick machte uns klar, dass wir nicht daran denken sollten, sie zurückzulassen. Ich freute mich genauso wie Zenta über die Anhänglichkeit des Hundes.

Und Fee dankte uns, indem sie uns weiterhin unseren Speiseplan mit Wild bereicherte. In letzter Zeit fing sie öfters einmal einen Fasan. Und ab und zu erwischte sie sogar einen kräftigen Hasen an dem mehr dran war, als an den wesentlich kleineren Kaninchen.

Wir kamen nicht ganz so schnell voran, wie ich gehofft hatte. Immer wieder passierten unvorhergesehene Dinge, die unser Vorwärtskommen verzögerten. Oft waren es nur Kleinigkeiten wie schlechte Wegstrecken, so dass die Zugtiere nur im Schritt laufen konnten. Oder ein Pferd verlor ein Eisen und musste neu beschlagen werden. Solche Widrigkeiten kosteten uns manche Stunde.

In der Nähe einer Ortschaft raste plötzlich eine Meute kläffender Hunde vor dem Planwagen über die Straße. Sie erschreckten die Pferde derart, dass sie durchgingen. Die kurze rasende Fahrt endete im Straßengraben. Adam und Agatha kamen zum Glück mit dem Schrecken davon, doch ein Rad war angebrochen. Wir mussten einen Schmied aufsuchen, der es reparierte.

In sehr langsamem Tempo, damit das Rad nicht vollends brach, steuerten wir das Dorf an. Glücklicherweise befand sich die Schmiede gleich am Anfang des Ortes. Der Schmied kratze sich den feisten Nacken als er den Schaden begutachtete.

„Vor heute Abend wird es nicht fertig, ich habe noch ein paar Gäule zu beschlagen und eine Deichsel zu reparieren. Da werde ich vor Nachmittag nicht dazu kommen."

Wohl oder übel mussten wir warten, es gab nur diesen einen Schmied im Dorf. Er riet uns einen Spaziergang ins Dorf zu machen um die Wartezeit zu überbrücken.

„Wir haben gerade Kirchweih. Deshalb wird ein Jahrmarkt abgehalten. Es sind zwar nur ein paar Buden, die Leute haben kaum was zu verkaufen in diesen Zeiten. Aber auch ein paar Gaukler sind dort, ihre Kunststücke sollten für ein wenig Kurzweil taugen."

Zenta freute sich als sie das hörte.

„Ein Jahrmarkt, wie schön. Das dürfen wir uns nicht entgehen lassen."

Ich wollte ihr gerne die Freude machen. Und irgendwie mussten wir ja die Zeit totschlagen. Warum also nicht den Jahrmarkt besuchen?

Agatha und Adam beschlossen, uns zu begleiten und auch Fee durfte mit. Die Pferde und Maultiere konnten auf einer Koppel hinter der Schmiede grasen. Die unverhoffte Pause tat ihnen gut.

Der Jahrmarkt war winzig. Nur eine Handvoll kleiner hölzerne Buden säumten den Marktplatz rund um die Kirche. Ein verführerischer Duft nach gebratenen Würsten hing in der Luft und ließ uns das Wasser im Munde zusammenlaufen. Auch Fee hielt witternd ihre schmale Schnauze in die Luft und sog gierig die fremden Gerüche ein. Damit sie nichts anstellen konnte, hatte ich ihr einen Strick um den Hals gebunden und führte sie. Zuerst gefiel ihr das ungewohnte Gefühl nicht und sie wollte sich losreißen. Doch schon bald gewöhnte sie sich an die Leine und lief brav zwischen Zenta und mir.

„Oh, schau mal, da gibt es geröstete Maikäfer!"

Zenta zog mich entzückt zu einem Stand, vor dem eine große Kupferpfanne über einem Feuer stand. Ich traute meinen Augen nicht, als ich sah, dass tatsächlich Maikäfer in einer zähen, braunen Zuckermasse brodelten. Sie erinnerten mich an gebrannte Nüsse. Angewidert schüttelte ich den Kopf.

„Maikäfer? Igitt, wer isst denn so etwas?"

Zenta lachte und ließ sich eine Portion auf einem kleinen Leinentuch reichen.

„Sie schmecken köstlich, probiere doch einmal."

Sie hielt mir einen der gerösteten Käfer entgegen. Doch ich verzichtete lieber auf den zweifelhaften Genuss.

„Die Maikäfer werden zuerst auf einen engmaschigen Rost gelegt und solange über dem Feuer gewendet, bis Flügel und Beine abfallen", klärte mich Zenta auf, während sie genüsslich die kleinen braunen Klumpen verzehrte. „Danach werden sie in einer Zuckermasse kandiert. Anscheinend hat das warme Wetter die Maikäfer besonders früh aus dem Boden gelockt. Immerhin haben wir erst Mitte April."

Sie schleckte sich noch die klebrigen Finger ab, dann schlenderten wir weiter. Ich schüttelte mich innerlich beim Gedanken an die

Käfer. Der Appetit war mir fürs erste vergangen. Gaukler liefen zwischen den Besuchern des Marktes umher und boten ihre Künste dar. Da gab es Jongleure, die Bälle und Ringe in die Luft warfen und geschickt wieder auffingen. Ein Artist hatte ein dickes Seil zwischen zwei Bäume gespannt und führte halsbrecherische Kunststücke darauf vor. Als Clowns verkleidete Liliputaner trieben Schabernack mit den Kindern oder ärgerten die Zuschauer mit derben Späßen. Wenn es den Leuten zu bunt wurde und sie nach ihnen griffen, entflohen die Zwerge mit wildem Schimpfen. Ein Marktschreier machte auf die Attraktion des Tages aufmerksam. Mit lauter Stimme, unterstützt von einer scheppernden Schelle, verkündete er die Vorstellung des großen Magiers und Zauberers Rinaldi.

„Oh, bitte Adrian", bettelte Zenta. „Lass und die Vorstellung besuchen. Ich habe schon lange keinen Zauberer mehr gesehen."

Ich drückte sie lächelnd an mich.

„Wenn du das magst, mein Schatz, dann schauen wir uns den großen Magier an. Das wird sicher lustig."

Auch Agatha und Adam wollten den Zauberer sehen. Deshalb begaben wir uns gemeinsam zu dem kleinen runden Zelt, das mitten auf dem Marktplatz aufgestellt war. Es war nicht zu übersehen mit seinen bunt bemalten Planen. Meine Neugier war ebenfalls geweckt. Ich wollte gerne sehen, welche Tricks dieser Zauberer auf Lager hatte. Früher hatte ich selbst gerne die Menschen durch Zauberkunststücke und kleine Tricks verblüfft. Adam wusste um diese Liebhaberei. Er grinste mich an und meinte zwinkernd.

„Mal sehen, ob der große Rinaldi ebenso gut ist wie du. Juckt es dich nicht in den Fingern, wieder einmal selbst ein paar Kunststücke vorzuführen?"

„Du kannst zaubern?" fragte Zenta überrascht. „Weshalb hast du mir nie davon erzählt?"

„Ich habe es schon lange nicht mehr gemacht", gab ich achselzuckend zurück.

„Ich weiß gar nicht, ob ich es überhaupt noch kann. Aber komm, die Vorstellung fängt gleich an. Wir gehen hinein, damit wir einen guten Platz bekommen."

An der winzigen Kasse bezahlte ich unseren Eintritt und wir fanden noch Platz in der vorderen Reihe. Während sich Zenta, Agatha und Adam schon hinsetzten, wollte ich mir gerne die Bühne betrachten um vielleicht einen Blick auf die Utensilien des Magiers zu werfen. Meine Neugier war geweckt und ich war begierig zu erfahren, mit welchen Tricks der große Rinaldi arbeitete. Deshalb schlüpfte ich jetzt kurz entschlossen hinter den bunten Vorhang, der die Bühne abgrenzte.

Kapitel 14: Zurück nach Aschaffenburg

Dahinter herrschte ein diffuses Licht, an das sich meine Augen schnell gewöhnten. Keine Menschenseele war zu sehen, aber vom hinteren Eingang erklangen gedämpfte Stimmen. Rasch sah ich mich auf der Bühne um, wurde allerdings enttäuscht, es gab keinerlei Zauberutensilien.

Ein einfacher Tisch und eine dunkelblaue, mit goldenen Ornamenten bemalte große Truhe waren die einzigen Gegenstände. Anscheinend bewahrte Rinaldi alles, was er zum Zaubern benötigte in dieser Truhe auf. Natürlich hatte ich nicht die Absicht darin herumzuschnüffeln und wollte mich gerade wieder zurückziehen. Da hörte ich ein lautes Poltern und gleichzeitig einen unterdrückten Schrei.

Der Lärm kam vom Hinterausgang und nun wurden auch aufgeregte Stimmen laut. Es brauchte nicht viel Gespür mir zu sagen, dass etwas passiert war. Mit ein paar Schritten durchmaß ich die kleine Bühne und eilte durch den Zeltausgang.

Dahinter gab es ein zweites Zelt, das sehr viel kleiner war und mit dem Hauptzelt verbunden war. Mein Blick fiel auf die Rücken von drei Menschen, die sich über einen vierten beugten, der am Boden lag. Das klagende Gejammer schien von ihm zu kommen.

„Kann ich helfen? Ich in Arzt", sagte ich ganz aus alter Gewohnheit und ging neben dem Verletzten in die Hocke. Verwunderte Blicke trafen mich, doch niemand sagte etwas. Erst nach einer Weile japste der Verletzte mit schmerzerfüllter Stimme:

„Mein Arm..., ich glaube er ist gebrochen."

Das war auch meine Vermutung, nachdem ich einen schnellen Blick darauf geworfen hatte. Der Unterarm stand in einem grotesken Winkel ab. Zum Glück schien es ein einfacher Bruch zu sein. Kein Blut zeichnete das weiße Hemd, ein Zeichen, dass keine Knochen durch die Haut gedrungen waren. Vorsichtig schob ich den Ärmel zurück um den Schaden zu betrachten. Der Verletzte jammerte erneut und Tränen des Schmerzes traten in seine Augen.

„Wie ist es denn passiert?" fragte ich, um den Mann abzulenken. Mit schnellen Griffen tastete ich den Arm ab um die Bruchstelle zu ermitteln. Wie ich schon vermutete, war das Ellenbogengelenk ausgerenkt. Wenn die Gelenkkapsel nicht verletzt war, konnte der Arm nach dem Einrenken wieder ohne Komplikationen verheilen.

„Dieser verdammte Köter", schimpfte der Mann weinerlich.

„Immer liegt er mitten im Weg herum. Ich wollte meinen Zauberkasten auf die Bühne tragen und habe das dämliche Vieh übersehen. Als er aufjaulte, war es schon zu spät, ich bin mitsamt dem Kasten über ihn gestürzt."

Tatsächlich lag neben ihm auf dem Boden ein flacher Holzkasten über dem noch ein langes schwarzes Tuch hing. Und der Hund, der für den Unfall verantwortlich war, stand etwas abseits und beäugte die Szene mit aufgeregtem Hecheln. Er war klein und fast so breit wie lang, einen so dicken Hund hatte ich noch nie gesehen. Seine Augen traten vor Aufregung aus dem Kopf und er zitterte am ganzen Körper.

„Nun, zumindest ihm ist nichts geschehen", brummte ich beruhigend. „Aber er scheint sich verantwortlich zu fühlen. Er zittert vor Angst."

„Ach, mein armer Bazi, komm her zu Herrchen. Ich weiß doch, dass du nicht schuld bist."

Der Zauberer schien über dem Mitleid für seinen Hund seine eigenen Schmerzen zu vergessen. Als das Tier jetzt auf seinen kurzen Beinen auf ihn zu trippelte, strich er ihm tröstend über den Kopf. Ich musste über die beiden lächeln.

„Das Gelenk muss zuerst eingerenkt werden, danach werde ich den Arm schienen. Der Verband sollte mindestens drei Wochen dranbleiben. Danach dürfte der Arm wieder in Ordnung sein."

„Drei Wochen?" jammerte der Zauberer los. „Das ist eine Katastrophe. Wie soll ich mit einem geschienten Arm zaubern?"

Ich zuckte die Schulter und schaute mir die anderen drei Personen zum ersten Mal gründlicher an. Ein junger Bursche war darunter, seine Ähnlichkeit mit Rinaldi war nicht zu übersehen, deshalb hielt ich ihn für dessen Sohn.

„Dieser junge Mann kennt doch sicher alle Eure Tricks", vermutete ich. Dann bat ich die zwei Frauen, die neben uns standen und ängstlich blickten um möglichst gerade Stecken zum Schienen und Leinenstreifen zum Verbinden. Sie waren froh, etwas tun zu können und eilten rasch davon.

„Mein Sohn?" der Zauberer runzelte abweisend die Stirn während ich mich an seinem Arm zu schaffen machte. Ein schneller Ruck und das Gelenk glitt in seine ursprüngliche Lage zurück. Rinaldi stieß einen gellenden Schrei aus. Nachdem er sich von dem Schmerz erholt hatte kam er auf sein Problem zurück.

„Nun, wenn ich es so überlege, habt Ihr Recht. Er kennt tatsächlich alle Tricks und stellt sich auch ganz geschickt an. Aber ob er schon eine Vorstellung alleine abhalten kann? Zumindest die heutige Vorstellung werde ich absagen müssen..."

Er seufzte schwer auf.

„Ich werde den Leuten da draußen ihr Geld zurückgeben müssen. Dabei können wir kaum auf die Einnahmen verzichten."

Sein niedergeschlagener Gesichtsausdruck erbarmte mich. Mir kam eine Idee...

„Was haltet Ihr davon, wenn ich die heutige Vorstellung abhalte?" fragte ich ihn. Der Gedanke, wieder einmal zu zaubern gefiel mir. Ich hatte es schon so lange nicht mehr getan. Ja, er gefiel mir sogar ausgesprochen gut. Auffordernd sah ich Rinaldi an.

„Ihr? Ihr könnt zaubern? Ich weiß nicht so recht... Welche Tricks beherrscht Ihr denn? Schließlich habe ich einen Ruf zu verlieren."

„Oh, Ihr könnt ganz beruhigt sein. Ich habe jede Menge Tricks auf Lager. Aber es kommt auch auf Eure Utensilien an."

Ich zählte ihm auf, welche Zaubertricks ich beherrschte, während ich seinen Arm schiente und fest verband. Als ich fertig war, blickte ich ihm fragend ins Gesicht. Seine Miene zeigte Verblüffung.

„Wenn Ihr das alles tatsächlich könnt, dann seid Ihr besser als ich. Und das in Eurem jugendlichen Alter. Ich muss sagen, Ihr erstaunt mich immer mehr. Wie alt seid Ihr eigentlich? Ihr seht kaum älter als zwanzig aus. Aber das kann doch sicher nicht sein, oder?"

Ich hatte mein jugendliches Aussehen total vergessen.

„Nun", lenkte ich schnell ein. „Ich bin schon sechsundzwanzig. Alle in meiner Familie sehen jünger aus als sie wirklich sind. Wenn Ihr meinen Vater sehen könntet, würdet Ihr vermuten er sei mein Bruder..."

Wie entschuldigend zuckte ich die Schulter.

„Anscheinend liegt das jugendliche Aussehen bei uns in der Art."

Zum Glück ging Rinaldi nicht weiter darauf ein. Der Gedanke, die Nachmittagsvorstellung doch noch abhalten zu können, beschäftigte ihn viel mehr.

„Also wenn Ihr wollt, so könnt Ihr statt meiner zaubern. Nehmt meinen Sohn mit auf die Bühne, er kann Euch assistieren und vielleicht lernt er noch etwas dabei."

Mühsam und umständlich versuchte er auf die Beine zu kommen. Ich half ihm dabei und zog ihn hoch. Er stand ein wenig schwankend da. Erst jetzt bemerkte ich wie klein er war, mindestens einen Kopf kleiner als ich. Und sein Sohn war auch nur wenige Zentimeter größer.

„Es wird ein Problem mit dem Kostüm geben", vermutete ich und schaute auf ihn herab.

„Ach, es wird schon gehen. Mein Umhang ist so lang, dass er mir bis auf die Füße fällt. Bei Euch wird er immerhin bis zur Wade reichen. Meine Frau soll Euch ein weites weißes Hemd heraussuchen. Und Eure dunkle Hose muss es eben tun."

Rinaldi war nun fest entschlossen, mich zaubern zu lassen. Angemessene Kleidung schien ihm dabei nicht so wichtig.

„Die Beleuchtung ist ihm Zelt absichtlich nicht so hell gehalten. Das erleichtert die Tricks."

Er lächelte ein wenig verzerrt und hielt sich den gebrochenen Arm.

„Verdammt tut das weh!"

„Eure Frau hat gewiss einen schmerzlindernden Trunk parat. Haltet den Arm möglichst ruhig, dann verschwindet der Schmerz bald."

Ich erklärte ihm, ich müsse kurz meiner Familie Bescheid sagen und käme gleich zurück. Dann ging ich zurück ins Hauptzelt.

Zenta schaute mir nervös entgegen und schien erleichtert, mich zu sehen. Etwas ungehalten fragte sie, wo ich so lange gewesen sei. Ich beruhigte sie und erklärte ihr was vorgefallen war und auch, was ich vorhatte. Sie sah mich erstaunt an.

„Bist du sicher, dass du das kannst? Vor all den vielen Leuten?" Sie schaute sich unbehaglich um. Inzwischen war das Zelt voller Zuschauer, die schon ungeduldig auf den Beginn der Vorstellung warteten.

Ich gab ihr einen raschen Kuss auf den Mund und lächelte sie beruhigend an.

„Sei unbesorgt, ich werde mich schon nicht blamieren."

„Adrian ist der beste Zauberer, den ich kenne", hörte ich Adam im Weggehen sagen. Er muss es wissen, dachte ich bei mir und grinste. Meine verblüffendsten Tricks hatte ich von ihm beigebracht bekommen. Allerdings waren das keine Zauber- sondern Hexentricks, die ich nur mittels meiner übernatürlichen Fähigkeiten durchführen konnte. Doch die wollte ich heute lieber auslassen.

Ein Trommelwirbel, ausgelöst von einer der Frauen hinter der Bühne, zeigte den Beginn der Vorstellung an. Ich betrat die Kulisse, verbeugte mich vor meinem Publikum und zog den schwarzen Zylinder vom Kopf. Derweil erklang leise, mystische Musik. Rinaldos Frau war eine hervorragende Flötenspielerin, stellte ich bewundernd fest.

Ludwig, Rinaldos Sohn, stand neben mir und verbeugte sich ebenfalls tief. Dann ging er zu der Truhe um mir die Dinge zu reichen, mit denen ich meine Zuschauer zu verblüffen gedachte.

Zuerst führte ich ein paar harmlose Karten- und Seiltricks vor um das Publikum einzustimmen. Meine Fingerfertigkeit hatte unter der langen Zauberabstinenz nicht gelitten, jeder Trick klappte tadellos beim ersten Versuch. Ludwig führte derweil seine Jonglierkünste vor. Die bunten Bälle, Kegeln und Ringe, die neben mir durch die Luft flogen, erinnerten mich schmerzlich an Heinrich. Das Jonglieren war früher seine Aufgabe gewesen. Wir waren ein hervorragend eingespieltes Duo gewesen. Voller Trauer dachte ich für einen Moment an Heinrichs viel zu frühen und sinnlosen Tod.

Nach den einfachen Tricks ging ich zu den komplizierteren über. Ich zauberte weiße Tauben aus dem Hut und in einen bereitstehenden

Käfig. Danach bat ich eine Jungfrau aus dem Publikum, um sie vor aller Augen verschwinden zu lassen. Natürlich ließ es sich Zenta nicht nehmen, diese Jungfrau zu spielen. Die Menschen klatschten begeistert, als sie am anderen Ende der Bühne wieder wie aus dem Nichts auftauchte. Den Trick mit der zersägten Frau konnte ich allerdings mit Zenta nicht vorführen. Dafür stand Rinaldis Frau bereit, die sich damit auskannte.

Nach etwa einer Stunde hatte ich alle Zauberkunststücke ausgeführt, die sich mit Rinaldos Utensilien durchführen ließen. Meinen Lieblingstrick, die brennende Hand – konnte ich leider nicht vorführen. Dazu hätte ich erst einige Zutaten zusammen mischen müssen, die es in einem gewöhnlichen Zauberkasten nicht gab. Immerhin hatte ich hinter der Bühne noch ein Pulver zubereiten können, das ich Sternenstaub nannte. Zum Abschluss der Vorstellung warf ich das unscheinbare, schwarze Pulver hoch in die Luft und es fiel als winzige blitzende Sterne wieder herab.

Meine Zuschauer waren begeistert und klatschten noch immer stürmisch, als ich schon längst hinter dem Vorhang verschwunden war. Rinaldo hieb mir überglücklich mit seiner gesunden Hand auf die Schulter.

„Ihr habt meine Vorstellung gerettet", rief er dankbar. „Wie soll ich das je gutmachen?"

Er bot mir die Hälfte der heutigen Einnahme an doch ich winkte großzügig ab. Das Zaubern hatte mir so viel Spaß gemacht, dass ich nicht auch noch dafür bezahlt werden wollte. Ich verriet ihm noch, wie er den Sternenstaub herstellen konnte, dann verließ ich den Zauberer und seine Familie.

Es wurde Zeit den Wagen abzuholen. Wir wollten den Schmied nicht verärgern indem wir zu spät kamen und ihn um seinen wohlverdienten Feierabend brachten.

Den restlichen Tag verbrachten wir in unmittelbarer Nähe der Schmiede. Es rentierte sich nicht nochmals anzuspannen und weiterzufahren. Deshalb hatte uns der Schmied erlaubt, bis zum nächsten Morgen auf seinem Gelände zu bleiben.

Gemütlich saßen wir vor unserem kleinen Feuer und warteten bis der Gemüseeintopf mit Hühnerfleisch gar war. Das Huhn hatte uns Fee nach ihrem abendlichen Ausflug stolz mitgebracht. Zenta hatte sie halbherzig deswegen gescholten, was die Hündin nur mit unbekümmertem Schwanzwedeln aufnahm. Dann leckte sie sich erwartungsvoll die Schnauze. Da wir nicht wussten von welchem Hof sie das Huhn gestohlen hatte, aßen wir es auf.

Zenta war noch immer begeistert über meine Zauberkunststücke. Jedes einzelne ließ sie sich genau erklären. Adam und Agatha waren schon längst in ihrem Wagen verschwunden, da fragte mich meine Frau noch immer aus. Schließlich nahm ich sie in den Arm und verschloss ihre Lippen mit einem langen Kuss.

„Komm mit in den Wagen", flüsterte ich ihr ins Ohr. „Dort zeige ich dir mein Lieblingskunststück. Du kennst es zwar schon, aber ich bin sicher, es gefällt dir trotzdem gut."

Da wir nun endgültig beschlossen hatten Schloss Wolffhardt aufzusuchen sahen wir uns leider gezwungen, die Strecke, die wir gekommen waren wieder zurückzufahren. Natürlich hätten wir es gerne vermieden, Aschaffenburg zu nahe zu kommen, doch das war unmöglich, wollten wir einen weiten Umweg vermeiden.

Außerdem waren wir übereingekommen uns an die gängigen Reisewege zu halten, auf den kleinen Nebenstraßen war die Gefahr, die Richtung zu verlieren sehr groß. Außerdem waren diese Nebenwege oft so eng oder der Boden so ausgefahren, dass kaum ein Vorwärtskommen war.

Ungefähr zwei Wochen nach meiner Zaubervorstellung kamen wir des Abends Aschaffenburg so nahe, dass wir aus der Ferne das Schloss erkennen konnten. Mit seinen vier Türmen und dem trutzigen Burgfried in der Mitte machte es einen abweisenden Eindruck. Keinem von uns wahr wohl bei dem Anblick und wir hatten auch nicht die Absicht, der Stadt einen Besuch abzustatten.

Nur zu gerne hätten wir Aschaffenburg weit hinter uns gelassen, doch es wurde bereits dunkel. In der Nacht weiterzufahren war zu gefährlich, also beschlossen wir in einem Waldstück zu nächtigen.

Hinter dichten Bäumen versteckt, würden wir sicher nicht entdeckt werden. Zudem hielten wir es für unwahrscheinlich, dass noch immer nach uns gesucht wurde. Und warum sollten wir ausgerechnet hier jemandem begegnen, der uns kannte? Trotzdem beschlich uns alle leichtes Unbehagen dessen wir uns nicht zu erwehren vermochten. Damit wir am nächsten Morgen so früh als möglich weiterfahren konnten, gingen wir zeitig zu Bett.

„Vater, nein..., oh, Vater!"
Zentas verzweifeltes Schluchzen weckte mich mitten in der Nacht. Schlaftrunken fuhr ich hoch und starrte sie an. Sie träumte, das war mir sofort klar als ich ihr verzerrtes Gesicht sah. Tränen liefen unter ihren langen Wimpern herab, nässten ihre Wangen. Sie zitterte.
Sachte berührte ich sie an der Schulter, schüttelte sie sanft.
„Ruhig, mein Schatz. Ich bin ja bei dir." Als sie die Augen aufschlug und mich verstört ansah, nahm ich sie in den Arm.
„Du hast schlecht geträumt", wollte ich sie beruhigen, doch sie schüttelte den Kopf.
„Das war nicht bloß ein Traum, Adrian. Mein Vater..., er sitzt im Gefängnis. Er wurde gefoltert um etwas aus ihm herauszupressen. Ich habe es ganz deutlich gesehen. Er sah schrecklich aus..., voller Blut. Es war grauenhaft..."
Ihr Gesichtsausdruck ließ keinen Zweifel, sie glaubte an das was sie im Traum gesehen hatte. Und auch ich glaubte, dass es kein Alptraum gewesen war, sondern eine Vision die ihr das Schicksal ihres Vaters offenbarte. Denn auch wenn Zenta mir ihre Hexenkünste bisher noch nie demonstriert hatte, war ich mir doch sicher, dass sie tatsächlich darüber verfügte.
„Möchtest du es mir erzählen?" fragte ich und zog sie fester in meine Arme. Sie schmiegte sich an mich und nickte.
„Er darbt im Gefängnis..., im Hexenturm. Er sieht krank und ausgezehrt aus."
„Was wollen sie von ihm? Konntest du das erkennen? Wird er wegen einer Straftat angeklagt?"
Doch Zenta schüttelte stumm den Kopf.

„Es ist wegen Mutter... und mir. Dieser Hexenrichter hat die Suche noch nicht aufgegeben. Und Vater wird gefoltert, weil sie glauben, er wüsste um unseren Verbleib...“

Am Morgen berichtete sie ihrer Mutter und Adam von der Vision. Auch Agatha zweifelte keinen Moment am Wahrheitsgehalt des Traumes.

„Eberhard.“ Sie seufzte leise und ihr Gesicht verriet Sorge.

„Warum ist er nach Aschaffenburg zurückgekehrt? Ausgerechnet jetzt. Alle hielten ihn doch für tot. Sogar ich war mir nicht sicher, ob er noch lebt. Vielleicht hat er sich doch noch auf seine Verantwortung uns gegenüber besonnen. Und das ist ihm nun zum Verhängnis geworden.“

„Was meint ihr, sollen wir tun?“ mischte sich Adam ein.

„Ich mag den Mann zwar nicht, aber er ist immerhin Zentas Vater und Agathas Mann. Wir können ihn nicht im Gefängnis lassen. Wie schrecklich es ist diesen Folterknechten ausgeliefert zu sein, weiß ich aus eigener schlimmer Erfahrung. Ich denke, das hat der Mann nicht verdient.“

„Aber was können wir tun? Keiner von uns kann ihm zu Hilfe kommen. Wir dürfen der Stadt noch nicht einmal nahekommen. Wenn wir alle gefangen genommen werden, hilft das Eberhard auch nicht.“

Agatha sprach sehr realistisch aus, was wir alle dachten.

Nach einer Weile des Grübelns bot ich an.

„Ich könnte es versuchen... Schließlich weiß keiner mit Sicherheit, ob ich es war, der euch befreit hat. Es gibt keine Spur, die zu mir führt. Ich erzähle meinen früheren Kameraden, ich hätte einen Unfall gehabt und für einige Zeit mein Gedächtnis verloren. Meine hypnotischen Fähigkeiten reichen sicher aus, sie nicht daran zweifeln zu lassen. Schade, dass ich den Schlüssel damals weggeworfen habe. Er könnte uns jetzt gute Dienste erweisen.“

Erwartungsvoll sah ich in die Runde, traf jedoch nur auf ablehnende Mienen. Zenta klammerte sich angstvoll an meinen Arm.

„Das darfst du nicht. Ich würde nicht verkraften, wenn dir etwas geschieht. Ich brauche dich, ich und unser Kind.“

Sie legte die Hand auf ihren Leib und mein Blick glitt über die kleine Wölbung, die sich unter dem Kleid abzeichnete. Sie hatte ja Recht, fuhr mir durch den Kopf. Ich durfte mein Leben nicht leichtfertig aufs Spiel setzen. Ich hatte die Pflicht, meine Frau nach Schloss Wolffhardt, und in Sicherheit zu bringen.

Was aber konnten wir sonst für Eberhard Strauß tun? Außer, ihn seinem ungewissen Schicksal zu überlassen?

In dem Wäldchen konnten wir jedenfalls nicht bleiben. Also schirrten wir schließlich unsere Pferde an und lenkten sie auf die Straße. Nach kurzer Fahrt kam die Abzweigung in Sicht, die nach Aschaffenburg führte. Schweren Herzens lenkte ich die Maultiere geradeaus. Ich kam mir feige vor, fand aber einfach keine andere Lösung. Adam und Agatha erging es ebenso. Ich hörte, wie der Hexer kurz seine Pferde anhielt und sie dann durch ein Knallen der Peitsche wieder antrieb. Dann ertönte das vertraute Rattern der Wagenräder erneut hinter uns. Zenta schluchze leise neben mir und vergrub ihr Gesicht in den Falten meines Umhangs. Tröstend legte ich den Arm um sie, fand aber keine Worte, die ausdrücken konnten, was ich empfand. Schweigend fuhren wir weiter, unserem Ziel entgegen.

Wie schon an den Tagen zuvor, begegneten uns auf unserem Weg immer wieder versprengte Soldatentrupps. Am Tag und auf belebten Straßen waren sie relativ ungefährlich, nur in der Dunkelheit musste man sich vor ihnen hüten. Auch der Anblick mitmarschierender Frauen war uns mittlerweile vertraut. Es handelte sich dabei oft um Marketenderinnen und Dirnen, die den Soldaten beharrlich folgten. Oder um Soldatenfrauen, teils mit Säuglingen auf dem Arm oder kleine Kinder in Bollerwagen hinter sich herziehend, die ihren Männern in den Krieg gefolgt waren. Das waren Frauen denen der Krieg alles genommen hatte und deren einziges Trachten es war, ihre Familien recht und schlecht zu ernähren. Und die sich nicht scheuten, dafür gefallene Soldaten auszuplündern oder einsam gelegene Höfe zu überfallen.

Einem solchen Trupp begegneten wir kaum eine Stunde nach unserem Aufbruch. Sie kamen uns entgegen, mindestens zwanzig

Soldaten zu Fuß oder auf abgezehrten Kleppern. Von den einstmals schmucken Uniformen trugen sie nur noch verschlissene Teile. Bewaffnet waren sie mit alten Musketen und Piken. Manche trugen nur Mistgabeln oder Dreschflegel mit sich. Sie waren noch weit entfernt, dennoch konnte ich die Erschöpfung in ihren schlurfenden Schritten erkennen. Doch als sie unserer Wagen ansichtig wurden, verwandelte sich ihre Apathie schnell in lauernde Gier.

Verunsichert zügelte ich die Maultiere und schaute mich gehetzt nach Adam um, gab ihm mit der Hand ein Zeichen, seinen Wagen zu wenden. Seit der schrecklichen Begebenheit in der Scheune hatte ich regelrecht Angst vor einer erneuten Begegnung mit Soldaten. Und was da auf uns zukam, waren sehr viele dieser desillusionierten Männer. Um nichts in der Welt würde ich eine Konfrontation mit diesem wüsten Haufen wagen. Außer uns und den Soldaten gab es zu der frühen Stunde keine Reisenden auf der Straße. Es war so gut wie sicher, dass diese verwahrlosten und hungrigen Menschen uns schon wegen unserer Wagen und Zugtiere überfallen würden. Was sie mit uns anstellen würden nachdem sie uns ausgeplündert hatten, konnte ich mir nur allzu gut vorstellen.

Auch Zenta schaute mit schreckgeweiteten Augen auf die näherkommende Gruppe. Ich konnte spüren wie sie sich versteifte. Mit schriller Stimme rief sie nach Fee, die an der Böschung stand und nach Kaninchen Ausschau hielt. Durch die Panik in Zentas Stimme aufgeschreckt, kam die Hündin angelaufen und sprang auf den Bock. Gehorsam kroch sie auf meinen Befehl unter die Sitzbank, wo sie nicht im Weg war. Adam erkannte die drohende Gefahr ebenfalls und wendete so schnell er es vermochte sein Gespann. Sobald er seinen Wagen wieder auf die Straße gebracht hatte, tat ich es ihm eilig nach. Die Soldaten waren noch immer ein ganzes Stück entfernt, doch ich sah, wie einige jetzt ihren dürren Gäulen die Sporen gaben. Das gab mir die letzte Gewissheit über ihr Vorhaben. Wild hieb ich die Zügel auf die Rücken der Maultiere um sie anzutreiben. Unwillig fielen sie in Galopp und folgten Adams Gespann, das vor uns her galoppierte. Erst nach einer ganzen Weile wagte ich einen Blick nach hinten. Erleichtert stellte ich fest, dass die Reiter ihre

Verfolgung eingestellt hatten. Ihre elenden Klepper konnten mit unseren ausgeruhten, wohlgenährten Tieren nicht Schritt halten. Dennoch ließen wir die Zugtiere noch eine Weile flott laufen bis wir sicher waren, tatsächlich außer Reichweite der Soldaten zu sein.

Erst jetzt spürte ich Zentas Fingernägel, die sie schmerzhaft in meinen Unterarm gegraben hatte.

„Keine Angst", versuchte ich sie zu beruhigen. „Ich werde nicht zulassen, dass es noch einmal geschieht."

Doch ich konnte ein verräterisches Zittern meiner Stimme nicht ganz verhindern.

Schließlich standen wir wieder an der Kreuzung und vor dem Problem, wohin wir uns nun wenden sollten. Auf der Straße, die nach Aschaffenburg hineinführte, herrschte bereits lebhafter Verkehr. Bauern und Kaufleute brachten ihre wenigen Waren in die Stadt oder befanden sich schon wieder auf dem Rückweg. Hier, zwischen ihnen, bestand zumindest keine Gefahr, überfallen zu werden.

Nach kurzer Beratung beschlossen wir, wenigstens ein kurzes Stück weiter in Richtung Aschaffenburg zu fahren. In die Stadt hinein wollten wir auf keinen Fall. Wir beschlossen nach einer geschützten Stelle Ausschau zu halten, an der wir rasten und unsere Tiere ausruhen lassen konnten. Später wollten wir dann erneut umdrehen um unseren ursprünglichen Weg fortzusetzen.

Wir bogen in einen Feldweg ein, der gerade breit genug war, unsere Wagen aufzunehmen. Er machte nach etwa hundert Metern einen Knick und verschwand hinter halbhohen Bäumen und dichten Büschen. Auf einer kleinen Lichtung machten wir Halt. Dort konnten wir von der Straße aus nicht gesehen werden.

Es ging auf Mittag zu, so beschlossen wir, uns ausnahmsweise ein Mittagsmahl zuzubereiten. Dafür würde es am Abend nur noch ein paar kalte Happen geben. Für zwei warme Mahlzeiten am Tag reichten unsere Vorräte nicht aus.

Während die Frauen zu kochen begannen, spannten Adam und ich unsere Tiere aus um sie grasen zu lassen. Ich sah, wie Adam den Hinterhuf der Stute anhob und kritisch betrachtete. „Verdammt", schimpfte er, „ein Eisen hat sich gelockert. Das hat uns gerade noch gefehlt. Was meinst du, können wir riskieren, damit bis ins nächste Dorf zu fahren? Oder wird sie zu lahmen beginnen?"

Ich ging zu ihm um mir den Huf der Stute anzusehen. Kein Zweifel, das Eisen hatte sich gelöst. Ein Hufnagel fehlte ganz, ein zweiter war locker. Das Pferd damit weiterlaufen zu lassen war gefährlich. Auf den schlechten Straßen würde es sicher bald zu lahmen anfangen.

„Herrgott noch mal", wetterte ich und ließ den Pferdefuß los. „Hat sich heute denn alles gegen uns verschworen? Warum muss das ausgerechnet hier geschehen?"

Aber alles Schimpfen und Hadern nutzte nichts. Die Stute brauchte einen Hufschmied. Das hieß, einer von uns musste mit ihr in die Stadt hinein.

„Ich werde gehen!" bestimmte ich bevor Adam noch den Mund aufmachen konnte. „Die Frauen können es auf keinen Fall tun und für dich ist es ebenfalls zu gefährlich. Ich suche den ersten Schmied gleich hinter der Stadtmauer auf. Sobald die Stute ein neues Eisen hat, reite ich zurück. Es müsste schon mit dem Teufel zugehen, wenn ich in der kurzen Zeit jemanden treffe, der mich kennt."

Ich versuchte so viel Zuversicht wie möglich in meine Stimme zu legen. Doch in meinem Hinterkopf tickte ein ungutes Gefühl. Was, wenn heute noch mehr schief ging? Der Tag war noch lang nicht zu Ende. Ich war zwar nicht abergläubisch, doch wenn ich dem Ausspruch glaubte, dass einem immer drei Dinge widerfuhren, würde uns heute noch ein drittes Ungemach bevorstehen.

Energisch wischte ich meine dummen Ängste fort.

„Am besten, ich mache mich gleich auf den Weg", brummte ich und packte die Stute am Zügel. Sie wollte lieber grasen und rupfte noch eilig ein Maul voll Gras aus, während sie mir unwillig folgte. Malmend zerrieb sie die Halme zwischen ihren Zähnen.

„Hebt mir etwas vom Essen auf", rief ich über die Schulter und machte mich auf den Weg. Im Rücken spürte ich die beunruhigten Blicke meiner Familie, doch ich drehte mich nicht um.

Erst eine Stunde später erreichte ich die Stadtgrenze. Mir war warm, die Sonne schien heute ungewohnt heiß vom Frühlingshimmel. Das strahlende Wetter machte es mir unmöglich, mich in meinen Umhang zu hüllen und die Kapuze überzuziehen. Ich wäre dadurch nur aufgefallen. So hielt ich halt den Kopf gesenkt und hoffte, dass mir niemand begegnete, der mich kannte.

Der Schmied hatte viel zu tun, vor der Stute warteten noch drei weitere Pferde darauf beschlagen zu werden. Er brummte undeutlich, ich solle sie anbinden und in zwei Stunden wiederkommen. Er unterbrach seine Arbeit dabei nicht, sondern zeigte nur mit seinem dunkel behaarten Arm in eine Ecke der Schmiede, wo die anderen Pferde dösend standen.

Ärgerlich folgte ich seiner Anordnung. Zwei Stunden. Was sollte ich so lange tun, um die Zeit totzuschlagen? Konnte ich es wagen, durch die Stadt zu bummeln?

Gern hätte ich das Pfarrhaus aufgesucht um mich davon zu überzeugen, ob es seinen Bewohnern gut ging. Aber ich verwarf den Gedanken sofort wieder, es würde nicht nur mich in Gefahr bringen. Schließlich entschloss ich mich doch, durch die vertrauten Gassen Aschaffenburgs zu schlendern. Das herrliche Wetter machte mich unternehmungslustig. Ich nahm mir jedoch vor, ein waches Auge auf jeden zu haben, der mir begegnete. Sollte jemand darunter sein, den ich kannte, so würde ich einfach in den Schatten eines Hauseinganges flüchten.

Meine Sorge war unbegründet. Ich traf keinen Menschen, der mir bekannt war. Auf dem Markt erstand ich ein besticktes Seidentuch, das ich Zenta mitbringen wollte. Voller Vorfreude lächelte ich in mich hinein. Sie würde mir sicher mit einem innigen Kuss dafür danken. Die Zeit verflog im Nu, beschwingt machte ich mich auf den Rückweg zur Schmiede. Die Stute stand schon davor angebunden, also war sie fertig. Ich klopfte ihr den Hals. „Na, meine Schöne, dann wollen wir mal dein neues Eisen bezahlen und uns auf den Weg machen.“

Aus meinem Beutel zählte ich die Münzen ab um den Schmied zu bezahlen, als von hinten ein Schatten über mich fiel. Ich erstarrte in der Bewegung. Eine schwere Hand legte sich auf meine Schulter und ich drehte mich langsam um.

„Na, wen haben wir denn da?" ertönte eine bekannte Stimme aus einem feixenden Gesicht. Stefan Schwarz, der Kerkermeister, musterte mich zufrieden. Er war nicht alleine, neben ihm stand ein kräftiger Bursche, wohl ein Handlanger. Er hatte die Arme vor der Brust verschränkt und starrte mich aus kalten Augen an.

„Richter Reigersberger sucht schon eine ganze Weile nach dir", erklärte mir Schwarz mit falscher Freundlichkeit. „Leider warst du nach dem Feuer wie vom Erdboden verschwunden. Ich dachte nicht, dass du jemals wieder hier auftauchst. Deshalb wunderte es mich sehr, dein Pferd hier zu sehen. Es ist ein schönes Tier, so eines vergisst man nicht. Und ich dachte mir, wo dein Gaul ist kannst du nicht weit sein. Mein Warten hat sich gelohnt."

Seine belustigt funkelnden Augen wurden stahlhart. Ebenso wie seine Stimme, die gerade noch leutselig geklungen hatte.

„Ich denke, du kommst freiwillig mit. Ansonsten macht es Georg nichts aus, dich in Ketten zum Gefängnis zu schleifen."

Georg nahm nun seine verschränkten Arme herunter und griff langsam zu den eisernen Fesseln, die an seinem breiten Gürtel hingen. Resigniert ließ ich die Arme hängen. An Flucht war nicht zu denken. Hinter mir war die Mauer, zu meiner Rechten stand das Pferd. Und Stefan Schwarz und sein Scherge brauchten bloß zuzufassen.

Sie nahmen mich in ihre Mitte und führten mich in Richtung des Gefängnisses ab.

Kapitel 15: Unter der Folter

Mein Schock über die unvermutete Gefangennahme saß so tief, dass ich willenlos zwischen meinen Häschern lief. Erst als wir vor dem Gefängnistor angelangt waren, überkam mich die Erkenntnis: Sobald ich diese Schwelle übertrat, war ich verloren. Ruckartig blieb ich stehen, stemmte die Füße in den Boden.

Doch Schwarz und sein Helfer stießen mich weiter vorwärts und als ich mich wehrte schlug mir der hünenhafte Scherge seine Faust ins Genick. Der Schlag reichte nicht aus mich zu betäuben, ließ mich aber taumeln. Ehe ich zu Boden ging, packten mich derbe Hände und drängten mich vorwärts.

Die Aussicht in einem düsteren Kerker zu landen wo mir Folterhaft oder noch Schlimmeres drohte, verlieh mir ungeahnte Kräfte. Ich wehrte mich jetzt energisch gegen den harten Griff um meine Oberarme. Mein Fuß keilte nach hinten aus und traf das Bein des Hünen. Mit dem Ellbogen stieß ich gleichzeitig nach dem Gesicht des Kerkermeisters.

Er stieß einen gurgelnden Schrei aus als ich seine Nase traf und sie zerschmetterte. Einen pfeifenden Laut ausstoßend ging der schmächtige Mann zu Boden und hielt sich das Gesicht. Zwischen seinen Händen schoss Blut hervor. Der Scherge war härter im Nehmen und warf sich auf mich. Sein Gewicht zwang mich zu Boden und bevor ich ihn wegstoßen konnte, schlug er mir seine geballte Faust in den Solarplexus.

Plötzlich bekam ich keine Luft mehr und Sterne tanzten vor meinen Augen. Ich hatte das dringende Bedürfnis, mich zusammenzukrümmen, der harte Schlag beraubte mich jeder Chance zur Gegenwehr.

Bis ich wieder richtig sehen und atmen konnte, waren zwei weitere Männer herbeigeeilt und warfen sich ebenfalls auf mich. Zwar versuchte ich immer noch mich zu wehren, besaß jedoch kaum noch Kraft. Innerhalb weniger Sekunden wurden mir die Arme auf den Rücken gedreht und ich über den unebenen Boden des Gefängnishofes geschleift. Sie zerrten mich durch kahle Gänge und

Treppen hinab in die Verliese. Eine schwere Holztür wurde geöffnet und ich wurde hindurch gestoßen. Wie ein Mehlsack fiel ich zu Boden. Das Geräusch mit dem die Türe hinter mir zufiel klang endgültig. Benommen blieb ich einen Moment liegen, dann rappelte mich auf Hände und Knie auf und schüttelte den Kopf um klar zu werden. Der Geruch verrottenden Strohs, vermischt mit dem Gestank menschlicher Exkremente, stieg mir beißend in die Nase.

Leise ächzend richtete ich mich auf und blinzelte ein paarmal, um meine Augen an die Düsternis zu gewöhnen. Nur allmählich konnte ich Einzelheiten meines Kerkers erkennen.

Was ich sah ließ Übelkeit in mir aufkommen. Den Boden bedeckte verdrecktes Stroh, darunter waren feuchte Steine zu erkennen. An der Wand hingen zwei schmale Holzpritschen an rostigen Ketten. Ein winziges Fenster war hoch über meinem Kopf in die Mauer eingelassen. An manchen Stellen der gemauerten Wände glitzerten weißliche Kristalle, die wie Schneeflocken aussahen. Salpetersäure vermutete ich.

Ein rasselndes Husten ließ mich herumfahren. Hinter mir kauerte eine, in zerlumpte Gewänder gehüllte Gestalt in der Ecke. Der Mann hob träge einen Arm.

„Willkommen in der Hölle", krächzte er und lachte gequält bis ihn ein erneuter Hustenanfall zum Schweigen brachte.

Ich machte einen Schritt auf ihn zu und erschrak. Er sah ausgemergelt und krank aus. Seine Augen glänzten fiebrig in tiefen Höhlen. Dennoch erkannte ich sofort die Ähnlichkeit mit Zenta in diesem Gesicht.

„Eberhard Strauß?" fragte ich und sah, wie sich verwundert seine Brauen hoben.

„Ihr kennt mich? Ich habe Euch noch nie gesehen."

Langsam ließ ich mich neben ihm in die Hocke gleiten.

„Nein, ich kenne Euch nicht, aber ich habe sofort die Ähnlichkeit mit Eurer Tochter erkannt. Ihr habt dieselben Augen wie sie."

Sein Blick wurde misstrauisch.

„Was habt Ihr mit meiner Tochter zu schaffen. Wo ist sie und wie geht es ihr?"

„Keine Sorge, Zenta geht es gut und sie ist in Sicherheit. Ebenso wie Agatha."

Sein Blick verfinsterte sich, als ich den Namen seiner Frau erwähnte. Er musterte mich jetzt fast feindselig.

„Seid ihr dieser Kerl, der Kreszentia... entehrt hat?"

Ich bemühte mich meiner Stimme einen gelassenen Klang zu verleihen und antwortete ehrlich.

„Ich habe sie nicht entehrt. Wir lieben uns und ich habe sie geheiratet. Zugegeben, es ging alles ein wenig übereilt vonstatten. Trotzdem, wenn Ihr dagewesen wärt, hätte ich Euch in aller Form um ihre Hand gebeten. Aber Ihr könnt uns ja nachträglich Euren Segen erteilen." Er winkte abfällig mit der Hand.

„Sie würde bestimmt keinen Wert darauflegen. Sicher verachtet sie mich ebenso wie ihre Mutter das tut. Und ich kann es ihr noch nicht einmal verdenken. Ich war ihr kein besonders guter Vater..."

Resigniert schaute er zu Boden. Nur das leise Rasseln seines Atems war zu hören.

„Nun", räumte ich ein. „Es gibt gewiss einiges zwischen Euch und ihr zu bereden. Aber Zenta verachtet Euch nicht, sie liebt Euch. Und sie hat im Traum gesehen, dass Ihr hier im Gefängnis seid. Sie wollte Euch unbedingt zur Hilfe kommen."

Er schaute zweifelnd zu mir auf und schnaubte durch die Nase.

„Seid Ihr deswegen hier? So wie es aussieht, seid Ihr ebenfalls ein Gefangener. Schöne Hilfe - wir werden zusammen am Galgen enden."

Ich verzichtete darauf ihn darüber aufzuklären, welche unglückselige Folge von Missgeschicken mich in diese Situation gebracht hatte. Ich konnte mich selbst noch nicht mit meiner Gefangenschaft abfinden und erneut stiegen Ängste in mir hoch. Gewaltsam kämpfte ich sie nieder. Ganz sicher, grübelte ich, war es jedenfalls kein Zufall, dass ich in der gleichen Zelle wie mein Schwiegervater gelandet war. Und seine Vermutung, wir könnten nebeneinander aufgeknüpft werden, war gar nicht so abwegig. Zumindest würde Schultheiß Reigersberger die gleichen Informationen aus uns herauspressen wollen: Wo befanden sich Agatha und Adam?

Der Gedanke ließ mir eine Gänsehaut über den Körper rinnen. Nur zu gut kannte ich die Befragungsmethoden des Hexenrichters. Und an Eberhard Strauß konnte ich bereits eindeutige Spuren dieser Methoden erkennen. Zumindest war sicher, dass Zentas Vater selbst unter schlimmster Folter nichts über den Verbleib seiner Familie aussagen konnte. Aber wie stand das bei mir? Natürlich war ich nicht gewillt, auch nur ein Sterbenswörtchen zu verraten. Doch ich hatte zur Genüge erlebt, wie selbst starke Männer unter der Folter zu um Gnade winselnden Kreaturen wurden. Ich war nicht stark, wie mir meine vorangegangenen Abenteuer gezeigt hatten. Konnte ich bis zum bitteren Ende standhaft bleiben? Oder würde ich all jene verraten, die mir lieb und teuer waren?

Als mir diese Frage durch den Kopf schoss, erschauerte ich vor panischer Angst. Innig, wie kaum zuvor in meinem Leben betete ich zu Gott, er möge mir die Kraft geben, meine Familie zu schützen.

Der Abend brach herein und in der ohnehin düsteren Zelle wurde es finster. Ich hockte mit angezogenen Beinen auf der harten Pritsche, den Kopf auf die Knie gelegt. Von der Liege neben mir ertönten die unregelmäßigen Atemzüge meines Mitgefangenen. Eberhard Strauß schlief unruhig, immer wieder wurde er von trockenen Hustenstößen geschüttelt. Wie ein Fötus zusammengerollt lag er da, mehr ahnte ich als ich sah, wie er vor Kälte zitterte.

Auch mich fröstelte in der feuchten Moderluft, die den Kerker erfüllte. Durch das winzige Fenster drang kaum frische Luft, geschweige denn die frühsommerliche Wärme. Meine Kleidung fühlte sich bereits unangenehm klamm an.

Wir hatten lange geredet, mein Schwiegervater und ich. Eigentlich hatte nur er geredet und ich meist stumm zugehört. Da ich ihn nicht kannte, wusste ich nicht ob es sein erbärmlicher Zustand, oder einfach seine Natur war, die ihn so geschwätzig machte. Jedenfalls war ich nun im Bilde über sein ganzes Leben. Auch über die Zeit nach seiner Trennung von Frau und Tochter.

Eigentlich - so hatte er mir erklärt - war ihm die Ehe stets eine Last gewesen. Er taugte weder zum Ehemann noch zum Vater. Deshalb war er schon kurz nach Zentas Geburt seiner Familie entflohen. Anstatt ordentlich für Frau und Kind zu sorgen, war er immer mehr in lasterhafte Ausschweifungen abgedriftet. Sein Hang zu Glücksspiel und Hurerei war Agatha schnell aufgefallen. Deshalb kam es immer öfter zu Streitigkeiten zwischen ihnen. Eberhard war zu seinem Bruder ins Pfarrhaus gezogen.

Fortan kümmerte er sich immer weniger um seine Familie. Das wurde erst anders, als Adam Baumann auftauchte und sich auffallend für Agatha interessierte. Plötzlich spürte Eberhard Eifersucht. Er beschwerte sich bei seinem Bruder und allen, die es hören wollten. Adam sprach sich mit ihm aus und versicherte das Feld zu räumen, falls Eberhard wieder zu seiner Frau zurückkehren wolle. Doch das lag nicht im Sinne des unsteten Mannes.

Irgendwann verschwand er einfach aus Aschaffenburg. Nach einem letzten heftigen Streit mit Agatha traf er in einer Wirtsstube auf durchziehende Soldaten und schloss sich ihnen an. Zwei Jahre zog er mit ihnen durchs Land, nicht ahnend, dass seine Frau wegen seines Verschwindens in größte Schwierigkeiten kam und nach der mysteriösen Erkrankung seines Bruders sogar als Hexe angeklagt und eingekerkert wurde.

Vor einigen Wochen war Eberhard Strauß wieder in seine Heimat zurückgekehrt. Er hatte nach einer Verwundung die Nase voll vom Krieg und wollte endlich ein ruhigeres Leben beginnen. Dann erfuhr er, dass seine Frau wegen der Krankheit seines Bruders und angeblichem Gattenmord der Hexerei bezichtigt wurde. Als er auch noch von Agathas Flucht erfuhr, gemeinsam mit dem Mann, der sie nun statt seiner liebte, rastete er aus. Er betrank sich tagelang sinnlos und erzählte wohl in seinem Suff sehr viel dummes Zeug. Was genau er sagte, konnte er später nicht mehr nachvollziehen. Dass er herumposaunt hatte, seine Frau, diese Hexe hätte sich mit dem Teufel zusammengetan, wusste er nicht mehr. Ebenso wenig, wie er lautstark erzählt hatte, er wisse, wo die Beiden sich verkrochen hätten und wolle sie in ihrem Versteck überraschen. Dem Schultheiß Nicolaus Reigersberger, der seit der Flucht der Hexen das Pfarrhaus sorgfältig überwachen ließ, wurden diese Aussagen schnell zugetragen.

Und als Eberhard Strauß eines Morgens mit brummendem Schädel erwachte, saß er in dieser dreckigen Gefängniszelle. Als ihm bewusst wurde in welcher Lage er war stritt er alles ab, was er je gesagt hatte. Doch der Hexenrichter wollte ihm nicht glauben. Zu sehr gierte er danach, seinen geflohenen Gefangenen endlich den Prozess zu machen. Eberhard Strauß, noch von seiner Verwundung gezeichnet, war bald zermürbt. Doch da er ja tatsächlich nichts über den Aufenthalt von Adam und Agatha wusste, konnte er auch unter der Folter nichts aussagen.

Der Hexenjäger wollte ihn schon laufenlassen da erzählte Eberhard einem Wärter, er habe geträumt seine Frau und seine Tochter wären in der Nähe und wollten ihn retten. Anstatt es als das Gefasel eines von Folter und Unterernährung verwirrten Geistes anzusehen, glaubte Nicolaus Reigersberger an die Wahrheit dieses Traumes. Er ließ den Gefangenen in seine Zelle zurückbringen und wartete...

...einen Tag später wurde ich vom Kerkermeister Stefan Schwarz entdeckt und ins Gefängnis geschleppt.

Während ich mir verzweifelt den Kopf zerbrach, wie ich aus dieser Falle heil herauskommen konnte, spürte ich plötzlich wie jemand in meine Gedanken eindringen wollte. Erschrocken schottete ich mich dagegen ab, da ich spürte, dass es Zenta war. Ich hatte geahnt, sie würde es versuchen und die ganze Zeit darauf gewartet. Aber ich konnte nicht zulassen, dass sie mich über meine Gedanken aufspürte. Weder sie, noch Adam oder Agatha durften erfahren, wo ich war. Ich war mir sicher die drei würden nichts unversucht lassen mich zu befreien. Jede Gefahr für sich selbst missachtend würden sie in die Stadt kommen. Und sie würden ebenso gefangengenommen werden, wie ich.

Immer wieder in dieser endlosen Nacht spürte ich Zentas und auch Adams Eindringen in meinem Geist. Sie bedrängten mich, zermürbten mich. Es war besonders schwer Adam mit seinen starken mentalen Kräften abzuwehren. Er war ein viel mächtigerer Hexer als ich. Und er nützte meine Müdigkeit und Schwäche gnadenlos aus, um meinen Geist zu erforschen.

Schließlich konnte ich ihm nicht mehr standhalten und gab den Widerstand auf. Auf telepathischem Wege erzählte ich ihm, was geschehen war. Und bat ihn dann inständig, nichts den Frauen zu erzählen. Und um Gottes Willen nichts zu unternehmen. Meine grässliche Angst, sie würden ebenfalls in Gefangenschaft geraten, veranlasste Adam endlich dazu, mir zu versprechen nichts zu unternehmen. Vorläufig nicht...

Als er aus meinen Gedanken schwand war ich so erschöpft, dass ich fast auf der Stelle einschlief. Ich erwachte erst, als eine grobe Hand meine Schulter rüttelte. Verwirrt fuhr ich von der Pritsche hoch und schaute zuerst verständnislos in die mich umgebende Düsternis. Doch die Erinnerung kam schnell... und mit ihr die Angst.

Diese Angst steigerte sich noch als ich in das wütende Gesicht mit der unförmig verschwollenen Nase blickte. Stefan Schwarz hatte mindestens eine ebenso ungemütliche Nacht hinter sich wie ich. Man sah seinen Augen den Schmerz an, den ihm die gebrochene Nase bereitete. Um die Blutung zu stoppen hatte er sich dicke Pfropfen aus zusammengedrehten Leinenstreifen in die Nasenlöcher gesteckt. Deren Ränder und seine Oberlippe waren mit getrockneten Blutresten bedeckt. Auch das Gewebe um seine Augen war von der Verletzung in Mitleidenschaft gezogen, es hatten sich schwere, blutunterlaufene Tränensäcke gebildet.

„Ihr hättet die Schwellung kühlen müssen", sagte ich aus der Verantwortung des Arztes heraus. „Und es wäre besser gewesen, Ihr hättet das Blut noch eine Weile fließen lassen. So..."

Ich kam nicht mehr weiter.

Mit einem wütenden Schlag klatschte seine Hand in mein Gesicht. „Du wirst bald alle Hände voll zu tun haben, deine eigenen Blutungen zu stillen!" zischte er mich an. „Jetzt komm, der Schultheiß erwartet dich schon sehnsüchtig. Er kann es kaum erwarten."

Er trat einen Schritt zurück um mich aufstehen zu lassen.

Es hatte keinen Sinn, an Flucht zu denken. Mit dem Kerkermeister konnte ich fertig werden, nicht jedoch mit den beiden Männern, die mit verschränkten Armen neben ihm standen und mich kalt musterten. Ich kannte sie beide, es waren meine ehemaligen

Kollegen. Nichts in ihrem Blick erinnere daran wie wir gemeinsam gescherzt und auf meine überraschende Heirat getrunken hatten. Ja nicht einmal darauf, dass sie mich erkannten. Die Rollen waren klar verteilt, ich war der Gefangene und sie die Folterknechte. Das machten sie mir unmissverständlich klar, indem sie mich jetzt packten und meine Hände auf den Rücken fesselten.

„Du kennst ja den Weg", näselte Schwarz und deutete übertrieben einladend zur Tür. Mit einem schnarchenden Geräusch zog er Spucke hoch und spie mir einen Klumpen aus Schleim und Blut vor die Füße.

Ich ging an ihm vorbei und mein Blick fiel kurz auf Eberhard, der wieder in der Ecke hinter der Tür hockte. Seine Augen waren weit aufgerissen und schauten mich mit einer Mischung aus Mitleid und Erleichterung an. Ich konnte ihm nicht verdenken, dass er froh war, nicht an meiner Stelle zu sein.

Hexenrichter Reigersberger saß schon hinter seinem Tisch und blickte mir erwartungsvoll entgegen. Auch zwei Beisitzer sowie der Protokollschreiber waren zugegen. Und zwei weitere, mir unbekannte Folterknechte. Ich dachte bei mir, ob er wohl absichtlich Helfer ausgewählt hatte, die mich nicht kannten. Vielleicht war er sich nicht sicher, ob Jupp oder ein anderer meiner früheren Kameraden auch wirklich die notwendige Härte mir gegenüber walten ließen.

Ich war extrem nervös und voller Panik, kaum glaubte ich einen Fuß vor den anderen setzen zu können. Dabei sagte ich mir immer wieder, dass ich standhaft sein musste. Doch es gelang mir noch nicht einmal unbeteiligt zu wirken.

Ein Stoß in den Rücken trieb mich vor den Richtertisch. Stefan Schwarz nahm seinen gewohnten Platz an der Wand hinter Reigersberger ein. Seine Hände vor der Brust verschränkt starrte er mich ausdruckslos an. Doch seine Augen funkelten in Vorfreude und seine Lippen verzogen sich leicht zu einem bösartigen Grinsen. Kein Zweifel, durch den Schlag auf seine Nase hatte ich ihn mir zum unversöhnlichen Feind gemacht.

Doch der Kerkermeister war nur ein unbeteiligter Statist, den ich nicht fürchtete, die wahre Gefahr ging von dem Hexenrichter aus. Nicolaus Reigersberger fixierte mich lange und ungeniert, so als wäre ich ein Pferd auf dem Rossmarkt. Keine Regung seiner Miene ließ erkennen, dass er mich kannte.

„Du weißt, weshalb du hier bist?" fragte er mit trügerischer Ruhe.

„Nein, das weiß ich nicht. Ich habe mir nichts zuschulden kommen lassen, was meine Verhaftung rechtfertigt."

Meine Stimme klang gepresst und es fiel mir schwer, ihm fest in die Augen zu blicken. Seine Mundwinkel verzogen sich abfällig.

„Das sagen sie alle. Bis ich ihnen das Gegenteil beweise. Also, wo sind die Hexen?"

Du darfst ihm kein Sterbenswörtchen über den Aufenthaltsort deiner Familie verraten, diesen Satz ließ ich mir immer wieder durch den Kopf gehen. In Gedanken sagte ich ihn auf wie eine endlose Litanei. Und er half mir wirklich etwas ruhiger zu werden. Es gelang mir sogar Verwunderung in meine Stimme zu legen.

„Hexen? Welche Hexen meint ihr? Ich kenne keine."

„Die bei dem Brand entfliehen konnten. Jemand muss ihnen geholfen, sie befreit haben. Ich glaube, dass du dieser Jemand bist. Oder hast du eine Erklärung für dein Verschwinden seit jenem Tage?"

Noch immer ließ seine Stimme keinerlei Emotionen erkennen. Er stützte sein Kinn in die Hand und schaute mich interessiert an.

Ich begann ihm lange und umständlich eine wilde Geschichte zu erzählen. Das mir an jenem Tage wohl ein Ziegel oder ähnliches auf den Kopf gefallen wäre und ich viel später auf einem mir unbekannten Gelände erwacht wäre. Wie ich dahin kam, versicherte ich voller Ernst, wäre mir bis heute ein Rätsel. Ich gab an durch den Schlag auf den Kopf das Gedächtnis verloren zu haben und wochenlang herumgeirrt zu sein, immer auf der Suche nach meiner Identität. Um ein wenig Wahrheit in meine Lügengeschichte zu bringen, erklärte ich, den Winter auf einem Lagerplatz im Wald verbracht zu haben.

„Und plötzlich, vor einigen Tagen kam es zurück, mein Gedächtnis. Ich stieß mir den Kopf an einem Ast und das war sicher der

Auslöser. Auf einmal fiel mir alles wieder ein. Mein Name, mein Wohnort. Ich machte mich eilig auf den Weg und bin erst gestern wieder in Aschaffenburg angekommen."

Ich versuchte aus den Augen meines Gegenübers zu lesen, ob er mir meine Geschichte abnahm. Wie ich schon geahnt hatte, glaubte er mir kein Wort.

„Du meinst also ich würde dir dieses Märchen abnehmen?" fragte er mit noch immer ruhiger Stimme und lächelte mich tadelnd an.

Dann ging von einer Sekunde zur anderen eine Veränderung in seinem Gesicht vor. Sein Oberkörper schnellte nach vorne und seine Faust krachte auf den Tisch.

„Das tue ich aber nicht. Sage mir wo sich die Hexen aufhalten, wenn dir deine Gesundheit wichtig ist. Sonst wirst du es bitter bereuen."

Auf sein knappes Kopfnicken hin, wurde mir von einem der Schergen mein Obergewand von den Schultern gerissen. Das scharfe Geräusch, mit dem der Stoff riss, ließ mich zusammenzucken. Nur mit allergrößter Willensanstrengung gelang es mir nicht zu zittern.

„Es ist die Wahrheit!" versicherte ich. „Warum sonst wäre ich wieder zurückgekommen?"

„Das weiß ich nicht", flüsterte er und schaute mich drohend an. „Aber ich werde es erfahren. Und wenn ich es aus dir herauspressen muss. Was dir blüht, kannst du dir denken. Du hast es oft genug mit angesehen. Aber ich versichere dir, es wird schlimmer sein als du dir ausmalen kannst. Also gestehe lieber gleich. Sage mir wo die Hexen sind und ich verspreche dir einen schnellen Tod am Strang. Ansonsten..."

Vielsagend glitt sein Blick zum Kohlebecken, in dem die glühenden Zangen lagen. Trotz der Kühle im Folterkeller brach mir der Schweiß aus. Doch ich blieb standhaft.

„Ich kann Euch nichts anderes sagen. Diese Hexen, die Ihr sucht, ich kenne sie nicht und habe ihnen auch nicht zur Flucht verholfen."

Das waren die letzten normalen Sätze, die ich an diesem Tage aussprach. Der Hexenrichter fackelte nicht lange, sondern gab den Befehl, mit der peinlichen Befragung - sprich Folter - zu beginnen.

An meinen Handgelenken wurden die Fesseln gelöst, aber nur um sie an einem Ring, der hoch über meinem Kopf an der Wand angebracht war, erneut festzubinden. Die Reste meines Obergewandes wurden mir vom Leib gerissen, ebenso meine Beinbekleidung. Nackt stand ich an der kalten Wand, den Rücken meinen Peinigern zugedreht. Einer der Wärter zwang mich mit Tritten dazu, die Beine zu spreizen.

„Es scheint, als hättest du schon einmal mit der Peitsche Bekanntschaft gemacht", erklang die Stimme des Hexenrichters hinter mir. „Wen hast du denn so erzürnt, dass er dir die Haut in Streifen schlagen ließ?"

Seine Finger fuhren über die Narben auf meinem Rücken. Ich bekam von der Berührung eine Gänsehaut, gab aber keine Antwort. Um nichts in der Welt hätte ich ihm erzählt, dass ich diese Narben meinem eigenen Vater zu verdanken hatte. Doch er schien gar keine Antwort zu erwarten, meinte nur gleichgültig, es würden nun wohl noch einige mehr dazu kommen. Ich presste die Zähne zusammen, legte meine Stirn an den kühlen Stein und wartete angstvoll auf den ersten Schlag.

Das Auspeitschen mit der neunschwänzigen Katze war nicht ganz so schlimm, wie damals mit der Pferdepeitsche. Vor allem richtete es nicht eine so verheerende Wirkung an. Dennoch brannte mir schon bald höllisch der Rücken und ich spürte wie mir das Blut herabrann.

Reigersberger befragte mich nicht erneut nach der Auspeitschung, sondern ging gleich zur nächsten Folter über. Seine langjährige Erfahrung mit verstockten Gefangenen ließ ihn ahnen, dass ich noch lange nicht bereit war etwas zu gestehen. Deshalb hielt er sich nicht auf und ordnete an, mich zu brennen.

Konnte ich unter der Peitsche noch stumm bleiben, so war das unter dem Brenneisen nicht mehr möglich. Ich brüllte auf, als das glühende Eisen meine Haut berührte.

Ich kann mich nicht mehr genau entsinnen, was man mir an jenem Tage noch antat. Und auch nicht an den folgenden Tagen. Irgendwie gelang es mir, einfach alle Fragen zu ignorieren, die man mir stellte.

Ich biss mir Lippen und Zunge blutig, um ja keinen verständlichen Ton herauszubringen. Es kam mir sogar der Gedanke meine Zunge abzubeißen, damit ich nicht mehr reden konnte. Aber das brachte ich nicht fertig. Außerdem hätte es mir nichts genützt, da sie mich immer noch hätten zwingen können, mein Geständnis aufzuschreiben. Der Kerkermeister wusste, dass ich lesen und schreiben konnte. Irgendwie habe ich drei Tage lang die schrecklichen Peinigungen durchgestanden, ohne diejenigen zu verraten, die mir lieb und teuer waren. Doch dann war ich am Ende.

Als ich am Abend wieder in meiner Zelle lag, von Fieber geschüttelt und vor Erschöpfung und Schmerz wimmernd, wusste ich, dass ich keinen Foltertag mehr aushalten würde. Meine Gedanken verwirrten sich zunehmend, ich konnte kaum noch unterscheiden was ich dachte und aussprach.

Mein Schwiegervater versuchte vergeblich, mir meine Situation ein wenig zu erleichtern. Er war selbst von Folter und Krankheit geschwächt und hatte zudem keine Ahnung davon, wie man mit Verletzten umging. Und ich fühlte mich zu schwach ihm Anweisungen zu geben. Ich hatte nur noch den Wunsch zu schlafen. Doch die grausamen Schmerzen, die meinen Körper durchzogen hinderten mich daran. Endlich fiel ich in einen Dämmerzustand, der mir wenigstens etwas Erleichterung verschaffte. Und in diesem unwirklichen Zustand war plötzlich Erasmus bei mir. Ich weiß nicht, wie er es machte, aber ich konnte ihn sehen und fühlen. Er strich mir sanft über meine unzähligen Wunden und sprach beruhigend auf mich ein. Als ich sprechen wollte, legte er seine Finger auf meine Lippen.

„Psst", raunte er. „Du brauchst nicht zu reden. Ich kann auch so verstehen was du mir sagen willst. Ich werde dir jetzt ein paar Dinge erklären, die du genauso ausführen wirst, wie ich es dir sage. Zenta, Agatha und ich haben uns lange den Kopf zerbrochen, wie wir dich retten können. Du musst genau tun, was ich dir sage. Auch wenn es dir seltsam vorkommt. Hast du mich verstanden, Adrian?"

Ich nickte schwach und er begann zu reden.

Am nächsten Morgen erwachte ich mit einem Gefühl der Erleichterung. Meine Schmerzen hatten auf wundersame Weise nachgelassen und ich fühlte mich einigermaßen erfrischt. Adam fiel mir ein und ich blickte mich in der Zelle um. Ich hätte geschworen, dass er in der Nacht bei mir gewesen war. Aber das konnte nicht sein, es war nur ein Traum gewesen.

Als man mich erneut zum Verhör abholte, blieb ich seltsam ruhig. Ein Gedanke reifte in meinem Kopf, den ich jedoch noch nicht richtig erfassen konnte. Dennoch war ein Gefühl von Klarheit in mir. Und als ich erneut vor dem Hexenrichter stand, wusste ich, was ich zu sagen hatte.

„Ich will ein Geständnis ablegen", begann ich ehe er ein Wort sagen konnte. „Ich kann die Folter nicht mehr ertragen. Ich gebe zu, ich habe die Hexen befreit, und sie anschließend in den Norden, nach Hamburg begleitet. Von dort aus haben sie gestern die Schiffreise in die neue Welt angetreten. Sie befinden sich bereits auf hoher See, in Sicherheit. Ihr werdet sie nicht mehr zurückholen können."

Er starrte mich zuerst verblüfft an, dann fragte er lauernd:

„Und warum bist du nicht mit ihnen in die neue Welt gereist? Und auch noch hierher zurückgekehrt? Das war doch sehr dumm von dir…"

Müde ließ ich den Kopf sinken und murmelte leise.

„Ich hatte andere Pläne und wollte eigentlich nicht nach Aschaffenburg zurückkehren. Doch führte mein Weg daran vorbei. Dann lahmte mein Pferd und ich hatte keine andere Wahl als hier einen Schmied aufzusuchen. Den Rest kennt ihr…"

Reigersberger blickte mich durchbohrend an, dann nickte er grimmig.

„Tja, das war dein Pech. Aber sag mir noch eins: Was hattest du mit den Hexen zu tun, und wie konntest du ihnen zur Flucht verhelfen?"

Resigniert zuckte ich die Schultern.

„Das ist eine lange Geschichte, die Ihr mir kaum glauben werdet. Deshalb sage ich nur: Ich bin ebenfalls ein Hexer. Und nun tut mit mir, was Ihr wollt."

Kapitel 16: Der Prozess

Mein Geständnis überraschte mich mindestens ebenso wie den Hexenrichter. Es war wie unter Zwang aus meinem Mund gekommen. Verwirrt presste ich die Lippen zusammen, doch es war zu spät.

Auch Nicolaus Reigersberger blieb vor Verblüffung der Mund offen stehen. Dann fing er sich wieder und blinzelte mich misstrauisch an. „Du, ein Hexer? Bist du da nicht zu jung dazu?"

„Mit Hexenkräften wird man bereits geboren. Jedenfalls war es bei mir so - sehr zum Leidwesen meiner Eltern. Ich habe sie oft mit meinen übersinnlichen Fähigkeiten erschreckt."

Reigersberger fragte mich an diesem Morgen lange aus. Er wollte alles wissen, angefangen bei meinen Zauberkräften bis hin zu meiner Bekanntschaft mit Erasmus und Agatha. Ich beantwortete ihm nun, da ich schon so viel gesagt hatte, freimütig seine neugierigen Fragen. Und ich hielt mich weitgehend an die Wahrheit. Noch nicht einmal meine Reise durch die Zeit ließ ich aus. Ich wusste nicht wieso ich ihm all das verriet, ich verspürte einfach ein drängendes Verlangen es zu tun.

Natürlich war mir klar, dass ich damit mein eigenes Todesurteil heraufbeschwor. Aber es machte mir seltsamerweise nichts aus. Auch nicht, als er auf sichtbare Beweise meiner Selbstanklage bestand. Nach den überstandenen Torturen der vergangenen Tage ließ ich fast gleichgültig die Suche nach einem Hexen Mal auf meinem nackten Körper über mich ergehen. Wie fast jeder Mensch trage ich einige Muttermale, eines sonderte kein Blut ab, als der Folterknecht mit einer dicken Nadel hineinstach.

Auf jeden Fall glaubte der Hexenrichter mir schließlich und ließ meine Aussagen vom Schreiber protokollieren. Zum Schluss unterschrieb ich meine eigene Anklage und durfte endlich in meine Zelle zurückkehren. Mein Prozess sollte schon in den nächsten Tagen stattfinden. Bis dahin ließ man mich in Ruhe.

Im Kerker kauerte ich mich auf meine Pritsche um nachzudenken.

Noch immer war es mir ein Rätsel, was mich bewogen hatte, mich selbst zu belasten. Aber ich verspürte weder Bedauern darüber, noch Angst vor dem, was auf mich zukam. In mir war eine seltsame Ruhe. Eberhard lag in seiner Ecke und brabbelte unverständliche Worte vor sich hin. Obwohl er seit meiner Gefangennahme nicht mehr gefoltert wurde, verschlechterte sich sein Zustand von Tag zu Tag. Die Mangelernährung, die überstandenen Folterungen und seine nicht ganz ausgeheilte Verwundung hatten zu einem Zusammenbruch seines geschwächten Körpers geführt. Und aus seinem Husten und der Atemnot war eine gefährliche Lungenentzündung geworden.

Da ich in den vergangenen Tagen genug mit meiner eigenen körperlichen und seelischen Schwäche zu tun hatte, sah ich mich außerstande, mich um ihn zu kümmern. Und auch heute ging es mir alles andere als gut. Zwar fühlte ich mich, auf mir unerklärliche Weise seit der letzten Nacht gestärkt, war aber weit davon entfernt gesund zu sein.

Dennoch rappelte ich mich nun auf und ließ mich neben meinem Schwiegervater auf die Knie sinken. Meine Hand an seiner Stirn erfühlte hohes Fieber. Sein Atem klang keuchend und flach, seine Haut fühlte sich klebrig an. Vorsichtig öffnete ich eines seiner Augenlider, sah aber nur das Weiße. Kein Zweifel, er war in Agonie gefallen. Ich konnte nichts mehr für ihn tun, er würde wahrscheinlich noch in dieser Nacht sterben.

Obwohl ich ihn nicht lange gekannt hatte, und wenn ich ehrlich war ihn nicht einmal sympathisch fand, tat er mir leid. Er war sein Leben lang ein unzufriedener Mensch gewesen. Dennoch hatte er diesen unwürdigen Tod in einer dreckigen Gefängniszelle nicht verdient. Wenigstens spürte er nicht, dass es mit ihm zu Ende ging.

Seufzend erhob ich mich und ging zu meiner Pritsche zurück. Ich dachte an Zenta und wie sie sich grämen würde, wenn sie vom Tod ihres Vaters erfuhr. Vielleicht sah sie es ja im Traum, so wie sie schon seine Verhaftung gesehen hatte. Hatte sie auch gesehen, was mit mir geschah?

Ich hoffte es in ihrem eigenen Interesse nicht. Das Wissen um die

Folter, die Vater und Ehemann erleiden mussten, war für sie sicher nur schwer zu ertragen. Ganz besonders in ihrem schwangeren Zustand, da sie ihre ganze Kraft für das Ungeborene in ihrem Leib brauchte.

Zum ersten Mal seit Tagen erlaubte ich mir intensiv an Zenta und das Kind zu denken, das in ihr heranwuchs. Mein Herz wurde schwer. Würde ich sie je wiedersehen, je mein Kind in den Armen halten? Jetzt, nachdem ich mir mein eigenes Todesurteil gefällt hatte?

Ich wollte nicht sterben, nicht einmal nach allem, was ich durchgemacht hatte. Obwohl die Folterknechte alles darangesetzt hatten, meinen Körper und Geist zu brechen, blieb mein Lebenswille ungebrochen. Und trotz arger Schmerzen dachte ich nicht daran, mich aufzugeben.

Aus einem, mir unklaren Grund, hatte der Hexenrichter darauf verzichtet, mich Prozeduren zu unterziehen, die eine bleibende Schädigung des Leibes zurückließen. Vielleicht, weil ich ja zu Anfang einfach nur ein Zeuge war, der seine Beteiligung an einer Tat zugeben sollte. Oder er wollte meine Kräfte erhalten, damit ich auf dem Scheiterhaufen länger durchhielt. Was immer sein Beweggrund war, ich dankte ihm insgeheim für seine Milde.

Geschont hatte er mich trotzdem nicht, mir im Gegenteil sehr grausame Dinge zugemutet um eine Aussage aus mir herauszupressen. So war mein Körper mit schlimmen Wunden der unterschiedlichsten Art bedeckt. Schmerz quälte mich bei der kleinsten Bewegung und hinderte mich des Nachts daran Ruhe zu finden. Doch die Wunden würden alle bald abheilen, mir würden höchstens ein paar Narben bleiben. Da ich derer schon sehr viele auf dem Körper trug, kam es auf einige mehr auch nicht mehr an.

Am anderen Morgen war Eberhard tot. In der Nacht war sein keuchender Atem immer leiser geworden, dann hörte ich nur noch ab und zu sein schnappendes Ringen um Luft, das schließlich ganz verebbte. Da er sich längst in bewusstlosem Zustand befand, brauchte er beim Sterben keinen Beistand.

Dennoch harrte ich neben ihm aus, bis er nach einem letzten krampfhaften Zittern erschlaffte.

Müde schleppte ich mich zu meiner Pritsche um zu versuchen, ein wenig Schlaf zu finden. Die Nähe des Toten belastete mich nicht. In meinem Beruf war ich mit dem Tod nur allzu vertraut. Schon öfter hatte ich erleben müssen, dass meine ärztliche Kunst versagte und Menschen mir unter der Hand wegstarben. Längst hatte ich zu akzeptieren gelernt, dass der Sensenmann oft stärker war, als der Lebenswille der Patienten.

Die Wachen schleppten am Morgen Eberhards steifen Körper zur Türe hinaus. Ich fragte nicht, was mit ihm geschah, wahrscheinlich würde er auf dem Armenfriedhof verscharrt werden. Kerkermeister Schwarz, der den Tod des Gefangenen in seinem Buch dokumentierte, starrte abschätzend zu mir hin.

„So einfach wirst du nicht sterben", unterbreitete er mir mit noch immer näselnder Stimme. „Auf Hexen wartet der Scheiterhaufen. Meine Männer schichten ihn schon auf. Es braucht eine Menge Holz, einen Menschen zu verbrennen. Ich habe ihnen befohlen darauf zu achten, dass die Scheite auch schön trocken sind. Feuchtes Holz entwickelt zu viel Rauch und wir wollen doch nicht, dass du erstickst bevor die Flammen den Teufel aus dir ausgetrieben haben."

Nach außen gleichmütig hielt ich seinem bösen Blick stand und zuckte nur mit der Schulter. Ich wollte ihm nicht zeigen, welche Angst mir seine Worte einflößten. Mit zwei schnellen Schritten stand ich genau vor ihm und schaute in seine Augen. Leise meinte ich:

„Gebt nur gut acht, Kerkermeister. Vielleicht gefällt es dem Teufel ja, sich in der nächstbesten schwarzen Seele festzusetzen sobald er meinen Körper verlassen hat. Und vielleicht wird es meine letzte Hexentat sein, ihn dabei zu unterstützen. Ihr als mein Vollstrecker seid ganz in meiner Nähe und ich werde bis zum Augenblick meines Todes nicht meine Augen von Euch abwenden."

Meine Drohung wirkte bei dem abergläubischen Mann. Mit leiser Genugtuung sah ich wie Schweißperlen auf seine Stirn traten. Sein

Blick wurde unstet und er wich vor mir zurück.

„Das wirst du nicht wagen!" stieß er hervor und bekreuzigte sich schnell. Dann drehte er sich um und verließ fast fluchtartig die Zelle.

„Betet vorsichtshalber ein paar Vater unser für Euer Seelenheil", empfahl ich höhnisch. „Und geht noch einmal zur Beichte..."

Er hörte mich nicht mehr. Krachend fiel die schwere Kerkertür hinter ihm zu.

Zwei Tage später holten sie mich ab. Bevor die Wärter mich mitnahmen, durfte ich mich mit kaltem Wasser waschen, dass man mir brachte. Nach den vielen Tagen, die ich vor Schmutz starrend verbringen musste, war es eine wahre Wohltat. Danach drängten sie mich auf einen Schemel und begannen, mir mit einem stumpfen, schartigen Messer den Bart abzuschaben. Nach der unangenehmen Prozedur bekam ich ein grobes Gewand in die Hand gedrückt. Ich musste meine verschmutzten Kleider ausziehen und es überstreifen. Es kratzte und stank nach der billigen Wolle, aus der es gefertigt war. Da ich größer als die meisten meiner Zeitgenossen war, schauten meine Waden und die nackten Füße darunter hervor. Meine Schuhe bekam ich nicht zurück. Dann wurden mir die Hände auf den Rücken gefesselt und sie trieben mich vor sich her zu einem geschlossenen Wagen, der im Gefängnishof wartete. Ich wurde in das Gefährt hineingestoßen und fiel auf schmutziges Stroh. Die Wagentür schlug hinter mir zu und ließ mich im Dunkeln zurück.

Die Fahrt dauerte nur kurz, nach höchstens fünf Minuten hielten wir an und ich wurde aus dem Wagen herausgezerrt. Wir befanden uns in einem düsteren Hinterhof, der ans Gerichtsgebäude anschloss. Es blieb mir keine Zeit, mich umzusehen. Von beiden Seiten nahmen mich die Wärter bei den Armen und führten mich durch einen kurzen Gang in den Gerichtssaal.

Eine Faust schien mein Herz zu umklammern, als ich zwischen den beiden Männern zur Anklagebank trat. Wieder einmal saß ich als Hexer angeklagt in einem Gerichtssaal. Und wieder einmal ging es um mein Leben. Nur, dass ich mich diesmal selbst beschuldigt hatte, ein Hexer zu sein. Zweifel durchzogen mein Gehirn wie dunkle Schwaden. War es richtig gewesen, was ich getan hatte?

Während ich in das hüfthohe Gitterviereck eingesperrt wurde, gingen mir die verwirrenden Träume der letzten Nacht durch den Kopf. Erasmus war mir erneut erschienen. Wieder war seine Gegenwart greifbar real gewesen, eigentlich viel zu real für einen Traum. Ich konnte mich sogar noch an seine sanften Berührungen erinnern, mit denen er meine zahlreichen Wunden untersuchte. Er saß neben mir auf der Pritsche und erklärte mir, was ich tun sollte.

„Bleibe bei deiner Aussage, die du in der Folterkammer gemacht hast", riet er mir. Dabei kneteten seine Hände meine verspannten Muskeln an Armen und Schultern. Die wohlige Erleichterung, die mir diese Massage verschaffte konnte ich noch immer spüren.

„Leugne nicht bei der Gerichtsverhandlung", beschwor er mich weiter. Sie würden dich nur erneut der Folter unterziehen. Und dieses Mal kämest du nicht mit oberflächlichen Wunden davon, sondern würdest all die schrecklichen Dinge erleiden müssen, die der Hexenhammer vorschreibt. Du musst so stark und gesund zum Scheiterhaufen gehen, wie es die Umstände verlangen. Nur dann kannst du deinen Teil zu meinem Plan beitragen."

„Welchen Plan?" hatte ich verblüfft gefragt und er hatte ihn mir erklärt.

„Er wird dir nicht gefallen, aber glaube mir, es ist die einzige Möglichkeit, dich zu retten."

Mir wurde unbehaglich zumute. Was hatte der alte Hexer mit mir vor?

„Was ist denn dein Plan?" fragte ich skeptisch.

„Du wirst in deine Zeit zurückgehen, sobald du auf dem Scheiterhaufen stehst."

Ich schaute ihn an als wenn er verrückt geworden wäre. Plötzlich war ich mir sicher, dass es nur ein Alptraum sein konnte, der mich heimsuchte. Doch Erasmus schüttelte den Kopf.

„Ich bin wirklich hier bei dir und du hast richtig verstanden."

Er seufze und lehnte sich mit dem Rücken an die kalte Wand.

„Adrian, du hast schon immer gewusst, dass ich tatsächlich ein Hexer bin und nicht nur so genannt werde. Ich habe dir schon oft Kostproben meiner Magie vorgeführt. Und du selbst verfügst über mehr Hexenkräfte, als du dir je eingestanden hast. Ich habe immer respektiert, dass du dich scheust, sie in ihrer ganzen Tragweite auszuprobieren. Aber nun ist es an der Zeit, sie zu nutzen."

„Aber wie soll das gehen? Ich kann doch nicht einfach vom Scheiterhaufen aus in meine Zeit zurückkehren. Wir sind hier mehrere Tagesritte von den Extern-Steinen entfernt, hier gibt es kein Tor durch die Zeit. Wie soll ich das schaffen?"

„Ich habe lange mit Agatha darüber gesprochen. Sie besitzt sehr altes Hexenwissen, von dem selbst mir einiges unbekannt ist. Sie versicherte mir, es gäbe viele Stellen, an denen man durch die Zeit gehen kann. Wichtig sind die Zaubersprüche, die unbedingt aufgesagt werden müssen. Ansonsten ist nur wichtig, dass du dich an einem magischen Ort befindest und innerhalb eines Kreises stehst."

Ich lachte dumpf auf und schüttelte zweifelnd den Kopf.

„Kennst du hier in Aschaffenburg einen magischen Ort? Ich nicht. Und selbst wenn es einen gäbe, wie sollte ich hingelangen? Ich sitze hier im Gefängnis, Adam. Selbst du mit deiner Hexenkraft kannst daran nichts ändern. Du konntest dich nicht einmal selbst von hier wegzaubern." Er nickte ernst, sah mich aber voller Zuversicht an.

„Aus diesem Gebäude wäre ich tatsächlich nicht ohne deine Hilfe entkommen. Selbst durch meine Magie nicht. Der Ort ist verderbt. Aber der Galgenbuckel, auf dem schon seit über hundert Jahren Hexen verbrannt werden ist ein magischer Ort. Schon alleine durch seine Bestimmung als Richtstätte. Und innerhalb eines Kreises befindest du dich dort ebenfalls, nämlich dem aufgeschichteten Scheiterhaufen. Agatha und ich werden in der Nacht vor deiner geplanten Hinrichtung dorthin gehen und die notwendigen Kräuter und Amulette unter dem Holz verstecken. Und wir werden in deiner Nähe sein und gleich dir die Formeln aufsagen. Es wird gelingen, Adrian. Du musst es nur wollen und daran glauben."

„Und dann?" wollte ich wissen und blickte ihn voller Verzweiflung an. „Was wird aus Zenta und dem Kind, wenn ich nicht mehr bei euch bin?"

„Ich habe mit Zenta darüber gesprochen. Natürlich ist sie unglücklich, dich zu verlieren. Aber sie liebt dich so sehr, dass sie deinen Tod nicht verkraften würde. Deshalb bittet sie dich inständig, in deine Zeit zurückzukehren. Sie sagt, sie weiß sehr wohl, wie unglücklich du hier bist. Und dass du nur wegen ihr und dem Kind hiergeblieben bist. Sie gibt sich die Schuld an deiner Verhaftung, sagt, wenn sie dir nicht von ihrem Vater erzählt hätte, wäre das alles nicht passiert...“

„Aber das ist doch Unsinn.“

Ich war außer mir vor Kummer und mir schwirrte der Kopf.

„Sie konnte doch nichts dafür, dass die Stute ein Eisen verloren hat. Es war einfach Pech, dass ich vom Kerkermeister gesehen wurde. Niemand konnte damit rechnen.“

„Trotzdem gibt sich Zenta die Schuld an allem, was dir widerfahren ist. Die Vergewaltigung, als du sie retten wolltest, die überstürzte Heirat und jetzt auch noch das Kind, das dich an sie bindet. Sie meinte, ohne sie und in deiner eigenen Welt wärst du besser dran.“

Er hob die Hand als ich widersprechen wollte.

„Du brauchst nicht aufzubrausen, Adrian. Ich habe ihr lange zugeredet und auch Agatha hat es versucht. Doch ohne Erfolg. Zenta hat sich in den Kopf gesetzt, an deinem Unglück schuld zu sein. Sie meint, ohne sie wärst du besser dran. Und sie bat mich dir auszurichten, dass sie wünscht, du sollst zurückgehen. Ihr Entschluss steht fest, sie wird nach der Geburt des Kindes mit uns nach Amerika auswandern...“

Über das alles dachte ich nach, während ich auf den Beginn des Prozesses wartete. Ich war fassungslos gewesen, als ich das gehört hatte. Zenta wollte mich nicht mehr bei sich haben, weil sie mir angeblich Unglück brachte. Adam hatte mir schließlich sogar gebeichtet, sie hätte geschworen zu verschwinden, falls ich nicht auf den Plan einginge. Sie liebe mich mehr als ihr Leben, hatte sie gesagt. Und gerade deswegen könne sie nicht verkraften, dass ich hierbliebe um zu sterben.

Adam war so lange bei mir geblieben, bis ich ihm schweren Herzens versprochen hatte, seinem Plan zuzustimmen. Ich wusste nicht mehr was ich denken sollte. Zentas unfassbarer Wunsch, mich nicht mehr wiederzusehen, machte mir schwer zu schaffen. Ich sagte Adam, dann könne ich mich ja tatsächlich verbrennen lassen, ohne sie sei mir alles egal.

Zum ersten Mal in meinem Leben sah ich ihn wütend. Er schlug auf die Pritsche und brüllte so laut, so dass ich fürchtete, das ganze Gefängnis liefe zusammen. Bis mir klar wurde, dass ihn außer mir ihn niemand sehen oder hören konnte. Was da neben mir saß war nicht Adams Körper, sondern sein Astralleib. Wie er es allerdings fertigbrachte, mich seine Berührungen spüren zu lassen, ist mir ein Rätsel.

„Ich habe langsam genug von euren Kindereien", schrie er mich an. „Und ich werde nicht auch noch zusehen, wie du dich auf dem Scheiterhaufen in Rauch auflöst. Wenn du nicht mithilfst, dich in deine Zeit zurückzubringen, dann werde ich mich stellen und Agatha ebenfalls. Dann werden wir alle gemeinsam ins Feuer gehen. Denn letztendlich ist es meine Schuld, dass du überhaupt hier bist. Und was wird dann aus Zenta und dem Kind? Also entscheide dich..."

Ich sah ihm an, wie bitter ernst ihm war. Ich gab ihm schweren Herzens meine Einwilligung.

Der Beginn des Prozesses riss mich aus meinen Gedanken. Ich hatte den Einzug des Richters und den Beisitzenden überhaupt nicht mitbekommen. Erst als der Wärter mich anstieß, hob ich den Kopf und blickte mich erstmals im Gerichtssaal um. Der Anblick der vielen Zuschauer ließ mich zusammenzucken.

Ich hatte gedacht, meine Verurteilung würde schnell über die Bühne gehen, da ich ja gestanden hatte ein Hexer zu sein. Was sich hier jedoch anbahnte, war eine groß angelegte Gerichtsverhandlung. Am Richtertisch saß statt Schultheiß Reigersberger ein Mann, der mir vollkommen unbekannt war. Der Hexenrichter fungierte als mein Ankläger. Neben ihm saßen der Kerkermeister als Zeuge und ein Geistlicher, der seinen Kopf geneigt hielt und stumm zu beten schien.

Eisiger Schreck durchfuhr mich, als ich Andreas Pohl, den Pfarrer der Muttergottes-Pfarrkirche in ihm erkannte. Er hob den Blick zu mir und seine sonst so freundlich blickenden Augen schauten mich unheilvoll an. Was mochte er von mir denken, ging es mir durch den Kopf. Scham überkam mich, weil ich spürte, dass er sich von mir hintergangen und missbraucht fühlte.

Der Gerichtssaal war berstend voll, aus den meisten Gesichtern konnte ich Neugier und Sensationslust erkennen. Ein Hexenprozess war eine aufregende Sache, die sich keiner, der es sich leisten konnte hier zu sitzen, entgehen lassen wollte. In den vorderen Sitzreihen hatten es sich Geschäftsleute und höhergestellte Personen bequem gemacht, dahinter auf den Stehplätzen drängten sich die normalen Bürger, Männer aus der Arbeiterschicht und Hausfrauen.

Der Richter eröffnete den Prozess und Schultheiß Reigersberger trat vor um die Anklage zu verlesen. Raunen ging durch die Zuschauerreihen und hier und da wurden Pfiffe oder Schmährufe laut.

Einen Verteidiger besaß ich nicht, kein Rechtsanwalt wollte einen Mann verteidigen, der im Verdacht stand ein Hexer zu sein. Und da ich meine Schuld schon zugegeben hatte, war ein Verteidiger auch nicht mehr nötig. Aus diesem Grunde wunderte mich der Aufwand, der noch betrieben wurde. Warum verkündete man nicht einfach mein Todesurteil und schickte mich auf den Scheiterhaufen?

Der Hexenjäger schickte sich nun an aufzuzeigen, was mich als Hexer überführen würde. Ich musste vortreten und Reigersberger stellte sich neben mich. Ehe ich wusste wie mir geschah, wurde mir das dünne Gewand, das vorne bis fast zum Bauchnabel mit Schnüren zusammengehalten wurde, von den Schultern gezerrt. Nur dem Umstand, dass es von meinen, auf dem Rücken gefesselten Händen gehalten wurde, verdankte ich, nicht nackt vor der gaffenden Menge zu stehen. Reigersberger deutete auf das dunkle, unregelmäßige Muttermal auf meiner Brust, dass angeblich ein Hexen Mal war. Vom Kerkermeister ließ er sich eine dicke Nadel geben und stieß sie in das Mal. Ich ignorierte den kurzen Schmerz und blickte an mir herunter.

„Kein Blut", rief der Hexenjäger und hielt zum Beweis ein reines Taschentuch hoch, mit dem er mir angeblich über das Mal gefahren war. Dass er mich damit gar nicht berührt hatte, wussten nur er und ich, denn ich blutete sehr wohl. Bevor der dicke Tropfen an meiner Brust herunter lief, zog er mir schnell das Gewand wieder hoch.

Danach bat er den Kerkermeister die Behandlung aufzuzeigen, der man mich unterworfen hatte, ehe ich bereit gewesen war ein Geständnis abzulegen. Stefan Schwarz räusperte sich mehrmals bevor er mit wichtigtuerischen Gebärden das Protokoll verlas, das den Ablauf der Folterungen dokumentierte.

Ich schloss, von den bösen Erinnerungen überwältigt die Augen, als er langsam den fast minutiös belegten Ablauf der Torturen vorlas, die mir widerfahren waren. Der Schreiber hatte alles sorgfältig protokolliert, angefangen beim Beginn der jeweiligen Folter, wie lange sie andauerte und wann ich vor Pein zu schreien begann, bis hin zu dem Moment, da ich entweder um Gnade bat oder ohnmächtig wurde.

Während Schwarz das Protokoll verlas herrschte atemlose Stille im Gerichtssaal. Ich öffnete die Augen und sah, wie die Menschen mich mit einer Mischung aus Neugier und perverser Sensationslust anstierten. Nur wenige mitleidige Blicke waren darunter. Angewidert richtete ich den Blick zu Boden um mein Gesicht den starrenden Augen zu entziehen.

Bisher konnte ich noch keinen Ton zu den Beschuldigungen sagen und eigentlich verspürte ich auch kein Bedürfnis danach. Doch nun begann der Richter mich zu befragen. Grob wurde ich vor den Richtertisch gestoßen und musste mich dort auf ein schmales hölzernes Bänkchen knien. Auch das war eine beliebte Methode, verstockte Angeklagte mürbe zu machen. Schon nach wenigen Minuten begannen meine Schienbeine auf dem rauen, unebenen Holz zu schmerzen. Der Richter, ein alter Mann mit stechenden Augen, stellte mir langsam und umständlich all jene Fragen, die ich schon unter der Folter beantwortet und die ich auf meinem Geständnis mit meiner Unterschrift bestätigt hatte. Er verglich meine Aussagen von damals und heute sorgfältig, und fragte nach, wenn sie nicht ganz übereinstimmten.

Endlich schien er zufrieden und ich erhob mich schwerfällig.

Meine Unterschenkel waren taub und ich konnte nur unter Schmerzen stehen. Doch die Befragung war noch lange nicht zu Ende.

Jetzt wurde Pfarrer Pohl gebeten zu erzählen, was mich damals in sein Pfarrhaus geführt, und wie ich mich dort verhalten habe.

Ich sah dem Geistlichen an wie unwohl er sich fühlte. Immer wieder wischte er sich mit einem Tuch Schweißperlen von der Stirn. Zuerst schilderte er mich als netten, hilfsbereiten jungen Mann und erzählte umständlich, weshalb er mich im Pfarrhaus aufgenommen hatte. Dann druckste er unschlüssig und bekannte schließlich, dass er mich mit der Tochter der Hexe im Bett erwischt und mich anschließend mit ihr vermählt hatte. Aus den Reihen der Zuschauer wurde empörtes Gemurmel laut. Verächtliche, aber auch lüsterne Blicke trafen mich und manch einer grinste süffisant.

„Aber es gibt doch auch eindeutige Hinweise auf die Hexenkräfte des Angeklagten", bohrte der Richter nun und sah den Geistlichen auffordernd an.

„Nun, wenn Ihr es so nennen wollt, ehrwürdiger Richter. Aber eigentlich hat er damit nichts Böses getan, im Gegenteil, dadurch wurde das Leben meiner Base Augusta gerettet. Der Angeklagte hat sie eindringlich gewarnt, vor dem Christfest zu ihrer Schwester zu reisen. Er sagte, ihr würde dort Schlimmes widerfahren. Augusta ist daraufhin nicht gefahren. Und tatsächlich bekamen wir im Januar Nachricht, dass das Haus ihrer Schwester überfallen wurde. Alle Personen wurden geschändet und umgebracht."

Wenigstens eine gute Nachricht an diesem Tage, dachte ich. Augusta Pohl lebte und erfreute sich bester Gesundheit.

„Ihr müsst aber zugeben, dass solche Voraussagen Hexenwerk sind", räumte der Richter ein. „Kein gottesfürchtiger Mensch kann die Zukunft vorhersehen. Was habt Ihr dazu zu sagen, Angeklagter? Welcher Teufel gibt Euch diese Dinge ein?"

Sein scharfer Blick richtete sich auf mich und ich trat erneut vor ihn hin.

„Ich denke nicht, dass es Hexenwerk ist. Ich nenne es eher eine Begabung, die mir schon in die Wiege gelegt wurde. Ich habe diese

Visionen seit frühester Kindheit. Ebenso wie es mir mühelos gelingt, die Gedanken und das Tun meiner Mitmenschen in meinem Sinne zu beeinflussen."

Ich war mir bewusst mich mit dieser Aussage noch mehr zu belasten. Aber mich ritt ein kleiner Teufel als ich all diese neugierigen Gaffer in den Bänken sah, die nur darauf warteten, etwas ungeheuerlicher zu sehen oder zu hören. Und wenn ich schon als Hexer verurteilt wurde, wollte ich ihnen gerne noch ein kleines Schauspiel meiner Hexenkunst geben. Meine Rechnung ging auf. Interessiert beugte sich der Richter über seinen Tisch.

„Was meint Ihr damit? Wollt Ihr sagen, Ihr könnt jedem hier im Saal Euren Willen aufzwingen?"

„Ja, das kann ich", behauptete ich selbstbewusst. „Und wenn Ihr erlaubt, werde ich es Euch vorführen. Allerdings bedarf es dazu eines Freiwilligen. Ihr habt doch sicher keine Angst vor mir, Kerkermeister Schwarz?"

Auffordernd sah ich Stefan Schwarz an, der unter meinem Blick erblasste. Aber er wollte sich keine Blöße geben und meinte scheinbar unbeeindruckt.

„Ich habe keine Angst vor Euren Hexenkünsten. Schließlich ist es mir gelungen, Eurem verstockten Mund ein Geständnis zu entlocken."

„Nun, dann tretet zu mir", bat ich ihn und sah mit Freude wie er sich widerstrebend neben mich stellte. „Seht mir in die Augen, Meister Schwarz, ich versichere, Euch nicht zu verhexen."

Allerdings werde ich Euch zum Narren machen, dachte ich grimmig. Eine kleine Rache für den Schmach, den Ihr mir zugefügt habt.

Nur sehr zögernd richtete der Kerkermeister seinen Blick in meine Augen und ich erkannte unverhohlene Angst darin. Mein Mund verzog sich zu einem harten Lächeln, während ich mich in seinen Blick vertiefte und ihn unter meinen Willen zwang.

Nach einer Minute entspannte sich der Kerkermeister und ich wandte mich erneut dem Richter zu.

„Ich werde dem Kerkermeister nun befehlen, zu denken er wäre ein Huhn. Passt auf, was geschehen wird."

Leise wisperte ich dem Hypnotisierten zu, was ich von ihm erwartete. Dann trat ich zurück und stieß einen kurzen Pfiff aus. Sofort hob der Mann die Arme wie Flügel an und stolzierte mit nickendem Kopf vor dem Richtertisch auf und ab. Dabei beobachtete er mit gesenktem Kopf den Boden, als suche er nach Körnern. Als er gar zu gackern anfing, ging schallendes Gelächter durch den Saal. Die Leute schlugen sich vor Lachen auf die Schenkel als der sonst so gestrenge Kerkermeister sich niederkauerte und tat als wolle er ein Ei legen.

„Genug des Unfugs", donnerte der Richter und hieb mit seinem Holzhammer auf den Tisch. „Beendet sofort dieses Teufelswerk. Sonst lasse ich Euch auspeitschen."

Ich unterdrückte mein Grinsen und pfiff abermals, worauf der Kerkermeister sofort in die Wirklichkeit zurückfand. Als immer noch vereinzeltes Gelächter erklang schaute er mich misstrauisch an, wagte aber nicht zu fragen, was denn so lustig wäre.

Der Richter sah ihn missbilligend an und schlug nochmals auf den Tisch. Im Saal kehrte endgültig Ruhe ein.

„Ist noch jemand hier, der diesen Mann beschuldigt, ein Hexer zu sein und Verkehr mit dem Teufel zu pflegen?" fragte er laut.

Ich atmete auf. Die Gerichtsverhandlung ging endlich zu Ende und ich würde verurteilt werden. Doch zu meiner Verwunderung wurde vom hinteren Ende eine Stimme laut. Ich drehte mich nach dem Mann um, dem sie gehörte. Ein armselig gekleideter Bursche drängte sich nach vorne durch. Ich konnte mich nicht entsinnen, ihn jemals gesehen zu haben.

Vor dem Richtertisch blieb er stehen und drehte nervös seinen schäbigen Hut in den Händen.

„Ich habe etwas Ungeheuerliches gesehen, was dieser Mann getan hat. Ich hoffe es kommt über meine Lippen, so abscheulich ist es." Dabei bekreuzigte er sich dreimal hintereinander.

Obwohl ich nicht wusste, wessen dieser verdreckte Kerl mich beschuldigte, beschlich mich ein mulmiges Gefühl. Und als er angab, er wäre Knecht auf dem Hof der alten Ehepaares Zeller, meinte ich ein Pferdehuf träfe mich im Magen.

„Ich sah, wie dieser Mann", dabei deutete er anklagend auf mich, „...also, wie er es äh..., mit anderen Männern trieb. Mit fünf oder sechs gleichzeitig. Dabei stöhnte er so voller Lust, dass man es weithin hörte."

Ich dachte in diesem Moment die Erde müsse sich öffnen und mich verschlingen. Vor Entsetzen war mein Mund so trocken, dass ich nicht einmal ein Krächzen hervorbrachte. Ich fühlte, wie mir das Blut zu Kopfe stieg vor Scham. Lautes Stimmengewirr erscholl und ich wurde mit wenig schmeichelhaften Schimpfworten bedacht. Einige Männer schickten ihre Ehefrauen aus dem Saal, damit sie nicht weiter Zeuge meiner Schande wurden. Ein Apfel traf mich am Ohr, den ein empörter Zuhörer geworfen hatte. Ich stieß unwillkürlich einen Klagelaut aus und krümmte mich.

Unglücklicherweise fiel mein gehetzter Blick ausgerechnet auf Bruder Andreas. Sein Mund stand offen und Abscheu war in seinen Augen zu erkennen. Hilflos schüttelte ich den Kopf, doch er wendete sich schnell von mir ab. Die Enttäuschung in seinem Blick zerriss mir fast das Herz. Endlich gelang es dem Richter, wieder für Ruhe zu sorgen. Mit strengem Blick musterte er mich als sei ich der Teufel persönlich. So viel Abscheu hatte ich noch nie in den Augen eines Menschen gesehen.

„Was habt Ihr zu diesem Vorwurf der Sodomie zu sagen?" fragte er scharf.

Ich konnte nur den Kopf schütteln

„Das ist eine verdammte Lüge", brachte ich mühsam hervor. „Ich..."

„Ich habe es mit eigenen Augen gesehen", plärrte der Knecht dazwischen. „Ich hörte Schreie und Stöhnen aus der Scheune und habe durchs Fenster gespäht. Da sah ich ihn und diese Kerle direkt vor mir. Es war widerlich, es mit ansehen zu müssen. Er hat die Kerle bedient, als sei er eine Hure."

„Könnt Ihr etwas zu dieser Aussage hinzufügen?" fragte der Richter mit eisiger Stimme. Es war klar, er würde mir kein Wort glauben, egal wie sehr ich beteuerte, vergewaltigt worden zu sein. Deshalb ließ ich es bleiben und schüttelte nur müde den Kopf.

Die restliche Verhandlung zog wie Nebel an mir vorbei. Ich hockte wieder in meinem Verschlag und hielt den Kopf gesenkt. Kaum noch achtete ich auf die Worte, die auf mich hernieder prasselten. Ich war vor Scham wie gelähmt. Erst als das Urteil gesprochen wurde horchte ich wieder auf. Wie erwartet wurde ich der Hexerei schuldig gesprochen. Doch bevor ich am Abend des nächsten Tages brennen sollte, würde ich für die Ungeheuerlichkeit meiner Taten mit der Rute gezüchtigt und mit einem Brandmal gezeichnet werden.

Kapitel 17: Der Scheiterhaufen

Auch an diesem Abend kam Adam in seinem Geistkörper in meine Zelle. Ich bemerkte ihn zuerst nicht, da ich auf meiner Pritsche kauerte, die Knie angezogen und den Kopf zwischen den Armen vergraben. Ich schrak auf, als ich seine Stimme vernahm.

Scharf zog er die Luft ein, als er die frischen Spuren von Misshandlungen in meinem Gesicht sah.

„Wer war das? Was ist geschehen?"

Ich winkte ab.

„Nichts Besonderes. Nur ein kleines Intermezzo zwischen mir und zwei Wachtposten."

Ich wollte ihm nicht sagen, was geschehen war. Doch wie immer brachte er mich dazu zu reden. Ich starrte auf die schmutzigen Strohbinsen auf dem Kerkerboden um ihm nicht ins Gesicht sehen zu müssen und erzählte ihm leise von der unerwarteten Wendung, die der Prozess zum Schluss genommen hatte. Er sagte nichts, schüttelte nur bedauernd den Kopf.

„Es schien die Phantasie meiner Wärter angeregt zu haben", erläuterte ich tonlos. „Kaum waren wir hier im Kerker, verlangten sie von mir zu tun, was ich angeblich in der Scheune getan hatte. Da ich mich weigerte, wollten sie es erzwingen und schlugen mich. Zu meinem Glück bemerkten ein paar andere Wärter den Tumult und kamen um nach dem Rechten zu sehen. Die beiden geilen Kerle erzählten ich wäre renitent geworden und sie hätten mich nur zur Vernunft bringen wollen. Daraufhin hagelte es noch mehr Schläge für mich, aber immerhin ließen sie von ihrem Vorhaben ab."

Ich berichtete ihm, da ich schon einmal dabei war, auch von der Züchtigung und der Brandmarkung die mir zuteilwerden sollten, bevor ich endgültig ins Feuer geschickt werden würde.

„Ich befürchte, die Sache wächst mir über den Kopf, Adam", bekannte ich beklommen. „Was, wenn ich durch das Auspeitschen und das Brandmal zu geschwächt bin, das Ritual durchzuführen? Mir schwirrt schon jetzt der Kopf vor Angst und ich überlege mir krampfhaft den Wortlaut der magischen Formeln. Ich fürchte langsam, ich werde dieses Abenteuer nicht lebendig überstehen."

„Doch, das wirst du." Erasmus klang ungeduldig. „Ich gebe zu, es wird komplizierter, als ich gehofft habe. Aber du schaffst das, Adrian. Sowohl Agatha als auch ich werden dir beistehen. Habe Vertrauen zu uns. Und habe vor allem Vertrauen zu dir selbst. Ich werde dich hypnotisieren, damit du heute Nacht tief schläfst und neue Kräfte schöpfst. Und morgen denkst du nur an dich, an niemand sonst. Du wirst es schaffen, mein Junge. Morgen Abend bist du heil und gesund in deiner eigenen Zeit. Ich verspreche es dir." Er ließ mir keine Chance zum Widerspruch, sondern zwang mich unter seinen magischen Blick. Ich konnte den dunklen Augen nicht widerstehen, die in mein Innerstes drangen. Beschwörende Worte, deren Sinn ich nur mit meinem Unterbewusstsein aufnahm lullten mich ein und ich schloss müde die Augen.

Ein Rütteln am Arm holte mich aus den Tiefen eines erholsamen Schlafes und ich schlug widerstrebend die Augen auf. Vor mir stand Bruder Andreas und schaute mich beklommen an. Ich setzte mich schnell auf und fuhr mir mit den Händen übers Gesicht. Die Berührung tat weh und meine Erinnerung an die Schläge kam zurück.

Dem Geistlichen lag eine Frage, wegen der Spuren in meinem Gesicht auf den Lippen, das sah ich ihm an. Doch er stellte sie nicht und ich hüllte mich ebenfalls in Schweigen. Was tat er hier? Gerade ihm wollte ich nicht noch einmal unter die Augen treten müssen. Sein angewiderter Gesichtsausdruck vom vergangenen Tag stand mir noch deutlich vor meinem geistigen Auge.

„Ich bin dein Beichtvater, Adrian. Bekenne deine Sünden. Ich werde dich durch deinen letzten Tag begleiten, bis du... vor Gott trittst."

Warum ausgerechnet er, schoss es mir durch den Kopf. Warum konnten sie mir nicht irgendeinen Pfaffen schicken? Jemand, den ich nicht kannte und dessen Meinung mir egal war. Eigentlich wollte ich überhaupt keinen Priester haben und setzte schon an, Bruder Andreas wegzuschicken. Doch dann überlegte ich es mir anders.

Vielleicht konnte ich ja noch einiges mit ihm ins Reine bringen, was mir auf der Seele brannte.

„Wenn es Euer Wunsch ist mir die Beichte abzunehmen, so soll es denn sein", gab ich nach. „Aber wenn Ihr erwartet, ich würde Euch von Verkehr mit dem Teufel oder ähnlichem Unsinn berichten, so verschwendet Ihr Eure Zeit. Ich gebe zu, ein Hexer zu sein. Aber es ist kein Teufelswerk."

„Aber wie kommst du zu deinen ...Hexenkräften, wenn du nicht dafür dem Teufel deine Seele verkauft hast? Kein Mensch wird als Hexe geboren."

„Nun, ich wurde so geboren. Schon als Kind konnte ich die Gedanken anderer Menschen hören und in die Zukunft sehen. Ich würde das aber nicht als Hexerei bezeichnen. Es ist einfach eine seltene Begabung, so wie manche Menschen besonders gut zeichnen oder nähen können."

Ich erklärte dem Bruder ausführlich, wie ich meine übersinnlichen Fähigkeiten nutzte um Menschen in Krankheit und Not beizustehen. Und ich versicherte ihm eindringlich, dass ich noch niemals einen Zauber angewandt hatte, um jemandem zu schaden.

Ich spürte, wie er mir glauben wollte aber doch unsicher war. Und dass ihm besonders daran lag, mit mir über das zu sprechen, was mich ebenso wie ihn belastete. Schließlich tat ich den ersten Schritt, es anzusprechen.

„Was Ihr da gestern mit anhören musstet..., ich schwöre Euch, es war nicht so, wie dieser Knecht es geschildert hat. Das müsst Ihr mir einfach glauben."

Obwohl ich die Röte spürte, die mein Gesicht überzog, zwang ich mich dazu, ihm in die Augen zu schauen.

„Vielleicht könnt Ihr Euch noch an jenen Tag entsinnen", beschwor ich seine Erinnerung herauf. „Zenta und ich wollten bei Bauer Zeller Kartoffeln holen. In der Scheune wurden wir von diesen Männern überfallen. Sie schlugen mich nieder und wollten dann Zenta Gewalt antun. Als ich wieder zu mir kam kämpfte ich mit Ihnen, ja ich habe sogar einen Mann getötet. Zenta konnte entkommen. Aber aus Wut darüber, dass ich ihnen den Spaß verdarb, taten sie mit mir, was sie eigentlich Zenta antun wollten."

Ich sah, wie sich die widersprüchlichsten Empfindungen in seinem Gesicht spiegelten. Er wusste nicht, ob er mir, oder der Aussage des Knechtes glauben sollte.

„Ihr müsst mir Glauben schenken", beschwor ich ihn. „Es war, wie ich gesagt habe."

„Aber dieser Mann... er hat geschworen, du hättest gestöhnt vor Lust..."

Er wurde ebenfalls rot bei seinen Worten und blickte dann betreten zu Boden.

„Ich weiß nicht, was er zu sehen glaubte, - oder zu hören. Jedenfalls war es keine Lust, die ich empfand, sondern Grauen und Schmerz. Diese Kerle hätten mich fast umgebracht. Erinnert Ihr Euch nicht mehr, wie zerlumpt und krank ich im Pfarrhaus ankam?"

„Aber warum hast du dich mir nicht anvertraut? So wie eben?"

Ich zuckte resigniert die Schultern.

„Ich habe mich so entsetzlich geschämt. Könnt Ihr das nicht verstehen? Ihr hättet mir sicher damals ebenso wenig geglaubt, wie heute..."

„Ich glaube dir Adrian, im Angesicht des Todes wirst du mich nicht belügen. Ich möchte dich segnen. Wirst du den Segen Gottes annehmen?"

Ich nickte stumm und kniete mich vor ihn nieder. Er salbte meine Stirn mit geweihtem Öl und segnete mich. Dann gab er mir noch eine Hostie und betete leise. Danach bat er, ich solle mich erheben.

„Meint Ihr immer noch, ich sei vom Teufel besessen?" fragte ich ihn und er schüttelte den Kopf. „Nein, Adrian. Du magst ein Hexer sein, aber der Teufel wohnt bestimmt nicht in dir. Er hätte diese heilige Handlung niemals zugelassen."

Ich war froh, mit Bruder Andreas meinen Frieden gemacht zu haben. Es war mir wichtig, dass er mich in guter Erinnerung behielt.

Kurz vor Mittag kamen die Schergen um mich abzuholen. Bruder Andreas war gegangen, hatte mir aber versprochen, am Nachmittag wiederzukommen um mich auf dem Weg zum Scheiterhaufen zu begleiten. Mir wäre lieber gewesen er würde nicht Zeuge sein, bei dem was immer auch geschah. Doch ich konnte ihm schlecht sagen, dass ich mit Hilfe von Zaubersprüchen versuchen wollte meinem Schicksal zu entfliehen.

Adams Hypnose hatte mir tatsächlich geholfen tiefen, erholsamen Schlaf zu finden. Vermutlich hatte er mir auch noch suggeriert, nicht aufzugeben und meine Kräfte zu mobilisieren. Denn heute fühlte ich mich trotz der bedrohlichen Dinge, die meiner harrten, nicht so mutlos wie am Tag zuvor. Mein Kampfgeist war zurückgekehrt und ich trug mich auch nicht mehr mit Zweifeln, was meine Kenntnisse der magischen Zauberformeln betraf.

Dennoch durchzuckte mich nun wieder das altbekannte Gefühl von Angst und Hilflosigkeit als die Wärter mich in ihre Mitte nahmen und in den Folterkeller führten. Dort wartete bereits der Kerkermeister auf mich und blickte mir grimmig entgegen. Der Anblick seiner eisig auf mich gerichteten Augen ließ mein Herz vor Furcht schneller schlagen. Er trat nahe an mich heran.

„Du wirst es bereuen, mich gestern vor all den Leuten zum Narren gemacht zu haben", knurrte er böse. Anscheinend war ihm zugetragen worden, was ich ihn tun ließ. Und nun wollte er sich für die erlittene Schmach rächen.

Die Fesseln, die man mir beim Verlassen der Kerkerzelle angelegt hatte, wurden abgenommen und sie zerrten mir das wollene Büßerhemd über den Kopf. Dann wurden meine Handgelenke an denselben Ring gebunden, der mich schon am ersten Tag im Folterkeller an die Wand fesselte.

Wie damals auch, fühlte ich tastende Hände auf meinem Rücken, die mich wie ein Stück Vieh auf dem Markt betatschten. Ich zuckte zusammen, meine Haut fühlte sich an manchen Stellen noch immer wund an.

„Der Richter hat die Rute angeordnet", hörte ich Schwarz gehässige Stimme hinter mir.

„Ich habe dafür gesorgt, dass eine frische Weidenrute für dich bereitgehalten wird. Und damit sie ordentlich geführt wird, werde ich selbst Hand anlegen. Fünfzehn Schläge sind üblich, aber weil du es bist, erhöhe ich auf zwanzig. Schade, dass du heute Abend schon stirbst. Ich hätte dir längere Zeit gegönnt, damit du darüber nachdenken kannst, was es heißt, mich herauszufordern."

Ich biss die Zähne zusammen und verzichtete auf eine Antwort. Alles, was ich sagte, würde ihn nur noch mehr reizen. Die kleine Genugtuung, die ich empfunden hatte als ich ihm die Nase brach, rächte sich erneut bitter. Der Mann würde mir das, solange ich lebte, nicht verzeihen.

Die Züchtigung mit der Rute war weitaus schlimmer als die Auspeitschung einige Tage zuvor. Und der Kerkermeister ließ sich zwischen den einzelnen Schlägen viel Zeit. Als es endlich vorüber war, bedeckten dicke Striemen sowohl meinen Rücken, als auch Gesäß und Oberschenkel. Der pochende Schmerz wurde noch schlimmer, nachdem man mich auf einen der Folterstühle nötigte. Meine Arme wurden von eisernen Bändern auf die Armlehne gepresst.

Voller Grauen blickte ich zum Kohlebecken, in dem das Brandeisen stak. Es war sehr viel größer als die üblichen Brandeisen, die den Gefangenen zur Hebung ihrer Aussagefreude auf die Haut gedrückt wurden und die ich ebenfalls schon zu spüren bekommen hatte.

Ich bäumte mich voller Furcht auf, zerrte an meinen Fesseln, ohne den Blick von dem glühenden Eisen abwenden zu können. Ein Arm schlang sich von hinten um meinen Hals würgte mich und zog unnachgiebig meinen Oberkörper zurück. Meine Augen hafteten auf dem rotglühenden Eisen, das sich mir unerbittlich näherte und mit einem Zischen Haut und Fleisch meiner linken Brust versengte. Mein eigenes Brüllen klang mir in den Ohren, dann umhüllte mich eine gnädige Ohnmacht.

Ich erwachte von pochenden Schmerzen, die meinen Körper marterten und fand mich auf dem Boden meiner Zelle liegend. Das wollene Gewand war mir wieder übergestreift worden, es klebte, von Wundsekret durchnässt, auf meiner Haut. Noch immer meinte ich, den Gestank verbrannten Fleisches zu riechen und würgte. Doch da ich seit dem vergangenen Nachmittag weder gegessen, noch getrunken hatte, gab mein Magen nur ein wenig bittere Galle von sich.

Ich wagte nicht mich zu bewegen aus Angst vor den Schmerzen, drehte nur leicht den Kopf um vielleicht am Stand der Sonne abzuschätzen, wie spät es war. Das winzige Kerkerfenster gab einen strahlend blauen Himmel preis. Ein schöner Tag um zu sterben, dachte ich in einem Anflug von Galgenhumor. Und hoffte inständig, er möge bald vorüber sein.

Es vergingen Stunden, die ich fast bewegungslos auf dem verfaulten Stroh verbrachte. Schlimme Gedanken, die ich nicht verdrängen konnte, hinderten meinen Geist, Ruhe zu finden. Vor allem meine Gedanken an Zenta quälten mich. Was würde wohl aus ihr werden? Obwohl ich das Ende dieses Tages herbeisehnte, zuckte ich zusammen, als Schritte vor meiner Zellentüre erklangen. Es war Bruder Andreas, der den Raum betrat und mich mitleidig musterte.

„Möchtest du beten?" fragte er mich, doch ich schüttelte den Kopf. „Betet Ihr für mich, Pater, wenn Ihr wollt. Ich brauche meine Stimme bald für andere Gebete."

Er schaute mich verwundert an. Sicher dachte er, ich wolle auf dem Scheiterhaufen beten. Ich ließ ihn in dem Glauben. Schließlich waren es ja auch Gebete, die ich rufen würde. Nur waren sie nicht an seinen Gott, sondern an die Hexengötter gerichtet.

Während er über mir stand und betete, schloss ich die Augen um meine Kräfte zu sammeln. Die Fahrt, angebunden in einem offenen Gefangenenwagen, würde mir nochmals viel Kraft abverlangen. Ich wusste um den Pöbel, der den Weg zum Scheiterhaufen säumen würde. Und ich wusste, dass die zum Tode Verurteilten mit allerlei ekligen Dingen beworfen und verhöhnt wurden. Doch ich hatte in letzter Zeit bereits so viele schreckliche Dinge durchgestanden, da würde ich damit auch noch fertig werden, machte ich mir selber Mut. Ich malte mir aus, wie all die Gaffer glotzen würden, wenn ich vor ihren Augen einfach verschwinden, mich in Luft auflösen würde. Der Gedanke löste ein gequältes Lachen bei mir aus, und Bruder Andreas unterbrach verwundert seine Litanei.

Während er noch um mein Seelenheil bat, kamen sie mich zu holen. Grobe Fäuste zerrten mich auf die Füße, stießen mich durch dunkle Gänge. Auf dem Gefängnishof stand eine hölzerne Karre bereit. Zwei Ziegenböcke waren als Zugtiere davor gespannt, eine letzte Verhöhnung verurteilter Hexen.

Ich musste mich auf den Karren knien, meine Hände wurden an einen eisernen, am Karrenboden befestigten Ring gebunden. Auf diese Weise war es mir unmöglich mich aufzurichten, mit gebeugtem Rücken und gesenktem Kopf trat ich die Fahrt zum Scheiterhaufen an.

Die Fahrt erwies sich bald als weitere Tortur, auf den unebenen Wegen wurde ich gnadenlos hin und her geworfen, konnte mich kaum auf den Knien halten. Die Stricke scheuerten die Haut an meinen Handgelenken wund, der raue Holzboden meine Knie.

Wie ich vorausgeahnt hatte, ließen sich die Bürger das Spektakel einer Hexenverbrennung nicht entgehen. Unzählige lachende und grölende Menschen säumten den Weg zum Richtplatz. Kinder wurden hochgehoben, damit sie mich besser sehen konnten. Bald war ich übersät mit Schmutz und Unrat aller Art. Faule Eier, Salatköpfe, aber auch Pferdeäpfel und Hundekot, landeten auf dem Wagen und nicht selten auch auf mir. Fast war ich froh über meine gebeugte Haltung, auf diese Weise wurde wenigstens mein Gesicht verschont. Doch dem penetranten Gestank konnte ich nicht entgehen, der mich schon nach kurzer Zeit einhüllte.

Die Fahrt vom Gefängnis bis zum Dämmer Schönberg, der im Volksmund nur Galgenbuckel genannt wird, erschien mir endlos. Als das Gefährt endlich zum Stehen kam, fiel ich zur Seite und konnte mich nicht mehr erheben. Von dem Rütteln war mir schwindelig und das Blut rauschte in meinen Ohren. Irgendjemand gab mir Befehle, die ich nicht verstand, zur Strafe wurde ich grob vom Wagen gezerrt und als ich umzufallen drohte, hielten mich harte Fäuste aufrecht.

Nach einer Weile ließ das Schwindelgefühl nach und ich konnte wieder hören. Unwillig schüttelte ich die Hände ab, die mich hielten und richtete mich zu voller Größe auf. Mein Blick schweifte über die Menschenmenge, die sich auf dem Galgenbuckel eingefunden hatte. Lachende, feixende Gesichter waren mir neugierig zugewandt, musterten mich ungeniert. Ich konnte darin ebenso Staunen, Spott aber auch abergläubische Furcht vor dem Zauberer erkennen, der da vor ihnen stand. Im Hintergrund briet ein Schwein an einem Spieß und Gaukler führten ihre Späße vor. Bänkelsänger unterhielten die Zuschauer mit Spottliedern über mich, den zum Tode verurteilten Hexer. Sie ernteten Lachen und so manche Kupfermünze fand den Weg in ihren Säckel. Was musste in den Köpfen dieser Leute vorgehen, dass sie die Hinrichtung eines Menschen wie ein Fest feierten, fragte ich mich. Mein Herz schlug schmerzhaft gegen meine Rippen bei dem Gedanken, die Hauptfigur dieser Volksbelustigung zu sein.

Um mich abzulenken, ließ ich meinen Blick über die Köpfe der Menge gleiten, dorthin wo auf einer Anhöhe ein kahler Baum seine bizarr anmutenden Äste erhob. Die uralte Eiche war schon vor Jahren einem Blitzschlag zum Opfer gefallen, doch sie reckte sich noch immer unbeugsam dem Himmel entgegen. Unter diesem Baum stand ein Mann und blickte zu mir her. Ahnung, nicht Erkennen sagte mir, dass es Erasmus war. Sein Anblick beruhigte mich und ließ mich freier atmen. Meine Aufmerksamkeit wurde nun von Nicolaus Reigersberger in Anspruch genommen, der sich anschickte, eine kurze Rede zu halten. Er stellte sich neben mich, seinen Finger anklagend auf mich gerichtet.

„Bürger von Aschaffenburg", erhob er laut die Stimme wobei sein Blick herrisch über die Zuschauer wanderte. „Wir sind heute zusammengekommen, um unsere Stadt von einem Anbeter des Teufels zu befreien. Dieser Mann, Adrian, der Hexer, wurde schuldig gesprochen der Hexerei und des Verkehrs mit dem Teufel. Er wurde überführt durch die peinliche Befragung und hat seine Sünden unter der Folter zugegeben. Wir wollen ihn nun dem reinigenden Feuer übergeben, auf das seine schwarze Seele geläutert werde. Gott sei ihm gnädig."

Johlen und Pfiffe folgten auf seine Worte. Ausrufe wie „Verbrennt den Hexer" oder „Brennen soll der verdammte Teufelsanbeter" wurden laut. Steine flogen in meine Richtung und trafen mich schmerzhaft an Kopf und Körper. Ich krümmte mich zusammen und drehte mich weg soweit es meine Fesseln zuließen. Erst als der mit einer schwarzen Kapuze vermummte Henker auf mich zuschritt, hörten die Steinwürfe auf. Er gab den Schergen ein Zeichen, mich zu ergreifen und zum Scheiterhaufen zu führen.

Zum ersten Mal schaute ich bewusst auf den riesigen aufgestapelten Holzstoß, der mir den Tod bringen sollte. Meine Kehle wurde trocken beim Anblick der Holzscheite und Reisigbündel, die mindestens drei Meter hoch aufgeschichtet waren. Über eine primitive, aus Aststücken zusammengebundene Leiter wurde ich nach oben gebracht. Ich wurde vor den rohen, unbehauenen Stamm einer Fichte gestellt, der meinen Kopf weit überragte. Am oberen Ende hingen die Kadaver eines Raben und einer schwarzen Katze. Diese Hexenboten sollten mit mir meine Sünden abbüßen. Getrocknetes Blut klebte an dem Pfahl an den ich gefesselt wurde.

Ich war nicht fähig das Zittern zu unterdrücken, das meine Muskeln erfasste. Um mich zu beruhigen und um meine Gedanken auf den Zauber zu konzentrieren, der mich retten sollte, ließ ich meinen Blick abermals zu der Eiche schweifen. Erasmus hob kurz den Arm und deutete auf eine Stelle rechts von ihm. Dort sah ich eine zweite Gestalt, in der ich Agatha erkannte. Ihr offenes Haar wehte im Wind. Wider besseres Wissen hielt ich nach Zenta Ausschau. Aber ich wusste, sie war nicht da. Der Gedanke sie niemals mehr wiederzusehen ließ meine Augen überlaufen. Heiße Tränen der Trauer rannen über meine Wangen und versickerten in meinem Gewand.

„Seht her, der große Zauberer! Er weint um sein zu Ende gehendes Leben. Aber die Tränen können uns nicht erweichen, ihm Gnade zu gewähren."

Die Stimme des Hexenrichters troff vor Hohn. Die Menge begleitete seine Worte mit erneutem Gejohle.

„Lasst den Zauberer brennen!" riefen sie immer wieder. Ich nahm mich zusammen. Wenn ich nicht tatsächlich auf diesem Scheiterhaufen verbrennen wollte, so wurde es höchste Zeit, mich auf die notwendigen Zaubersprüche zu konzentrieren.

Ich schloss die Augen und rief mit lauter Stimme die uralten Hexengötter an. Ein vielstimmiger Aufschrei ertönte, dann verstummte die Menge abrupt. Ich konnte fast körperlich spüren, wie alle Augen voller Entsetzen an meinen Lippen hingen. Doch ich ließ mich nicht beirren und rief laut und klar die Zaubersprüche, die mich in meine Zeit zurückbringen sollten. Von weit her kamen die Stimmen von Erasmus und Agatha wie ein Echo zurück.

„Stopft ihm das Maul", hörte ich den Hexenrichter rufen.

„Knebelt ihn, damit er nicht den Teufel um Beistand anflehen kann." Doch es war zu spät für diese Maßnahme. Der Scheiterhaufen war bereits entzündet und die trockenen Reisigbündel verbreiteten das Feuer in Windeseile rund um den Holzstapel. Ich hörte das bedrohliche Knacken und Knistern, das sich schnell in meine Höhe fraß, ignorierte es aber. Voller Inbrunst rief ich die magischen Formeln, konzentrierte mich voll und ganz auf mein Ziel. Vor meinem inneren Auge erschien mein Haus und ich sah die Menschen vor mir, die mein Leben in meiner Zeit mit mir teilten.

Der Scheiterhaufen brannte nun lichterloh, hoch züngelten die Flammen empor. Sie erfassten mein Gewand und ich konnte den Gestank der sich entzündenden Wolle riechen. Der Qualm wurde dichter, hüllte mich ein, drohte mich zu ersticken.

Mein Rufen ging in Krächzen über und Panik begann mein Gehirn zu überschwemmen. Der beißende Rauch verwirrte meine Gedanken, machte mir das Atmen unmöglich. Und noch immer war ich an den Pfahl gefesselt. Es klappte nicht! Die entsetzliche Erkenntnis überzog wie eine Woge mein Gehirn. Die Zeit reicht nicht aus, das Ritual zu vollziehen.

Mir wurde schwarz vor Augen und vor mir tat sich ein gähnender Abgrund auf. Ich fiel, und undurchdringliche Schwärze verschluckte mich.

Kapitel 18: Wieder in meiner Zeit

Ich fiel tatsächlich und schlug schwer auf dem Boden auf. Um Luft ringend blieb ich erst einmal liegen. Meine Lungen, angefüllt mit Rauch, weigerten sich frische Luft aufzunehmen. Nach endlosen Sekunden löste sich der Krampf und ich schöpfte Atem wie ein Ertrinkender. Qualvolle Hustenstöße ließen meinen Körper erbeben. Ich weiß nicht wie lange ich so gelegen hatte, halb bewusstlos vor Atemnot. Kälte umfing mich, wo mich eben noch sengende Hitze zu vernichten drohte. Nur langsam kam mir zu Bewusstsein, dass ich nass bis auf die Haut war.

Nass? Ich rappelte mich auf Hände und Knie, riss die Augen auf und schaute mich verstört um. Und nun erst bemerkte ich den wahren Wolkenbruch, der auf mich hernieder ging. Es regnete in Strömen, wo eben noch strahlender Sonnenschein gewesen war.

Ganz allmählich drang es in mein Gehirn. Es hatte geklappt, in allerletzter Sekunde war es mir gelungen, dem Feuertod zu entfliehen. Ich war wieder in meiner eigenen Zeit gelandet. So hoffte ich jedenfalls. Der kalte Regen brachte meine Lebensgeister schnell zurück. Ich stemmte mich endgültig hoch und stand, noch ein wenig schwankend, auf den Beinen. Langsam drehte ich mich um die eigene Achse, bemüht zu erkennen, wo ich mich befand.

Ich war noch immer auf dem Galgenbuckel, stellte ich fest. Natürlich, wo sollte ich sonst gelandet sein? Der hohe Holzstoß war verschwunden, wohl deshalb hatte ich einen tiefen Fall verspürt. Ich war etwa drei Meter in die Tiefe gestürzt. Jetzt spürte ich auch meine verstauchten Knochen und sah die Schürfmale an Händen und Knien.

Die anderen Wunden - Andenken an die Folter - spürte ich seltsamerweise nicht. Ich schaute an mir herunter. Das Büßergewand hing völlig durchnässt an mir. Sein Saum wies Brandspuren auf, dort wo das Feuer bereits daran geleckt hatte. An meinen Waden entdeckte ich ein paar Brandblasen, meine nackten Füße waren mit fettigem Ruß und Matsch bedeckt.

Aber ich lebte, und das erschien mir im Moment die Hauptsache. Flüchtig dachte ich an die Zeit zurück, der ich gerade auf so spektakuläre Weise entflohen war. Ich konnte mir lebhaft das ungläubige Staunen der gaffenden Menge vorstellen. Spätestens nun, da ich einfach verschwunden war, musste selbst den letzten Zweiflern aufgehen, dass ich tatsächlich ein Hexer war. Der Gedanke entlockte mir ein raues Lachen.

Sobald ich sicher war, dass ich tatsächlich wieder in meiner Zeit war, kehrten meine Lebensgeister schnell zurück. Mein einziger Wunsch war es nun, so bald als möglich in mein Haus zurückzukehren. Aber dann wurde mir klar, dass ich mich wohl noch eine Weile gedulden musste.

Unmöglich konnte ich in meinem Aufzug am hellen Nachmittag durch die ganze Stadt marschieren. Die Leute würden nur unliebsam auf mich aufmerksam werden. Und Aufmerksamkeit konnte ich im Moment am allerwenigsten gebrauchen. Ich war also gezwungen, bis zum Abend auszuharren, ehe ich mich nach Hause trauen konnte. Das Warten auf die Dunkelheit fiel mir schwer. Ich fror erbärmlich in meinem durchnässten Gewand, das mich zudem noch unerträglich auf der Haut juckte. Hier auf dem kahlen Galgenbuckel gab es keinen Fleck, an dem ich mich vor dem unaufhörlich rieselnden Regen in Sicherheit bringen konnte. So lief ich langsam den Berg hinab, bis die ersten Bauernhöfe in Sicht kamen. Eine nicht mehr genutzte Schutzhütte fürs Vieh kam mir wie ein Geschenk des Himmels vor. Ich verkroch mich so gut es ging in dem alten Stroh, das ich darin fand und wartete vor Kälte bibbernd den Einbruch der Nacht ab.

Vom Galgenbuckel bis zu meinem Haus dauerte der Weg zu Fuß fast drei Stunden. Mit meinen schmerzenden Füßen, und durchgefroren, nass und hungrig wie ich war, kam er mir schier endlos vor. Als mein Haus endlich in Sicht kam, war ich beinahe am Ende meiner Kräfte angelangt. Ein Blick zum Nachthimmel sagte mir, es ging bereits auf Mitternacht zu. Ich konnte mir lebhaft vorstellen, welchen Aufruhr mein unerwartetes Auftauchen unter meinen

Bediensteten auslösen würde. Sicher hatten sie sich schon halb und halb damit abgefunden, mich nie mehr wiederzusehen.

Ein seltsames Gefühl beschlich mich als ich vor meiner Haustüre stand. Eine lange Zeit war vergangen, seit ich mein Haus verlassen hatte um Erasmus zu suchen. Unglaubliche Dinge waren derzeit geschehen. Und irgendwie kam es mir falsch vor nun hier zu stehen. Zenta erschien vor meinem geistigen Auge und ich meinte, eine eisige Faust krampfe sich um mein Herz. Ich hatte sie verloren. Endgültig und für immer...

Ich riss mich zusammen und betätigte den Türklopfer. Der Laut erscholl dumpf im Haus. Unter einem Stein neben der Haustüre lag zwar ein Schlüssel deponiert, doch Ellen, meine Haushälterin hatte bestimmt von innen den schweren Riegel vorgelegt.

Eine Weile geschah nichts, dann wurde oben ein Fenster geöffnet. „Den Doktor gibt es hier nicht mehr", ertönte eine vertraute weibliche Stimme. „Ihr müsst zu einem anderen Arzt gehen."

Bevor sie das Fenster wieder zuschlagen konnte, raunte ich leise. „Ich bin es, Ellen. Öffne mir bitte."

Nach einer halben Ewigkeit erscholl ein unterdrückter Schrei von oben. Dann Ellens Stimme, die plötzlich hellwach klang.

„Ihr? Ihr seid zurückgekehrt?"

Sie wartete keine Antwort ab. Das Fenster schlug zu, so dass die Scheibe klirrte. Kurz darauf hörte ich eilige Schritte die Treppe herunter hasten. Das quietschende Geräusch das folgte sagte mir, dass der Riegel entsichert wurde. Wie lange hatte ich ihn schon ölen wollen?

Eine völlig fassungslose Ellen öffnete mir die Türe. Als sie mich sah, nass bis auf die Haut und nur in ein wollenes Hemd gekleidet, schlug sie vor Entsetzen die Hände vor den Mund.

„Um Gottes heiligen Willen, Herr. Wie seht Ihr denn aus?"

Fast furchtsam trat sie zur Seite und ließ mich eintreten. Ich hörte wie sie hinter mir die Tür schloss und den Riegel wieder vorlegte. Im Haus war es angenehm warm. Und es roch nach Linsensuppe mit Speck und frisch gebackenem Brot. Das Wasser lief mir im Munde zusammen. Mit einer müden Handbewegung unterband ich die neugierigen Fragen, die Ellen ganz offensichtlich auf der Zunge lagen.

„Ich erzähl es dir später. Wenn du so gut wärst und mir etwas Suppe wärmen würdest. Ich will mich waschen und etwas Warmes anziehen. Ich glaube, ich bin halb erfroren."

Neben der Küche lag mein kleines Badezimmer. Dorthin schleppte ich nun den eisernen Kessel, der über dem Herd hing und in dem immer warmes Wasser war. Es kostete mich meine letzte Kraft, den Kessel in den Zuber zu lehren.

Ich empfand es als wahre Wohltat, das vollgesogene Gewand vom Körper zu bekommen. Angewidert ließ ich es zu Boden fallen, wo sich schnell eine Pfütze darum bildete. Mit einem weichen Lappen und Seife reinigte ich mich notdürftig vom gröbsten Schmutz. Morgen früh würde ich ein ausgiebiges Bad nehmen. Heute war ich einfach zu erschöpft dazu.

Das warme Wasser belebte mich einigermaßen. In eine Decke gehüllt ging ich in mein Schlafzimmer und suchte mir ein paar Kleidungsstücke, die ich schnell überzog. Dann ging ich in die Küche zurück, wo schon meine Suppe auf dem Tisch stand. Heißhungrig aß ich sie auf, brach mir große Stücke des Brotes ab, das neben dem Teller lag. Während der ganzen Zeit war ich mir Ellens verwunderter Blicke bewusst. Sie stand in Nachthemd, Morgenmantel und mit einer weißen Haube auf dem Kopf in der Küchenecke und starrte mich an wie einen Geist. Sie wartete auf eine Erklärung, die ich ihr jedoch nicht gab.

Ich hatte mir bislang noch keine Gedanken darüber gemacht, was ich meinen Bediensteten über mein langes Wegbleiben erzählen sollte. Und auf die Schnelle wollte mir partout nichts einfallen, das plausibel klang. Außerdem war ich viel zu müde um Rede und Antwort zu stehen.

Ellen sah mir meine Erschöpfung an und belästigte mich nicht mit berechtigten Fragen. Ihre Augen hingen voller Mitleid an meinem Gesicht. Wahrscheinlich sehe ich fürchterlich aus, ging es mir durch den Kopf. Doch selbst das war mir egal.

Nach dem Essen erhob ich mich schwerfällig. Vor Ellen blieb ich stehen.

„Ich bin zu müde um zu reden. Ich werde zu Bett gehen. Gute Nacht."

Mit schleppenden Schritten tappte ich die Stufen ins obere Stockwerk hinauf, wo meine Schlafstube lag. Fast körperlich fühlte ich den ratlosen Blick meiner Haushälterin im Rücken, die mir stumm nachblickte.

Schon lange war mir ein Bett nicht mehr so einladend vorgekommen. Ohne mich auszuziehen kroch ich unter die Federdecke und rollte mich wie ein Fötus zusammen. Zu Hause. Ich war tatsächlich wieder zu Hause. In meiner Zeit, meiner Welt. Ich hatte nicht mehr daran geglaubt, mein Heim jemals wiederzusehen. Und doch konnte ich mich an der Tatsache nicht erfreuen.

Zenta, dachte ich immer wieder und spürte heiße Tränen über meine Wangen rinnen. Ich hätte alles was ich in meiner Welt besaß gerne dafür hergegeben, sie wieder in meine Arme nehmen zu können. Doch ich war hier und sie war über einhundertvierzig Jahre von mir entfernt.

Schließlich forderte mein Körper Tribut für die erlittenen Strapazen und der Schlaf übermannte mich. Doch Zentas liebreizendes Gesicht blieb bei mir und folgte mir in meine Träume.

Ich verschlief, mit nur kleinen Unterbrechungen um zu essen oder mich zu erleichtern, eineinhalb Nächte und einen Tag und schlug erst am Morgen des übernächsten Tages erholt die Augen auf. Ich setzte mich im Bett auf und dehnte mich um die Steifheit aus meinen Gelenken zu vertreiben.

Es ging mir viel besser, zumindest körperlich. Und es wurde Zeit, mich der Wirklichkeit zu stellen. Deshalb ging ich nach unten in die Küche, wo meine Bediensteten beim Frühstück saßen. Forschende Blicke musterten mich und die alte Maria sprach aus, was alle dachten.

„Wir hatten schon aufgegeben, auf Eure Rückkehr zu hoffen. Selbst Euer Vater wusste nicht mehr, wo wir noch nach Eurem Verbleib forschen sollen. Ihr müsst ihm umgehend einen Boten schicken, er ist vor Gram um zehn Jahre gealtert. Wo, um Gottes heiligen Willen, seid Ihr bloß gewesen?"

Ich hatte inzwischen darüber nachgedacht, wie ich mein Verschwinden erklären wollte, ich würde einfach dieselbe Geschichte erzählen, die ich schon dem Hexenrichter aufgetischt hatte.

„Ein Überfall, Gedächtnisverlust".

Sie klang so gut, - oder auch so unglaubwürdig wie jede andere, die ich erzählen konnte. Und sie war auf jeden Fall immer noch glaubhafter als die Wahrheit.

„Als mein Gedächtnis zurückkehrte, habe ich mich sofort auf den Rückweg gemacht", endete ich und hoffte, dass Ellen nicht auf das seltsame Gewand zu sprechen kam, dass ich in der Nacht meiner Heimkehr getragen hatte.

„Ich brauche nach dem Frühstück dringend ein Bad", erklärte ich und der Knecht erhob sich um für genügend heißes Wasser zu sorgen. Er murmelte unverständliches in seinen Bart, was wohl seine Zweifel an meiner Geschichte ausdrückte. Auch die anderen sahen mich skeptisch an, äußerten sich aber nicht weiter. Mir war es egal, ich wollte sowieso nicht mehr darüber reden und irgendwann würden sie meine Geschichte akzeptieren. Das heiße Bad wirkte Wunder, als ich danach mein Zimmer aufsuchte um mir frische Kleider anzuziehen, fühlte ich mich wesentlich besser.

Jetzt fühlte ich mich auch in der Lage, vor den großen Spiegel zu treten, der über der Kommode hing. Der Anblick, der sich mir offenbarte, war mir vertraut. Aus der silbernen Fläche schaute mir der alte Adrian entgegen, - im wahrsten Sinne des Wortes. Ich war kein kaum zwanzigjähriger Jüngling mehr, sondern ein Mann im gestandenen Alter von mittlerweile dreiunddreißig Jahren. Flüchtig ging mir durch den Kopf, dass ich ausgerechnet am Tage meines geplanten Feuertodes Geburtstag hatte. Eine Ironie des Schicksals, denn mir war statt des Todes ein neues Leben geschenkt worden.

Ich ging näher an den Spiegel heran um mich genau zu betrachten. Kritisch fing ich bei meinem Gesicht an. Die Fältchen um Mund und Augen schienen mir tiefer geworden, mein Haar zeigte erste graue

Fäden an den Schläfen. Ich seufzte bekümmert, kein Wunder bei den Sorgen, die mich in letzter Zeit geplagt hatten.

Fast zögernd ließ ich mein Hemd von den Schultern gleiten, betrachtete meinen Oberkörper. Über meiner linken Brust prangte ein großes A. Der Buchstabe, hervorgehoben durch aufgeworfene narbige Haut, schien Jahre alt und war längst abgeheilt. Nichts deutete darauf hin, dass mir das Brandmal erst vor wenigen Tagen ins Fleisch gedrückt worden war.

Der Buchstabe A war das Erkennungszeichen der Stadt Aschaffenburg. Sie hatte ihre Stadtwürde und alle Privilegien und Rechte für ihre Auflehnung gegen Adel und Geistlichkeit im Bauernkrieg von 1525 verloren. Statt ihres Wappens durfte sie fortan nur noch dieses gotische A führen. Und mit diesem Buchstaben, der eigentlich für die Schande und Schmach der Stadt stand, war ich für mein restliches Leben gezeichnet worden.

Zorn packte mich beim Betrachten dieser Verstümmelung meines Körpers. Und er wurde nicht weniger, als ich noch mehr Narben an mir entdeckte, die von der Folter herrührten. Mein Blick glitt zu meinen Fingern. Wo noch vor einigen Tagen blutige Male davon zeugten, dass mir auf barbarische Weise die Fingernägel herausgerissen worden waren, deutete nun nichts mehr auf diese äußerst schmerzhafte Prozedur hin. Nur der Nagel am kleinen Finger meiner rechten Hand war wellig und uneben nachgewachsen.

Zumindest waren mir durch die Rückkehr in meine Zeit viele Schmerzen erspart geblieben, die mich sonst noch wochenlang gequält hätten. Einzig der Schmerz in meiner Seele hatte nicht nachgelassen, im Gegenteil, er peinigte mich schlimmer denn je.

Ich kehrte meinem Spiegelbild den Rücken und setzte mich auf den Rand meines Bettes, das Gesicht in den Händen vergraben. Ich fühlte mich einsam und leer. Die bange Frage kam mir in den Sinn, ob ich jemals den Verlust meiner Frau und meines Kindes akzeptieren könnte. Was würde aus den beiden werden? Würde Zenta die Geburt gut überstehen? Oder, - welch grauenhafter Gedanke, - würde sie vielleicht ebenfalls in die Gewalt des Hexenrichters fallen? Ich wusste, Hexen, die ein Kind trugen, wurden solange von

Folter verschont, bis sie gebaren. Danach kam das Kind in die Obhut der Kirche und der Mutter wurde der Prozess gemacht.

Solche und ähnliche Gedanken marterten mich, brachten mich an den Rand des Wahnsinns. Tagelang stellte ich mir immer wieder dieselben Fragen, ohne eine Antwort zu erhalten. Meine Bediensteten schauten mich immer besorgter an, wagten aber nicht, mich anzusprechen. Mein finsterer Gesichtsausdruck schreckte sie ab.

Nach etwa einer Woche kam mir der Gedanke die Register der Kirchen und der Stadtarchive zu durchforschen. Wenn Zenta in Aschaffenburg gefangengenommen, als Hexe verurteilt, an einer Krankheit oder im Kindbett gestorben war, so musste das irgendwo niedergeschrieben sein.

Fortan hatte ich eine Aufgabe, die fast meine gesamte Zeit beanspruchte. Ich besuchte alle Kirchen Aschaffenburgs, verschaffte mir Zutritt zu den Registern und studierte sorgfältig die Eintragungen ob irgendwo Zentas Name auftauchte. Doch ich fand nichts außer der Eintragung ihrer Geburt und der unserer Hochzeit. Das beruhigte mich ein wenig. Zumindest in Aschaffenburg war Zenta nicht gestorben. Bei meinen Recherchen fand ich noch andere interessante Einträge. So erfuhr ich, dass der Kerkermeister Stefan Schwarz eines der ersten Pestopfer der Stadt geworden war. Er hatte sich bei einem kranken Gefangenen angesteckt und war kurz darauf jämmerlich gestorben. Doch obwohl der Mann an vielen Qualen nicht unschuldig war, die ich hatte erdulden müssen, brachte mir diese Nachricht keine Genugtuung.

Dann kam ich auf die Idee, Zentas Geist zu rufen. Sie war eine Hexe, wenn auch noch keine sehr erfahrene. Vielleicht konnte sie meinen Ruf vernehmen, so wie ich den Adams vernommen hatte. Aber Zenta schwieg und ließ mich mit meiner Verzweiflung alleine.

Eines Nachts kam dann wenigstens Adam in meinen Traum. Er versicherte mir, Zenta ginge es gut, sie wolle jedoch keinen Kontakt zu mir. Ich solle sie vergessen und in meiner Zeit glücklich werden - mit einer anderen Frau.

Wut packte mich als ich erwachte und mir klar wurde, was das bedeutete. Sie gab mich frei, wollte, dass ich sie vergaß. So, als wäre nie etwas zwischen uns gewesen. Der Gedanke deprimierte mich über die Maßen. Konnte Zenta wirklich so kalt sein? Ich hatte gedacht, sie liebe mich so sehr, wie ich sie. Aber anscheinend fiel es ihr leichter als mir zu vergessen.

Nun gut, dachte ich wütend. Wenn sie es so haben will. Ich kannte genug Frauen, und mehr als eine wäre bereit, mir das Bett zu wärmen oder mich zum Mann zu nehmen.

Genauso schnell wie mein Zorn entfachte ebbte er wieder ab, als ich an Zentas wahrscheinliche Beweggründe dachte. Sicher dachte sie, es wäre einfach das Beste für mich, wenn sie mich freigab. Wir konnten nie mehr zusammenkommen, wir waren durch mehr als einhundertvierzig Jahre getrennt. Egal, wie ich es betrachtete, in meiner Zeit war Zenta schon lange tot. Genau wie unser Kind. Sie hatte schon Recht, ich musste sie vergessen.

Nach und nach nahm ich mein früheres Leben wieder auf. Ich behandelte Kranke und besuchte die Armen der Stadt um ihnen ihr Los ein wenig zu erleichtern. Ich nahm sogar das Angebot einer meiner früheren Gespielinnen an, in ihr Bett zu kommen. Aber bevor wir intim wurden, entschuldigte ich mich bei ihr und ging. Sie war nicht Zenta. Und ich wollte nur Zenta.

Meine Trauer war stumm, niemand erfuhr, was mich quälte. Wie hätte ich auch von der Liebe meines Lebens erzählen können, die so unendlich weit von mir fort war.

Nie mehr, nie mehr, nie mehr, hämmerte es in meinem Kopf. Ich konnte sie nie mehr in meinen Armen halten. Sie war für mich unerreichbarer als wenn sie gestorben wäre. Dann könnte ich wenigstens ihr Grab besuchen. Manchmal sehnte ich mich sogar danach, tot zu sein. Vielleicht wären wir dann wieder vereint.

Wochen waren seit meiner Rückkehr vergangen. Der Bote, den ich zu meinem Vater geschickt hatte war mit der Nachricht, oder besser gesagt dem Befehl zurückgekehrt, unverzüglich Schloss Wolffhardt, den Stammsitz meiner Eltern, aufzusuchen. Wie immer regte sich Widerspruchsgeist in mir, wenn ich einen Befehl meines Vaters erhielt und ich beschloss, ihn einfach zu ignorieren. Doch dann dachte ich an meine Mutter, die sich sicher furchtbar gegrämt hatte, als sie von meinem Verschwinden erfuhr. Zwei Tage später packte ich meine Sachen, sattelte Luzifer und machte mich auf den Weg in den Schwarzwald.

Einer unbestimmten Eingebung zufolge, hatte ich vor meiner Reise einen langen Brief geschrieben, in dem ich dir, Simon, mein Haus überschrieb, sollte ich nicht wiederkommen. Meinen Bediensteten ließ ich einen ordentlichen Batzen Geld zurück, der ihren Unterhalt und Lohn für mindestens ein Jahr sicherte.

Während ich in schnellem Lauf mein Pferd vorwärts trieb, wurde mir in meinem Inneren immer ruhiger zumute. Eine Entscheidung formte sich in meinem Kopf, die sich mehr und mehr zu Entschlossenheit formte. Und als ich am Abend in einem Gasthof Rast machte, war ich mir plötzlich sicher, was ich zu tun hatte.

Die Gewissheit in mir machte mich froh, ja glücklich. Meine Trauer verflog wie Nebel im Wind und ließ Zuversicht zurück.

Das Wetter meinte es gut mit mir, ich kam schnell voran. Da Luzifer durch die lange Untätigkeit voller überschüssiger Kraft steckte griff er freiwillig zügig aus und trug mich meinem Ziel entgegen. Ich musste ihn sogar bremsen, damit er sich nicht übernahm. Aus diesem Grunde hielt ich öfter am Tage an, um den Hengst grasen und verschnaufen zu lassen. Während er sich erholte, setzte ich mich ins Gras um nachzudenken.

Etwas abseits des Weges erhob sich auf einem Hügel eine kleine Kapelle. Sie schien mich zur Rast einzuladen und ich lenkte das Pferd dorthin. Malerisch stand das Kirchlein zwischen zwei mächtigen Bäumen. Vermutlich war es schon vor ewigen Zeiten erbaut worden, doch irgendjemand schien es noch immer zu pflegen. Es gab in der Nähe von Dörfern viele dieser winzigen Kapellen, die fromme Menschen einem Heiligen zum Dank für seinen Beistand in der Not erbaut hatten. Einem Bedürfnis folgend, trat ich durch die Tür. Im Inneren der Kapelle war es schummrig. Nur ein paar Sonnenstrahlen fielen durch das einzige, hoch angebrachte Fenster und erhellten die erste Bank mit fast überirdischem Licht. Es roch nach altem Holz, Wachs und Weihrauch. Auf einem niederen Altar aus Sandstein thronte die fast lebensgroße Figur der heiligen Gottesmutter mit dem Jesuskind auf dem Arm. Ein paar verwelkte Blumen lagen zu ihren Füßen.

Ich kniete mich in die letzte Bank und legte mein Gesicht in meine gefalteten Hände. Stumm sprach ich ein Gebet zur Gottesmutter. Es war schon lange her, seit ich ein derartiges Bedürfnis verspürt hatte. Zu viele schlimme Erlebnisse ließen mich an meinem Glauben zweifeln. Doch nun verspürte ich den Drang, mich der Jungfrau Maria anzuvertrauen. Wer, wenn nicht sie, konnte meinen Schmerz nachvollziehen?

Lange kniete ich so, in ein stummes Zwiegespräch mit der Heiligen vertieft. Erst ein Luftzug ließ mich aufblicken.

Vor mir in der Bank, von einem sanft leuchtenden Sonnenstrahl beschienen, kniete eine Frau, innig ins Gebet vertieft. Sie trug einen zarten Schleier über ihren Haaren und schien mich nicht wahrzunehmen. Ein Stich fuhr mir ins Herz, so sehr erinnerte mich die Frau an Zenta.

Wo kam die Frau so plötzlich her? Ich hatte nicht bemerkt, dass jemand die Kirche betreten hatte. Leise stand ich auf, um hinter die Frau zu treten. Ich musste mir einfach Gewissheit verschaffen. Je näher ich kam, desto deutlicher erkannte ich Zenta. Mein Herz schien auszusetzen.

Ich griff nach ihrer Schulter, doch ich konnte sie nicht berühren. Meine Finger schienen durch sie hindurch zu fahren. Und dann fiel mir das Durchscheinende ihrer Erscheinung auf. Langsam löste sie sich auf, zerfaserte wie Nebel. Zurück blieb nur der Sonnenstrahl.

„Zenta!" schrie ich voller Qual und fasste nach dem Sonnenstrahl als könne ich sie festhalten. Doch sie war verschwunden und ließ mich abermals alleine zurück.

Mein verstörter Blick glitt zum Antlitz der Gottesmutter und ich meinte, sie tröstlich lächeln zu sehen. Plötzlich fühlte ich mich von neuer Zuversicht durchströmt. Zenta war hier gewesen, in dieser Kapelle, in diesem Moment. Doch uns trennten fast eineinhalb Jahrhunderte.

Ich würde sie wiedersehen, so schwor ich mir. Und wenn es mich das Leben kosten würde, ich würde sie wiedersehen.

Nach drei weiteren Tagen hielt ich vor dem Schloss meiner Eltern an. Dienstfertig kam ein Stallbursche auf mich zu, nahm mir Luzifer ab und brachte ihn in den Stall. Bernhard, der alte Diener, stand schon unter der Türe um mich zu begrüßen.

„Wage es nicht!" drohte ich ihm lächelnd mit dem Finger und er schloss den Mund, ehe er mich mit meinem offiziellen Titel >Prinz zu Wolffhardt< anreden konnte.

„Willkommen, junger Herr", sagte er stattdessen und grinste verständnisvoll. „Der Herzog erwartet Euch schon im Audienzzimmer."

Spöttisch verzog ich den Mund.

„Er kann es einfach nicht lassen, hmm? Dabei weiß er genau, wie ich dieses Zimmer hasse. Schon als ich noch ein Knabe war, hat er mich immer dorthin bestellt, wenn er etwas an mir zu mäkeln hatte."

Das war sehr oft der Fall gewesen. Und noch heute beschlich mich ein ungutes Gefühl, wenn ich das verhasste Zimmer betreten musste.

Vor der zweiflügeligen Türe holte ich noch einmal tief Luft und trat dann an Bernhard vorbei, der mich formvollendet anmeldete. Geräuschlos schloss er den Türflügel hinter mir. Mein Blick fiel sofort auf meinen Vater, der hinter seinem riesigen Schreibtisch thronte. Trotz seiner mehr als sechzig Jahre stellte er noch immer eine imponierende Erscheinung dar. So groß wie ich, aber viel breiter gebaut, war er den Inbegriff eines unbeugsamen Recken.

Früher, als Kind hatte ich seinen Anblick gefürchtet, war unter dem zwingenden Blick seiner Augen mehr als einmal in Tränen ausgebrochen. Auch jetzt fühlte ich mich unbehaglich, so als wäre ich der Knabe von damals. Schnell schüttelte ich die unguten Gedanken ab, schon längst gab es jene Missverständnisse nicht mehr zwischen uns, die früher unser Zusammenleben vergiftet hatten. Die Aussprache nach Vaters schwerer Erkrankung hatte uns beide geläutert und näher zusammengebracht. Dennoch, ein Quäntchen Misstrauen stieg immer noch in mir hoch, als ich ihn jetzt sah.

Deshalb ging ich zuerst auf meine Mutter zu, die sich aus einem zierlichen Sessel erhob und mir mit ausgebreiteten Armen entgegenkam. Tränen standen in ihren dunklen Augen, die den meinen so sehr glichen.

Mein Mund verkrampfte sich bitter als ich sie in meine Arme schloss. Wie oft hatte sie schon wegen mir, ihrem einzigen Kind geweint? Bislang hatte ich ihr mehr Sorgen als Freude beschert. Und ich war im Begriff, ihr schon wieder neuen Kummer zu bereiten. Doch diese Gedanken verbannte ich erst einmal und drückte sie an mich.

„Mutter. Schön Euch zu sehen", sagte ich bewegt und hielt sie noch eine kleine Weile an mich gedrückt. Dann wandte ich mich langsam meinem Vater zu und verbeugte mich formell vor ihm.

„Vater." Ich hielt dem prüfenden Blick seiner Augen stand, die mich zu durchbohren schienen. „Ihr habt nach mir verlangt?" fragte ich dann, um das lastende Schweigen zu durchbrechen.

„Wir haben uns Sorgen gemacht, deine Mutter und ich. Als wir von deinem Verschwinden erfuhren, warst du schon wochenlang weg. Wo warst du und was, um Himmels Willen, ist dir dieses Mal widerfahren? Kannst du nicht einfach ein friedvolles Leben hier, wo du hingehörst, verbringen? Du bist der zukünftige Herzog zu Wolffhardt, mein Nachfolger. Das ist eine wichtige Aufgabe, warum bereitest du dich nicht endlich gebührend darauf vor?"

Mir lag eine böse Antwort auf der Zunge, doch um des lieben Friedens Wille verschluckte ich sie. Vor allem, weil mich meine Mutter so unglücklich ansah, begann ich versöhnlich zu erklären. Auf dem Herweg hatte ich mir schon zurechtgelegt, was ich meinen Eltern sagen würde. Es unterschied sich nicht sonderlich von der mir schon vertrauten Lüge, ich schmückte es nur noch ein wenig aus. Schließlich konnte ich meine Eltern schlecht mit so wenigen Worten abspeisen, wie ich es bei meinen Angestellten getan hatte.

„Ich hatte einen bedauerlichen Unfall, als ich auf dem Weg zu einem alten Studienkameraden war. Vielleicht bin ich auch überfallen worden, ich kann mich nicht mehr daran erinnern. Jedenfalls wachte ich eines Tages bei einem Bauern auf, der mich bewusstlos gefunden hatte. Ich wusste meinen Namen nicht und auch nicht, wo ich herkam. Um wenigstens nicht auf der Straße zu stehen, bin ich bei dem Mann geblieben und habe für ihn gearbeitet."

„Etwa als einfacher Knecht?!"

Mein Vater schien fassungslos.

„Mein Sohn verdingt sich als Knecht. Oder gar als Stallarbeiter. Himmel, wenn ich mir vorstelle, wie du mit nacktem Oberkörper Heu machst oder Kühe melkst..."

Ich sah ihn bedeutungsvoll an.

„Ich sagte doch, ich wusste nicht mehr, wer ich bin. So ein Gedächtnisverlust kommt manchmal vor. Und da Ihr von meinem nackten Oberkörper sprecht. Als die Leute die Narben auf meinem Rücken sahen, dachten sie, ich sei ein entwichener Sträfling."

Die Anspielung auf die Peitschenschläge, die ich auf seine Veranlassung hin erhalten hatte, traf ihn tief. Sein Gesicht wurde fahl und er sah betreten zu Boden.

„Das kannst du mir wohl nie verzeihen", murmelte er. „Und ich kann dich sogar verstehen. Aber ich kann es nun einmal nicht mehr ungeschehen machen, so sehr ich mir das auch wünsche..."

„Lasst es gut sein Vater", lenkte ich ein und legte ihm die Hand auf die Schulter. Ich hätte ihm sagen können, dass er nicht der Einzige war, der mich gezeichnet hatte. Aber dann hätte ich noch viel mehr Dinge erklären müssen, die ich nicht erklären wollte und konnte.

Vor allem meine Mutter sollte nie erfahren, was man ihrem einzigen Kind schon alles angetan hatte, sie würde sonst sicher noch mehr weinen. Schnell brachte ich deshalb meine Lügengeschichte zu Ende und erzählte von meiner wundersamen Genesung und meiner Heimkehr.

„Ihr seht also, dass ich mich nicht absichtlich in Gefahr gebracht habe, wie Ihr mir unterstellt", endete ich schließlich. „Und nun, da ich heil und gesund vor Euch stehe, könnt Ihr Euch selbst überzeugen. Es geht mir wirklich gut."

Meinen Vater hatte ich überzeugt, das sah ich ihm an. Aber meine Mutter blickte mir skeptisch in die Augen. Was sah sie darin, fragte ich mich, denn ihre Gesichtszüge wurden traurig. Erst später, als ich mit ihr alleine vor dem Kamin saß, sprach sie mich an.

„Ich sehe Trauer in deinem Blick, Adrian. Willst du mir nicht von ihr erzählen? Von der, die du verloren hast?"

Ich war im ersten Moment sprachlos. Konnte meine Mutter mir der Verlust meiner großen Liebe aus dem Gesicht ablesen? Oder offenbarte ihr mütterlicher Instinkt ihr, was mich quälte?

Ich überlegte, was ich ihr sagen konnte, ohne zu viel zu verraten. Schließlich begann ich stockend zu reden. Ich erzählte von Zenta, ohne die schlimmen Dinge zu erwähnen, die mich zuerst mit ihr zusammengeführt und mich dann wieder von ihr getrennt hatten.

„Sie hat mich verlassen, als sie erfuhr, wer ich wirklich war", beendete ich meine Lügen. Himmel, mein Mund sprach mittlerweile schon so flüssig all die Lügen aus. Plötzlich bekam ich Angst, daran zu ersticken. Und zwischen die Lügen mischte ich immer wieder ein paar Körnchen Wahrheit, so dass daraus ein richtiges Gespinst entstand.

„Sie hat mich geheiratet, als sie mich für einen Niemand hielt."

Meine Stimme erstarb vor Trauer.

„Wir haben uns auf unser Kind gefreut. Dann erfuhr sie, wer ich war und hat mich verlassen. Sie meinte, sie passe nicht zu mir, da ich bald ein Herzog wäre. Des Nachts hat sie mich verlassen, nachdem sie mir nochmals ihre Liebe bewiesen hatte. Sie hat sich einfach aus meinem Leben gestohlen. Ich werde sie und auch mein Kind niemals wiedersehen."

„Wenn du sie liebst, solltest du dich auf die Suche nach ihr machen", schlug Mutter vor und ahnte nicht, dass ich genau das vorhatte. Und sie ahnte noch weniger, dass mich eben dieses Vorhaben für immer aus ihrem Leben radieren würde. Ihr einziger Sohn und der Erbe, auf den mein Vater so große Hoffnungen setzte, würden verschwinden, als sei er nie geboren worden.

Kapitel 19: Eine Entscheidung des Herzens

Ich wusste nun endgültig, was ich zu tun hatte. Der so ahnungslos vorgeschlagene Rat meiner Mutter gab den letzten Ausschlag. Ich würde zurückkehren und Zenta suchen. Und wenn es das Letzte war, was ich in meinem Leben tat, ich musste es einfach versuchen.

Adam hatte mich zwar eindringlich vor diesem Schritt gewarnt, als er mich damals in der Zelle aufsuchte. Es sei vermutlich gefährlich öfter durch die Zeit zu reisen, da es sowohl Körper als auch Geist über die Maßen belastete.

Nun, die Rückkehr hatte ich unbeschadet überstanden, mein Körper hatte sogar die Schmerzen und Verletzungen vergessen, der er zuvor ausgesetzt war. Es war einzig diese Schwäche gewesen, die mich fast zwei Tage und Nächte in Schlaf gezwungen hatte. Doch danach war es mir wieder gut gegangen.

Ich war mir eigentlich sicher, dass mich eine erneute Zeitreise nicht das Leben kosten würde, so wie Adam es befürchtet hatte. Vielleicht würde es meine Lebenszeit um einige Zeit verringern. Ich war jedoch bereit, das in Kauf zu nehmen, wenn ich dafür wieder bei Zenta sein konnte.

Ein kleiner Teufel in meinem Gehirn flüsterte mir zu:

„Was tust du, wenn du sie nicht mehr findest? Sie hat dich fortgeschickt aus ihrem Leben. Vielleicht ist sie schon auf dem Weg in die neue Welt. Oder vielleicht hat sie gar schon einen anderen Mann kennengelernt und ist nun seine Frau..."

Obwohl ich nicht auf diesen Teufel hören wollte, verschaffte er sich doch immer wieder Zugang zu meinen Gedanken. Doch er schaffte es nicht, mich wankend zu machen. Mein Entschluss stand fest.

Die nächsten Tage verbrachte ich hauptsächlich damit, mir die Familienchronik vorzunehmen. Wenn ich Zenta fand, so würde ich mit ihr hierher zu Schloss Wolffhardt reisen, so wie es von Anfang an mein Plan gewesen war. Deshalb las ich wieder und wieder aufmerksam jede Zeile über die Menschen, denen ich begegnen würde.

Es konnte von entscheidender Wichtigkeit sein, jedes Geschehnis und jeden Namen zu kennen.

Schließlich konnte ich die spärlichen Informationen über den schwarzen Otmar im Schlaf aufsagen. Und ich wusste bestens über meinen Urahn Herzog Roderich zu Wolffhardt Bescheid. Einer Eingebung folgend riss ich eine Seite aus der Familienbibel, rollte sie säuberlich zusammen und versteckte sie in einer Innentasche meiner Weste.

Wenn ich nicht in der Vergangenheit meiner Familie stöberte, widmete ich mich intensiv meinen Eltern. Die Gewissheit sie nie mehr wiederzusehen, bedrückte mich mehr als ich vermutet hätte.

Noch etwas bereitete mir Sorgen. Ich würde nicht Vaters Nachfolger werden, so wie es sein großer Wunsch war. Da ich sein einziger leiblicher Nachkomme war, würde das Herzogtum nach seinem Tode an den ältesten Sohn seines Bruders fallen, einen trunk- und spielsüchtigen Weiberhelden. Die Menschen, die hier lebten, würden unter dessen Regentschaft vermutlich ein schweres Los tragen.

Doch ich konnte nicht anders, ich musste mich einfach für meine Frau und mein Kind entscheiden.

Nach einer weiteren Woche waren meine Vorbereitungen abgeschlossen. Ich hatte mir etliche Dinge zurechtgelegt, die mir hoffentlich gute Dienste leisten würden. Viel konnte ich allerdings nicht mitnehmen, nur Gegenstände, die ich eng am Leib verwahrt tragen konnte. Alles, was sich nicht unmittelbar an meinem Körper oder in meiner Kleidung befand, würde dort zurückbleiben, wo ich durch die Zeitschranke ging.

Am letzten Abend in Gesellschaft meiner Eltern fiel es mir besonders schwer so zu tun, als sei alles so, wie es sein sollte. Meine Konversation klang in meinen Ohren zäh und gekünstelt. Ich konnte kaum meiner Mutter ins Gesicht schauen, die so gelöst und glücklich wie schon lange nicht mehr wirkte. Wie würde sie den Verlust ihres einzigen Sohnes verkraften?

Auch Vater tat mir leid. Es war uns in den letzten Tagen gelungen, endgültig all die Missverständnisse aufzuklären, die uns so lange das

Leben schwer gemacht hatten. Und nun, da er mich zurückge-
wonnen glaubte, würde er mich für immer verlieren.

Als ich endlich am Abend in meinem Zimmer war, plagten mich
bohrende Kopfschmerzen. Schon wieder so viele Lügen, warf ich
zu mir selbst vor. Mein Leben schien ein einziges Lügengespinst zu
sein. Dabei wollte ich doch immer zu allen ehrlich sein.

Ein leises Klopfen unterbrach meine trüben Gedanken und ich ging
zur Türe. Mutter stand davor, ich bat sie einzutreten. Das glückliche
Leuchten in ihren Augen versetzte meinem Herzen einen Stoß. Sie
hielt einen kleinen Gegenstand in der Hand, den sie mir nun mit
einem Lächeln entgegenhielt. Es war ein goldener Ring.

„Ich sehe dir an, dass du nicht mehr lange hier sein kannst."

Ihre Worte versetzten mir einen Stich. Wusste sie etwa, was ich
vorhatte? Doch nein, sie sprach von meiner Suche nach Zenta.

„Du willst fort, nicht wahr? Deine Frau suchen. Und ich bin sicher,
du wirst sie finden. Dann gib ihr diesen Ring. Er ist ein altes Familienerbstück und wird von Generation zu Generation weitergereicht.
Nun ist es an der Zeit, dass deine Frau ihn trägt. Sage ihr, sie braucht
sich nicht wegen ihrer bürgerlichen Herkunft zu grämen. Die Frau,
die meinen Sohn liebt, und die er liebt muss etwas Besonderes sein.
Sie ist jederzeit hier willkommen."

Ich konnte ihr nicht antworten, ich befürchtete jeden Moment in
Tränen auszubrechen. Deshalb nahm ich sie nur in die Arme und
drückte sie fest an mich. Als sich die Türe hinter ihr schloss, sank
ich daran herunter und weinte.

In aller Frühe schlich ich aus dem Haus und in den Stall. Dort sattelte
ich mir ein älteres Pferd, das schon seit Jahren hier heimisch war
und alleine den Weg zurückfinden würde. Luzifer schaute über seine
Box und wieherte protestierend. Er war eifersüchtig auf das andere
Pferd. Schnell trat ich zu ihm, klopfte ihm den Hals und hielt ihm
einen Apfel hin, damit er ruhig war. Sein lautes Wiehern würde sonst
noch jemanden wecken. Und ich fühlte mich nicht in der Lage lange
Erklärungen abzugeben. Im großen Zimmer lag ein Brief für meine
Eltern. In ihm erklärte ich nur, dass ich mich auf die Suche nach

meiner Frau machen würde. Kein Abschiedswort, keine Entschuldigung für mein neuerliches Verschwinden...

„Du musst hierbleiben, Luzifer", murmelte ich und strich ihm die lange schwarze Mähne aus den Augen. „Ich bin sicher, du gewöhnst dich schnell ein. Und wer weiß, vielleicht darfst du sogar ein paar Fohlen zeugen. Bist doch noch ein strammer Kerl."

Der Hengst brummte tief und stieß mich mit der Schnauze an, versuchte, mir noch einen Leckerbissen zu entlocken. Ich reichte ihm einen weiteren Apfel und verließ dann mit dem alten Wallach am Zügel den Stall. Erst als ich mir sicher war, dass man uns vom Schloss aus nicht mehr sehen konnte, stieg ich in den Sattel und drückte meine Fersen in die Pferdeflanke. Willig verfiel das Pferd in Galopp und trug mich davon, fort aus meinem alten Leben.

Nach einer knappen Stunde war ich an dem Ort, der mein Tor durch die Zeit sein sollte. Jeder magische Ort, so hatte mir Adam in der Kerkerzelle versichert, eignet sich zur Passage. Und dieser Ort, den ich ausgesucht hatte, war magisch. Ein kleiner See, so tief, dass seine spiegelnde Oberfläche fast schwarz anmutete. Er lag mitten im Wald und war mir schon seit Kindertagen vertraut. Hierher hatte ich mich zurückgezogen, wenn ich mit meinem Vater oder Bruder Ärger hatte. Und hier waren mir oft Geister und Feen erschienen. Ich erinnerte mich noch genau, wie Vater mich verprügelt hatte, als ich ihm in kindlichem Mitteilungsbedürfnis von der durchscheinenden Nebelfrau erzählte, mit der ich mich hier so oft unterhielt. Auf die Prügel folgte das Verbot, jemals noch einmal hierher zu kommen. Ich tat es dennoch, aber nie hatte jemand mehr davon erfahren.

Auch jetzt am frühen Morgen konnte ich den Zauber spüren, der von diesem verwunschenen Ort ausging. Die aufgehende Sonne spiegelte sich im See und ließ ihn gleißen. Ein Windhauch erzeugte auf der eben noch ruhigen Wasserfläche winzige Wellen. Und aus dem Nebel, der am Ufer waberte, stiegen durchscheinende Wassergeister empor und verflüchtigten sich in den Bäumen.

Da war sie, meine Fee aus Kindertagen. Ihre neblige Erscheinung drehte sich zu mir und Nebelfetzen zerstoben als sie mir winkte. Wie ein Hauch drang ihre Stimme in mein Ohr.

„Du wirst deine Liebe finden. Alles wird gut, Adrian, alles wird gut..."

Der Nebel drehte sich wie eine Spirale zur aufgehenden Sonne und löste sich auf. Ich atmete tief durch und versuchte mich zu konzentrieren. Heute war ich ganz auf mich gestellt, niemand war da, der mich mit Gebeten an die Götter begleiten konnte. Doch ich war mir sicher, es würde mir gelingen abermals Zeit und Raum zu überwinden. Zuerst wand ich dem Pferd die Zügel lose um den Hals und schickte es mit einem Klaps auf die Hinterhand nach Hause. Es trödelte noch eine Weile herum, zupfte ein paar Kräuter und Halme, die es zwischen den Zähnen zerrieb. Dann trottete es gemächlich den Weg zurück, den wir gekommen waren. Kurz darauf verschwand es hinter einer Wegbiegung. Ich war allein.

Der kleine See war fast kreisrund, ich brauchte also keinen künstlichen Kreis zu schaffen. Ohne Eile umrundete ich ihn und deponierte an vier Stellen meine Kräuter und Talismane. Über jede dieser Gaben an die Hexengötter sprach ich ein leises Gebet, bat um Hilfe bei meinem Vorhaben. Wieder an meinem Ausgangspunkt angekommen entfachte ich ein Feuer aus trockenen Zweigen. Ich streute die restlichen Kräuter in die hell auflodernden Flammen und murmelte dabei die Zauberformeln. Alles war bereit, ich trat ein paar Schritte ins Wasser, damit ich mich innerhalb des Kreises befand. Vor meinem geistigen Auge sah ich das Bild von Zenta. Ich wollte dorthin, wo sie war.

Mit jedem Gebet, jedem Zauberspruch wurde meine Stimme lauter, drängender. Vor meinen Augen verschwamm die Umgebung, wurde ersetzt durch das Bild der geliebten Frau. Und dann spürte ich es wieder, das vertraute Ziehen. Es erfasste meinen gesamten Körper und auch meinen Geist. Ich fühlte mich herumgewirbelt, mir wurde schwarz vor Augen. Und dann lag ich keuchend im seichten Wasser, das Schwindelgefühl verebbte langsam und ließ mich klarsehen.

Natürlich befand ich mich noch an derselben Stelle. Doch als ich mich aufrappelte und umsah, erkannte ich, dass ich nicht mehr in meiner Zeit war. Das Feuer war verschwunden, wo eben noch strahlend die Sonne aufgegangen war, verdeckten nun graue Wolken den

Himmel. Ein scharfer Wind fegte über den kleinen See, ließ unregelmäßige Wellen über seine Oberfläche hüpfen. Es bestand kein Zweifel, ich war wieder in der Vergangenheit.

Die bange Frage ob ich denn auch in der richtigen Zeit gelandet war, beantwortete sich von selbst als ich auf meine Hände blickte. Dicker Schorf bedeckte meine Fingerspitzen, dort wo mir die Folterknechte die Nägel mit Zangen ausgerissen hatten. Und plötzlich fühlte ich auch schmerzhafte Verspannungen in meinem Körper, die zuvor nicht dagewesen waren. Das noch nicht ganz verheilte Brandmal auf meiner Brust scheuerte unangenehm am Stoff meines Obergewandes.

Verdammt, fuhr es mir durch den Kopf. An die Beschwerden, die mir die vor wenigen Wochen zugefügte Folter noch verursachen würden, hatte ich nicht mehr gedacht. Aber auch das Wissen darum hätte mich nicht davon abgehalten zurückzukehren, um Zenta zu finden. Immerhin hatte sich mein Körper in der vergangenen Zeit schon leidlich gut erholt, ich würde nicht allzu sehr leiden. Ächzend erhob ich mich und stand leicht schwankend da. So gut es ging schlug ich mir die Nässe aus der Kleidung. Dann machte ich mich entschlossen auf den Weg. Der Fußmarsch gestaltete sich schnell als Tortur für meine wunden Füße. Obwohl ich gutes Schuhwerk trug, schmerzten meine Füße bald höllisch. Das hatte ich den Stockschlägen auf die nackten Fußsohlen zu verdanken, die aufgeplatzte Haut war noch nicht gut verheilt. Ein Bach am Wegesrand brachte mir ein klein wenig Erleichterung. Aufatmend kühlte ich meine Füße darin. Doch sobald ich weiter marschierte, kamen auch die Schmerzen wieder zurück. Trotzig biss ich die Zähne zusammen und setzte unermüdlich einen Fuß vor den anderen. Meiner Eingebung folgend lief ich den Weg zurück, den ich vor Tagen gekommen war. Mein Ziel war die kleine Kapelle, in der mir Zenta erschienen war. Ich war mir sicher, dass sie tatsächlich dort gewesen war und mir irgendwo unterwegs begegnen musste. Etwas sagte mir, dass sie auf dem Weg zum Schloss war.

Unser Wiedersehen traf dann noch schneller ein, als ich erwartet hätte. Schon am nächsten Tag hörte ich Hufschläge und das

Rumpeln von Rädern auf dem Weg vor mir. Ein Wagen schien direkt auf mich zuzukommen. Ich stellte mich an den Straßenrand und blickte gespannt in die Richtung aus der ich die Geräusche vernahm. Zwei Gespanne kamen gemächlich die Straße entlang. Das erste wurde von einem Apfelschimmel und einem auffällig gescheckten Gaul gezogen. Dahinter trotteten zwei Maultiere, einen geschlossenen Wagen hinter sich herziehend.

Vor Freude und Aufregung wurde mir fast schlecht. Mit so viel Glück hätte ich nicht gerechnet. Aber sie waren es, waren es tatsächlich. Adam, Agatha..., und Zenta. Plötzlich versagten meine Beine ihren Dienst, hätte ich mich nicht schwer auf meinen Wanderstock gestützt, ich wäre zu Boden gefallen. Keuchend rang ich um Fassung. Mit gesenktem Kopf stand ich da, so dass mich die Näherkommenden nicht erkannten.

„Guter Mann, seid Ihr krank? Kann ich Euch helfen?" hörte ich Adams vertraute Stimme.

Er zügelte die Pferde und sprang vom Bock. Als er fast bei mir war hob ich den Kopf und er blieb abrupt stehen.

„Adrian?" fragte er ungläubig. „Du?" Dann schrie er plötzlich los. „Heiliger Himmel, es ist Adrian."

Er riss mich an seine Brust, zerquetschte mich fast vor Freude. Erst als ich leise ächzte, ließ er mich los. Besorgt blickten mich seine Augen an.

„Geht es dir gut? Du siehst reichlich mitgenommen aus. Aber das ist ja kein Wunder. Wo kommst du überhaupt her? Wir wähnten dich in deiner Zeit."

„Dort war ich auch. Bis gestern." Ich sagte es abwesend. Mein Augenmerk war auf den zweiten Wagen gerichtet. Dort kletterte gerade Agatha vom Bock, gefolgt von Fee. Die Hündin lief neugierig zu mir her und als sie mich erkannte jaulte sie vor Freude und sprang an mir hoch. Ich konnte sie kaum daran hindern, mir immer wieder das Gesicht und die Hände zu lecken. Endlich ließ sie von mir ab und saß hechelnd zu meinen Füßen.

„Adrian. Bist du es wirklich? Dann hat Zenta doch nicht geträumt, als sie behauptete, dich gespürt zu haben."

Agatha kam freudestrahlend auf mich zu und umarmte mich. Dann trat sie einen Schritt zurück und betrachtete mich ebenfalls kritisch. Ich winkte schnell ab und kam ihrer Frage zuvor.

„Mir geht es gut, Agatha. Mach dir keine Sorgen."

Plötzliche Angst umklammerte mein Herz. Wo war Zenta? Im Wagen rührte sich nichts. War sie denn nicht mit ihrer Mutter und Adam gefahren?

„Wo ist sie?" fragte ich heißer und mein Hals fühlte sich an wie zugeschnürt.

„Wo ist Zenta? Ist ihr was geschehen?"

Meine Stimme klang schrill vor Angst. Agatha fasste mich am Arm und schüttelte tröstend den Kopf.

„Sie schläft. Keine Angst, es geht ihr gut. In den letzten Tagen war sie nur furchtbar nervös gewesen. Sie konnte weder essen, noch schlafen und hat nur geweint. Ich habe ihr einen Trank gegeben, damit sie ruhiger wird. Es ist nicht gut für das Kind, wenn seine Mutter so traurig ist."

„Traurig? Geweint? Was ist los mit Zenta? Ist etwas geschehen?"

Ich war versucht, Agatha zu schütteln, damit sie mir schneller Antwort gab. Sie lächelte beruhigend, als sie meine Aufregung sah.

„Komm, wir stellen die Wagen dort hinten auf der Lichtung am Waldrand ab und rasten. Dann kannst du Zenta sehen und dich davon überzeugen, dass es ihr gut geht."

Trotz meiner offensichtlichen Ungeduld drängte sie mich, neben Adam auf dem Bock Platz zu nehmen. Widerstrebend tat ich es.

„Eigentlich dachten wir dich nie mehr wiederzusehen. Ich glaubte nicht, dass es überhaupt möglich sei.", brummte der alte Hexer kopfschüttelnd und fügte dann lächelnd hinzu. „Ich bin trotzdem froh, dass du es gewagt hast und wieder bei uns bist. Es macht hoffentlich einiges einfacher."

Seine Worte verwirrten mich, doch er würde mir nichts sagen, bis wir auf der Lichtung angekommen waren. Also versuchte ich mich in Geduld zu üben. Um mich abzulenken deutete ich auf meine Stute, die doch eigentlich im Stall des Kerkermeisters stehen müsste.

„Wie bist du an das Pferd gekommen? Wegen der Stute wurde ich verhaftet. Schwarz hat sie erkannt als sie beim Schmied stand und mir dort aufgelauert. Ich dachte, er hätte sie behalten."

Adam lachte leise und rieb sich vergnügt über den sorgfältig gepflegten Kinnbart, was ein schabendes Geräusch verursachte.

„Ich ahnte, dass er sie besaß. Deshalb bin ich nach deinem Verschwinden vom Scheiterhaufen schnurstracks zu seinem Haus gegangen und habe sie aus dem Stall geholt. Bei der Gelegenheit ließ ich ihm ein kleines Hexenzeichen zurück. Um ihn noch mehr zu verwirren und damit er denkt, du hättest das Pferd geholt. Ich finde, der Mann hat einen Denkzettel verdient."

„Hexenzeichen? Von was sprichst du?"

„Sage bloß, du weißt nicht, das Hexen angeblich den Pferden die Schwänze und Mähnen flechten um sie zu verhexen? Das Gespinst zu lösen, bedeutet das Unglück heraufzubeschwören. Ich habe Schwarz's Gäulen die Schweife ineinander verflochten. Möchte wissen, was er getan hat?"

„Wahrscheinlich hat er sie gelöst, es blieb ihm ja wohl kaum anderes übrig. Er hätte die Pferde höchstens noch töten können, aber bei dem augenblicklichen Mangel an guten Reittieren hat er es gewiss nicht getan. Unglück wird er jedenfalls bald haben..."

Ich erzählte, was ich im Stadtregister über seinen Tod gelesen hatte. Adam schwieg nachdenklich, zuckte dann aber die Schulter.

„Reiner Zufall", meinte er dann. „Oder glaubst du tatsächlich an solche Hexengeschichten? Ein wenig Angst war das mindeste, was ihn plagen sollte. Nach dem, was er uns angetan hat."

„Wie haben die braven Bürger eigentlich reagiert, als ich so mir nichts, dir nichts vom Scheiterhaufen verschwand? fragte ich neugierig. „Das war doch sicher das Stadtgespräch."

Adam lachte abermals auf.

„Ha, du hättest sie sehen sollen, diese abergläubischen Gaffer. Schon als du immer lauter die Zaubersprüche riefst, wurde es totenstill. Alle starrten wie gebannt auf dich im Feuer.

Nachdem du plötzlich nicht mehr da warst, warfen sie sich schreiend zu Boden oder ergriffen Hals über Kopf die Flucht. Mir wurde übrigens auch ganz mulmig zumute als ich sah, wie du in der hell aufflodernden Feuersäule standst. Ich befürchtete du würdest ersticken oder verbrennen bevor unser Zauber wirkte. Ich glaube, ich habe mit den Leuten geschrien, als du dich plötzlich... auflöstest. Allerdings vor Erleichterung. Die anderen schrien vor Angst und Entsetzen."

„Es war auch äußerst knapp", bekannte ich. „Der Rauch setzte mir so sehr zu, dass ich glaubte ohnmächtig zu werden. Und die Flammen leckten bereits an meinem Gewand. Zum Glück regnete es in Strömen, als ich ... drüben ankam. Der Regen löschte die Flammen aus, ehe sie mir ernsthaft schaden konnten. Ich trug nur ein paar Brandblasen an den Beinen davon. Dafür waren alle anderen Wunden verschwunden. Sie sahen vernarbt aus, als wären sie Jahre alt."

„Nun, jetzt sind sie jedenfalls wieder da", brummte Adam nach einem Blick auf meine verletzten Finger. „Es ist schon seltsam, das mit dem Älter- und wieder Jungwerden. Immerhin sind die Wunden in den vergangenen Wochen einigermaßen abgeheilt, sie dürften dir keine allzu großen Schmerzen mehr bereiten, oder?"

„Naja, es geht. Am schlimmsten spüre ich meine wunden Füße. Aber nun kann ich ja wieder fahren, da werden die Schwielen bald abheilen."

Adam seufzte so tief, dass ich verwundert zu ihm blickte. Er schüttelte den Kopf und in seinen Augen las ich Kummer und Schuldbewusstsein.

„Es ist meine Schuld. Ich hätte dich niemals bitten sollen, mir zu helfen. Nur aus Freundschaft und Pflichtbewusstsein mir gegenüber bist du in diese schlimme Situation geraten. Ich hatte nicht das Recht, dich in meine Angelegenheiten hineinzuziehen."

„Ach was!" knurrte ich unwillig. „Darüber haben wir doch schon einmal gesprochen. Ich denke, unser Schicksal ist uns vorbestimmt. Auf die eine oder andere Weise holt es uns ein. Wer weiß was mir zugestoßen wäre, würde ich in meiner Zeit leben. Auch dort hat mich bisher niemand mit Samthandschuhen angefasst. Ich habe wahrscheinlich einfach das Pech, immer zur falschen Zeit am falschen

Ort zu sein. Lass uns nicht darüber nachdenken, Adam. Ich bin wieder hier und mir geht es gut. Alles andere ist nebensächlich."

Doch er gab sich nach wie vor die Schuld an meinen schlimmen Erlebnissen

„Hätte ich nicht nach dir gerufen, so wärst du jetzt noch ein angesehener Arzt und irgendwann sogar Herzog. Welche Chance hast du hier? Wenn du Glück hast nimmt dich dein Vorfahr gnädig auf. Aber du wirst nie mehr als ein geduldeter Verwandter auf dem Schloss sein, dass eigentlich dir gehören sollte."

Ich winkte ab.

„Ich habe weder das Schloss noch den Herzogtitel je gewollt, das weißt du. Und auch mein Doktortitel bedeutet mir wenig. Ich kann den Menschen auch als namenloser Heiler helfen. Und ich werde damit genug verdienen meine Familie zu ernähren. Außerdem war ich auch in meiner Zeit genug Anfeindungen und Intrigen ausgesetzt. Anscheinend ist das mein Schicksal. Wer weiß, vielleicht muss ich ja die Sünden eines früheren Lebens abbüßen."

„Blödsinn", grollte Adam, kam aber nicht dazu weiter mit mir diskutieren, weil wir auf der Lichtung angelangt waren. Ich kletterte vom Bock und half ihm und Agatha die Tiere auszuspannen, damit sie grasen konnten. Dann hielt mich nichts mehr. Ich musste Zenta sehen, mich davon überzeugen, dass es ihr gut ging.

Im Wagen herrschte schummriges Licht, die bunten Vorhänge vor den winzigen Wagenfenstern waren zugezogen. Doch meine Augen gewöhnten sich schnell an die Dämmerbeleuchtung. Ich erkannte Zenta, die auf dem Bett lag und schlief. Damit sie während der Fahrt nicht herausfallen konnte, waren zwei Seile als Schutz davor gespannt.

Beklemmung, aber auch ein Glücksgefühl, überfiel mich, als ich sie betrachtete. Ihr Gesicht war im Schlaf entspannt und sie wirkte unglaublich jung. Nur ihr Leib, der sich inzwischen sichtbar wölbte zeigte, dass sie eine Frau und kein Mädchen mehr war.

Leise, um sie nicht zu wecken, löste ich die Seile und setzte mich zu ihr. Sie seufzte im Schlaf und bewegte sich leicht. Ihre Hand rutschte von ihrem Bauch, ich konnte nicht widerstehen und legte meine an die Stelle. Die leichte Bewegung unter meinen Fingern ließ mich erstarren. Mein Kind - unser Kind, ich konnte es fühlen. Die zarten Stöße überwältigten mich fast.

Falls ich noch Zweifel hegte, ob ich das richtige getan hatte, so waren sie nun endgültig beseitigt. Hier und nirgends anders gehörte ich hin, zu meiner Frau und meinem Kind. Von unbändiger Liebe erfüllt beugte ich mich herab und küsste Zenta sachte auf den Mund. Ihre Arme legten sich wie selbstverständlich um meinen Hals und zogen mich noch weiter hinab.

„Oh, Adrian", murmelte sie. „Wie sehr habe ich mich nach dir gesehnt."

Dann fuhr sie mit einem Schrei auf und stieß mich weg. Ich war so perplex, dass ich neben dem Bett unsanft auf dem Hosenboden landete. Erschreckt starrte ich ihr in die Augen, die ebenso entgeistert zurück starrten.

„Du..., du bist es wirklich? Du bist kein Traum?"

Sie griff sich an den Hals, als ob sie ersticken müsse. Schnell sprang ich auf und zog sie an mich.

„Ich bin kein Traum, Zenta. Ich bin es wirklich."

„Aber, aber..., du bist doch fortgegangen, zurück..."

„Und nun bin ich wieder hier. Ich habe es ohne dich nicht ausgehalten, Zenta. Ich wollte lieber bei dem Versuch sterben zu dir zurückzukehren, als alleine zu sein. Ich liebe dich, ... mehr als alles andere auf der Welt."

Eine ganze Weile sagten wir nichts, hielten uns nur, als könnten wir nie mehr voneinander lassen. Und wir schauten uns in die Augen. Dieser Blick ersetzte all die Worte und Fragen, die noch unausgesprochen zwischen uns hingen, fegten sie einfach fort. Nach einer kleinen Ewigkeit flüsterte ich:

„Schick mich nicht mehr weg, Zenta. Nie mehr."

Sie schaute mich ernst an, so lange, dass mir bange wurde. Dann schüttelte sie den Kopf. „Nein, das tu ich nicht. Bitte, bleibe bei mir, Adrian. Ich kann ohne dich nicht leben."

Kapitel 20: Ein riskantes Vorhaben

Zenta und ich sprachen uns im Schutze unseres winzigen Heimes all die Sorgen, Ängste und Zweifel von der Seele, die uns geplagt hatten. Ich wollte vor allem wissen, ob es ihr ernst gewesen sei, mich nie mehr wiedersehen zu wollen.

Tränen traten in ihre Augen als sie kaum wahrnehmbar den Kopf schüttelte.

„Es war die schlimmste Entscheidung, die ich je treffen musste. Aber ich liebe dich so sehr, Adrian. Ich wollte mich lieber mein restliches Leben nach dir sehnen, wenn ich nur die Gewissheit hatte, dass du lebst. Ich hätte nicht ertragen, dich tot zu wissen. Schon das Wissen um die Folter, die du erleiden musstest, hat mich fast verrückt gemacht. Ich ahnte, du würdest nie freiwillig in deine Zeit zurückkehren. Deshalb gab ich Adam den Auftrag, dich weg-zuschicken. Ich..., ich konnte einfach nicht...“

Sie brach verstört ab und warf sich schluchzend in meine Arme. Lange hielt ich sie fest an meine Brust gedrückt, streichelte über ihr weiches Haar und flüsterte ihr tröstende Worte ins Ohr. Schließlich beruhigte sie sich und schlief in meinem Arm ein. Ich hielt sie weiter fest, betrachtete voller Liebe ihre im Schlaf entspannten Züge. Ich würde sie nie mehr verlassen, schwor ich mir. Niemals wieder.

Weder Agatha, noch Adam störten unsere Zweisamkeit. Ab und zu drangen von draußen ein paar Geräusche zu uns die besagten, dass wir nicht alleine waren. Und bald zog der Geruch von gekochtem Gemüse und gebratenem Fleisch ins Wageninnere.

„Hmm, Kaninchenbraten“, murmelte ich und spürte wie mir das Wasser im Munde zusammenlief. Mir wurde klar, dass ich seit meiner Zeitreise nichts mehr gegessen hatte. Ein Grummeln im Magen machte deutlich, wie hungrig ich war. Zenta regte sich in meinem Arm und schlug die Augen auf. Sie schien das Geräusch gehört zu haben, denn sie lächelte verständnisvoll.

„Lass uns nachsehen, ob das Essen fertig ist. Wenn die Kaninchen zu lange braten, schmecken sie nicht mehr.“

„Wie mir scheint, versorgt euch Fee immer noch zuverlässig mit gewildertem Fleisch."

„Ja, sie ist ein wahrer Schatz. Obgleich ich Kaninchen mittlerweile kaum noch riechen kann. Doch ohne sie wäre unser Kessel oft sehr mager bestückt. Komm mit nach draußen. Ich möchte nicht, dass du verhungerst. Nun, da ich dich endlich wiederhabe."

Schweren Herzens ließ ich sie los, damit sie aufstehen konnte. Sie ordnete mit den Fingern flüchtig ihre zerzauste Mähne und lächelte mich glücklich an.

„Wie sehe ich aus?" fragte sie und zupfte an ihrem Rock herum. „Sieht man uns an, dass wir...?"

„Und wenn schon", gab ich zurück und nahm sie erneut in die Arme um sie zu küssen. „Wir sind schließlich verheiratet. Und wir haben viel Nachholbedarf. Deine Mutter und Adam werden es sicher verstehen. Hab keine Sorge."

Adam und Agatha schauten diskret über unser leicht zerknittertes Äußeres hinweg. Ich hätte schwören können, sie haben sich sogar heimlich vergnügt zugezwinkert.

„Ah, da seid ihr ja", rief Agatha munter und rührte geschäftig in dem verbeulten Kupferkessel, der über der Feuerstelle hing. „Kommt, das Essen ist gerade fertig geworden. Du siehst dünn aus, Adrian. Wir werden dich ein wenig aufpäppeln müssen, bevor du deinem Verwandten unter die Augen trittst."

Sie musterte mich kritisch, als schätze sie meinen Leibesumfang unter den Kleidern. Mir war auch schon aufgefallen, dass sie mir um den Leib schlotterten. Wie beim ersten Mal, war ich bei meiner Zeitreise nicht nur jünger, sondern auch magerer geworden.

Wir unterhielten uns während des Essens über belanglose Dinge. Die notwendige Aussprache wollten wir uns bis zum Abend aufsparen. Ich langte kräftig zu und sah mit Freude, dass auch Zenta es sich schmecken ließ. Agatha hatte mir anvertraut, sie hätte in den letzten Wochen kaum einen Bissen angerührt. Nur um dem Kind nicht zu schaden, hatte sie sich gezwungen, wenigstens ab und zu eine kleine Portion zu essen. Fee lag zu meinen Füßen und ließ mich nicht aus den Augen. So als wolle sie aufpassen, dass ich nicht noch einmal abhandenkam. Bislang war mir gar nicht bewusst geworden, wie wichtig ich der Hündin war, ich dachte, sie hinge nur an Zenta. Es machte mich zufrieden, dass selbst sie mich vermisst hatte.

Eigentlich hätte ich pures Glück verspüren müssen. Doch in das Glück, meine Familie zurückzuhaben mischte sich urplötzlich Trauer um die andere Familie, die ich für immer verloren hatte. Meine Eltern würden sicher schon voller Unruhe nach mir suchen lassen. Ich verspürte einen Kloß im Hals, als ich daran dachte, wie meine Mutter abermals um mich weinte.

Zenta spürte meinen Stimmungswechsel sofort. Besorgt erkundigte sie sich, was mich plötzlich so traurig mache. Ich erklärte es ihr. Dann fiel mir der Ring wieder ein, den ich bei mir trug. Ich zog ihn hervor und steckte ihn ihr an den Finger. Er passte, als wäre er für sie gemacht.

„Meine Mutter gab ihn mir für dich. Sie sagte er wäre ein altes Familienerbstück und nun wäre es an der Zeit, dass du ihn trägst."

Meine Stimme versagte. Zenta legte ihre Arme um meinen Hals und drückte mich stumm.

„Ich werde ihn stets in Ehren halten", versprach sie dann feierlich. „Schade, dass ich deine Mutter nie kennenlernen werde. Sie ist sicher eine wunderbare Frau."

„Das ist sie, ja. Und sie hätte dich sehr gemocht..."

Ich vergrub mein Gesicht in Zentas Haar.

Der Abend verwöhnte uns mit milder Luft und sternklarem Himmel. In den Wiesen um uns übertrumpften sich unzählige Grillen gegenseitig mit ihrem zirpenden Gesang. Nachtfalter schwirrten ums Feuer, taumelten in die Flammen, wenn sie ihnen zu nahe kamen und verglühten mit einem Knistern. Nichts blieb von ihnen zurück, so als hätte es sie nie gegeben.

Genauso war es mir ergangen. Damals, in den Flammen. Auch von mir war nichts zurückgeblieben. Doch, fiel mir ein, zumindest ein Mensch war zurückgeblieben, der um mich geweint hatte. Aber ich war nicht verbrannt wie die Falter. Und nun war ich wieder hier.

Dafür hatte ich in der anderen Zeit andere Menschen zurückgelassen, die nun um mich weinten. Verzweiflung kam in mir hoch, ich kämpfte sie gewaltsam nieder. Ich hatte mich entscheiden müssen. Doch egal, wie ich mich entschieden hatte, ich ließ Menschen, die mir etwas bedeuteten zurück. Warum musste das Leben so grausam sein?

Adam räusperte sich und begann zu sprechen. Er fühlte was in mir vorging, konnte mir aber so wenig helfen, wie die anderen auch. Deshalb kam er nun auf die unmittelbare Zukunft zu sprechen. Auf meinen Plan. Es würde von großer Bedeutung sein, dass mir kein Fehler unterlief. Deshalb wollte er nochmals jeden Punkt mit mir durchsprechen.

Er berichtete mir, dass er an meinem Vorhaben festgehalten hatte und Zenta nach Schloss Wolffhardt bringen wollte.

„Unterwegs sind wir an einigen Dörfern vorbeigekommen, vor deren Toren die Pestflaggen gehisst waren. Das machte mir mehr denn je deutlich, dass wir wirklich nur in deiner hochgelegenen Heimat Schutz finden konnten. Zumindest Zenta. Ich habe mir überlegt notfalls meine Hexenkräfte einzusetzen, damit sie im Schloss aufgenommen würde. Wenigstens so lange, bis das Kind zur Welt käme. Aber so ist es natürlich besser. Ich hoffe nur, deine Rechnung geht auf. Ich wage nicht darüber zu grübeln was geschehen wird, sollte dein Urahn misstrauisch werden. Bist du sicher er nimmt dir ab, der schwarze Otmar zu sein?"

„Nein, sicher bin ich mir nicht", musste ich zugeben. „Ich habe zu Hause nochmals gründlich unsere Familienchronik studiert. Aber über den schwarzen Otmar steht nur wenig darin. Er ist halt nur ein Neffe des Herzogs, ein unehelich geborener obendrein. Ein Wunder, dass er überhaupt erwähnt wurde. Aus irgendeinem, nicht näher bezeichneten Grund, war der junge Mann Roderich eine Erwähnung in der Familienchronik wert. Dabei dürfte er ihn gar nicht persönlich gekannt haben, jedenfalls lebte Otmar nicht im Herzogtum. Ich gebe zu es ist ein Risiko, mich als ihn auszugeben. Aber einen anderen Verwandten kann ich mit meinem dunklen Aussehen nicht darstellen. Bis auf mich sind alle Edlen zu Wolffhardt hellhäutige, blonde Recken gewesen. Ich kann nur hoffen, der schwarze Otmar wurde wegen seiner Haarfarbe und nicht wegen seiner dunklen Gesinnung so genannt."

Adams skeptischer Blick war nicht dazu angetan, mich ruhiger zu machen. Es war ein gefährliches Unterfangen, doch es gab keine andere Wahl für uns. Wir mussten irgendwie erreichen, auf dem Schloss aufgenommen zu werden. Und so wie es Adam schon vorhatte hatte, würde ich eine Aufnahme im Schloss notfalls durch Anwendung meiner Hexenkräfte erzwingen.

„Da gibt es noch ein anderes Problem", störte Adam meine grüblerischen Gedanken. Er deutete auf meine Hände.

„Wir werden uns noch einige Tage gedulden müssen, ehe du deinem Urahn unter die Augen treten kannst. Ein Blick auf deine Finger verrät ihm sofort, was dir geschehen ist. Die verschorften Wunden sprechen eine deutliche Sprache. Als Schlossherr mit eigenem Kerker und sicher auch Folterkeller sind ihm diese typischen Male ganz sicher bekannt. Lass mal sehen!"

Er nahm meine Hände in die seinen und betrachtete sie eingehend im Schein des Feuers. Ich verzog das Gesicht als er prüfte, ob sich der dicke Schorf schon löste.

„Du solltest die Fingerspitzen jeden Tag zweimal in einem Kräutersud aufweichen. In ein paar Tagen kann man den Grind dann ablösen, ohne dass die Wunden erneut zu bluten beginnen. Ein kleines Stück des neuen Wachstums ist an den Nägeln schon zu sehen, bis sie allerdings ganz nachgewachsen sind werden noch Monate vergehen. So lange können wir nicht warten. Du wirst gezwungen sein, deine Hände möglichst unauffällig vor ihm zu verbergen.

Ich nickte gedankenverloren, während mein Blick zu Zenta wanderte. Ihr Gesicht hatte alle Farbe verloren als sie ebenfalls intensiv meine verstümmelten Finger betrachtete. In ihren Augen schimmerte es verdächtig, deshalb nahm ich sie in den Arm.

„Es ist nicht so schlimm, wie es aussieht. Ich spüre kaum noch etwas", versuchte ich sie zu trösten.

Dabei fragte ich mich was sie später, wenn wir zu Bett gingen, zu den anderen Wunden sagen würde, die seit unserem letzten Beisammensein meinen Körper verunstalteten.

„Es muss entsetzlich gewesen sein", flüsterte sie tonlos und ich schwieg dazu. „Ich habe mir einmal den Finger in die Türe geklemmt, so dass der Nagel entfernt werden musste. Es tat fürchterlich weh. Wie kann man so etwas einem Menschen nur antun? Es ist barbarisch."

„Ja, das ist es", gab ich zu, ging aber nicht weiter darauf ein. Eine Weile saßen wir stumm da, während ich beruhigend über ihren Rücken strich.

„Wie weit ist es noch bis zum Schloss?" lenkte Agatha uns ab.

„Wir dürften nicht mehr allzu weit davon entfernt sein. Wir sind seit Tagen ständig Bergauf gefahren. Viel höher kann es doch gar nicht mehr gehen."

„Noch eine halbe Tagesreise", gab ich bereitwillig Auskunft, froh, das Thema wechseln zu können. „Wir befinden uns längst auf Wolffhardt'schem Gebiet."

Ich deutete auf einen Bergkamm, der hinter uns aufragte.

„Wenn ihr möchtet, führe ich euch morgen dort hinauf. Es gibt da oben eine natürliche Felsenplattform, von dort aus kann man fast das ganze Herzogtum überblicken. Als Kind bin ich oft dort oben gewesen."

„Es würde alles dir gehören, wärst du nicht zu mir zurückgekehrt."

Zenta wisperte es so leise, nur ich konnte es hören. Ich seufzte frustriert. Sie schien einfach alles, was ich sagte so auszulegen, als müsse ich meine Entscheidung bedauern.

„Ich habe es nie gewollt."

Das war mein Standardsatz, den ich mir schon so viele Jahre immer wieder selbst vorgesagt hatte. Die ganze Zeit war es auch tatsächlich so gewesen. Ich hatte mich stets mit Händen und Füßen gesträubt, das Herzogtum zu übernehmen. Ich wollte weder den Titel, noch das Schloss und auch nicht den immensen Reichtum, der damit verbunden war. Bis mir mein Vater vorhielt, alles würde meinen leichtfertigen Cousins zufallen, sollte ich ihn nicht beerben.

Er machte mir sehr eindringlich klar, dass das Wohl der vielen Menschen in seinem Land vom Regenten abhing. Mein Vater, so kaltherzig er sich auch mir gegenüber verhalten hatte, war stets bei seinem Volk beliebt gewesen. Er sorgte stets vorbildlich für seine Untertanen und hatte stets ein offenes Ohr für ihre Sorgen. Für ihn wäre es entsetzlich zu wissen, wie die ihm anvertrauten Menschen nach seinem Tode von seinen trunk- und spielsüchtigen Neffen ausgeblutet werden würden. Deshalb hatte er nicht eher geruht, bis ich ihm schließlich in die Hand versprach, der nächste Herzog zu Wolffhardt zu werden.

Doch daraus würde nun nichts mehr werden. Bei dem Gedanken überfielen mich die Schuldgefühle mit neuer Macht. Hatte ich doch das Falsche getan, als ich meinem Herzen gefolgt war? Mein Egoismus würde vielen Menschen Not und Elend bringen.

Von plötzlichen Zweifeln gepackt sprang ich auf und lief in die Nacht. Achtete nicht auf Zentas erschrockenen Gesichtsausdruck und auch nicht auf Adams Ruf. Wie von Sinnen lief ich weiter, bis ein umgestürzter Baum mich aufhielt. Ich sank neben ihm ins taufeuchte Gras und presste mein Gesicht an die borkige Rinde.

„Möchtest du reden, Adrian?" hörte ich Adams vertraute Stimme hinter mir. „Es scheint mir alles entschieden zu viel, was du in letzter Zeit durchmachen musstest. Und die Entscheidungen, die du zu treffen hattest, waren dir sicher nicht leicht gefallen..."

„Ich weiß einfach nicht mehr was richtig und was falsch ist, Adam. Egal, was ich tue, ich lasse Menschen zurück, die auf mich zählen..." Stockend berichtete ich ihm von meinem Vater, von seinen Bemühungen, das Herzogtum auch nach seinem Tode in verantwortungsvollen Händen zu wissen. Von den Menschen, die würden leiden müssen, weil ich mich der Verantwortung ihnen gegenüber entzogen hatte. Und alles, um selbst glücklich zu sein. Aber wie konnte ich glücklich sein, wenn ich dadurch so viel Unheil anrichtete?

Auf meine Selbstvorwürfe wusste auch Adam keine Antwort. Schließlich meinte er, es hätte sicher alles seinen tieferen Sinn. „Vielleicht solltest du so und nicht anders entscheiden.

Unser Schicksal führt uns oft auf verschlungenen Pfaden zum Ziel. Und wer weiß, vielleicht liegt die Lösung deiner Probleme schon vor dir, du erkennst sie bloß noch nicht."

Er wollte mich trösten und mir Mut machen, aber er klang, als sei er selbst nicht sehr überzeugt von seinen Worten.

Nach einer Weile beruhigte ich mich so weit, dass ich mit ihm zu den Wagen zurückging. Zenta sah mich aus großen, kummervollen Augen so ängstlich an, da ich sie in die Arme nahm um ihr zu versichern, es sei nicht ihre Schuld.

„Es sind wohl meine Nerven die verrücktspielen", behauptete ich. „Die letzten Wochen haben mich mehr mitgenommen, als ich mir selbst eingestehen wollte. Eine Nacht voll erholsamen Schlafes wird meine Lebensgeister schnell zurückbringen."

Ich nickte den anderen zu und führte meine Frau zu unserem Wagen. Dort angekommen nahm ich sie in die Arme und wir hielten einander fest.

„Lass mich nie mehr los, Zenta. Solange du bei mir bist, kann ich alles ertragen", flüsterte ich heißer und bedeckte ihr Gesicht mit Küssen.

Und in diesem Augenblick war ich davon überzeugt, das Richtige getan zu haben. Vielleicht hatte Adam ja Recht mit seiner Prognose. Vielleicht hatte tatsächlich alles seinen tieferen Sinn. Es wird alles gut. Die Worte der Waldfee fielen mir wieder ein. Ich wollte einfach daran glauben.

Nach einer weiteren Woche waren meine Finger weitgehend abgeheilt, zumindest einem flüchtigen Betrachter würde nichts Ungewöhnliches daran auffallen. Bei näherem Hinsehen, konnte man allerdings nicht übersehen, dass meine Nägel gewaltsam herausgerissen worden waren. Die neu gebildete Haut war noch dünn und empfindlich und sah vernarbt aus. Doch die Nagelwurzeln waren zum Glück nicht zerstört worden. Die nachwachsenden Nägel spitzten allerdings erst wenige Millimeter hervor, wie Adam gesagt hatte, würde es noch lange dauern, bis sie vollständig nachgewachsen waren.

Nun, ich trug mich nicht mit der Absicht, meinem Urahn meine Hände allzu deutlich zu präsentieren. Wenn möglich würde ich sie in meinen Taschen vergraben oder die Arme verschränken. Das konnte bei ihm zwar leicht den Anschein erwecken, ich sei ein ungehobelter Kerl mit schlechten Manieren, war aber immer noch besser als die Wahrheit.

Wir hatten beschlossen, dass vorerst nur Zenta und ich zum Schloss fahren würden. Sollte etwas Unvorhergesehenes passieren, so wären Adam und Agatha wenigstens in der Lage, uns zu Hilfe zu eilen.

Ich war nervös, ob mein so sorgfältig ausgetüftelter Plan aufgehen würde. Doch es war zu spät, es mir nochmals anders zu überlegen. Uns blieb keine andere Wahl, wollten wir nicht riskieren an Hunger oder Krankheit zu sterben. Unsere Vorräte waren fast gänzlich aufgebraucht, dass wenige das noch da war verwahrten Adam und Agatha in ihrem Wagen. Auch Fee musste bei ihnen bleiben, damit sie uns nicht folgte, wurde sie auf dem Planwagen angebunden. Ihr protestierendes Jaulen hörten wir noch als der Wagen schon längst außer Sicht war.

„Hast du Angst?" fragte ich Zenta und sie nickte stumm.

„Ich auch", gestand ich ihr mit einem halbherzigen Lächeln ein. „Aber es ist unsere einzige Chance, wenigstens ein halbwegs gesichertes Leben zu führen. Selbst wenn uns Roderich nur im Gärtnerhaus wohnen lässt ist das besser, als weiterhin wie Vagabunden durchs Land zu ziehen. So hat unser Kind zumindest ein richtiges Dach über dem Kopf. Und die Gefahr einer ansteckenden Krankheit ist hier oben sehr gering. Die Schlossbewohner und das Gesinde ernähren sich ausschließlich von dem, was auf Feldern angebaut und in den Ställen gemästet wird. Zudem verirren sich kaum einmal Fremde hier herauf. Und ich weiß zuverlässig, dass es hier nie Kriegshandlungen und grassierende Epidemien gegeben hat."

Wir schwiegen, bis das Schloss in Sicht kam. Ich hielt die Maultiere an, damit Zenta sich in Ruhe das riesige Gebäude ansehen konnte. Auch ich betrachtete es mit gemischten Gefühlen. Es war nicht ganz das Schloss, das ich kannte, in dem ich geboren war. Ein Seitentrakt fehlte, der erst später angebaut werden würde. Dafür stand dort ein Turm, der, wie ich aus der Chronik wusste, in etwa dreißig Jahren von einem Blitz getroffen werden, und bis auf die Grundmauern abbrennen würde.

Das übrige Gebäude sah genauso aus, wie ich es kannte. Sogar das alte Dienerhaus daneben hatte sich seither kaum verändert. Die angrenzenden Stallungen waren im Laufe der Zeit erneuert und vergrößert worden.

Sieh nur, die kleine Kastanie", ich deutete auf einen mickrigen jungen Baum, der verloren vor dem Portal stand. „In meiner Zeit ist sie zu einem stattlichen Baum herangewachsen. Als Junge bin ich gerne hinaufgeklettert. Ich weiß nicht mehr, wie oft mich mein Vater verprügelt hat, weil ich mir dabei die Hosen zerrissen hatte."

„Du scheinst ein lebhaftes Kind gewesen zu sein", meinte Zenta lächelnd und strich liebevoll über ihren Bauch. „Da werde ich mit deinem Sohn sicher bald alle Hände voll zu tun haben."

„Nun, vielleicht wird es ja eine entzückende Tochter, brav und schön wie ihre Mama." Ich wurde wieder ernst.

„Was meinst du? Fühlst du dich in der Lage, dem grimmigen Herzog Roderich zu Wolffhardt gegenüberzutreten?"

Sie nickte tapfer.

„Wenn du dich in der Lage fühlst, dann tu ich es auch."

Energisch presste sie ihre Lippen zusammen, damit ich das verräterische Zucken nicht sehen konnte. Mit einem Seufzer ließ ich die Maultiere antraben und kurz darauf standen wir vor der marmornen Freitreppe.

Ein Knecht kam herbeigeeilt und fiel den Tieren in die Zügel. Hilfesuchend sah er sich nach Verstärkung um. Sie kam in Gestalt von drei Lakaien, die wild entschlossen schienen, uns den Weg zu verwehren. Ihnen folgte gemessenen Schrittes ein Diener, dessen prächtiges Livree seinen besonderen Status erkennen ließ. Er musterte uns hochnäsig und blaffte uns barsch an.

„Was wollt ihr hier? Der Herzog ist für niemanden zu sprechen. Schon gar nicht für streunendes Pack. Schert euch davon, bevor ich die Hunde auf euch hetzen lasse."

„Der Herzog zu Wolffhardt ist ein Verwandter von mir. Ich denke, mein Onkel ist nicht erfreut, wenn Ihr mich wie einen Bettler wegjagt", gab ich ebenso hochnäsig zurück und ließ meinen Siegelring mit dem Wappen aufblitzen. Ich hatte mir den protzigen Ring vorsorglich eingesteckt, ehe ich aufbrach. Allerdings trug ich ihn nicht am Finger, sondern an einer Goldkette um den Hals.

Der Diener riss erstaunt die Augen auf, als er das Wappen erkannte. Er klang etwas verunsichert, wich jedoch nicht zurück.

„Euer Onkel? Ich kenne Euch nicht..."

„Das macht nichts, Ihr werdet mich noch kennenlernen. Und jetzt holt meinen Onkel oder lasst uns ein. Wie Ihr seht, ist meine Frau in gesegneten Umständen, die Mittagshitze setzt ihr zu."

Meine kalt vorgebrachten Worte zeigten Wirkung. Der Diener machte eine einladende Handbewegung und eilte ins Haus. Ich half Zenta beim Absteigen und führte sie am Arm die vielen Stufen empor und durchs Portal. Dort blieb ich stehen, um mich umzusehen. Die Möblierung der Eingangshalle war fast identisch mit der, die ich kannte. Die Teppiche waren andere, doch die wertvollen Möbel dieselben. Alles mutete mir gleichzeitig seltsam vertraut und doch fremd an.

Ich spürte, wie Zenta neben mir heftig die Luft einzog. Ein Blick zu ihr sagte mir, wie fasziniert sie von dem Prunk des Schlosses war. „Es ist alles so... wunderschön", hauchte sie ehrfürchtig. „So etwas habe ich noch nie gesehen. Sieht es in deiner Zeit noch genauso aus?"

„Fast", brummte ich widerwillig. „Nur wirkt es dort irgendwie... älter. Ich kann es nicht erklären. Vielleicht macht das Alter selbst Möbel würdevoller."

Von der Treppe her erklangen langsame Schritte und dann kam er auf uns zu - mein Urahn, Herzog Roderich zu Wolffhardt. Ich glaube, ich starrte ihn an, wie einen Geist. Seine Gesichtszüge waren mir von seinem Portrait bekannt, dass in der Ahnengalerie des Schlosses hing. Ich hatte sie mir besonders gut eingeprägt. Im Moment sah er seinem Bildnis allerdings nicht sehr ähnlich.

Er war von großer, kräftiger Statur, so wie alle Wolffhardts, allerdings sehr hager. Schlaffe, welke Haut zeigte an, dass er in letzter Zeit stark abgemagert war. Sein aufgeschwemmtes Gesicht trug eine ungesunde Gelbfärbung. Das Weiße seiner Augen war ebenfalls verfärbt, Iris und Pupillen trüb und vom Schmerz verschleiert. Gelbsucht diagnostizierte ich in Gedanken. Der Mann, der da vor mir stand, war sehr krank.

Schwer auf den Arm eines kräftigen Dieners gestützt, blieb er vor uns stehen. Kühle graue Augen musterten uns lange, ehe er zu sprechen begann.

„Man sagte mir, Ihr behauptet mein Neffe zu sein. Ich kann mich nicht entsinnen, Euch je gesehen zu haben. Was hat es mit Eurer unverschämten Behauptung auf sich? Falls Ihr meint, Euch hier einschleichen zu können, so muss ich Euch warnen. Mit Betrügern machen wir kurzen Prozess."

Ich spürte, wie sich Zentas Hand in meinen Arm krallte, vermied es aber, sie anzusehen. Stattdessen hielt ich trotzig dem Blick des Alten stand.

„Ich bin der uneheliche Sohn Eures Bruders", behauptete ich kühn. „Otmar, auch der schwarze Otmar genannt."

Nun war sie heraus, die Lüge. In den nächsten Sekunden würde ich erfahren, ob ich einen Glücksgriff getan, oder aber den größten Fehler meines Lebens begangen hatte. Die innere Anspannung zwang mich dazu, die Luft anzuhalten. Noch immer schaute ich Zenta nicht an, obwohl sie ihre Nägel voller Angst schmerzhaft in meinen Arm bohrte.

Die grauen Augen verengten sich unter den zusammengezogenen buschigen Augenbrauen. Der eisige Blick, der mich nun traf, sagte mir die Antwort, bevor sein Mund sie aussprach:

„Du bist nie und nimmer mein Neffe Otmar. Du bist ein gemeiner und elender Betrüger."

An seine Bediensteten gewandt, die sich unbemerkt hinter uns aufgebaut hatten, befahl er knapp:

„Ergreift sie, alle beide. Werft sie in den Kerker. Ich werde später entscheiden, was mit ihnen geschieht."

Mit einem letzten vernichtenden Blick auf mich, drehte er sich um und ging mit schleppenden Schritten von dannen.

„Nein, wartet. So hört mich doch an...!"

Ich wollte ihm nacheilen, wurde aber von starken Händen gepackt und festgehalten. Es gelang mir dennoch, mich loszureißen. Doch kaum war ich frei und schon fast beim Herzog angelangt, da hörte ich Zentas spitzen Schrei hinter mir. Abrupt blieb ich stehen und drehte mich nach ihr um. Zwei Männer hielten sie gepackt, ich sah, wie ihr Arm auf den Rücken gedreht wurde.

Ich wollte ihr zu Hilfe eilen, da wurde ich abermals gepackt und zu Boden gerungen. Verbissen wehrte ich mich, was mir aber nur einen Tritt an den Kopf einbrachte, der mich fast ohnmächtig werden ließ. Zwei Männer zerrten meine Arme auf den Rücken und schleiften mich davon. Mein Kopf hing zu Boden, so konnte ich nicht sehen, was mit Zenta geschah. Schleifende Geräusche ließen mich vermuten, dass sie ebenfalls durch den Gang und die Treppe hinunter in den Keller gezerrt wurde.

Ich war halb von Sinnen vor Angst, was mit uns geschehen würde. Meine Angst steigerte sich zur Panik, als ich den Gang erkannte, der in das unterirdische Verlies führte. Nicht schon wieder, schrie alles in mir. Nicht schon wieder in einen Kerker. Nicht in diesen Kerker, in dem ich schon einmal fast gestorben wäre.

Eine Tür quietschte als sie geöffnet wurde und ich bekam einen Stoß, der mich zu Boden stürzen ließ. Jemand stieß an mich, wäre fast neben mich gestürzt. Es war Zenta, die sich nun zitternd neben mir zu Boden kauerte. Ich wälzte mich mit einem wehen Laut herum, da fiel die Tür krachend ins Schloss. Ein Schlüssel wurde herumgedreht und Schritte entfernten sich. Dunkelheit umfing uns und ich spürte eisiges Grauen, das mich wie eine Schwertklinge durchdrang.

Kapitel 21: Zuflucht oder Kerker?

Im Nachhinein fürchte ich getobt zu haben wie ein Irrer. Erneut in einem dunklen engen Kerker eingesperrt zu sein, brachte mich fast um den Verstand. Das durfte nicht sein. Nicht schon wieder, nicht schon wieder, ich halte das nicht aus, - es waren immer dieselben Worte, die mir durch den Kopf rasten. Mit den Fäusten polterte ich an die schwere Holztür, schrie, bis mir die Stimme versagte. Irgendwann sank ich erschöpft zu Boden. Es dauerte eine ganze Weile bis mein Kopf soweit klar wurde, dass Zentas Schluchzen in mein Gehirn drang. Ich stöhnte auf vor Frust. In meiner grenzenlosen Panik hatte ich meine Frau total vergessen. Wie musste sie sich fühlen? Sicher war sie selber voller Angst vor dem Ungewissen und sah sich nun zusammen mit einem offensichtlich irre gewordenen Ehemann in eine Zelle gesperrt. Der Gedanke ernüchterte mich noch weiter, so dass es mir schließlich gelang, mich zusammenzureißen. Mühsam drehte ich den Kopf zu ihr, sah sie voller Scham an. Sie kniete neben mir, die Hände um meine Schultern geklammert. Tränen strömten über ihr Gesicht, ihre Augen, ihr Mund war vom Weinen verquollen. Unendlich langsam und zaghaft hob sich mein Arm, meine Hand strich sanft über ihr nasses Gesicht.
„Es tut mir leid", murmelte ich zerknirscht und fuhr mir beschämt über die Augen. „Ich weiß nicht, was über mich gekommen ist. Anstatt dich zu beschützen, dir Mut zu machen, benehme ich mich wie ein verängstigtes Kind, das man in den Keller gesperrt hat."
„Man hat uns ja auch in den Keller gesperrt."
Zenta versuchte ein zaghaftes Lächeln, es misslang jedoch kläglich. Leise, wie zu sich selbst murmelte sie:
„Es muss fürchterlich für dich sein, schon wieder in einem Kerker zu sitzen. Was meinst du, wird man mit uns tun?"
Ihr Blick war so furchtsam, dass es mir schier das Herz zerriss. Ich setzte mich vollends auf und nahm sie in die Arme.
„Ich weiß es nicht", musste ich zugeben und küsste ihre Tränen fort. Doch sie rannen immer wieder aufs Neue über ihre Wangen,

sammelten sich in ihren Mundwinkeln, schmeckten salzig auf meinen Lippen.

„Ich werde nicht zulassen, dass dir etwas geschieht", schwor ich.

Sinnend sah ich zu Boden.

„Der Herzog ist meines Wissens kein grausamer Mann. Dass er fähig ist einer Frau, noch dazu einer schwangeren, etwas anzutun kann ich mir nicht vorstellen. Er wird dich sicher gehen lassen."

„Aber was ist mit dir? Was wird er dir antun?"

Ihre Tränen, kaum versiegt, begannen erneut zu fließen.

Ich zuckte nur flüchtig die Schulter.

„Eigentlich kann er mir nicht viel wollen."

Ich sagte es gegen meine innere Überzeugung. Er war der Herzog, ausgestattet mit allen Rechten seines hohen Standes. Er konnte mit mir tun was er wollte, keiner würde ihn hindern oder Rechenschaft fordern. Aber ich wollte nicht auch noch Zenta hysterisch machen. Deshalb äußerte ich betont sachlich:

„Was habe ich schon Schlimmes getan? Ihm eine Lüge erzählt, das ist kein großes Verbrechen. Er wurde dadurch nicht geschädigt. Vielleicht gibt er mir eine Chance, meine Beweggründe zu erklären. Ich denke das Schlimmste was passieren wird ist, dass er uns mit Schimpf und Schande vom Schloss verjagt."

Ich brachte die Worte mit lässiger Überzeugung heraus, fast glaubte ich selbst daran. Aber nur fast. Denn wenn der Herzog uns hätte verjagen wollen, dann wäre es sofort geschehen. Stattdessen waren wir im Kerker gelandet. Ich erhob mich vollends und zog Zenta mit hoch. Unsere Augen hatten sich längst an das düstere Licht im Kerker gewöhnt. Argwöhnisch betrachtete ich den bedrückenden Ort. Meine heimliche Befürchtung in einem dreckigen, verlausten Loch gelandet zu sein, bestätigte sich nicht. Die Zelle war zwar winzig und dunkel, aber trocken und sauber. Auf der Holzpritsche lag sogar eine dünne strohgefüllte Matratze und darauf einige Decken. Der Boden war mit sauberem Stroh bedeckt, in einer Ecke stand ein Holzkübel mit Deckel - die Toilette.

Neben der Pritsche entdeckte ich einen Zinnkrug, der mit einer kurzen Kette an der Wand befestigt war und Wasser enthielt.

Daneben hing, ebenfalls angekettet, ein Zinnbecher. Krug und Becher waren gesichert, damit die Inhaftierten damit weder sich selbst, noch dem Kerkerpersonal etwas antun konnte. Der Schlossherr schien sich um das Wohl seiner Gefangenen ebenso zu kümmern, wie um das seiner Angestellten. Und er schien die in seinem Kerker schmorenden Menschen nicht von vornherein als infame Verbrecher abzustempeln. Vielleicht gewährte er ihnen ja einen gerechten Prozess, ehe er sie verurteilte.

Diese Überlegung gab mir neue Hoffnung, ihm nochmals vorgeführt zu werden. Dann würde es mir vielleicht gelingen, ihm meine Situation zu erklären. Oder, sollte mir das misslingen, zumindest Gnade für Zenta zu erreichen.

Etwas ruhiger füllte ich den Becher mit Wasser und bot ihn Zenta an. Sie trank durstig. Ich füllte den Becher erneut und trank ebenfalls von dem schalen Wasser. Eng aneinander geschmiegt setzten wir uns auf die Pritsche. Ich wiegte Zenta leicht in meinen Armen, die sanfte Bewegung machte mich selbst auch ruhiger. Schließlich brach sie das Schweigen.

„Ist das dieselbe Zelle, in die dich... dein Vater gesperrt hatte?"

Ich zuckte die Schulter.

„Daran kann ich mich nicht mehr erinnern. Meines Wissens gibt es fünf oder sechs Kerkerzellen hier unten. Ich war damals zu sehr mit meiner Pein beschäftigt, als man mich herunter schleifte. Kurz darauf bekam ich hohes Fieber und wäre daran fast gestorben. Seither überfällt mich pures Grauen in Räumen wie diesem. Wie sich das auswirkt, hast du ja leider erleben müssen."

Ich seufzte tief auf.

„Es scheint mein Schicksal zu sein, in Kerkern zu darben. In meiner eigenen Zeit ebenso wie in dieser. Eigentlich sollte ich mittlerweile daran gewöhnt sein. Aber ich fürchte stattdessen wird es von Mal zu Mal schlimmer."

Wir schwiegen wieder, jeder hing seinen eigenen Gedanken nach. Nach einer Weile spürte ich wie Zenta einschlief und bettete sie vorsichtig auf die Pritsche, deckte sie mit einer rauen Decke zu. Leise trat ich von ihr weg, stellte mich unter das Kerkerfenster, durch das ein feiner Lichtstrahl fiel. Ein paarmal atmete ich tief durch um die Panik abzuschütteln, die mich erneut zu befallen drohte. Ich muss die Nerven behalten, sagte ich mir immer wieder ein. Nur wenn ich stark blieb, konnte ich das Ruder vielleicht noch einmal zu meinen Gunsten herumwerfen.

Was war bloß schiefgegangen? Nach allem, was ich aus der Familienchronik wusste, konnte der Herzog den schwarzen Otmar nur vom Hörensagen kennen. Aber anscheinend was das ein Irrtum. Ein Irrtum, der mich und Zenta teuer zu stehen kommen konnte.

Unruhig ging ich in der winzigen Zelle auf und ab. Es brachte mir nichts außer Kopfschmerzen, wenn ich grübelte. Ich musste abwarten bis es meinem Urahn genehm war mich zu verhören. Das würde er ganz sicher tun. Und dann bestand vielleicht doch noch eine Chance, ihm das Unerklärliche zu erklären.

Je länger ich darüber nachdachte, desto sicherer wurde ich in meinem Entschluss. Ich würde ihm einfach die Wahrheit sagen. Im schlimmsten – oder auch günstigsten Fall hielt er mich für verrückt und würde uns hinauswerfen.

Am nächsten Morgen erwachte ich in aller Frühe durch das Gezeter einer Amsel vor dem Kerkerfenster. Steif erhob ich mich aus dem Stroh, das ich am Boden unter Zuhilfenahme einer der Decken in ein halbwegs bequemes Lager verwandelt hatte. Zenta lag noch schlafend auf der Pritsche. Am Abend hatte uns ein junger Bursche Brot und kaltes Schweinefleisch gebracht. Ich wollte ihn ausfragen, doch er hatte nicht geantwortet, sondern nur das Tablett abgestellt. Dann war er eilig entflohen. Die Mahlzeit erwies sich als üppig bemessen und wir ließen es uns trotz unserer Sorge schmecken. Ich achtete besonders darauf, dass Zenta ordentlich aß, sie kam mir viel zu dünn vor für eine Schwangere.

Es lag noch eine Scheibe Fleisch auf dem Brett und auch noch Brot. Weil mein Magen knurrte, aß ich von dem trockenen Brot und spülte es mit einem Schluck Wasser hinab. Dann nahm ich meinen ruhelosen Lauf wieder auf. Ich brauchte die Bewegung, sonst wurde ich tatsächlich verrückt.

Irgendwann knirschte der Schlüssel im Schloss und ich blieb stehen. Zwei Männer kamen herein und forderten mich auf, sie zu begleiten. Schnell ging ich zu Zenta die erwacht war und bat sie leise ruhig zu bleiben. Ich sei sicher bald wieder bei ihr, versicherte ich und fügte beschwörend hinzu:

„Alles wird gut werden."

Dieser Satz der Waldfee schien mir wie ein Omen. Ich wollte einfach daran glauben.

Die Männer nahmen mich in ihre Mitte und führten mich hinauf in die Gemächer des Herzogs. Dort bedeuteten sie mir, auf einem Stuhl Platz zu nehmen und verließen den Raum. Ich war mir jedoch sicher, sie seien in Rufweite und sofort hier, falls sich der Herzog von mir bedroht wähnen und nach ihnen schreien würde. Ich schaute mich flüchtig um und stellte fest, dass mir auch dieser Raum samt seiner Einrichtung bekannt war. Er gehörte nun meiner Mutter. Auch hier gab es noch dieselben Möbel nur die Teppiche, Vorhänge und diverse Deckchen waren durch andere ersetzt worden.

Die hohe Flügeltür, die ins angrenzende Schlafgemach des Herzogs führte, öffnete sich und er trat hindurch. Eigentlich schleppte er sich mehr dahin. Er sah heute fast noch kränker aus, versuchte aber tapfer, sich aufrecht zu halten. Mit leisem Ächzen ließ er sich auf den Stuhl hinter seinem Schreibtisch sinken. Lustlos inspizierte er das reichhaltige Frühstück das vor ihm stand. Dann zupfte er mit spitzen Fingern eine fette Scheibe Schinken heraus und roch daran.

„Ihr solltet das nicht essen, Euer Hoheit." Ich sah mich einfach verpflichtet ihn auf die Schädlichkeit seiner Mahlzeit, in Anbetracht seines Gesundheitszustandes, hinzuweisen. Die fetten Speisen waren pures Gift für seine kranken Verdauungsorgane.

„Fett ist sehr schädlich bei einer so ausgeprägten Gelbsucht, wie der Euren. Und auch den Rotwein solltet Ihr meiden und stattdessen lieber Tee trinken. Eure Leber verträgt weder Fett, noch Alkohol."

Er starrte mich über die erhobene Scheibe Speck hinweg skeptisch an.

„Woher will ein Kerl wie du das wissen? Dein Rat ist sicher genauso erlogen, wie deine Behauptung, mein Neffe zu sein."

Er schob den Schinken in den Mund und begann zu kauen. Doch kaum hatte er ihn geschluckt, krümmte er sich vor Schmerz.

Ich beugte mich vor, wollte aufstehen, doch er hielt mich mit einer Handbewegung auf. Nach einem lauten Rülpsen schien es ihm besser zu gehen.

„Mein Leibarzt sagt, es sind die Leibessäfte. Sie fließen nicht richtig. Der Wein soll helfen."

So einen unsinnigen Rat hätte ich keinem Arzt zugetraut. Es grenzte fast an ein Wunder, dass der Herzog bei solchen Empfehlungen noch lebte. Doch ich war nicht hier, um ihm gesundheitliche Ratschläge zu geben. Zumindest im Moment würde er sie nicht annehmen.

Er kam auch sogleich auf den Grund zu sprechen, aus dem ich hier vor ihm saß.

„Wie kommst du auf die Idee, dich als meinen Neffen auszugeben? Woher weißt du überhaupt von ihm, bist du einer seiner verbrecherischen Kumpane? Ich dachte bisher, wir hätten sie alle mit ihm geschnappt."

Ich fühlte wie ich blass wurde. In mir keimte eine Ahnung auf, warum Otmar der Schwarze genannt wurde. Ganz sicher war es nicht seine Haarfarbe gewesen, die ihm diesen zweifelhaften Beinamen verliehen hatte. Mein Urahn ließ mir keine Chance zu einer Erklärung, sondern polterte weiter:

„Mein sauberer Neffe, der übrigens einer schändlichen Verbindung meines Bruders mit einer Straßendirne entsprang, befindet sich längst in einer Strafkolonie irgendwo am Ende der Welt. Eigentlich gehörte er an den Galgen für seine Untaten. Aber mein Bruder bat so inständig um sein Leben, da habe ich ihn an einen Sklavenhändler verkauft. Und dort werde ich dich auch hinschicken, wenn es dir nicht gelingt, mich von deiner Lauterkeit zu überzeugen."

Meine schlimmste Befürchtung war eingetreten. Der schwarze Otmar wurde nicht wegen seiner Haarfarbe so genannt, sondern weil er das schwarze Schaf der Familie war. Warum, zum Teufel, war das nirgendwo niedergeschrieben worden?

Ich rang um Fassung. Was sollte ich meinem Urahn erzählen? Beichte ihm die Wahrheit, schrie alles in mir. Entweder er glaubt dir, oder er hält dich für verrückt. Wahrscheinlich das Letztere. Aber dann lässt er dich vielleicht gehen. Oder aber, er lässt mich im Kerker verrotten...

Ich hatte keine Wahl, wurde mir bewusst, deshalb holte ich nochmals tief Luft und begann zu erzählen:

„Ich habe in der Familienchronik von ihm gelesen. Allerdings stand nicht viel über ihn darin. Ich nahm einfach an, er würde der schwarze Otmar wegen seiner Haarfarbe genannt. Und da dachte ich...“

Ich kam nicht weiter. Der Herzog erhob sich halb aus seinem Stuhl und starrte mich entgeistert an.

„Aus der Familienchronik? Wie kommt ein Vagabund wie du an die Chronik meiner Familie? Woher weißt du überhaupt davon? Sie ist sicher verwahrt. Niemand außer mir kommt da heran.“

„Sie liegt in einem Sekretär in Eurem Arbeitszimmer“, behauptete ich. „Zumindest bewahrt sie mein Vater dort auf. Zusammen mit der Familienbibel in der sich ein Stammbaum derer zu Wolffhardt befindet. Ihr, Hoheit, seid der achte Herzog zu Wolffhardt, geboren am 17. August im Jahre des Herrn 1579.“

Das verschlug ihm die Sprache. Doch er fasste sich schnell wieder. „Das hast du ausspioniert. Jeder meiner Untertanen kennt das Datum meiner Geburt. Es wird jedes Jahr prunkvoll gefeiert.“

Ich ließ mich nicht beirren.

„Euer Vater war Herzog Winfried. Er starb am 11. Januar Anno 1587 an Lungenentzündung, nachdem er von seinem Pferd abgeworfen und im eiskalten Fluss gelandet war. Wollt Ihr von mir auch noch die Geburts- und Sterbedaten Eurer Mutter oder Eurer Großeltern hören? Ich kenne sie alle. Nur zu, fragt mich!“

Zum ersten Mal in meinem Leben war ich meinem Vater dankbar, dass er mir die Daten des Familienstammbaums mit dem Rohrstock eingebläut hatte.

Der Herzog war aschfahl geworden. Stumm starrte er mich an. Nach einer ganzen Weile fragte er heißer.

„Woher weißt du das alles? Bist du etwa bei mir eingebrochen?“

„Könnte jemand tatsächlich unbemerkt bis in Euer Arbeitszimmer kommen?“ fragte ich fast spöttisch zurück. „Und Euer Sekretär ist immer abgeschlossen, oder etwa nicht? Sicher tragt Ihr den Schlüssel an einer goldenen Kette um Euren Hals. Den Schlüssel nebst einer goldenen Plakette mit dem Wappen derer zu Wolffhardt darauf. Genau wie mein Vater das auch tut."

Sein Griff an die Brust, wo er diese beiden Dinge unter seinem Oberteil versteckt trug, sagte mir deutlich, dass ich richtig vermutete. Er schüttelte fassungslos den Kopf und seine trüben Augen sahen mich unsicher, aber auch ängstlich an, so, als wäre ich der Leibhaftige in Person. Endlich brach es aus ihm hervor:

„Wer seid Ihr? Wer ist Euer Vater?"

Mir fiel sofort auf, dass er mich nicht mehr duzte. Ich wertete es als gutes Zeichen, er schien mir langsam Glauben zu schenken, mich als seinesgleichen zu betrachten. Ich beschloss, einfach alles auf eine Karte zu setzen und ihm die ganze Wahrheit zu erzählen. Von Anfang an.

„Mein Vater ist der zwölfte Herzog zu Wolffhardt. Und ich bin Prinz Adrian zu Wolffhardt. Eigentlich soll ich der dreizehnte Herzog werden, aber durch unglückliche Umstände wurde ich in die Vergangenheit zurückversetzt. Und ich bin hier, um Euch um Aufnahme für mich und meine Frau zu bitten."

Nun war es heraus. Die nächsten Sekunden würden entscheiden, ob er mir zuhören, oder mich des Schlosses verweisen würde. Oder ob er dich als Hexer, Zauberer, Ausgeburt der Hölle oder was auch immer bezeichnet und dich töten lässt, wisperte eine gehässige Stimme in meinem Kopf.

Die Stille im Zimmer war fast greifbar. Und sie kam mir endlos vor. Roderich saß da wie erstarrt, sein Blick wich nicht von meinem Gesicht. Erst als hinter meinem Rücken die Tür aufging und der hochnäsige Diener fragte ob alles in Ordnung sei, kam wieder Leben in den Herzog. Es schickte den Diener hinaus. Zuvor trug er ihm auf, dass er die nächste Stunde auf keinen Fall und von niemandem gestört werden wolle. Pikiert näselte der Diener er habe verstanden und schloss geräuschlos die Tür.

Er würde mir also zuhören, sich meine Geschichte anhören. Im Stillen zollte ich meinem Verwandten Hochachtung. Wenn ich an meinen Vater dachte; er hätte jeden, der ihm mit solch einer verwegenen Geschichte käme, mit der Peitsche aus dem Haus getrieben. Auf die knappe Bitte meines Urahns begann ich mit meinem ungewöhnlichen Bericht.

Ich begann wirklich ganz am Anfang, schon vor dem Zeitpunkt meiner Geburt. Erzählte von meinem älteren Stiefbruder, der zweiten Heirat meines Vaters mit einer Italienerin. Von dem Misstrauen meines Vaters wegen meines dunklen Aussehens, und besonders wegen meiner übersinnlichen Fähigkeiten. Berichtete vom Streit mit meinem Halbbruder, von dessen tragischem Tod mit all den schlimmen Folgen für mich.

Ich ließ auch meine Flucht aus dem Schloss nicht aus und erzählte von meiner Begegnung mit Erasmus dem Hexer, meiner Lehrzeit bei ihm, meinem Studium um Arzt zu werden. Ich verschwieg auch nicht, dass man mich ebenfalls einen Hexer nannte.

Roderich hörte mir stumm und staunend zu, unterbrach mich nicht einmal, als ich ihm von meiner Reise durch die Zeit, meiner Liebe zu Zenta, der Befreiung der Hexen, unserer anschließenden Flucht und meiner Verhaftung und Anklage als Hexer berichtete. Schließlich endete ich mit meinem Verschwinden vom Scheiterhaufen vor aller Augen, der Rückkehr in meine eigene, - und der erneute Rückkehr in diese Zeit.

Das viele Reden und Erklären hatten mich erschöpft. Leise bat ich um ein Glas Wasser. Roderich reichte mir stattdessen stumm seinen Kelch mit Rotwein. Ich trank durstig und reichte ihn dankend zurück. Endlich schien er sich so weit gefasst zu haben, dass er in der Lage war, zu reden.

„Eine wahrhaft unglaubliche Geschichte", gestand er ein.

„Entweder Ihr seid der größte Lügner aller Zeiten, oder sie ist tatsächlich wahr."

„Sie ist wahr, dass müsst Ihr mir glauben."

Er schien nachzudenken, sagte lange nichts. Dann meinte er plötzlich.

„Ihr wisst selbst, wie unglaublich Eure Erzählung klingt. Wärt Ihr in der Lage, mir einen Beweis liefern?"

„Wenn mir das möglich ist, gerne. An was denkt Ihr?"

„Nun, zum Beispiel einen Beweis, dass Ihr tatsächlich in Aschaffenburg im Gefängnis wart, der Hexerei verdächtigt. Ich hatte zwar bislang noch keine Hexe in meinem Kerker, bin mir aber über die Methoden der peinlichen Befragung im Klaren. Falls Ihr tatsächlich einen Hexenprozess hinter Euch habt, so muss Euer Körper voller Narben sein, eindeutiger Narben."

Ich nickte schweigend, dann streckte ich meine Hände vor, die ich bislang sorgsam verborgen gehalten hatte. Die kaum verheilten Wunden an meinen Fingern waren durch mein Toben im Kerker teilweise wieder aufgebrochen und frisch verschorft. Der Herzog betrachtete sie eingehend. Ich beobachtete sein Gesicht, sah, wie er den Kopf schüttelte und mitleidig den Mund verzog. Anscheinend war Folter zum Zwecke der Wahrheitsfindung in seinem Kerker nicht üblich. Meine Achtung vor ihm stieg.

Leise bat er mich, mein Obergewand abzulegen. Ich tat es, wenn auch widerstrebend. Seine Augen wurden groß, als er die hässliche Narbe betrachtete, die in meine Brust eingebrannt war. Stumm drehte ich mich um, damit er meinen Rücken sehen konnte. Endlich stieß er gepresst hervor.

„Ihr könnt euch wieder anziehen, ich sehe, dass Ihr gefoltert wurdet."

Als ich mein Wams überstreifte, knisterte das zusammengerollte Papier, das ich aus meiner Zeit mitgebracht hatte. Ich zog es hervor und entrollte es. Dann hielt ich es dem Herzog hin.

„Falls Ihr noch einen Beweis braucht. Ich habe aus der Familienbibel die Seite mit Euren Lebensdaten herausgerissen. Wenn Ihr nachschauen wollt, werdet Ihr sicher Eure Schrift erkennen. Allerdings muss ich Euch warnen: Es stehen auch die Umstände und das Datum Eures Todes darunter. Es ist sicher nicht angenehm, den Zeitpunkt des eigenen Todes zu kennen."

Besonders wenn er so unmittelbar bevorsteht, dachte ich bei mir.

Er schaute mich unsicher an, griff dann aber beherzt nach dem gerollten Blatt. Seine Augen flackerten kurz auf, als er darüber las.

„So bald schon?" hörte ich ihn tonlos fragen. Er ging zu seinem Stuhl zurück und setzte sich. Seine Hände auf dem Schreibtisch zitterten leicht."

„Ich kann versuchen, Euch zu helfen", bot ich ihm an. „Ihr müsstet Euch allerdings strickt an meine Regeln halten. Wärt Ihr dazu bereit?"

„Ach ja, Ihr sagtet, Ihr hättet Medizin studiert. Deshalb wohl vorhin Euer Rat wegen des fetten Essens und dem Wein. Ihr scheint nicht der Meinung meines Leibarztes zu sein."

„Ganz und gar nicht. Der Mann scheint nicht viel Ahnung von seinem Beruf zu haben. Ihr solltet ihn zum Teufel jagen. Ich kann euch zwar ohne genaue Untersuchung nichts Konkretes sagen, Eure Hautfarbe und auch Euer sonstiges Aussehen legen allerdings den Schluss nahe, dass Ihr an einer Entzündung von Leber oder Galle leidet. Wahrscheinlich sogar an beidem. Ich tippe auf Steine, die den Gallenfluss blockieren. Das hat die Leber in Mitleidenschaft gezogen. Leider muss ich Euch sagen, Euer Zustand scheint mir lebensbedrohlich. Wenn Ihr Eure Ernährungsgewohnheiten nicht unverzüglich ändert, so werdet Ihr bald sterben."

Er sagte nichts zu meiner Prognose, doch unter seiner gelbverfärbten Haut wurde er abermals aschfahl. Nach einer Weile fragte er rau. „Könntet Ihr mir helfen?"

Ich schaute ihn ernst an.

„Ich will es auf jeden Fall versuchen, wenn Ihr mir die Erlaubnis dazu erteilt. Aber ich kann Euch nichts versprechen. Die Krankheit ist schon sehr weit fortgeschritten."

Mit großen Augen starrte er mich furchtsam an. Dann nickte er schwach.

„Gut", sagte ich. „Dann fangen wir sofort an. Als erstes gebe ich Euch eine Aufstellung der Dinge, die Ihr essen dürft. Ich spreche es am besten mit der Köchin ab, damit sie bei der Zubereitung der Mahlzeiten darauf achtet. Dann erlaubt mir, die Schlossapotheke zu benutzen. Ich werde eine Medizin herstellen, die Eurer Leber hilft zu entgiften. Ihr legt Euch derweil ins Bett und ruht Euch aus. Und lasst um Gottes Willen diesen Quacksalber von Leibarzt nicht mehr an Euch heran. Sobald die Medizin fertig ist, suche ich Euch auf um Euch gründlich zu untersuchen. Seid Ihr damit einverstanden?"

Er nickte ergeben und rief dann seinen Diener. Der Mann hatte vor der Türe gewartet und kam sofort ins Zimmer gestürzt, gefolgt von den beiden Wachen. Als sie mich friedlich auf dem Stuhl sitzen sahen, schaute alle drei irritiert drein. Der Herzog schickte mit knappen Worten nach der Köchin und der Diener verließ mit verdutztem Gesichtsausdruck den Raum. Auch die Wächter wurden hinausgeschickt.

Kurz darauf erschien die Köchin, eine beleibte ältere Frau mit rosigen Wangen und mütterlichen Augen. Ich erklärte ihr was der Herzog in Zukunft essen und trinken durfte. Sie schien verblüfft und warf ihm einen fragenden Blick zu. Er bestätigte meine Anweisungen mürrisch. Daraufhin machte die Köchin einen kleinen Knicks vor ihm und entfloh in ihre Küche, um sofort den Speisezettel umzuändern. Das Frühstückstablett nahm sie gleich mit.

„Legt Euch zu Bett, Hoheit", riet ich dem Herzog, denn er sah erschreckend müde und erschöpft aus.

„Ich finde die Apotheke alleine, ich bin schon oft dort gewesen. Sobald ich die Medizin hergestellt habe, komme ich zu Euch."

Er nickte und erhob sich schwerfällig um meinen Rat zu befolgen. Ich stand ebenfalls auf und stützte ihn, führte ihn langsam in sein Schlafgemach und half ihm, sich niederzulegen. Sein Zustand besorgte mich wirklich. Ich war mir nicht sicher ihm überhaupt noch helfen zu können. Aber ich würde nichts unversucht lassen.

Nachdem er in die Kissen gesunken war, schaute er mich ernst an. „Ich will Eure unglaubliche Geschichte erst einmal auf sich beruhen lassen. Ich möchte Euch aber nicht vorenthalten, dass ich Boten nach Aschaffenburg senden werde, die Erkundungen über Euch einholen werden. Sollten Sie das, was Ihr mir erzählt habt bestätigen, so will ich Euch Glauben schenken. Bis dahin seid mein Gast, Ihr und Eure Frau. Ich werde Anweisung erteilen, sie sofort aus dem Kerker zu holen und im Südflügel einzuquartieren. Ich hoffe, Ihr seid damit einverstanden. Natürlich war ich das, ich hätte mich auch mit einer kleinen Kammer unterm Dach bei den Dienern einverstanden erklärt. Alles war besser als der Kerker. Und der Südflügel war normalerweise hohen Gästen vorbehalten. Dennoch war ich besorgt und sagte dem Herzog, was mir auf dem Herzen lag.

„Eure Boten werden mich doch hoffentlich nicht verraten? Der Hexenjäger und der Kerkermeister Aschaffenburgs sind sicher sehr daran interessiert, mich wieder in ihre Gewalt zu bringen.

Sie würden sich bestimmt nicht scheuen hierher zu kommen um mich abermals gefangen zu nehmen."

Er musterte mich eine Weile, dann schüttelte er den Kopf.

„Keine Angst, ich werde Order geben, Euren derzeitigen Aufenthaltsort auf keinen Fall zu erwähnen. Ich werde besonders fähige Männer schicken, die umsichtig und diskret vorgehen. Wenn Ihr wirklich der dreizehnte Herzog zu Wolffhardt seid, dann darf Euch nichts zustoßen."

Ich erinnerte ihn nicht daran, dass daraus wohl nichts werden würde. Ihm knapp zunickend verließ ich sein Schlafgemach um die Schlossapotheke aufzusuchen. Vor der Türe hielten noch immer die beiden Männer Wacht. Sie schauten mich eigenartig an, ließen mich aber meines Weges gehen, ohne mich aufzuhalten.

Kapitel 22: Roderichs wundersame Genesung

Mit einer verkorkten Flasche in Händen verließ ich die Apotheke und eilte durch die Gänge zu den Gemächern des Herzogs zurück. Die Flasche, in der die dicke, graue Flüssigkeit schwappte, fühlte sich noch warm an. Ich hatte alle benötigten Zutaten in der gut bestückten Kräuterkammer gefunden und auf dem Zubereitungstisch, der mit allem ausgestattet war, was man zur Herstellung von Medizin brauchte, den Heiltrank hergestellt.

Bei der Arbeit hatte ich mich fast in mein früheres Leben zurückversetzt gefühlt. In meinem kleinen Reich, im Dachgeschoß meines Hauses in Aschaffenburg verstaubten mittlerweile sicher meine wertvollen Phiolen und Gerätschaften. Und die getrockneten Kräuter, die sorgsam haltbar gemachten Arzneipflanzen und Extrakte würden bald ihre Wirkstoffe verlieren. Irgendwann, wenn ich nicht mehr auftauchte, würde Ellen alles ausräumen und auf den Misthaufen werfen.

Der Gedanke machte mich unglücklich. Meine Arbeit als Arzt und Heiler fehlte mir, musste ich ehrlich vor mir selbst zugeben.

Ich unterdrückte meine aufwallende Gefühlsregung und konzentrierte mich auf die Aufgabe, die mir bevorstand. Es würde all meine Heilkunst erfordern, wollte ich meinen Urahn vor dem Tode bewahren. Sein Todestag, den ich aus der Chronik kannte wäre der 28. Juni 1633. Heute hatten wir schon den 21. Juni, es blieben mir also nur noch sieben kurze Tage.

Ich hatte die Medizin so stark gebraut, wie ich es gerade noch vertreten konnte. Dabei war ich mir des Risikos bewusst, dass sie Roderich wegen seines schlechten Allgemeinzustandes auch schaden konnte. Es war mehr als ungewiss ob sein geschwächter Magen das Mittel in sich behalten konnte. Aber in schwächerer Dosierung würde es Tage oder gar Wochen dauern, bis die Medizin ihre gewünschte Wirkung entfaltete. So viel Zeit hatte der Herzog zu Wolffhardt nicht mehr.

Vor den Gemächern Roderichs hielt ein Mann in Uniform und mit einem Speer bewaffnet Wache. Er nickte mir nur knapp zu und ließ mich eintreten. Ein Flügel der Schlafzimmertür war geöffnet, so dass ich ohne anzuklopfen eintrat. Der Herzog war wach und schaute mir aus tiefen Augenhöhlen entgegen. Neben seinem Bett standen ein abgedeckter Krug und ein Becher aus dem es dampfte. Es war der Tee, den ich angeordnet hatte.

„Das Zeug schmeckt ja grässlich", brummte Roderich matt, als ich ihn darauf ansprach. „Könnt Ihr nicht wenigstens einen Löffel Honig hineingeben?"

„Kein Honig. Stattdessen habe ich hier die Medizin. Sie wird Euch allerdings noch weniger schmecken."

Ich stellte die Flasche ab und griff nach einem silbernen Suppen-löffel, der neben einer leeren Schale lag. Anscheinend hatte der Herzog die magere Brühe gegessen, die ich ihm als leichte Mahlzeit zugestand. Ich wischte den Löffel mit einer Serviette ab und füllte ihn mit Medizin.

„Ich sollte Euch zuvor noch auf die Nebenwirkungen des Trankes hinweisen, Hoheit. Nicht dass Ihr meint ich hätte Euch vergiftet. Euer Körper ist schon sehr geschwächt, deshalb kann es geschehen, dass Ihr die Medizin nicht bei Euch behalten könnt. In diesem Falle müsst Ihr alle halbe Stunde ein winziges Schlückchen nehmen. Auf jeden Fall werdet Ihr Leibschmerzen, vielleicht sogar Krämpfe und Fieber bekommen. Es können auch noch andere Symptome auf-treten, die sicher nicht angenehm sind. Auf jeden Fall braucht Ihr Euch deswegen nicht vor mir zu schämen. Als Arzt bin ich mit allen Körperreaktionen vertraut. Also, seid Ihr bereit?"

Ich hielt ihm den Löffel an die Lippen. Er starrte mich einen Moment nachdenklich an, dann nickte er unmerklich.

„Ich vertraue Euch. Es wäre ja auch unnötig, mich zu vergiften, da ich ja ohne die Medizin auf jeden Fall sterben würde. Also gebt schon her, das Zeug."

Er sperrte den Mund auf wie ein hungriges Vogeljunges und schluckte dann mit Todesverachtung die bittere Medizin.

„Pfui Teufel", krächzte er und würgte. „Ich dachte, schon der Tee wäre an Scheußlichkeit nicht zu überbieten."

„Es gibt für alles noch eine Steigerung", brummte ich lächelnd. „Und nun seht zu, dass Ihr den Trank in Euch behaltet. Dann müsst Ihr ihn nur dreimal täglich einnehmen und nicht stündlich. Ich bleibe bei Euch, falls Euch übel wird. Versucht, ein wenig zu schlafen."

„Ich habe Eure Frau aus dem Kerker holen und in den Südflügel bringen lassen. Wollt Ihr nicht nach ihr sehen?"

„Später. Die Hauptsache ist, sie befindet sich nicht mehr in der Zelle."

Ich hatte die ganze Zeit an Zenta gedacht und war froh, sie gut aufgehoben zu wissen. Sobald der Herzog eingeschlafen war, nahm ich mir vor, würde ich sie kurz aufsuchen.

„Sie ist eine tapfere junge Frau. Und sie trägt Euren Erben unter dem Herzen. Es tut mir leid, dass ich gestern so aufgebracht war und sie mit Euch in den Kerker werfen ließ. Es ist unverzeihlich. Sie muss große Ängste ausgestanden haben. Wenn Ihr zu ihr geht, bittet sie, mir zu verzeihen."

„Sie hat den Kerker tapferer ertragen als ich", gestand ich mit einem verlegenen Lächeln ein. Sicher hatte er von den Wärtern schon zuge-tragen bekommen, wie ich getobt hatte.

„Ich fürchte, ohne sie wäre ich dort unten irrsinnig geworden."

„Kein Wunder, bei den schlechten Erfahrungen, die Ihr gemacht habt. Das hätte jedem Menschen zugesetzt, der derartiges erleben musste. Immerhin wart Ihr in meinem Kerker vor Folter sicher. Auf Schloss Wolffhardt gibt es keine Folterkammer. Für derartige Bruta-litäten hatte ich nie etwas übrig. Außerdem denke ich, dass ein Mensch unter der Folter wohl alles gesteht, nur damit er nicht länger gequält wird. Ihr könnt das sicher bestätigen."

Das konnte ich allerdings. Dennoch gab ich zu bedenken.

„Aber wie überprüft Ihr, ob ein Mann die Wahrheit sagt? Schließlich sind nicht alle unschuldig, die in den Kerker kommen."

„Ich bete immer, wenn ein Gerichtstag ansteht, dass keine schwer-wiegenden Verbrechen geahndet werden müssen. Natürlich lasse ich die Angeklagten zuvor lange und intensiv vernehmen. Und ich lasse Nachforschungen anstellen, was wirklich vorgefallen ist. Zudem ist mein Kerkermeister ein furchteinflößender Mann, sein bloßer Anblick lässt Leute mit schlechtem Gewissen schon erzittern. Bisher hat ihm jeder abgenommen, dass er vor Folter nicht zurückschrecken würde."

„Was tut Ihr, wenn ein Verbrecher überführt und geständig ist? Ihr müsst ihn ja in irgendeiner Weise für seine Taten büßen lassen."

„Das ist leider eine meiner unbeliebtesten Pflichten. Ich hasse es einen Mann verstümmeln oder gar töten zu lassen. Ich versuche, überführte Verbrecher für ihre Untaten geradestehen zu lassen. Indem sie unentgeltlich für die Geschädigten oder für die Allgemeinheit arbeiten müssen. Nur ganz verstockte, notorische Übeltätern oder Mörder verurteile ich zu Leibes- oder Todesstrafe. Leider bleibt dem Landesfürsten manchmal nichts anderes übrig als hart durchzugreifen, will er die Bürgerruhe in seinem Reich bewahren. Ihr werdet auch diese schwere Bürde tragen müssen, seid Ihr erst einmal Herzog."

Das würde nie der Fall sein. Doch ich sprach es nicht aus.

Auf Roderichs Stirn erschienen dicke Schweißperlen, die mir anzeigten, dass meine Medizin zu wirken begann. Schon kurze Zeit später wurde er von heftigen Krämpfen geschüttelt. Er krümmte sich wimmernd zusammen, seine Eingeweide wurden von wellenartigen Schmerzen attackiert. Ich redete beruhigend auf ihn ein, tupfte sein schweißnasses Gesicht trocken und hielt ihn fest, damit er nicht aus dem Bett fiel und sich verletzte. Die Krämpfe wurden so schlimm, dass er ohnmächtig wurde. Besorgt fragte ich mich, ob er es überstehen würde.

„Halte durch, alter Mann", murmelte ich durch zusammengebissene Zähne. „Wenn du diesen Tag überstehst, dann hast du eine Chance." Schließlich fiel er in einen ermatteten Schlaf und entspannte sich etwas. Die Medizin hatte den gestauten Inhalt seiner Eingeweide verflüssigt, ein stechender Geruch zeigte an, dass er ins Bett gemacht hatte.

Diese unangenehme Nebenwirkung des Trankes war mir bekannt, deshalb hatte ich Vorsorge getroffen und Tücher sowie feste Laken bereitlegen lassen. Auch warmes Wasser und Lappen standen bereit.

Ich begann meinen Urahn zu säubern und schlang ihm dann ein frisches Tuch um die Lenden. Das beschmutzte gab ich in einen Eimer, den ich zudeckte und vor die Türe stellte. Dann öffnete ich das Fenster um gründlich durchzulüften.

Nach einem prüfenden Blick auf meinen schlafenden Patienten beschloss ich, kurz in den Südflügel zu gehen, um nach Zenta zu schauen. Ich sagte der Wache vor der Tür Bescheid und bat mich unverzüglich zu rufen, sollte sich das Befinden des Schlossherrn verändern. Dann eilte ich zu den Zimmern, die mir und meiner Frau für die nächste Zeit gehören würden.

Zenta erwartete mich schon voll ängstlicher Ungeduld. Ich konnte das beruhigte Aufflackern ihrer Augen erkennen, bevor sie in meine Arme flog. Sie presste sich an mich.

„Adrian, endlich. Ich habe mir schon Sorgen gemacht. Dieser blasierte Diener kam in den Kerker um mich zu holen. Er sagte nicht sehr viel, meinte nur, ich solle hier auf dich warten. Was ist geschehen? Und wieso sind wir auf einmal so herrschaftlich untergebracht? Diese Zimmer, - sie sind wunderschön. Komm, sieh sie dir an."

Ich folgte ihr lächelnd durch die drei miteinander verbundenen Räume und freute mich, dass sie ihr gefielen. Auch hier war kaum etwas anders als ich es aus meiner Zeit kannte. Zuerst kam ein riesiges Schlafzimmer mit Himmelbett, einem mit Schnitzereien reich verzierten Schrank und einer Dreiergruppe zierlicher Sessel und einem Chaiselongue, die um einen runden Tisch mit geschwungenen Beinen gruppiert waren. Daran schloss sich ein kleiner Salon an, von dem aus eine hohe Tür mit Glaseinsatz auf eine weitläufige Terrasse mit angrenzendem Park führte. Dann gab es noch ein Arbeitszimmer, dessen Mittelpunkt ein zierlicher Schreibtisch war, dessen glänzende Platte mit künstlerischen Intarsien verziert war.

„Hast du schon einmal so ein imposantes Gebäude und solch eine erlesene Einrichtung gesehen?", fragte Zenta ehrfürchtig, als wir auf der Terrasse standen und den Sonnenuntergang an einem in Rosa- und Fliedertönen gefärbten Firmament betrachteten.

Ich nahm sie lachend in die Arme und küsste sie zärtlich.

„Ich bin hier geboren, mein Liebling. Ich kenne das Schloss wie meine Westentasche."

Sie errötete leicht.

„Ach so, ja. Das vergesse ich immer wieder. Wie töricht von mir."

„Das ist überhaupt nicht töricht. Ich kann es fast auch nicht glauben, hier zu sein. Alles ist mir so vertraut - und gleichzeitig so fremd."

Ich deutete auf das Schlafzimmer hinter uns.

„Diese Suite wird von meiner Mutter bewohnt. Oder besser gesagt, wird von ihr bewohnt werden. In dem Himmelbett werde ich geboren werden, - in etwa 87 Jahren. Und trotzdem werde ich die nächsten Nächte mit dir darin schlafen. Das mutet mir so seltsam an, ich kann es dir gar nicht richtig beschreiben. Ich meine, jeden Moment meine Mutter diese Räumen betreten zu sehen."

„Du vermisst sie sehr, ja? Ich sehe die Trauer in deinen Augen. Ach könnte ich dir doch nur diesen Schmerz nehmen."

Ich drückte sie an mich und küsste Ihre Stirn.

„Ja, ich vermisse sie. Aber dich habe ich noch viel mehr vermisst."

„Wie geht es dem Herzog?" wollte Zenta später wissen. „Glaubst du, er wird überleben?"

Ich zuckte zweifelnd die Schultern. „Ich weiß es nicht. Die Medizin ist sehr stark, sie kann ihn heilen, aber auch töten. Sein Körper ist schon sehr geschwächt, doch sein Wille, zu leben, enorm. Falls er die Nacht übersteht, hat er eine Chance, denke ich. Ich habe ihn kurz untersucht, doch sein Leib ist so schmerzempfindlich, dass ich ihn nicht unnötig quälen wollte. Sollte die Medizin wirken, so kommt er jedoch um eine gründliche Untersuchung nicht herum. Erst dann kann ich Genaueres sagen. Ich werde ihm vorschlagen, auch Adam hinzuzuziehen. Er besitzt sehr viel Erfahrung, was die Erkrankungen der inneren Organe betrifft."

Wir nahmen eine kleine Mahlzeit ein, die uns die Köchin persönlich gebracht hatte. Wahrscheinlich, vermutete ich, war sie neugierig auf Zenta gewesen. Die beiden Frauen fanden sich auf Anhieb sympathisch und Zenta wollte später das Geschirr in die Küche bringen, um sich noch ein wenig mit der älteren Frau zu unterhalten.

Ich musste wieder zu Roderich zurück. Deshalb trug ich das Tablett für Zenta bis zur Küche und verließ sie dann mit einem Abschiedsgruß, um zu den Gemächern des Herzogs zu gehen.

Ich würde die Nacht bei ihm verbringen, so konnte ich sofort reagieren, falls es ihm schlechter ginge.

Er schlief als ich mich leise in dem Sessel neben seinem Bett niederließ. Sein Atem ging ruhiger und sein Puls schlug überraschend kräftig, wie mir ein Griff an sein Handgelenk bestätigte. Gab es doch noch Hoffnung für ihn? Vielleicht, so grübelte ich, war es tatsächlich möglich den Verlauf eines menschlichen Schicksals zu beeinflussen. Hatte ich das nicht sowieso schon getan? Damals als ich in Zentas Leben trat, hatte ich ihm zweifellos eine andere Richtung gegeben. Und Agatha wäre ohne mein und Adams Eingreifen als Hexe verbrannt worden. Warum sollte es mir nicht gelingen, den frühzeitigen Tod meines Ahnherrn abzuwenden?

Am nächsten Morgen lebte Roderich noch. Und es ging ihm sogar ein klein wenig besser. Sein zuvor aufgeblähter Bauch war nun weich. Beim Abhören mit einem hölzernen Rohr konnte ich deutlich Darmgeräusche vernehmen, was ein gutes Zeichen war. Seine Haut sah nicht mehr so teigig aus, wenngleich sie noch immer gelbbraun verfärbt war.

„Was meint Ihr?" fragte er mit schwacher Stimme. „Kann ich dem Tod noch einmal ein Schnippchen schlagen?"

„Noch seid Ihr nicht über den Berg. Aber ich denke, wir können neue Hoffnung hegen. Ich habe Euch neue Medizin hergestellt, sie ist schwächer als die gestrige und wird Euch nicht so sehr quälen. Nun, da wir die Darmtätigkeit wieder angeregt haben, ist es wichtig, die Verdauung nachhaltig zu beeinflussen. Haltet Euch bitte streng an meine Anweisungen, auch wenn Euch das fade Essen nicht schmeckt. Ich habe einem der Dienstmädchen genaue Anweisungen über Eure weitere Behandlung gegeben. Falls Ihr es mir erlaubt, würde ich gerne das Schloss verlassen, um meinen Mentor, einen ausgezeichneten Arzt, hinzuzuziehen."

„Ihr seid kein Gefangener hier."

Roderich sah mich ernst an. Seine Augen waren noch immer trüb, das Weiße gelb verfärbt. Aber sein Blick war wach. Ich konnte kein Misstrauen darin erkennen.

„Holt diesen Arzt", bat er leise. „Wenn er Euch ausgebildet hat, dann muss er gut sein. Er kann ebenfalls im Schloss wohnen, falls er das möchte. Richtet Ihm das bitte aus."

Erschöpft schloss er die Augen und fiel in einen leichten Schlaf. Nach einem letzten prüfenden Blick verließ ich leise sein Schlafzimmer um Erasmus und Agatha aufzusuchen.

Niemand hinderte mich daran das Schloss zu verlassen. Im Stall bekam ich ein Pferd gesattelt und machte mich auf den Weg. Nach einer halben Stunde war ich bei der Lichtung, auf der noch immer der Planwagen stand. Fee entdeckte mich sofort und tobte wie wild an dem Strick, der sie beim Wagen hielt. Dabei stieß sie ein so klagendes Jaulen aus, dass Adam besorgt aus dem Wagen lugte. Erleichterung zeigte sich auf seinem Gesicht, als er mich erkannte.

Erst nachdem ich Fee gebührend begrüßt hatte stellte sie ihr jaulen ein und ich konnte mit Adam und Agatha reden. Ausführlich berichtete ich ihnen über die Ereignisse der letzten Tage, während ich das Mittagsmahl mit ihnen einnahm.

Adam versprach sofort mit mir zu kommen und nach kurzer Beratung kamen wir zu dem Schluss, dass weder ihm, noch Agatha Gefahr auf dem Schloss drohte. Wir beschlossen gemeinsam zurückzukehren. Zenta würde sich sicher freuen ihre Mutter und auch Fee wieder um sich zu haben.

Mit dem schweren Planwagen gestaltete sich der Weg zum Schloss mühsam. Die Zugtiere mussten kräftig arbeiten, das Gefährt die steile Bergstraße hinauf zu ziehen. Bis wir im Schlosshof hielten war es Nachmittag geworden. Zwei Stallburschen kamen angelaufen, um sich um Wagen und Pferde zu kümmern.

Ich brachte zuerst Agatha zu Zenta und betrat dann mit Adam die Suite des Herzogs. Auf dem Weg hatte ich ihm alle medizinischen Einzelheiten mitgeteilt, so dass er bereits bestens im Bilde war.

Mein Urahn war wach und schaute uns gespannt entgegen. Sein Zustand schien sich weiter gebessert zu haben, stellte ich erleichtert fest. Nachdem ich die beiden Männer einander vorgestellt hatte, begann Adam sofort mit einer gründlichen Untersuchung des Herzogs. Als er fertig war, nickte er bedächtig.

„Wie es aussieht, besteht keine akute Lebensgefahr mehr, Hoheit. Euer Ur-Urenkel hat das schier Unmöglich geschafft, und Euch dem Tod entrissen. In ein paar Tagen wird es Euch wesentlich besser gehen. Dann muss man prüfen, ob und wie wir den Stein, der Euren Gallengang verstopft, entfernen. Aber zuerst muss die Entzündung ganz abgeklungen sein."

Ein Hoffnungsschimmer glomm in den Augen des Herzogs auf. Doch auch Angst konnte ich in seinen Zügen erkennen. Seine Worte bestätigten es:

„Ihr meint, Ihr wollt mich aufschneiden?"

„Anders kommen wir an die Galle nicht heran", bestätigte Adam bedächtig. „Vielleicht verlagert sich der Stein ja noch, so dass er den Gallenfluss nicht mehr behindert. Aber ich muss Euch sagen, dass ich das eher für unwahrscheinlich halte. Zudem kann er jederzeit wieder in seine ursprüngliche Lage zurück gleiten. Am sichersten ist es ihn zu entfernen. Aber dazu muss man durch die Bauchdecke gehen. Es gibt keinen anderen Weg."

„Aber Ihr könnt mich doch nicht bei lebendigem Leibe aufschneiden. Das halte ich nicht aus, ich bin kein Mensch der große Schmerzen aushalten kann. Ich würde die Operation nicht durchstehen."

„Nun, Ihr haltet schon lange große Schmerzen aus. Aber Ihr habt Recht, es wäre barbarisch, Euch im wachen Zustand zu operieren. Das wollen wir Euch nicht zumuten. Deshalb werden Adrian und ich Euch einen Trank brauen, der Euch während der Operation in tiefen Schlaf versetzt. Ihr werdet nichts merken und erst erwachen, wenn Euer Leib schon wieder zugenäht ist."

Roderich sah unsicher von Adam zu mir. Ich nickte ihm beruhigend zu.

„Ihr könnt uns vertrauen. Dieser Trank wirkt zuverlässig.

Sowohl Adam, als auch ich haben ihn schon des Öfteren angewandt. Bisher hat er keinem Patienten Schaden gebracht. Allerdings können wir Euch den Wundschmerz nach der Operation nicht ersparen. Aber er wird nicht so schlimm wie die Schmerzen sein, die Ihr bereits erleiden musstet."

Nachdem wir ihm noch eine Weile gut zugeredet hatten, war er mit der Operation einverstanden. Wir setzten sie für das Wochenende an. Bis dahin waren es noch drei Tage, in denen sich sein Zustand hoffentlich noch weiter besserte.

Roderich bestand darauf, dass Adam und seine Frau ebenfalls im Schloss wohnten und gab ihnen Zimmer neben den unsrigen. Nachdem alles besprochen war, überließen wir ihn der älteren Dienerin, die ich zu seiner Pflege bestimmt hatte.

Adam und Agatha waren ebenso beeindruckt von den Räumen des Schlosses wie schon zuvor Zenta. Selbst Agatha, die als Tochter eines Adeligen ebenfalls in einem herrschaftlichen Haus groß geworden war, betonte, solch einen Reichtum hätte sie noch nie gesehen. Sie maß mich mit seltsamem Blick, ehe sie vorsichtig aussprach, was sie dachte.

„Du bist in diesem Schloss geboren und trotzdem lebst du mit uns in einem Wagen? Du ziehst mit uns durch die Gegend, darbst und hungerst mit uns. Warum bist du nicht hiergeblieben, nachdem du dem Scheiterhaufen entronnen bist?"

Ich schüttelte leicht den Kopf und erwiderte fest ihren Blick.

„Dieses Schloss war nie mein Zuhause. Schon als Kind habe ich es gehasst, mitsamt seinem Luxus und Prunk. Ich brauche so etwas nicht. Erst in Adams Haus, das nun mein eigenes ist, habe ich mich zum ersten Mal wohl gefühlt. Was ich brauche, sind die Menschen, die ich liebe. Und wenn ich mit ihnen hungern muss, so ist mir das lieber, als mit einem goldenen Löffel im Mund vor Einsamkeit zu vergehen."

Der Zustand des Herzogs besserte sich weiter, so dass wir den Termin der Operation einhalten konnten. Adam und ich brauten in der Apotheke den Trank, der ihn während des Eingriffs zuverlässig betäuben sollte. Zum Glück waren alle Zutaten vorrätig, die wir benötigten. Ich überließ es Adam, den Trank herzustellen und assistierte ihm dabei. Bisher verließ ich mich bei solch heiklen Rezepturen immer auf mein Buch, in dem die jeweiligen Mengen der Zutaten genau aufgeführt waren. Dieses Buch lag aber wohlverwahrt in meiner Hexenküche im Dachgeschoß meines Aschaffenburger Hauses. Adam hingegen brauchte kein Buch, er hatte das Rezept im Kopf.

Am Nachmittag vor der geplanten Operation kamen die beiden Männer zurück, die vom Herzog nach Aschaffenburg geschickt worden waren. In meinem Beisein berichteten sie ihm ausführlich, was sie in Erfahrung gebracht hatten. Wie nicht anders zu erwarten, deckte sich ihr Bericht mit meiner Erzählung. Es wäre nicht schwer gewesen, Erkundungen einzuziehen, erzählten sie. Noch immer sei mein spektakuläres Verschwinden in einer Feuersäule das Stadtgespräch. Sie schauten mich dabei immer wieder scheu von der Seite an, ich merkte ihnen an, wie unwohl sie sich in der Nähe eines leibhaftigen Hexers fühlten. Verstohlen musterten sie mich ängstlich, so als wäre ich der Leibhaftige persönlich. Ich tat, als bemerke ich ihre Furcht nicht und auch der Herzog ging nicht auf ihr furchtsames Gebaren ein. Nachdem er sie entlassen hatte, beeilten sie sich aus dem Zimmer zu kommen.

„Sie werden die Neuigkeit in Windeseile im Schloss verbreiten" mutmaßte Roderich mit leichtem Grinsen. „Fortan werdet Ihr von meinen Bediensteten wie ein zweiköpfiges Kalb angesehen werden."

„Meint Ihr, sie werden mir feindselig entgegentreten?"

Der Gedanke, von allen gemieden oder gar angefeindet zu werden, behagte mir nicht. Ich wollte hier mit meiner Frau in Frieden leben. Aber konnte ich das, wenn mich jeder für einen Hexer hielt?

„Nicht, solange Ihr unter meinem Schutz steht. Natürlich werden sie hinter Eurem Rücken tuscheln. Und ich fürchte, sobald etwas Ungewöhnliches geschieht, werden sie in Euch den Sündenbock suchen. Aber Ihr werdet ja bald in Eure Zeit zurückgehen. Habt Ihr schon geplant, wann es geschehen soll?"

Verlegen räusperte ich mich und druckste herum. Dann sah ich ihm voll ins Gesicht.

„Ich kann nicht in meine Zeit zurückgehen. Ich werde bis an mein Lebensende in dieser Zeit bleiben." Er sah mich erstaunt an.

„Aber warum? Ihr gehört nicht hierher. Ihr werdet in Eurer Zeit gebraucht. Wie Ihr sagtet, seid Ihr der bislang Letzte unserer Familie. Es ist Eure Pflicht, das Erbe weiterzutragen. Euer Stammhalter kommt schon bald zur Welt, das Kind hat ein Recht darauf, einmal Herzog zu werden. Nicht nur Euer Vater zählt auf Euch, ich tue es ebenso. Und ich bestehe darauf, dass Ihr zurückgeht."

Seufzend senkte ich den Kopf. Wie sollte ich ihm erklären, dass ich nicht tun konnte, was er von mir verlangte? Doch ich war ihm eine Antwort schuldig.

„Es geht nicht wegen Zenta. Ich werde sie nicht verlassen. Selbst dann nicht, wenn Ihr mir versprecht, hier gut für sie zu sorgen. Ich liebe sie und werde sie niemals wieder verlassen. Ich bin einmal ohne sie zurückgekehrt und bald gestorben vor Kummer und Gram. Ich kann ohne sie nicht leben."

„Aber das müsst Ihr doch nicht!" Voller Unverständnis sah er mich an.

„Ihr könnt sie doch mit in Eure Zeit nehmen. Ihr sagtet mir, sie besitze ebenfalls Hexenkräfte. Was also hindert sie dann daran, mit Euch durch die Zeit zu reisen? Sicher ist das kein Privileg männlicher Hexen."

Nun war es an mir, perplex zu schauen. Was er sagte klang logisch, weshalb war ich nie selbst auf diese Idee gekommen? Doch dann kamen mir Zweifel.

„Ich bin in die Vergangenheit gereist. Zenta müsste in die Zukunft reisen. Ich weiß nicht, ob das geht."

Er winkte unwirsch ab.

„Papperlapapp! Vergangenheit, Zukunft. Wenn es möglich ist, durch die Zeit zu reisen, dann geht es sicher in beide Richtungen. Fragt doch einmal Euren Hexenfreund danach. Er kann es Euch vielleicht sagen. Ja, geht sofort und fragt ihn. Ich sehe Euch an, wie Euch diese Frage beschäftigt."

Mit einer Handbewegung scheuchte er mich auf und wies zur Tür. Ich folgte ihm gerne, der Gedanke durchzuckte mich wie Blitzschläge. Ich musste mich unbedingt sofort mit Adam und Agatha darüber unterhalten. Und natürlich mit Zenta. Von ihrer Bereitschaft, mit mir zu kommen, hing letztendlich alles ab.

Im Eiltempo rannte ich zu unseren Räumen.

Kapitel 23: Zukunftspläne

Ich fand meine Familie im Wohnzimmer unserer Räume. Sie tranken Tee und unterhielten sich angeregt als ich hereinstürmte. Durch meine offensichtliche Verwirrung alarmiert erhob sich Adam schnell.

„Ist mit dem Herzog etwas geschehen?" fragte er besorgt.

Ich schüttelte den Kopf und setzte mich zu ihnen, bat Adam mit einer Handbewegung, sich ebenfalls wieder zu setzen.

„Nein, es geht ihm gut. Aber er hat mich auf eine Idee gebracht, die ich unbedingt sofort mit euch besprechen wollte..."

Ohne Umschweife erzählte ich von meinem Gespräch mit Roderich.

„Warum bin ich nicht selbst darauf gekommen?" fragte ich und blickte kopfschüttelnd von einem zum anderen. „Dabei ist es doch so naheliegend. Auch von euch hat anscheinend niemand jemals daran gedacht."

„Doch, ich habe schon oft daran gedacht", bekannte Zenta leise. „Aber ich wollte dich nicht drängen. Ich denke, ich würde nicht in deine Zeit passen. Schließlich bin ich nicht adelig und würde deinem Vater vielleicht nicht genügen. Und ich wollte dir Ärger ersparen."

„Hast du etwa gedacht ich würde dich nicht mitnehmen wollen?"

Ihre niedergeschlagenen Augen sagten mir, wie nahe ich der Wahrheit kam. Sie senkte schuldbewusst den Blick. Zuerst wollte ich aufbrausen, weil sie mir noch immer nicht zu vertrauen schien, noch immer an meiner Liebe zweifelte. Dann sah ich, es war nicht so. Sie hatte Angst mich in Schwierigkeiten zu bringen.

Anscheinend fürchtete sie meine einflussreiche Familie würde eine Hexe als zukünftige Herzogin ablehnen. Oder aber, sie fürchtete sich vor der unbekannten Zukunft. Wahrscheinlich beides. Schnell nahm ich sie in die Arme, redete eindringlich auf sie ein:

„Ich werde immer für dich da sein, Zenta. Und ich werde dich mit Klauen und Zähnen gegen jeden verteidigen, der sich zwischen uns stellen will. Mein Vater macht da keine Ausnahme. Davon abgesehen hat er sicher nichts gegen dich einzuwenden. Er ist ganz bestimmt von Herzen froh, dass ich endlich den Schritt getan und geheiratet habe. Schon lange wartet er sehnsüchtig darauf, ein Enkelkind auf seinen Knien zu schaukeln. Und meine Mutter wird vor Freude schier aus dem Häuschen sein."

„Außerdem" mischte sich Adam ein, „bist du keine gewöhnliche Bürgerliche. Deine Mutter besitzt eine edle Abstammung. Dieses Blut fließt auch in dir. Es wird den Ansprüchen des Herzogs, - so er welche stellt, - genügen."

„Meine Eltern werden meine Wahl nicht in Frage stellen", versicherte ich. „Und sie werden dich lieben, dich und unser Kind. Was mir hingegen tatsächlich Sorge bereitet, ist die Frage, ob es überhaupt möglich ist, in die Zukunft zu reisen. Denn das müsstest du tun."

Mein Blick glitt fragend zu Adam.

„Du und ich, wir sind in die Vergangenheit gereist. Mir ist zwar noch immer nicht klar warum das möglich ist, aber immerhin gibt es die Vergangenheit. Ich meine, man kommt in eine Zeit, die es tatsächlich einmal gegeben hat. Wenn ich an meine eigene Zeitreise denke, dann erinnere ich mich, dass ich an dich dachte, als ich durch das Zeit Tor ging. Ich vermute, es war dieser Gedanke, der mich zu dir geführt hat. Ebenso war es, als ich zurückging. Ich dachte an mein Zuhause, an die Menschen, die mich dort erwarteten. Aber wie wird es bei Zenta sein? Die Zukunft ist ein abstrakter Begriff. Sie kennt dort niemanden, an den sie denken könnte. Was, wenn sie in einer völlig anderen Zeit herauskommt?"

Darauf wusste auch Adam keine Antwort. Ratlos sahen wir einander an. Da mischte sich Agatha ein. Zuversichtlich meinte sie:

„Ich denke ihr macht euch zu viele Sorgen. Zenta ist so sehr auf dich fixiert, Adrian, sie wird nur an dich denken und dir einfach folgen. Und auch dem Ungeborenen droht keine Gefahr, in Zentas Leib wird es die Reise gut geschützt überstehen."

An das Kind hatte ich noch gar nicht gedacht. Und im Gegensatz zu Agatha kamen mir plötzlich weitere Bedenken. Die Folterspuren an meinem Körper fielen mir ein. Als ich in meine Zeit zurückgekehrt war, hatte mein Körper sie vergessen. Und ich war um Jahre gealtert.

Auch Zenta würde durch die Zeitreise altern. Sie würde dann vielleicht zwanzig oder zweiundzwanzig Jahre alt sein. Wie würde sich das auf das Kind in ihrem Leib auswirken? Würden wir es verlieren?

Das wollte ich auf keinen Fall riskieren. Lieber bliebe ich mit meiner kleinen Familie in der Vergangenheit.

Ich teilte meine Bedenken den anderen mit. Zenta sah mich erschrocken an und legte ihre Hände beschützend über ihren gewölbten Leib. Doch Agatha zerstreute erneut unsere aufkeimende Angst. Sie schien sich ihrer Sache überraschend sicher.

„Das wird nicht geschehen. Das Kind ist über die Nabelschnur sicher mit seiner Mutter verbunden. Vielleicht altert es um einige Tage, aber das wird nicht gravierend sein. Ich wage sogar zu behaupten, nur solange das Ungeborene sich in Zentas Bauch befindet, hat es eine Chance, mit euch durch die Zeit zu reisen. Sobald es geboren ist besteht keine Möglichkeit mehr es mitzunehmen. Also seid ihr gezwungen schon bald den Schritt zu wagen. Ich denke der richtige Zeitpunkt ist in etwa zwei Wochen. Bis dahin wird sich der Herzog sich von seiner Operation erholt haben. Dann kannst du deinen Urahn ruhigen Gewissens verlassen."

Verblüfft fragte ich Agatha woher sie sich so sicher sei. Sie lachte leise.

„Ich bin auch eine Hexe, Adrian, vergiss das nicht. Sogar eine sehr gute, würde ich behaupten. Nur weil ich mich mit meinem Hexenwissen zurückhalte, heißt das nicht, ich würde nicht darüber verfügen. In meinem Haus gab es einige uralte und kostbare Bücher über Hexerei und Zauber. Leider haben die Schergen des Schultheißen sie auf dem Marktplatz verbrannt. Zusammen mit wertvollen Büchern über Kräuter- und Heilkunde. Ein unersetzlicher Verlust. Doch viele Rezepte, Zaubersprüche und sonstige nützliche Dinge sind in meinem Kopf verwahrt. Und das Wissen um Zeitreise gehört dazu. Du kannst mir beruhigt vertrauen. Ich würde weder meine Tochter, noch mein Enkelkind in eine ungewisse Zukunft schicken."

„Das habe ich auch nie angenommen", versicherte ich Agatha nun schnell. Worauf sie mich wohlwollend anlächelte.

Wir begannen damit Pläne zu schmieden. Adam und Agatha versprachen, sich um die notwendigen Utensilien für unser Vorhaben zu kümmern. Zenta wollte auch gerne helfen, doch es schien uns allen besser, wenn sie sich schonte. Ich wusste aus eigener Erfahrung, welche Belastung eine Zeitreise für den Körper darstellte. Auf Zenta und ihre fortgeschrittene Schwangerschaft traf das sicher noch stärker zu.

Damit sie sich nicht nutzlos fühlte, bot ich ihr an, dem Herzog Gesellschaft zu leisten. Vor der Operation konnte er beruhigenden Zuspruch gebrauchen und nach dem Eingriff würde Zentas Fürsorge sicher für seine rasche Genesung sorgen. Der alte Mann hatte meine Frau inzwischen sehr ins Herz geschlossen und genoss es sichtlich, sich mit ihr zu unterhalten. Und auch Zenta mochte den brummigen Herzog gerne.

Am nächsten Morgen trafen wir schweigend Vorbereitungen für die bevorstehende Operation. Adam würde operieren und Agatha und ich wollten ihm assistieren. Während Adam dem Herzog noch einmal den Verlauf des Eingriffs erklärte, sortierte Agatha das Operationsbesteck, legte frische Tücher zurecht und sorgte dafür, dass genügend heißes Wasser vorrätig war. Ich rasierte derweil sorgfältig die Körperhaare meines Urahns von dessen Bauch. Er lag nackt, nur mit einem Tuch über seiner Blöße, auf einem großen Holztisch den zuvor zwei Bedienstete in die Räume des Herzogs getragen hatten.

Der Allgemeinzustand Roderichs hatte sich so weit gebessert, dass wir keine größeren Komplikationen fürchten mussten. Natürlich war es trotzdem gefährlich für ihn und das wusste er auch. Adam hatte ihm alle eventuellen Risiken aufgezählt, die unter ungünstigen Umständen auftreten konnten. Der Herzog wusste, dass er während und nach der Operation in Lebensgefahr schwebte. Doch ohne diesen Eingriff, so versicherte ihm Adam ernst, würden seine Beschwerden auf jeden Fall zurückkehren. Was seinen sicheren Tod bedeuten würde.

Roderich hatte sich ergeben in sein Schicksal gefügt. Zuvor gab er einem Schreiber vor Zeugen auf, eine Verfügung für den Fall seines

Todes aufzusetzen. Darin betonte er, dass weder Adam noch ich zur Rechenschaft gezogen werden durften, sollte die Operation misslingen. Er befahl im Falle seines Ablebens, uns unbehelligt unserer Wege ziehen zu lassen.

Ich trat zu meinem Urahn und reichte ihm den Becher, in dem sich der betäubende Trank befand.

„Es schmeckt nicht angenehm", erläuterte ich, „doch es lässt Euch schnell in tiefen Schlaf sinken. Ihr werdet nichts spüren."

Mein Arm stützte seinen Kopf, damit er besser trinken konnte. Angewidert zog er die Nase kraus, als er den Geruch des Gebräus wahrnahm. Doch er überwand sich und trank tapfer den Becher leer.

„Ihr werdet bald schläfrig werden. In ein paar Minuten gebe ich Euch nochmals einen Löffel des konzentrierten Saftes. Danach werdet Ihr binnen kurzer Zeit fest schlafen."

Ich erklärte meinen Patienten stets was ich tun würde, das wirkte auf die Meisten beruhigender als Ungewissheit.

Roderich ließ sich mit einem leisen Seufzer zurücksinken. Seine Augen blickten unruhig hin und her, hefteten sich aber dann auf mein Gesicht. Er fasste nach meinem Arm, hielt mich fest.

„Versprecht mir, auf jeden Fall in Eure Zeit zurückzukehren. Unser Geschlecht darf nicht untergehen. Ihr seid der richtige Mann, die Ehre derer zu Wolffhardt weiterzuführen. Gebt mir Euer Wort darauf."

„Ich verspreche es", sagte ich ernst und legte meine Hand in seine, drückte sie fest. Da lächelte er zufrieden und schloss die Augen. Kurz darauf schlief er ein.

Adam begann sofort sein Werk. Mit dem Skalpell machte er einen großen Schnitt unter den Rippen, öffnete vorsichtig die Bauchhöhle. Mit Haken hielt ich ihm die Wunde offen, damit er freie Sicht in das Körperinnere hatte. Der Tisch stand nahe dem großen Fenster, so dass wir das Tageslicht bestmöglich ausnutzen konnten.

Bald sahen wir was dem Herzog so große Schmerzen bereitet hatte. Die Gallenblase lag gut sichtbar vor uns. Sie war mit mehreren Steinen verschiedener Größe zum Bersten gefüllt. Wenn sie nicht entfernt wurden, würden sie bald den Gallefluss verhindern. Was den sicheren Tod Roderichs zur Folge hätte.

Adam machte vorsichtig einen etwa zwei Zentimeter langen Schnitt in den Gallensack, aus dem er nacheinander die Steine mit einer Pinzette herauszog und sie in eine bereitliegende Schale legte. Als alle entfernt waren, holte er mit einem kleinen Schaber auch noch den Gries heraus, der sich angesammelt hatte. Kritisch beäugte er sein Werk, bevor er begann, den Schnitt mit feinen Stichen zuzunähen. Dafür verwendete er dünne Fäden aus gereinigten und präparierten Katzendärmen. Sie würden sich nach einiger Zeit im Körper vollständig auflösen.

Ich beobachtete derweil den Patienten, überprüfte immer wieder seinen Puls und seine Atmung. Roderich rührte sich nicht, er schlief tief und fest. Nach einer halben Stunde war sein Leib wieder zugenäht. Über ein Dutzend dunkle Fäden standen wie winzige Stacheln von der hellen Haut ab. Dazwischen quollen einige Blutstropfen hervor. Ich wischte sie vorsichtig mit einem in Kräutersud getauchten Tupfer ab und legte dann ein sauberes Leintuch über die Wunde. Nachdem wir dem Herzog sein Schlafgewand übergezogen hatten, legten wir ihn in sein Bett und deckten ihn zu.

Wir konnten nun nicht mehr viel für ihn tun. Nun lag es an seiner Konstitution und seinem Lebenswillen, ob er genesen würde. Sein Kreislauf war stabil, wie mir sein kräftiger Puls verriet. Wenn keine Komplikationen eintraten, hatte er eine gute Chance, noch viele beschwerdefreie Jahre zu erleben.

Während Adam und Agatha das Operationsbesteck und den Tisch säuberten, setzte ich mich neben meinen Urahn ans Bett und überwachte seinen Schlaf. Es konnte noch Stunden dauern, bis die Wirkung des Trankes nachließ, solange musste er unter Beobachtung bleiben.

Ich war fast eingedöst, als mich seine beginnende Unruhe weckte. Er erwachte langsam und schaute sich verwirrt um. Sein leises Stöhnen sagte mir, dass er Schmerzen litt. Es war jedoch nicht ratsam, ihm so kurz nach der Operation noch mehr Medizin zu verabreichen. Seine Innereien waren nach dem schweren Eingriff empfindlich.

Stattdessen legte ich ihm einen mit Sand gefüllten, angewärmten Leinensack auf die Wunde. Der Druck minderte den Schmerz etwas. Um ihn abzulenken, begann ich ihm leise Geschichten aus meiner Zeit zu erzählen. Ich wusste wie es ihn faszinierte, von Dingen zu erfahren die erst in vielen Jahren geschehen würden. Gespannt lauschte er meinen Berichten, die ich aus der Familienchronik kannte.

Meine Ablenkungsmethode erwies sich als genau richtig. Roderich entspannte sich sichtlich und fiel schließlich in Schlaf. Ich überließ ihn der Fürsorge einer Dienerin und ging zu meinen Gemächern.

Obwohl es schon spät war, lag Zenta noch wach. Nachdem ich zu ihr ins Bett gekrochen war, schmiegte sie sich in meine Arme. „Erzähl mir mehr aus deiner Zeit", bat sie mich und ich lächelte leicht. Zum zweiten Mal begann ich zu erzählen, schilderte ihr was sie in der Zukunft erwarten würde. Dabei ließ ich immer wieder einfließen, wie sehr sich meine Familie auf sie und unser Kind freuen würde.

„Wahrscheinlich werden wir aber noch einige Jahre in meinem Haus in Aschaffenburg leben", erklärte ich in scherzendem Tonfall.

„Ich hoffe es macht dir nichts aus, auf den Prunk und die Annehmlichkeiten des Schloss Lebens zu verzichten. Solange mein Vater lebt, werden wir höchstens ein, zweimal im Jahr Schloss Wolffhardt einen Besuch abstatten. Du wirst die Frau eines ganz gewöhnlichen Arztes sein."

„Das macht mir nichts aus", versicherte sie ernst und schaute mich voller Liebe an. „Hauptsache, ich kann bei dir bleiben. Dafür würde ich sogar in einer Hütte wohnen und Schweine hüten."

Ich lachte belustigt bei dem Gedanken.

„Na, soweit wird es hoffentlich nicht kommen. Ich verdiene genug, um dir ein paar Annehmlichkeiten bieten zu können. Das Einzige, was du hüten wirst, werden unsere Kinder sein. Ich möchte nämlich einige davon."

Sie kuschelte sich enger an mich und sah mich verschwörerisch an.

„An mir soll es nicht liegen. Am besten du beginnst sofort, damit du nicht aus der Übung kommst."

Der Herzog erholte sich rascher als Adam und ich dachten. Bereits eine Woche nach der Operation bestand er darauf, das Bett zu verlassen. Nach vierzehn Tagen ging er wieder seinen gewohnten Geschäften nach. Er hielt sich eisern an die Vorschriften, die ich ihm in Bezug auf seine Ernährung gab.

„Heute werde ich Euch die Fäden ziehen", verkündete ich nach dem Frühstück, das wir alle zusammen eingenommen hatten. Inzwischen waren wir so vertraut wie eine Großfamilie. Sogar Fee durfte nicht fehlen. Sie begleitete den Herzog auf Schritt und Tritt, ließ ihn kaum aus den Augen. Roderich fand ebenfalls Gefallen an der Hündin. Er erbot sich, sie bei sich zu behalten.

Zenta traten Tränen in die Augen doch sie nickte tapfer. Sie wusste es war unmöglich, den Hund mit uns zu nehmen. Und Adam und Agatha konnten ihn ebenfalls nicht mit auf das Schiff nehmen, dass sie in die neue Welt bringen würde. So war es eine Beruhigung für uns alle, Fee in guten Händen zu wissen.

Wir hatten versucht Adam und Zentas Mutter zu überreden, mit uns zu kommen. Doch sie schüttelten beide entschieden den Kopf. Adam übernahm es für sie zu sprechen.

„Wir haben lange darüber nachgedacht", versicherte er ernsthaft. „Aber wir sind zu dem Entschluss gekommen, an unserem ursprünglichen Plan festzuhalten. Ihr Beide werdet euer Leben auch alleine meistern. In Gedanken werden wir immer bei euch sein und da wir alle über Hexengaben verfügen, wird es immer Möglichkeiten zur Verständigung zwischen uns geben."

„Versucht aber, in Amerika nicht in Schwierigkeiten zu geraten", bat ich halb scherzhaft. „Ich möchte nicht zuerst durch die Zeit und anschließend wochenlang über den Ozean reisen, um euch zu retten. Als Familienvater habe ich sicher bald alle Hände voll zu tun."

„Keine Sorge. Wir werden uns irgendwo ein Fleckchen Land kaufen und Rinder oder Pferde züchten. Wenn wir hexen, dann nur daheim in unseren eigenen vier Wänden. Versprochen!"

Es war Agatha, die das lächelnd sagte. Die beiden wollten kurz nach uns aufbrechen um noch vor dem Herbst ein Schiff zu finden. Roderich bestand darauf, dass sie bis dahin seine Gäste waren.

Ich begleitete den Herzog in seine Zimmer um ihn von den Fäden auf seinem Leib zu befreien. Sein Blick glitt ein wenig besorgt zu der Pinzette und dem Skalpell, dass ich in der Hand hielt. Er sagte jedoch nichts und entblößte seinen Bauch.

Ich begutachtete zuerst die Naht und war zufrieden. Sie war bestens verheilt.

„Keine Angst, es tut nicht weh", beruhigte ich Roderich. „Es ziept höchstens ein bisschen."

Nach ein paar Minuten hatte ich die Fäden gezogen und er setzte sich aufatmend auf.

„Ach übrigens", sagte ich und hielt ihm ein Blatt Papier hin, dass ich aus meiner Tasche zog. „Das wird Euch sicher interessieren. Ich habe es auch erst vor kurzem entdeckt."

Ich überreichte ihm die herausgetrennte Seite der Familienbibel. Er starrte lange darauf und blickte dann zu mir hoch. Ich lächelte wissend. Auf der Seite war der Eintrag des Leibarztes über das Ableben Herzog Roderichs verschwunden.

Einige Tage später war es soweit. Alles war besprochen, alle Utensilien, die unsere Zeitreise erleichtern sollten lagen bereit. Weder Zenta noch ich hatten in der Nacht gut geschlafen. Wir waren wegen des bevorstehenden Abschieds nervös und traurig. Es verwunderte niemanden, dass auch Agatha und Adam übernächtigt wirkten als sie am Frühstückstisch erschienen. Und selbst der Herzog blickte ziemlich beklommen. Das Frühstück verlief schweigsam, jeder hing seinen eigenen trüben Gedanken nach. Selbst Fee spürte, dass etwas nicht stimmte. Aufgeregt lief sie hin und her, stupste abwechselnd mich und Zenta mit der Schnauze an. Zenta vermochte ihre Tränen nicht mehr zurückzuhalten. Sie sprang auf und verließ fluchtartig das Zimmer. Ich eilte ihr nach und holte sie im Flur ein.

Zärtlich nahm ich sie in die Arme und küsste ihren Scheitel. Ihr Kopf lag an meiner Schulter und ihre Tränen nässten mein Hemd.

„Willst du es dir nochmals überlegen?" fragte ich leise.

„Noch können wir unsere Pläne ändern."

Ich war selbst voller Zweifel. Einerseits zog mich alles nach Hause, in meine Zeit. Andererseits wollte ich Zenta nicht unglücklich machen. Wenn sie hierbleiben wollte, so würde ich es auch tun.

„Dein Herz klopft zum Zerspringen", wisperte Zenta an meiner Brust. Ich atmete tief durch.

„Es liegt an dir", murmelte ich leise aber eindringlich. „Ich möchte, dass du glücklich wirst. Wenn du meinst, du kannst in meiner Zeit nicht leben, so bleiben wir hier. Roderich wird uns nicht verstoßen. Du musst es mir nur sagen."

Langsam schüttelte sie den Kopf.

„Nein. Nein, ich möchte nicht hierbleiben. Das ist nicht deine Welt. Hier wurde dir so viel Schlimmes angetan. Wir werden gehen..., zusammen."

Sie hob den Blick und sah mich voller Liebe und Vertrauen an.

„Lass es uns hinter uns bringen", bat sie leise.

Eine Stunde später brachen wir auf. Es war ein bewegender Abschied von Roderich. Er umarmte zuerst Zenta, dann mich lange. Dann hielt er mich an den Armen von sich, sah mir fest in die Augen. „Danke", murmelte er. Danach drehte er sich brüsk um und verschwand in seinen Gemächern.

Fee war nirgends zu sehen. Wahrscheinlich war sie im Wald um Kaninchen zu jagen. Umso besser, dachte ich. Der Abschied zerrte sichtlich an Zentas Nerven. Ein jaulender Hund, der sich verzweifelt gegen den Strick wehrte, der ihn daran hinderte uns zu folgen, würde alles nur noch schlimmer machen.

Gesattelte Pferde standen schon bereit, wir stiegen auf und trabten gemächlich an. Unser Ziel war der kleine verwunschene See. Als wir dort ankamen ging es bereits auf Mittag zu. Noch immer zogen vereinzelte Nebelfetzen träge am Ufer entlang. Es war, als würde die Waldfee auf uns warten. Meine Augen suchten nach ihr.

„Schau, da!" Zenta deutete aufgeregt auf eine Nebelfahne, die langsam die Gestalt einer Frau annahm. Sie konnte sie also auch sehen, meine kleine Hexe. Agatha und Adam blickten ebenfalls fasziniert auf die durchsichtige Gestalt, die uns jetzt zuwinkte und sich dann auflöste. Ein Flüstern des Windes war zu hören, dass wie leises Lachen klang.

Niemand sagte ein Wort. Nach einer Weile stiegen wir von den Pferden um mit den Vorbereitungen zu beginnen. Schnell waren die magischen Kräuter und Talismane verteilt. Adam und ich sammelten Zweige und Reisig, schichteten es zusammen. Kräuter und Wurzeln wurden daruntergelegt.

Mittlerweile war es Mittag geworden. Ganz von Ferne erklang das Geläut von Kirchenglocken.

„Ein guter Zeitpunkt", murmelte Agatha. Adam entzündete den Reisig Haufen und wandte sich uns zu. Es gab nichts mehr zu sagen. Wir hatten uns schon zuvor verabschiedet, umarmten uns jetzt nur nochmals stumm. Dann ging Adam auf die eine Seite des Feuers, Agatha auf die andere. Sie sagten beide laut die Zauberformeln auf, die uns in eine andere Zeit bringen würden. Wir stimmten ein.

Zenta und ich standen dicht beim Feuer und hielten uns eng umschlungen. Fest schauten wir uns in die Augen, so als gäbe es nur noch uns beide auf der Welt. Unsere Körper berührten sich, hielten unser ungeborenes Kind sicher zwischen uns. In Zentas Blick war kein Zweifel. Sie schaute mir tief in die Augen, voller Vertrauen und Zuversicht. Gleich mir sagte sie laut und deutlich die magischen Worte auf. Die Welt schien um uns stillzustehen als wir den Sog spürten. Und in dem Moment, der uns fortriss, kam ein weißes Etwas auf uns zugeflogen, sprang an uns hoch und legte harte Tatzen sowohl auf Zentas als auch auf meinen Arm.

Ein Strudel erfasste uns, riss uns um. Benommen lagen wir am Boden, noch immer eng umschlungen. Fee stand über uns und schaute uns verdutzt hechelnd an. Dann begann sie unsere Gesichter zu lecken. Ich wehrte sie ab und erhob mich, schaute mich unsicher um. Adam und Agatha waren nicht mehr da, auch das Feuer war verschwunden. Es hatte geklappt, wir waren durch die Zeit gereist und noch immer beisammen.

Überglücklich half ich Zenta auf die Beine und drückte sie an mich. Dann schaute ich sie prüfend an, blickte auf ihren Leib. Er war noch immer gewölbt und wie zur Bekräftigung seines Daseins strampelte das Kind heftig darin.

„Geht es dir gut?" fragte ich besorgt. Sie nickte ein wenig benommen und sah sich um.

„Alles sieht aus wie zuvor. Nein, manche der Bäume scheinen mir höher und kräftiger. Und auch diese Büsche waren zuvor nicht da. Meinst du, wir sind in der richtigen Zeit gelandet, Adrian?"

„Ganz bestimmt!" versicherte ich überzeugt. Wir haben alle drei die Reise gut überstanden."

Dabei legte ich meine Hand auf ihren Bauch, streichelte ihn zärtlich.

„Nein, alle vier!"

Zenta lachte glücklich und tätschelte Fees Kopf, die noch immer hechelnd vor Aufregung zu unseren Füßen saß.

„Wie hat sie das bloß gemacht? Sie war doch die ganze Zeit verschwunden. Wie konnte sie so einfach mit uns kommen?"

„Wahrscheinlich ist sie uns heimlich gefolgt. Sie spürte, dass wir sie verlassen wollten. Gerade als wir in den Sog gerieten, sah ich sie auf uns zustürmen. Vielleicht war sie beseelt von dem Wunsch, bei uns zu bleiben und konnte uns deshalb durch die Zeit folgen. Es wird wohl auf ewig ihr Geheimnis bleiben."

Ich streckte den Arm nach Zenta aus, fasste ihre Hand. „Komm, meine Liebe. Lass uns endlich nach Hause gehen."

Kapitel 24: Eine neue Zukunft

Stille breitete sich im Zimmer aus. Simon saß bewegungslos und starrte Adrian an. Die unglaubliche Geschichte, die der Freund ihm erzählt hatte, hallte noch immer in seinem Kopf nach. Beide hatten sie darüber Zeit und Raum vergessen. Erst als vom Burghof her das Krähen eines Hahnes erscholl, hob er ruckartig den Kopf und fuhr sich mit der Hand fahrig durch die langen Haare.

Adrians Blick kehrte wie aus weiter Ferne zurück und heftete sich auf seinen jungen Freund. Er erhob sich aus dem Sessel, dehnte seine vom langen Sitzen steif gewordenen Glieder und lächelte dann.

„Das war vor vier Wochen. Nun, da sich Zenta in ihrem neuen Leben gut eingewöhnt hat, dachte ich, ich statte dir einen Besuch ab, um dir von meiner glücklichen Heimkehr zu berichten.“

„Du bist wirklich glücklich, ja? So zufrieden habe ich dich noch nie erlebt. Ich muss unbedingt bald die Frau kennenlernen, die das zustande gebracht hat. Wo ist sie? Noch im Schloss deines Vaters oder bei dir zu Hause?“

Adrian lachte leise. „Sie ist noch auf dem Schloss. Nur mit Gewalt könnte ich sie der Fürsorge meiner Mutter entreißen. Nicht, solange das Kind noch nicht geboren ist. Und danach wird es noch schwieriger werden, fürchte ich. Das ganze Personal ist Zenta verfallen und liest ihr jeden Wunsch von den Augen ab.“

„Und dein Vater? Was sagt er zu einer Hexe als Schwiegertochter? Noch dazu, da sie aus der Vergangenheit kommt.“

Adrian schaute ernst, als er erläuterte: „Das haben wir niemandem gesagt. Nur du weißt davon und ich denke, bei dir ist unser Geheimnis sicher. Ich erzählte meinen Eltern eine kleine rührselige Geschichte. Sie haben mir geglaubt. Und die Erwähnung von Zentas adligen Vorfahren genügte meinem Vater, sie als zukünftige Herzogin als würdig zu befinden.“

Er hob die Hand als Simon einen Einwand aussprechen wollte.

„Ich kann mir denken, was du sagen willst. Du wunderst dich, dass ich die adlige Herkunft meiner Frau so betone. Wo ich doch solche dummen Standesdünkel eigentlich hasse. Aber weißt du was ich gelernt habe? Es lohnt sich nicht wegen solcher Banalitäten den Familienfrieden zu zerstören. Mein Vater legt nun einmal Wert auf die adlige Herkunft seiner Nachfolger. Und Zentas Vorfahren sind ja tatsächlich von altem Adel. Warum also mit ihm Streit anfangen? Die Hauptsache ist doch, dass wir endlich eine zufriedene Familie sind."

Adrian wirkte plötzlich erschöpft. Doch er fing sich schnell wieder und lächelte entschuldigend.

„Tut mir leid, Simon. Ich will dich nicht mit alten Familienproblemen langweilen, die du sowieso schon kennst. Aber dieses Jahr in der Vergangenheit hat mir einerseits schlimm zugesetzt, mir aber andererseits die große Liebe geschenkt. Das hat mir gezeigt wie wichtig es ist, in Frieden leben zu können. Und auch, dass jeder Streit Wunden hinterlässt, die man unter Umständen nicht mehr heilen kann."

„Wann wird euer Kind zur Welt kommen?" wollte Simon nun wissen um den Freund wieder fröhlich zu stimmen. „Und wie hat deine junge Frau die Zeitreise überstanden? Ist sie tatsächlich gealtert?"

Die Züge des Hexers wurden sofort weich, als er an Zenta dachte. Er lächelte glücklich. „Sie ist nur ein wenig gealtert. Nun sieht sie nicht mehr wie eine Siebzehnjährige aus, sondern wie eine junge, blühende Frau von vielleicht zwanzig Jahren. Ich würde sagen, sie ist sogar noch schöner geworden. Wieweit das Kind in ihrem Leib gealtert ist, vermag ich nicht zu sagen. Sicher nicht sehr viel. Ich denke, es wird in vier oder fünf Wochen zur Welt kommen. Bis dahin werden wir auf Schloss Wolffhardt bleiben."

„Aber dann zieht es dich in dein Haus nach Aschaffenburg", vermutete Simon grinsend. „Zu deinen Patienten und den Zaubervorstellungen."

„Du hast es erraten. Ich war schon kurz dort um nach dem Rechten zu sehen. Ellen kann es kaum erwarten, Zenta und das Kind zu versorgen. Und die alte Maria begann sofort damit, wollene

Umschlagtücher zu stricken. Sie ist vor Freude ganz aus dem Häuschen. Wenn ich ihr erzähle, dass dir Nelia Zwillinge geboren hat, wird die gute Seele aus dem Stricken gar nicht mehr herauskommen."

Sie unterhielten sich eine Weile über Säuglinge und Adrians weitere Pläne. Dann fragte Simon neugierig. „Was ist eigentlich aus dem alten Herzog geworden? Hat er nach der Operation noch lange gelebt? Sicher hast du in der Familienchronik nachgeschaut."

„Natürlich habe ich das, es interessierte mich sehr. Er hat noch zwölf Jahre gelebt und ist friedlich in seinem Bett gestorben. Ein Hirnschlag, laut der Eintragung seines neuen Leibarztes."

„Und Adam und Agatha? Haben sie nochmals mit dir oder Zenta Kontakt aufgenommen?" Der Hexer schüttelte den Kopf. „Bisher noch nicht. Aber ich denke, es geht ihnen gut. Erasmus wird bestimmt einen Weg finden, mir über sein und Agathas weiteres Leben zu berichten. Und wer weiß, vielleicht tauchen die beiden ja doch irgendwann wieder auf. Ich hoffe nur, er zieht mich nicht noch einmal in ein solches Abenteuer. Mein Bedarf ist auf ewig gedeckt."

Simon nickte mitfühlend. „Das kann ich dir nachfühlen. Ich hoffe, du hast keine bleibenden Schäden von der Folter und den Misshandlungen zurückbehalten. Es muss schrecklich für dich gewesen sein."

„Ja, das war es. Aber es ist, Gott sei Dank, vorbei. Außer Narben ist nichts zurückgeblieben. Bei denen, die ich zuvor schon trug, kommt es auf ein paar mehr auch nicht mehr an. Zenta liebt mich auch mit gezeichnetem Körper. Das ist mir mehr wert, als meine heile Haut."

Ein Schatten huschte über sein Gesicht, dann meinte er ernst. „Auch die Narben auf meiner Seele sind am Abheilen. Du brauchst dir also keine Gedanken um mich zu machen. Was heute für mich zählt, sind Zenta und unser Kind. Und meine Freundschaft zu dir. Das ist alles was ich brauche."

Ihre weitere Unterhaltung wurde von protestierendem Geschrei aus dem oberen Stockwerk unterbrochen. Kurz darauf stimmte ein zweiter Schreihals ein. Simon hob resigniert die Hände und meinte lachend: „Dein Patenkind und sein Bruder sind erwacht. Komm mit hinauf, bevor sie die ganze Burg rebellisch machen. Da kannst du gleichsehen, was dir demnächst blüht."

Er erhob sich etwas steif und streckte sich. Dann gab er dem Hexer einen freundschaftlichen Klaps auf die Schulter, dass der ihm folgen möge und eilte dann vor ihm die Treppe hinauf.

Ende

Weitere Teile der Hexer-Trilogie

Das Geheimnis des Hexers (Teil 1)

Rothenburg, anno 1767. Der verwaiste 18-jährige Knecht Simon verlässt heimlich Burg Hohenstein und macht sich auf den Weg nach Aschaffenburg, um seine große Liebe Nelia, die Tochter des Freiherrn zu Kilchenstein, aus dem Kloster zu befreien. Kaum dort angekommen droht sein Plan bereits zu scheitern. In einer Notlage lernt er den Arzt Adrian kennen, der wegen seiner unkonventionellen Behandlungsmethoden auch "Der Hexer" genannt wird. Adrian bietet ihm seine Hilfe an. Unterdessen sucht Simons Vormund, der Freiherr zu Kilchenstein, verzweifelt nach seinem Mündel. Denn der ahnungslose Simon ist in Wahrheit der rechtmäßige Erbe von Burg Hohenstein. An seinem 21. Geburtstag soll er sein Erbe antreten. Hunold zu Kilchenstein versuchte vergeblich Burg und Ländereien in seinen Besitz zu bringen. Ohne Simon geht sein Plan aber nicht auf. Mit Adrians Hilfe entschlüsselt Simon das Rätsel seiner Herkunft und kommt auch dem Vorhaben seines Vormundes auf die Schliche. Doch der will so kurz vor dem Ziel nicht aufgeben und verstrickt Adrian und Simon in ein Lügen- und Intrigenspiel, dass den Hexer fast das Leben kostet.

Der Fluch des Hexers (Teil 3)

Adrian reist zum Schloss seiner Eltern, weil sein Vater entführt worden ist. Er findet heraus, dass ein alter Hexer in der Gegend sein Unwesen treibt. Hat er etwas mit der Entführung zu tun? Bei seiner Suche gerät er in einen Hinterhalt und wird schwer verletzt. Als er erwacht, findet er sich als Gefangener von Dr. Urban wieder, dem Leibarzt seines Vaters. Von ihm erfährt er den Grund für die mysteriösen Ereignisse.

Dr. Urban will Rache für den Tod seines Vaters und schmiedete deshalb gemeinsam mit dem Hexer Korbinian einen teuflischen Plan.

Sie interessieren sich für weitere von mir verlegte Romane?

Ich habe eine 5-teilige Vampir-Saga, zwei weitere Vampir-Romane, zwei weitere Teile einer Hexer-Trilogie, eine Geistergeschichte und einen Engel-Roman geschrieben.

Ganz besonders möchte ich Ihnen meine Romanreihe „Mein Name ist Huth, Robin Huth" ans Herz legen. Darin erzählt Bulldogge Robin seine oft haarsträubenden Abenteuer, die er als Rettungshund bei einem Tierschutzverein erlebt.

Da ich als große Tierfreundin gerne den vielen notleidenden Hunden in Süd-/Osteuropa helfen möchte, spende ich meine gesamte Buchmarge aus dieser Romanreihe ausgewählten Organisationen, die vor Ort den Hunden helfen.

Auf meiner Homepage erfahren Sie alles über meine Romane und über mich. Schauen Sie doch mal rein.

www.gerdi-m-buettner.de